LUAR DA FEITICEIRA DE OSSOS

KATHRYN PURDIE

Tradução Renata Broock

Copyright © Kathryn Purdie
Título original: Bone Crier's Moon
Direitos de tradução cedidos por Sandra Bruna Agencia Literari, SL. Todos os direitos reservados.
Tradução para Língua Portuguesa © 2023 Renata Broock
Todos os direitos reservados à Astral Cultural e protegidos pela Lei 9.610, de 19.2.1998.
É proibida a reprodução total ou parcial sem a expressa anuência da editora.

> *Conteúdo sensível:* Este livro contém cenas explícitas de caça animal e a extração de seus ossos.

Editora Natália Ortega
Editora de arte Tâmizi Ribeiro
Produção editorial Ana Laura Padovan, Brendha Rodrigues e Esther Ferreira
Preparação de texto Adriano Barros
Revisão de texto Alexandre Magalhães e Carlos César da Silva
Design da capa Joel Tippie
Ilustração da capa Charlie Bowater
Adaptação da capa Tâmizi Ribeiro
Foto da autora Erin Summerill

Dados Internacionais de Catalogação na Publicação (CIP)
Angélica Ilacqua CRB-8/7057

K27L

Kathryn, Purdie
  Luar da feiticeira de ossos / Kathryn Purdie ;tradução de Renata Broock. – Bauru, SP : Astral Cultural, 2023.
  400 p.

  ISBN 978-65-5566-374-7
  Título original: Bone Crier's Moon

  1. Ficção norte-americana 2. Literatura fantástica I. Título II. Broock, Renata

23-3123   CDD 813

Índice para catálogo sistemático:
1. Ficção norte-americana

BAURU
Avenida Duque de Caxias, 11-70
8º andar
Vila Altinópolis
CEP 17012-151
Telefone: (14) 3879-3877

SÃO PAULO
Rua Major Quedinho, 111
Cj. 1910, 19º andar
Centro Histórico
CEP 01050-904
Telefone: (11) 3048-2900

E-mail: contato@astralcultural.com.br

Para Sylvie, Karine e Agnés,
por quatro verões que mudaram minha vida.

Para Sylvia, Kathie e Agnes,
por quatro vintes quadrimil réis em cinco chaladas.

Oito anos atrás

Dedos de névoa se enrolaram ao redor do pai de Bastien enquanto ele se afastava de seu único filho. O menino se levantou de joelhos no carrinho de mão parado.

— Aonde você está indo, papai?

Seu pai não respondeu. A luz da lua cheia brilhou no cabelo castanho de Lucien, e a névoa o engoliu.

Sozinho, Bastien se afundou e tentou ficar quieto. Histórias de ladrões impiedosos nas estradas da floresta correram soltas em sua mente de dez anos. *Não tenha medo*, disse a si mesmo. *Papai teria me avisado se houvesse algum perigo.* Mas agora seu pai não estava mais ali, e Bastien começou a duvidar.

Fora dos muros da cidade, a carroça ociosa oferecia pouco abrigo. A pele de Bastien se arrepiou com os sussurros fantasmagóricos. Sua respiração parou quando os galhos ao redor dele formaram garras.

Deveria seguir papai agora mesmo, pensou ele, mas o frio da noite penetrou em seus ossos e os fez pesados como chumbo. Ele estremeceu, pressionado contra as esculturas de calcário no carrinho. Tyrus, deus do Submundo, o encarava de volta, a boca esculpida em uma linha retorcida. O pai de Bastien havia esculpido a estatueta meses atrás, mas ela nunca fora vendida. As pessoas preferiam o deus do sol e a deusa da terra, adorando a vida e desprezando a morte.

Bastien virou a cabeça, ouvindo uma música instrumental. Rítmica. Primitiva. Triste. Como o choro suave de uma criança ou o canto melancólico de um pássaro ou uma balada angustiante de amor perdido. A canção cresceu dentro dele, dolorosamente bela.

Quase tão bonita quanto a mulher parada na ponte, pois Bastien, como seu pai, logo seguiu a música.

A neblina se acalmou e um nevoeiro espesso rolou do mar Nivous. A brisa brincava com as pontas do cabelo âmbar-escuro da mulher. Seu vestido branco balançava, expondo seus tornozelos finos e pés descalços. Ela não estava cantando. A música emanava de uma flauta branca como osso. Bastien deveria tê-la reconhecido naquele momento.

Ela colocou a flauta no parapeito quando Lucien a encontrou no meio da ponte. O luar nebuloso os lançou em um brilho sobrenatural.

Bastien vacilou, incapaz de dar outro passo. E se isso fosse um sonho? Talvez ele tenha adormecido na carroça do pai.

Então seu pai e a mulher começaram a dançar.

Seus movimentos eram lentos, de tirar o fôlego, graciosos. Ela deslizou pela névoa feito um cisne na água. Lucien em momento algum desviou o olhar de seus olhos escuros como a meia-noite.

Bastien também não, mas quando a dança terminou, ele piscou duas vezes. E se *não* estivesse sonhando?

A flauta branca como osso chamou sua atenção novamente. O pavor ardeu como brasa em seu estômago. A flauta era *mesmo* feita de osso?

Ele se lembrou das lendas das Feiticeiras de Ossos, e um alarme soou em sua mente. Dizia-se que as mulheres de branco espreitavam por essas partes de Galle. O pai de Bastien não era um homem supersticioso — nunca evitava pontes durante a lua cheia —, mas deveria, pois ali estava ele, encantado, como acontecia a todos nos contos. Todas as histórias eram iguais. Sempre havia uma ponte e uma dança... e o que acontecia depois. Era agora que...

Bastien correu.

— Papai! Papai!

Seu pai, que o adorava, que o carregava nos ombros e lhe cantava canções de ninar, não se virou para atender o filho.

A Feiticeira de Ossos sacou uma faca de osso. Ela saltou direto no ar — mais alto que um cervo — e, com a força de sua descida, cravou a lâmina profundamente no coração do pai de Bastien.

O grito de Bastien foi gutural, como o de um homem adulto. Esculpiu em seu peito a dor que abrigaria por anos.

Ele correu para a ponte, desabou ao lado do pai e olhou nos olhos falsamente tristes da mulher. Ela olhou para trás, para outra mulher no final da ponte, que acenou, apressada.

A primeira mulher levou a faca de osso ensanguentada na direção da palma de sua mão, como se quisesse se cortar para completar o ritual. Mas com um último olhar para Bastien, ela jogou a faca na floresta e fugiu, deixando o menino com um pai morto e uma lição gravada para sempre em sua memória:

Acredite em cada história que você ouve.

1
Sabine

É um bom dia para caçar tubarão. Pelo menos é o que Ailesse está dizendo. Estou ofegante, escalando atrás dela enquanto ela salta de uma de rocha para a outra. Seu cabelo ruivo-escuro brilha como papoulas à luz do sol da manhã. Os fios chicoteiam descontroladamente com a brisa do mar enquanto ela escala o penhasco sem esforço.

— Você sabe o que uma amiga de verdade faria? — Agarro-me a uma pedra e recupero o fôlego.

Ailesse gira e olha para mim. Ela não se importa de estar em pé em uma saliência instável.

— Uma amiga de verdade me daria aquele pingente de lua crescente. — Aceno para o osso da graça que balança entre as pequenas conchas e miçangas em seu colar. O osso veio de um íbex alpino que caçamos no extremo norte no ano passado. Foi a primeira morte de Ailesse, mas fui eu quem esculpiu o pingente que ela usa com o pedaço do osso esterno. Sou a melhor escultora de ossos, um fato que Ailesse me encoraja a me gabar. Deveria, porque é a *única* coisa em que sou melhor do que ela.

Ela ri, meu som favorito no mundo. Rouca, despreocupada e nunca condescendente. Isso me faz rir também, embora meu riso seja autodepreciativo.

— Ah, Sabine. — Ela desce de volta para mim. — Você deveria se olhar no espelho! Você está uma bagunça.

Eu bato em seu braço, mas sei que ela está certa. Meu rosto está quente e estou pingando suor.

— É muito egoísta da sua parte fazer isso parecer fácil.

O lábio inferior de Ailesse se projeta em um beicinho jocoso.

— Sinto muito. — Ela apoia a mão nas minhas costas e eu relaxo sobre os calcanhares. A distância de nove metros até o chão não parece mais tão vasta. — Tudo o que consigo pensar é como será ter o sexto sentido de um tubarão. Com o osso da graça dele, serei capaz de...

— Descobrir quando alguém está por perto, o que fará de você a melhor Barqueira que as Leurress já viram em um século — murmuro. Ela praticamente não falou de outra coisa a manhã toda.

Ailesse sorri e seus ombros tremem de alegria.

— Venha, ajudo você a se levantar. Estamos quase lá. — Ela não me dá seu pingente de lua crescente. Não adiantaria nada. A graça só pode pertencer à caçadora que a infundiu com o poder do animal. Caso contrário, Ailesse teria me dado todos os seus ossos. Ela sabe que detesto matar.

A jornada até o topo é mais fácil com ela ao meu lado. Ailesse guia meus pés e pega minha mão quando preciso de uma pequena ajuda. Ela tagarela sobre todos os fatos que aprendeu sobre tubarões: seu senso aprimorado de olfato, sua visão superior mesmo com pouca luz, seus esqueletos maleáveis feitos de cartilagem — Ailesse planeja selecionar um dente duro para seu osso da graça, já que ele não se deteriorará durante toda sua vida. O principal componente mineral do osso também é abundante nos dentes, de modo que as graças do tubarão o impregnarão da mesma maneira.

Finalmente chegamos ao topo, e minhas pernas tremem enquanto meus músculos relaxam. Ailesse não faz uma pausa para descansar. Ela corre para o lado oposto, planta os pés na borda extrema do penhasco e grita de alegria. A brisa ondula em seu vestido curto e confortável. Sua alça única complementa seu colar de ombro, que envolve fios do pescoço até abaixo do braço direito. O vestido tem o comprimento perfeito para nadar. Antes de partirmos esta manhã, Ailesse tirou a saia branca mais comprida que costuma usar por cima.

Ela abre bem os braços e estica os dedos.

— O que eu lhe disse? — ela me chama de volta. — Um dia perfeito! Quase não há uma onda no mar.

Eu me junto a ela, embora não tão perto da borda, e olho para baixo. Catorze metros abaixo, a laguna é cercada por falésias calcárias como esta. O vento crispa a superfície da água.

— E um tubarão?

— Apenas me dê um momento. Já vi raças de recife de corais aqui antes. — Seus olhos castanhos se aguçam para ver o que eu não posso, nas profundezas da água. O segundo osso da graça de Ailesse, de um falcão-peregrino, dá a ela uma visão aguçada.

A maresia faz cócegas no meu nariz enquanto cautelosamente me inclino para a frente. Uma brisa inebriante me desequilibra, e eu luto para não cair. Ailesse continua firme, seu corpo imóvel como pedra. Conheço aquele olhar, predatório e paciente. Ela espera assim — às vezes por horas — pelo que quer. Ela nasceu para caçar. Sua mãe, Odiva, *matrone* da nossa *famille*, é nossa maior caçadora. Talvez o pai de Ailesse fosse um soldado habilidoso ou um capitão. O meu provavelmente era um jardineiro ou um farmacêutico, alguém que curava ou ajudava as coisas a crescerem. Habilidades insignificantes para uma Leurress.

Eu não deveria me perguntar sobre nossos pais. Nunca os conheceremos. Odiva desencoraja nossa *famille* a falar sobre *amourés* mortos, os homens seletos que complementam perfeitamente nossas almas. Nós, noviças, teremos que fazer nossos próprios sacrifícios um dia, e será mais fácil se não nos apegarmos aos que estão destinados a morrer.

— Lá! — Ailesse aponta para uma área de água mais escura, perto da parede do penhasco abaixo de nós. Eu não vejo nada.

— Tem certeza?

Ela acena com a cabeça, flexionando as mãos em antecipação.

— Um tubarão-tigre, um verdadeiro predador! Quer maior sorte que isso? Estava preocupada que você tivesse que mergulhar atrás de mim e assustar os outros tubarões do recife que fossem atraídos pelo sangue. — Engulo em seco, imaginando-me como isca. Felizmente, nenhuma criatura chegará perto de um tubarão-tigre. Exceto Ailesse. Ela solta um suspiro de admiração. — Ah, Sabine, ela é linda... e grande, ainda maior que um homem.

— Ela? — Ailesse pode ter uma visão de longo alcance, mas ela não pode ver *através* do tubarão até sua parte inferior.

— Só uma fêmea pode ser tão magnífica.

Zombo:

— Diz a pessoa que ainda não conheceu seu *amouré*.

Ela sorri, sempre se divertindo com o meu cinismo.

— Se conseguir esse osso, vou ter os três necessários, e vou conhecê-lo na próxima lua cheia.

Meu sorriso vacila. Cada Leurress deve escolher e obter três ossos da graça para se tornar uma Barqueira. Mas esse não é o único requisito. É o pensamento da conquista final que me deixa em silêncio. Ailesse fala tão casualmente sobre seu rito de passagem e a pessoa que terá que matar: um *humano*, não uma criatura que não pode gritar quando sua vida acaba. Mas sua tolerância é natural; eu sou a anormal aqui. Devo aceitar, como as outras Leurress aceitam sem hesitação, que o que fazemos é necessário, um preço exigido pelos deuses pela segurança deste mundo.

Ailesse esfrega as mãos no vestido.

— Tenho que me apressar. O tubarão está voltando para a foz da laguna. Nunca vou pegá-la se tiver que lutar contra a corrente. — Ela aponta para uma pequena praia de areia abaixo. — Me encontre lá embaixo, tá? Vou arrastá-la para a margem quando terminar.

— Espere! — Pego o braço dela. — O que acontece se você não conseguir? — Pareço a mãe dela falando desse jeito, mas é algo que deve ser dito. É a vida da minha amiga. Esse risco é diferente dos que Ailesse assumiu antes. Talvez as graças de um tubarão não valham o perigo. Ela ainda poderia escolher um osso de outro animal.

A animação some de seu rosto. Costumo apoiá-la em tudo.

— Consigo enfrentar um tubarão. A maioria é dócil, a menos que seja ameaçada.

— E um ataque mergulhando de um penhasco não é uma ameaça?

— Melhor do que ir nadando lentamente desde a costa. Eu não teria nenhuma vantagem sobre ela assim.

— Não é essa a questão.

Ailesse cruza os braços.

— Nossa caça *deve* envolver perigo. *Essa* é a questão. Os animais com as melhores graças *devem* ser difíceis de matar. Caso contrário, todas estaríamos usando ossos de esquilo.

Sinto uma dor aguda. Minha mão se fecha em torno do pequeno crânio que descansa acima do meu coração. Está pendurado em um cordão encerado, meu único osso da graça.

Ailesse arregala os olhos.

— Não há nada de errado com seu osso — gagueja, percebendo seu erro. — Não estava fazendo pouco caso dele. Uma salamandra-de-fogo é muito melhor do que um roedor.

Olho para os meus pés.

— Uma salamandra é ainda menor que um roedor. Todo mundo sabe que foi uma morte fácil.

Ailesse pega minha mão e a segura por um longo momento, ainda que seu tubarão esteja nadando para longe.

— Não foi fácil para *você*. — Nossos dedos dos pés estão quase se tocando, sua pele clara contra a minha bronzeada. — Além disso, uma salamandra-de-fogo tem o dom de curar rapidamente. Nenhuma outra Leurress teve a sabedoria de obter essa graça antes.

Ela me faz parecer tão inteligente. A verdade é que Odiva estava me pressionando para executar minha primeira morte, e por desespero eu escolhi algo que não me fizesse chorar. Escolhi errado. Meus olhos ficaram vermelhos por dias e eu não suportava tocar na criatura morta. Ailesse descarnou o animalzinho em água fervente e fez um colar para mim. Ela sugeriu que eu usasse as vértebras, mas, para sua surpresa, escolhi o crânio. Lembrava mais a vida e personalidade da salamandra. Foi a melhor homenagem que pude prestar. Não consegui entalhar desenhos bonitos no crânio, e Ailesse nunca me perguntou por quê. Ela nunca me faz falar sobre nada que eu não queira.

Limpo o nariz com as costas da mão.

— É melhor você ir pegar seu tubarão. — Se existe alguém que pode fazer isso, é Ailesse. Vou parar de me preocupar com o perigo.

Ela abre meu sorriso favorito, aquele que revela todos os dentes e me faz sentir como se a vida fosse uma longa aventura, grande o suficiente para deixar até minha amiga satisfeita.

Ailesse tira uma lança de suas costas. Nós a fizemos com um galho e sua faca de osso. Como todas as armas rituais, é feita de ossos de veado para simbolizar a vida perpétua. Ela recua vários passos e agarra a haste da lança. Com uma corrida, ela se joga do penhasco.

Seu salto é incrível. Seu osso de asa de falcão não pode fazê-la voar, mas definitivamente a faz saltar de um jeito impressionante.

Ela grita na emoção do momento e junta os braços, uma mão sobre a outra, para quebrar a água. Seu corpo se alinha, os dedos dos pés apontam para o alto e ela mergulha de cabeça.

Seu mergulho mal cria um respingo. Eu me aproximo da borda do penhasco e aperto os olhos, desejando a visão de Ailesse. Ela não vai subir para respirar? Talvez ela pretenda atacar o tubarão primeiro. Essa seria a maneira mais inteligente de pegá-lo desprevenido.

Espero que ela emerja, e meu coração bate mais rápido. Conto cada batida. *Oito, nove... treze, catorze... vinte e um... quarenta e sete...*

Ailesse tem dois ossos da graça, o íbex e o falcão. Nenhum dos dois pode ajudá-la a prender a respiração por muito tempo.

Sessenta e três.

Eu me agacho e me inclino sobre a borda.

— Ailesse? — grito.

A água se agita. Nada vem à tona.

Setenta e cinco.

Meu pulso acelerado não consegue manter o tempo correto. Ela nunca tinha ficado submersa tanto tempo. Talvez trinta segundos. Possivelmente quarenta.

Oitenta e seis.
— Ailesse!
Noventa e dois.
Observo a água azul ficar vermelho-sangue. Mas sangue de quem?
Cem.
Eu amaldiçoo todos os nomes dos deuses e me jogo do penhasco. Em meu pânico, pulo em pé. Rapidamente me endireito e puxo meus braços agitados para o lado do corpo — quase consigo. Ainda assim, eles batem na água. Arquejo de dor e libero um jato de bolhas — ar de que ainda preciso. Fecho a boca e olho ao meu redor. A água é clara, mas o sal arde em meus olhos; minha salamandra era uma criatura de água doce. Nado em círculos, procurando minha amiga. Ouço um som fraco de luta.

Vários metros abaixo de mim, Ailesse e o tubarão travam combate.

A lança dela está na boca do tubarão. A fera não parece ferida e morde a haste que Ailesse está segurando. Ela balança como um junco ao vento, recusando-se a largar.

Grito o nome dela e perco mais fôlego. Sou forçada a nadar até a superfície e pegar mais ar antes de nadar de volta para baixo.

Eu avanço sem nenhum plano em mente, apenas agressividade em minhas veias e medo desesperado em meu coração. *Ailesse não pode morrer. Minha melhor amiga não pode morrer.*

O rosto do tubarão-tigre está feroz. Dentes serrilhados. Olhos sem pálpebras. Um focinho enorme que o faz parecer ainda mais faminto. Como Ailesse pensou que poderia derrotá-lo? Por que permiti que ela pulasse?

Sua lança se parte em duas entre as mandíbulas do tubarão. A faca de osso afunda. Ailesse fica apenas com uma vara de um metro. Ela golpeia a mandíbula do animal e desvia por pouco de uma mordida cruel.

O tubarão não nota que estou ali. Tento pegar minha adaga, mas a lâmina está presa em minha bainha inchada. Sem armas, eu uso toda a força que posso reunir e chuto a lateral do tubarão. A cauda chicoteia, mas nada além disso. Eu agarro suas guelras e tento rasgá-las. Não consigo. Pelo menos eu o perturbei. O animal quase me morde uma vez — errando meu braço por pouco — e se afasta atrás de um recife de coral.

Ailesse flutua por perto, já sem energia. A lança quebrada escorrega por entre seus dedos. *Vai!* Sinalizo com os lábios e aponto para a superfície. Ela precisa de ar.

Ela luta para subir. Agarro seu braço e bato as pernas por nós. Seus olhos se fecham pouco antes de chegarmos à superfície. Ailesse tosse um bocado de água, e bato em suas costas, fazendo-a cuspir o resto.

— Sabine... — Minha amiga se engasga e pisca para tirar a água salgada dos cílios. — Eu quase consegui. Mas ela é tão forte. Eu não estava preparada para o quão forte ela é. — Ailesse olha para baixo. Não preciso de sua visão aguçada para ver o que ela vê: o tubarão circulando e se aproximando. Está brincando conosco. Sabe que pode nos matar a qualquer momento que desejar.

Bato as pernas loucamente em direção à costa.

— Vamos, Ailesse. Temos de ir. — Eu a arrasto atrás de mim. — Nós vamos encontrar uma caça melhor outro dia.

Ela tosse novamente.

— O que é melhor do que um tubarão?

— Que tal um urso? Vamos viajar para o norte como fizemos no ano passado. — Estou divagando, tentando convencê-la a nadar. Ailesse ainda é um peso morto em meus braços, e o círculo do tubarão está se fechando.

— Minha mãe matou um urso — despreza ela, como se fosse o animal mais comum de Galle, embora o urso de Odiva fosse um raro albino.

— Vamos pensar em outra coisa, então. Mas por enquanto preciso da sua ajuda. — Minha respiração fica mais pesada. — Não posso nadar por você o caminho todo. — Sinto os músculos de Ailesse ganharem força. Ela começa a dar braçadas, mas então os olhos dela se estreitam, e a mandíbula fica rígida. Ela endireita o corpo. *Não, não, não.*

— Eu me lembro onde a ponta da lança afundou — ela murmura.

— Espere!

Ailesse mergulha novamente.

O pavor toma conta de mim. Mergulho atrás dela.

Às vezes eu realmente odeio minha amiga.

Meus olhos ardem e eu volto a enxergar. Ailesse nada veloz em uma linha reta. O tubarão para de circular e a encara diretamente. Ailesse provavelmente está sorrindo, mas não acho que conseguirá pegar sua lança rápido o suficiente. Os tubarões-tigre são brutos. Este vai atacar primeiro. Ela precisa de uma distração.

Nado mais rápido do que pensei ser possível. Meu único osso da graça se mostra útil; as salamandras se movem pela água com mais facilidade do que falcões, íbex ou mesmo humanos. Essa é a minha única vantagem.

Passo por Ailesse e brevemente encontro seu olhar. Rezo para que dezesseis anos de amizade a ajudem a entender minhas intenções.

Ela concorda com a cabeça. Nós nos separamos. Mergulho para o recife de coral e minha amiga mergulha para a lança.

O tubarão persegue Ailesse, não a mim. Ela foi quem começou essa luta.

Alcanço o coral e raspo minhas palmas contra ele, então ambos os meus braços para garantir. Minha pele arde como fogo. Meu sangue faz um redemoinho na água agitada. Luto para libertar minha adaga, mas a lâmina ainda está presa na bainha. Avisto uma grande rocha no coral. É pontiaguda e irregular, recém-caída dos penhascos. Eu a solto.

A um metro de Ailesse, o tubarão se vira, seus olhos mortos fixos em mim através da água cheia de sangue. Por um momento, tudo que consigo entender é a besta aterrorizante e os seis metros entre nós. Mal noto Ailesse nadando em direção ao fundo do mar.

O tubarão vem atrás de mim, nadando através da água como um raio.

Preparo-me para o impacto. Sou feroz. Forte. Destemida.

Sou como Ailesse.

Um instante depois, o rosto medonho do tubarão está diante de mim. Bato a pedra contra seu focinho com um gemido abafado. Não sou nada como Ailesse.

Meu golpe mal corta seu rosto. A criatura se inclina para o lado e bate na minha mão com a cabeça. A pedra se desvencilha do meu aperto. A fera não foge desta vez. Ela me rodeia duas vezes. Tão perto que sua barbatana arranha meu ombro. Tão rápido que sua cabeça e cauda se misturam. Ela tenta morder. Desço abaixo dela com a velocidade de salamandra e tateio em busca da rocha. Está fora de alcance.

Olho para cima e me assusto. Bem acima de mim, eu olho para as mandíbulas abertas do tubarão e inúmeras lâminas de dentes. Soco seu focinho obtuso. Ele não recua. Não o assusto.

Suas mandíbulas se fecham. Não saio rápido o suficiente. Seus dentes prendem meu vestido. A criatura me puxa para mais perto, mastigando mais tecido. Eu torço e chuto enquanto sua boca se abre novamente. Vejo dentro do túnel cavernoso de sua barriga. Estou sem ar, sem opções. Desesperadamente, tento desvencilhar o cabo da minha adaga. Por fim, a lâmina se solta.

Eu a levanto e esfaqueio o focinho do tubarão, depois um de seus olhos. Ele se debate loucamente, meio cego. Minha manga se rasga, e junto com ela um dos dentes serrilhados do animal se solta. Peço aos deuses que seja o osso de que Ailesse precisa, mas um animal deve morrer para conceder suas graças.

Enquanto o tubarão sacode e cambaleia, vou até a superfície e ofego por ar. Três respirações depois, estou debaixo d'água novamente.

Viva, Ailesse; viva, Ailesse; viva...

Eu paro de nadar quando uma nuvem vermelha cresce abaixo de mim. Minha garganta aperta. Justo quando temo o pior, Ailesse surge através do sangue, com a haste da lança nos dentes. Nado atrás dela até a superfície.

Empurro os cachos pretos molhados do meu rosto e procuro os olhos da minha amiga.

— Você o matou?

Ela tira a haste da boca. Sua mão está sangrando. Machucou-se durante a luta.

— Não consegui chegar perto o suficiente para esfaquear o cérebro, então cortei a barbatana dorsal.

A náusea se acumula dentro de mim. O vermelho na água se espalha mais. O tubarão está lá embaixo, terrivelmente ferido, mas ainda vivo. Ele pode aparecer a qualquer momento e acabar com nós duas.

— Ailesse, já chega. Me dê a lança.

Ela hesita e olha para baixo com anseio. Espero por aquele trejeito teimoso de sua mandíbula. Mas ele não vem.

— É sua, se quiser — ela finalmente diz.

Recuo.

— Não, não foi isso que eu quis dizer.

— Dei-lhe um ferimento fatal, Sabine. Ela está fraca e parcialmente cega. Mate-a. — Quando não digo nada e apenas continuo a encará-la, Ailesse nada para mais perto de mim. — Estou dando para você, outro osso da graça. Certamente matar aquele monstro não vai partir seu coração.

Imagino o rosto grotesco do tubarão. Eu vejo a criatura tentando arrancar a vida de Ailesse. Não é majestosa como o íbex alpino ou bonita como o falcão-peregrino. Ela nem é charmosa como a salamandra-de-fogo. Não vou chorar por vê-la morta.

Mas isso significa que ela mereça morrer?

— Eu... não consigo. — Estou congelando na água, mas a vergonha ainda cora minhas bochechas. — Sinto muito.

Ailesse olha para mim por um longo momento. Eu me odeio por recusar o presente mais generoso que ela já me ofereceu.

— Não se desculpe. — Ela consegue dar um pequeno sorriso enquanto seus dentes batem. — Nós vamos encontrar outro osso da graça quando você estiver pronta.

Segurando a faca com convicção, Ailesse desce novamente.

2
Ailesse

O frio do Château Creux arrepia minha pele enquanto Sabine e eu descemos a escadaria de pedra e passamos pela entrada das ruínas do antigo castelo. Há muito tempo, o primeiro rei de Galle do Sul construiu esta fortaleza, e seus descendentes governaram aqui até que o último de sua linhagem, o rei Godart, morreu de morte não natural. Os moradores acreditam que ele ainda assombra esses terrenos. Sabine e eu os ouvimos contar dos velhos tempos enquanto viajam pelas estradas esburacadas fora dos muros da cidade. Eles não nos veem empoleiradas nas árvores ou escondidas na grama alta. Mas não precisamos nos esconder perto do Château Creux. Os locais nunca se aventuram aqui. Eles acreditam que este lugar é amaldiçoado. O primeiro rei adorava os antigos deuses — nossos deuses — e o povo faz o possível para fingir que Tyrus e Elara nunca existiram.

Minha mão enfaixada queima e lateja. Acidentalmente cortei a palma com minha faca ritual quando serrei a barbatana do tubarão. Ainda estou chateada comigo mesma por sua morte demorada. Temia que os deuses não considerassem a morte honrosa, mas devem ter considerado; recebi as graças do tubarão quando escolhi um osso e o pressionei no sangue de minha mão ferida.

Ao meu lado, Sabine carrega um saco de carne de tubarão no ombro. Ela agarra a corda apertada com facilidade. Seus ferimentos do recife de coral estão quase curados. Ela desmerece seu crânio de salamandra como se fosse um osso patético, mas foi uma escolha inteligente. O que ela realmente lamenta é ter matado a criatura. Um dia ela verá que foi feita para esta vida. Conheço Sabine melhor do que ela mesma.

Nós nos abaixamos sob vigas caídas e um arco desmoronado. As Leurress poderiam fortificar o castelo se minha mãe assim desejasse, mas ela prefere que pareça destruído e perturbador. Se nossa casa fosse bonita, atrairia as pessoas. E uma Leurress só deve atrair alguém uma vez na vida.

Ajusto meu colar de ombro e traço o maior dente de tubarão, meu mais novo osso da graça. Os outros dentes são apenas decorativos, mas vão me fazer parecer formidável quando eu transportar os mortos. Após meu rito de passagem, poderei finalmente me juntar às Barqueiras em seu trabalho perigoso.

— Você está nervosa? — Sabine me pergunta.

— Por que eu deveria estar? — Abro um sorriso para ela, embora meu coração bata forte.

Minha mãe aprovará minha caça. Sou tão inteligente quanto Sabine.

A presença de minha amiga atrás de mim faz cócegas na minha espinha. Agora ela está a três metros de distância. Dois e meio. Dois. À medida que as vibrações se tornam mais fortes, o sexto sentido que eu queria tanto começa a me incomodar. Afasto-me para que Sabine não veja a frustração em meu rosto. Se ela achar que estou nervosa, ela também ficará nervosa.

Vamos para um nível mais baixo do castelo, depois mergulhamos mais fundo. Os corredores de pedra feitos pelo homem, esculpidos com o brasão do rei Godart do corvo e da rosa, dão lugar a túneis moldados pelas marés. Nenhuma água permanece aqui, mas conchas peroladas brilham, embutidas nas paredes como fantasmas agarrados ao passado.

Logo o túnel se abre para uma enorme caverna. Eu pisco devido a luz do sol refletida no chão de calcário. Uma magnífica torre costumava erguer-se sobre este lugar, mas não resistiu aos vendavais do mar. Depois que Godart morreu, a torre caiu. Ela esmagou e demoliu o teto da caverna. As Leurress escolheram este castelo como nossa casa exatamente por isso. Uma visão clara dos céus é necessária. Metade do nosso poder vem dos ossos dos mortos, mas a outra metade flui dos Céus Noturnos de Elara. Nossa força diminui se passarmos muito tempo protegidas, longe da lua e da luz das estrelas da deusa.

Cerca de vinte mulheres e meninas circulam pela caverna, o vasto espaço que chamamos de pátio. Vivienne carrega uma pele de veado recém-curtida. Élodie pendura fileiras de velas mergulhadas em uma prateleira para endurecer. Isla fabrica pano cerimonial branco em seu tear. As pequenas Felise e Lisette carregam cestas de roupas para serem lavadas. Duas das mais velhas, Roxane e Pernelle, estão em um canto, treinando com seus cajados. O resto das Leurress deve estar caçando, colhendo frutas e ervas ou cuidando de tarefas nas profundezas do castelo.

Isla se afasta de seu tear e se coloca em meu caminho. Suas sobrancelhas ruivas baixam enquanto ela examina meu colar de ombro. Franzo os lábios para não sorrir. Ela não consegue identificar pelos dentes a besta que matei.

— Vejo que teve uma caçada bem-sucedida — observa ela. — Certamente demorou bastante. Vocês, meninas, partiram há quase quinze dias.

Meninas, nos chama com o nariz empinado. Ela é apenas três anos mais velha que eu e quatro anos mais velha que Sabine. Isla completou seu rito de passagem aos dezoito, mas eu o farei aos dezessete — e com graças melhores.

Empurrei meus ombros para trás. Até agora, nenhuma Leurress jamais tinha matado um tubarão. Provavelmente porque nunca tiveram ajuda de uma amiga como Sabine.

— A caçada foi excepcional — respondo. — E mais ainda porque fizemos tudo com calma.

Sabine me dá um olhar sarcástico. Ficamos muito tempo fora porque eu sempre mudava de ideia. Eu precisava de um osso da graça inspirador para completar meu conjunto de três e rivalizar com os cinco da minha mãe — o que é permitido apenas a uma *matrone*.

Isla torce o nariz para o saco de carne crua de Sabine. O fedor é terrível. Depois de cumprimentar minha mãe, vou lavar o vestido de Sabine. É o mínimo que posso fazer. Ela insistiu em carregar a carne por causa da minha mão ferida, mas sei que ela não vai comê-la com o resto de nós.

— Outra longa jornada com Ailesse e sem novos ossos da graça? — Os olhos de Isla se voltam para o crânio de salamandra de Sabine.

Meus dentes rangem.

— Você gostaria de ter ido no lugar dela, Isla? — Viro-me para Sabine. — Diga a ela o quanto você gostou de lutar com um *tubarão--tigre*. — Minha voz aguda ecoa pelo pátio e vira cabeças.

Sabine levanta o queixo.

— Nunca tive um mergulho mais prazeroso no mar.

Seguro um riso e entrelaço meu braço no dela. Deixamos para trás uma Isla sem palavras enquanto as mulheres de nossa *famille* afluem a nós em uma enxurrada de suspiros, felicitações e abraços.

Hyacinthe, a Leurress mais velha, segura meu rosto em suas mãos envelhecidas. Seus olhos leitosos brilham.

— Você tem a ferocidade de sua mãe.

— Eu decido isso. — A voz sedosa de Odiva ondula com autoridade, e modero meu sorriso. As mulheres abrem caminho para a *matrone*, mas quando Sabine se move para fazê-lo, toco seu braço e ela fica comigo. Ela sabe que sou mais forte com ela ao meu lado.

— Mãe — digo, e abaixo a cabeça.

Odiva desliza para a frente, seus pés caçadores silenciosos no chão de pedra. Partículas de poeira brilham sobre seu vestido de safira como estrelas no céu. O que é mais impressionante são seus ossos da graça. O pingente de osso de um urso albino, esculpido em forma de garra, balança entre as garras reais do urso em seu colar de três camadas, junto com a faixa de dentes de uma arraia-chicote. Garras e penas de um bufo-real formam dragonas em seus ombros. Uma das garras também é esculpida em osso, como o pingente de garra de urso. E depois há a coroa da minha mãe, feita a partir das vértebras de uma víbora-áspide e do crânio de um morcego-arborícola gigante. Os ossos são compensados por seus cabelos pretos e pele branca como giz.

Eu mantenho minha postura com perfeição enquanto seus olhos escuros caem para o meu colar. Ela desliza um dedo sob o dente maior.

— Que graça você ganhou de um tubarão-tigre para ter valido a pena se arriscar a tal ponto? — Ela pergunta de maneira casual, mas seus lábios vermelhos se contraem em desaprovação. Sua *famille*, a única *famille* nesta região de Galle, diminuiu ao longo dos anos, chegando a quarenta e sete mulheres e meninas. Ainda que devamos buscar as melhores graças, a caça para obtê-las não deve comprometer nossa vida.

Tínhamos números de sobra até quinze anos atrás, quando a grande praga atingiu a terra. A luta para transportar as inúmeras vítimas matou metade dos que morreram entre nós; o resto morreu da doença. Desde então, lutamos para administrar a população de Galle do Sul. Mas apesar do tamanho, ainda somos a *famille* fundadora, escolhida pelos deuses. As outras Leurress pelo mundo não podem transportar seus mortos sem nós. Nosso poder está ligado.

— Melhor olfato, boa visão no escuro, e um sexto sentido para detectar quando alguém está por perto, mesmo sem olhar — digo, recitando a resposta que preparei.

Estou prestes a acrescentar *natação, caça e ferocidade*, quando minha mãe responde:

— Consegui o mesmo de uma arraia.

— Exceto visão no escuro. — Não posso deixar de corrigi-la.

— Desnecessário. Você tem o osso da asa de um falcão-peregrino. Essa é toda a visão aprimorada de que você precisa.

Algumas Leurress sussurram em concordância. Cada Barqueira usa um osso de um animal — principalmente ave — que lhe dá a visão para ver uma cor adicional. A cor dos mortos.

Eu cruzo meus braços e os descruzo, lutando contra uma onda de defesa.

— Mas o tubarão era forte, mãe. Você não pode imaginar o quão forte. Ela até nos pegou de surpresa. — Com certeza Odiva não pode discutir o fato de que eu precisava melhorar minhas graças. Agora consegui – com uma medida extra de ferocidade e confiança também. Mas ela só prestou atenção em uma parte do que falei.

– *Nos pegou?*

Brevemente abaixo os olhos.

– Sabine... ajudou.

Minha amiga endurece ao meu lado. Sabine odeia chamar a atenção para si mesma, e agora todas as Leurress estão olhando para ela, e o olhar de minha mãe é o mais pesado.

Quando Odiva olha para mim, sua expressão é tão suave quanto as águas da laguna. Mas algo mais feroz do que um tubarão se agita abaixo. Está com raiva de mim, não de Sabine. Ela nunca fica brava com Sabine.

As Leurress fazem silêncio. Os sons distantes do mar se espalham pela caverna como se estivéssemos presas em uma concha gigante. Meu coração bate no ritmo das ondas quebrando. Receber a ajuda de outra Leurress durante uma caça ritual não é estritamente proibido, mas não é aprovado.

Ninguém se importou um momento atrás – a incrível matança ofuscou esse fato –, mas o silêncio de minha mãe fez com que todas reconsiderassem. Eu reprimo um suspiro. O que será preciso para impressioná-la?

– Ailesse não pediu minha ajuda. – responde Sabine, baixo, mas com a voz firme. Ela pousa o saco de carne de tubarão e junta as mãos. – Eu me preocupei que ela pudesse ficar sem ar. Por temer pela vida dela, mergulhei atrás.

A cabeça de Odiva se inclina.

– E você descobriu que a vida da minha filha estava realmente em perigo?

Sabine escolhe suas próximas palavras com cuidado.

– Não mais do que sua própria vida foi ameaçada, *Matrone*, quando a senhora enfrentou um urso com apenas uma faca e uma graça. – Nenhum cinismo escorre de seu tom, apenas uma verdade gentil, mas poderosa. Odiva tinha a minha idade quando caçou o urso, sem dúvida para provar o seu valor à própria mãe, a avó de que mal me lembro.

As sobrancelhas de minha mãe se erguem e ela reprime um sorriso.

— Muito bem. Você poderia aprender uma lição com Sabine, Ailesse. — Seus olhos deslizam para os meus. — Se tivesse mais cuidado com as palavras, poderia conter sua propensão a me provocar.

Endireito a mandíbula para mascarar minha dor. Sabine me lança um olhar de desculpas, mas não estou chateada com ela. Ela só estava tentando me defender.

— Sim, mãe.

Não importa o quanto eu tente provar meu valor como a futura *matrone* da nossa *famille*, fico aquém das virtudes simples que vêm naturalmente para minha amiga. Um fato que minha mãe nunca deixa de me contar.

— Deixe-nos — ordena ela às outras Leurress. Com uma onda de reverências, elas se dispersam de volta ao trabalho. Sabine começa a segui-las, mas minha mãe levanta a mão para ela ficar. Não sei por qual motivo, porque as palavras dela são para mim: — A lua cheia é em nove dias.

Minhas costelas relaxam contra meus pulmões e inalo profundamente. Ela está falando do meu rito de passagem. O que significa que aceitou meus ossos da graça, todos eles.

— Estou pronta. Mais que pronta.

— Hyacinthe vai te ensinar o canto da sereia. Pratique-o apenas em uma flauta de madeira.

Concordo com fervor. Sei de tudo isso. Até já sei o canto da sereia de cor. Hyacinthe toca à noite. Às vezes eu a ouço chorar depois, seus soluços suaves fluindo com as marés ecoantes do mar. O canto da sereia é lindo demais.

— Quando posso receber a flauta de osso? — Meus nervos vibram com a ideia de poder tocá-la. Estou prestes a realizar um sonho que tenho desde pequena. Logo estarei entre minhas irmãs Leurress, cada uma de nós usando suas graças para guiar almas que partiram através dos Portões do Além, para os reinos de Tyrus e Elara. — Tenho mesmo que esperar até a lua cheia?

— Isso não é um jogo, Ailesse — retruca minha mãe. — A flauta de osso é mais do que um instrumento para chamar a seu *amouré*.

Balanço para a frente e para trás, alternando o apoio entre a ponta dos pés e o calcanhar.

— Sim, eu sei. — A música da flauta de osso também abre os Portões na noite da travessia, que por sua vez abre todos os outros Portões ao redor do mundo. Onde quer que as pessoas vivam, elas morrem e devem ser transportadas. E sem a flauta de osso, nenhum dos mortos, perto ou longe, pode passar para a vida após a morte.

Odiva balança levemente a cabeça, como se eu ainda fosse a criança impossível que corria pelo Château Creux insistindo com cada Barqueira para me deixar experimentar seus ossos da graça. Isso foi anos atrás. Estou totalmente crescida agora, sou totalmente competente, com três ossos só para mim. Estou preparada para tomar minha última vida.

Ela se aproxima e meu sexto sentido martela.

— Já decidiu se vai ou não tentar gerar uma criança?

O calor escalda as pontas das minhas orelhas. Uma rápida olhada em Sabine revela que ela está com o rosto vermelho. Esta conversa tomou um rumo mortificante. Minha mãe nunca discute intimidade comigo. Aprendi o que sei com Giselle, que passou um ano apaixonada com seu *amouré* antes de o matar. Infelizmente, aquele ano nunca produziu outra filha Leurress — nem mesmo um filho, embora conceber um menino seja algo inédito. As Leurress olham para Giselle de forma diferente agora, como se ela fosse um fracasso ou alguém de quem ter pena. Ela aceita com calma, mas não a invejo.

— Claro que vou — declaro. — Conheço meu dever como sua herdeira.

Sabine se mexe ao meu lado. Eu disse a ela a verdade. Não tenho intenção de fornecer outro sucessor em nossa linhagem. Minha mãe será forçada a aceitar minha decisão depois que eu matar meu *amouré* na ponte. E quando chegar o dia que eu for *matrone*, escolherei uma herdeira na nossa *famille*. Serei a primeira a quebrar a corrente da linhagem dominante de minha mãe, mas as Leurress continuarão. Terão de fazê-lo, porque a ideia de conhecer um jovem — pois com certeza Tyrus e Elara não me enviariam um velho — e possivelmente me apaixonar por ele para depois matá-lo é de uma crueldade que não consigo encarar. Farei o que for necessário. Vou sacrificar meu prometido amante, nada mais. Como todas as Barqueiras antes de mim, meu rito de passagem será meu juramento aos deuses, minha promessa de romper meus últimos laços de lealdade com este mundo e me dedicar a conduzir almas para a vida após a morte. Se eu puder resistir ao meu *amouré*, terei forças para resistir ao último canto da sereia: a canção do Além.

As mãos de minha mãe se juntam.

— Então preste atenção ao meu conselho, Ailesse. Conceba uma criança sem formar um apego duradouro ao seu *amouré*, não importa quão bonito, inteligente ou amável ele seja. — Seus olhos veem através de mim, perdidos em algum lugar que não consigo seguir. — Você não pode escapar das consequências do tempo gasto com paixão.

Ela está pensando em meu pai? Ela nunca menciona seu nome. E quando fala dele, é assim, de um jeito indireto.

— Ele não vai me quebrar — respondo, firme na minha resposta. Um dia vou governar essa *famille* com a ferocidade e dedicação de Odiva, mas também mostrarei a cada Leurress um carinho profundo e incondicional. Talvez minha mãe tenha pretendido fazer o mesmo, mas matar meu pai construiu um muro ao redor de seu coração. Ela não é a única Leurress que sofre com a perda de seu *amouré*. Pode ser a verdadeira razão pela qual Hyacinthe chora à noite. Depois de tocar o canto da sereia em sua flauta de madeira, ela sussurra o nome de seu amado.

Odiva hesita, depois põe a mão no meu ombro. Eu me assusto com o contato. Seu calor aperta minha garganta com uma onda surpreendente de emoção.

— Sem as Leurress — diz ela —, os mortos vagariam pela terra dos vivos. Suas almas desamarradas causariam estragos nos mortais que juramos proteger. Nossa tarefa é manter o equilíbrio entre os dois mundos, o natural e o sobrenatural, e, portanto, é nosso privilégio nascer uma Leurress e nossa grande honra nos tornarmos Barqueiras.

O rosto sereno de minha mãe flutua em minha visão embaçada pelas lágrimas.

— Obrigada. — Minha voz é um coaxar, quase um murmúrio. É o máximo que consigo. Tudo que eu quero é que ela me envolva em seus braços. Se ela já me abraçou, não me lembro.

Estou prestes a me aproximar quando ela se afasta abruptamente. Pisco e me recomponho, passando a mão rapidamente pelo nariz. Minha mãe se vira para Sabine, que fica um passo atrás, desconfortavelmente presente durante nossa conversa.

— Você será a testemunha de Ailesse em seu rito de passagem.

Um pequeno suspiro escapa da boca de Sabine.

— Perdão? — Estou igualmente atordoada. As Leurress mais velhas sempre servem como testemunhas.

Odiva levanta o queixo de Sabine e sorri.

— Você provou lealdade inabalável à minha filha, mesmo diante da morte. Você conquistou esse direito.

— Mas não estou pronta. — recua Sabine. — Só tenho uma graça.

— Não importa — digo, meu estômago vibrando com entusiasmo. — Você só precisa me observar. As testemunhas não estão autorizadas a intervir. Devo ser testada sozinha.

— Ailesse é minha herdeira — acrescenta Odiva. — Os deuses a protegerão. — Um calor percorre meus membros, embora minha mãe não olhe para mim. — Seu papel é prestar um registro sagrado, Sabine. Você pode achar que o ritual a inspirará a terminar de caçar seus próprios ossos da graça. — A expressão tensa de minha amiga diz que ela duvida seriamente disso. Odiva solta um suspiro silencioso. — Tenho sido paciente com você, mas chegou a hora de aceitar quem é: uma Leurress e, muito em breve, uma Barqueira.

Sabine enfia um cacho solto atrás da orelha com os dedos trêmulos.

— Farei o meu melhor — murmura ela. Ganhar graças, completar um rito de passagem e se tornar uma Barqueira deveriam ser escolhas, mas a verdade é que são esperadas de nós. Ninguém em nossa *famille* jamais ousou evitar a vida que levamos. Não a menos que se morra junto com seu *amouré*, como Ashena e Liliane fizeram.

Odiva fica mais alta, olhando para nós.

— Quero que vocês duas se preparem para a lua cheia com seriedade.

— Sim, *Matrone* — respondemos Sabine e eu, juntas.

— Agora levem essa carne de tubarão para a cozinha e digam a Maïa para prepará-la para o jantar.

— Sim, *Matrone*.

Com um ar cético, Odiva nos deixa. Espero, lábios pressionados, até que ela esteja conversando com Isla do outro lado do pátio. Então me viro para Sabine e solto um grito de felicidade.

— Você é minha testemunha! — Agarro seus braços e os sacudo. — Você vai estar lá comigo! Não poderia desejar a ninguém melhor.

Sabine faz uma careta quando eu a chacoalho.

— Longe de mim negar a qualquer um a chance de assistir você matar o homem dos seus sonhos.

Dou risada.

— Não se preocupe, vai ser limpo e rápido. Você mal vai ver acontecer. — Afasto da mente a imagem do tubarão-tigre sem barbatanas.

— E se o seu *amouré* for mais do que você espera? — Sabine se contorce. — Não estou convencida de que você será capaz de resistir a ele. Você desmaia até mesmo com os garotos mais feios que espiamos nas estradas.

— Eu não! — Agarro seu braço.

Ela finalmente ri comigo.

— Seu *amouré* provavelmente será trinta centímetros mais baixo do que você e cheirará a enxofre e esterco de morcego.

— Isso é melhor do que o cheiro saindo de você.

Sua boca se abre, mas então ela sorri.

— Isso foi baixo, Ailesse. Foi sua ideia trazer a carne de tubarão.

Eu sorrio e levanto o saco do chão, ignorando a fisgada de dor na minha mão.

— Eu sei. Vamos.

Ela relutantemente se junta a mim enquanto caminhamos em direção ao túnel leste para a cozinha.

— Espero que essa corda abra bem suas feridas. — Sabine acena com a cabeça para a alça do saco, então bate no meu ombro com o dela. Nós duas rimos novamente.

Enquanto caminhamos para dentro do túnel e fora do alcance dos ouvidos das outras Leurress, Sabine diminui o passo.

— Tem certeza de que não quer ter uma filha? E se você envelhecer e se arrepender de sua única chance?

Tento me imaginar tendo intimidades com um homem. Quanto minhas graças poderiam me ajudar? E então sentir sua prole crescendo dentro de mim até que ela esteja tão grande que tenha que sair rasgando.

— Não posso... — Balanço a cabeça. — Não tenho instinto maternal.

— Isso não é verdade. Eu vejo como você é com Felise e Lisette. Elas te adoram.

Eu sorrio, pensando nas meninas mais novas da nossa *famille*. Elas brigam para ver quem se senta no meu colo enquanto tiramos penas das codornas. Quando os trevos florescem, eu os entrelaço em seus cabelos.

— Serei uma tia melhor. Somos praticamente irmãs, certo? Por que você não tem uma filha um dia? Então cuidarei dela.

— Não sei. — Sabine coloca a mão sobre a barriga. — O rito de passagem deve acontecer quando estivermos com... trinta e sete. — Ela diz uma idade aleatória, bem distante de seus dezesseis anos. — No momento, é difícil imaginar *aquilo*.

A palavra "aquilo" fala muito e paira pesadamente no ar. "Aquilo" é o caminho mais difícil que uma Leurress pode escolher.

Se decidir viver com seu *amouré*, ela terá exatamente um ano de seu rito de passagem para fazê-lo. Independentemente do que aconteça depois, a vida do homem está perdida. Se ela não o matar até o final do ano, os dois estarão amaldiçoados. A magia do ritual inacabado encurtará a vida dele *e* dela. Foi assim que Ashena morreu. Foi assim que Liliane morreu cinco anos antes dela. É a maior das desgraças.

Empurro os ombros para trás.

— Se vou morrer, prefiro fazê-lo transportando os mortos.

— Como minha mãe? — Os olhos castanhos de Sabine brilham na escuridão.

Paro e aperto sua mão.

— Sua mãe morreu como uma heroína.

A animação some de seu rosto.

— Não encontro nenhuma glória na morte.

A tristeza de Sabine é uma faca cega me cortando. Estou desesperada para animá-la. Sua mãe morreu há dois anos, mas a dor ainda é recente e ataca sem aviso. A alma que partiu de um homem perverso — uma alma Acorrentada — matou a mãe de Sabine na ponte que leva aos Portões. A proximidade com o Além tornou o espírito dele tangível — uma forma que todas as almas mantêm pelo resto da eternidade, onde são reunidas com seus corpos, e uma forma que podem usar para lutar contra Barqueiras. Apenas os Acorrentados tentam fazê-lo, resistindo ao seu castigo nas profundezas do Submundo de Tyrus, ao contrário dos Livres, que viverão no Paraíso de Elara.

— Resolvido, então — digo, animada. — Nunca morreremos.

Sabine funga e abre um sorriso.

— Combinado.

Caminhamos para a escuridão, nossos ombros pressionados juntos.

— Vamos rezar para que Tyrus e Elara me mandem um homem medonho — comento. — Então nem você vai se arrepender da morte dele.

A risada silenciosa de Sabine me abala.

— Perfeito.

3
Bastien

Nove dias até eu matá-la.

Subo os caibros da oficina do ferreiro, o melhor lugar para praticar quando Gaspar já passou a madrugada na taverna. O velho vai dormir devido à cerveja por pelo menos mais uma hora.

Nove dias.

Firmo os pés em uma robusta viga central e jogo o capuz de meu manto sobre os olhos. Quando eu a encontrar, a lua estará cheia, mas a noite poderá estar nublada ou chuvosa. Dovré e as partes vizinhas de Galle do Sul podem ser inconstantes assim.

Puxo duas facas do meu cinto. A primeira roubei bem debaixo do nariz de Gaspar enquanto esfriava da fornalha. A segunda é comum. Barata. O punho não está equilibrado com a lâmina. Mas a faca era do meu pai. Eu a carrego comigo para me lembrar dele. Vou matar com ela, por ele.

Meio cego, eu avanço. A poeira chega às minhas narinas quando meus pés batem na viga. Movo-me para a frente e para trás, minhas facas cortando o ar enquanto começo meus exercícios. Já fiz esse treino mil vezes, e vou fazê-lo mais mil. É impossível estar preparado demais. Não posso contar com a sorte. Uma Feiticeira de Ossos é imprevisível. Não saberei de quais animais ela roubou magia até conhecê-la. Mesmo assim, estarei apenas supondo. Ela poderia ter o dobro da minha força, provavelmente mais. Ela poderia pular bem em cima de mim e me esfaquear por trás.

Giro e ajusto a pegada em ambas as facas. Jogo uma após a outra e ouço o som satisfatório do metal cravando. Corro para o meu alvo — uma viga vertical — e as seguro pelos punhos das facas.

Ainda não as retiro; uso-as como apoio para as mãos e subo para uma viga mais alta.

Imagino uma ponte e a garota que vou matar lá. Qualquer Feiticeira de Ossos serve. São todas assassinas. Vou pegar o que roubaram de mim. A vida de uma delas pela vida do meu pai.

Mais nove dias, Bastien. Então meu pai estará em paz. Eu estarei em paz. Não consigo imaginar a sensação.

Abaixo-me e coloco as pernas ao redor da viga. Viro-me de cabeça para baixo e dou uma cambalhota. Meu gorro voa para trás quando aterrisso diretamente na viga inferior.

Eu também posso surpreender uma Feiticeira de Ossos.

Um aplauso quebra minha concentração. *Gaspar acordou cedo.* Meus músculos ficam tensos, mas a voz que ouço é rouca e feminina.

— Bravo. — *Jules.* Ela se inclina contra a forja apagada.

Seu cabelo louro-palha brilha em um feixe de luz empoeirado que vem da janela aberta. Ela brinca com uma moeda entre o polegar e o indicador.

— Isso é ouro de verdade? — Limpo a testa molhada na manga.

— Por que você não desce aqui e descobre?

— Por que *você* não sobe aqui? — Volto na direção das minhas facas cravadas na madeira. — A menos que você tenha medo de altura. — Arranco as lâminas da viga e as embainho.

Jules bufa.

— Pulei do telhado do açougue para roubar aquele ganso na semana passada, não foi?

— Aquele ganso morto que gritou?

Os olhos de Jules se estreitam em fendas, mas ela morde a língua para não sorrir.

— Tudo bem, Bastien. Vou até aí se você quiser brincar comigo.

Não foi exatamente o que eu quis dizer.

Ela caminha até um dos suportes, usa os ganchos de ferramentas de Gaspar como apoio, e sobe. Suas calças justas realçam os músculos magros de seu corpo. Eu desvio o olhar e engulo em seco.

Tolo, eu me repreendo. Se não consigo manter a calma perto de Jules, como eu vou conseguir ficar perto de uma Feiticeira de Ossos? Elas são de tirar o fôlego e irresistíveis. Ou assim dizem as lendas. Meu único encontro com uma mulher de branco é prova suficiente. Ainda que estivesse apavorado — ainda que a odiasse —, não consigo esquecer a beleza rara e inquietante dela.

Sento-me na viga, um joelho puxado para o peito enquanto a outra perna balança. Do outro lado, Jules se levanta. Seu peito arfa acima de seu corpete. Ela o está usando mais apertado há dois meses, desde que eu parei de beijá-la.

— E agora? — Jules descansa uma mão no quadril, mas suas pernas tremem. — Você vai me fazer caminhar até você?

Quando eu não respondo, ela barganha:

— Que tal você me encontrar no meio do caminho?

— Hum. — Tamborilo os dedos no queixo. — Não.

Ela zomba e mostra sua moeda.

— Eu ia compartilhar, mas agora acho que vou guardar para mim. Talvez compre um vestido de seda.

— Porque vem a calhar para uma ladra.

Não consigo imaginar Jules em um vestido. Ela é a única garota em Dovré que se veste daquele jeito, e se algum garoto se incomoda com isso, ganha um olho roxo. Se for mais longe e a chamar de "Julienne", vai embora encolhido, protegendo o que há entre as pernas.

— Venha aqui. — Aceno com uma mão preguiçosa. — O chão está apenas três metros abaixo. Se você cair, qual é a pior coisa que pode acontecer? Crânio rachado? Pescoço quebrado? Uma boa conversa aqui em cima vale a pena, não acha?

— Te odeio.

Sorrio e me inclino contra o poste.

— Não odeia, não. — Tudo entre nós parece certo novamente. Estou provocando-a, irritando-a, como nos velhos tempos... antes de cometer o erro de beijá-la. Jules e seu irmão, Marcel, são família para mim. Eu estava errado em mexer com isso.

Sua trança cai na frente do ombro enquanto ela olha para o chão.

— Então, isso é oficialmente um desafio?

— Claro.

— O que eu ganho se conseguir atravessar?

— Você quer dizer se você *sobreviver?* — Dou de ombros. — Deixo você ficar com sua moeda.

— Já é minha.

— Prove.

Ela dá outra olhada no chão e faz beicinho. Em uma luta de facas, Jules me venceria a qualquer momento. Mas todo mundo tem uma fraqueza. Ela inala uma longa respiração e sacode as mãos. Seus olhos castanhos assumem o brilho da Jules que conheço melhor. A Jules que vai me seguir em qualquer lugar. Ela e Marcel estarão comigo em nove dias. Juntos, encontraremos a vingança. Meus amigos também perderam o pai.

Nunca conheci Théo Garnier. Eu tinha doze anos e estava pronto para roubar um boticário quando ouvi seu nome pela primeira vez e soube de seu destino. Eu ouvi o boticário falar de uma estranha doença que ele não conseguiu curar três anos antes. Ele nunca havia encontrado nada tão antinatural quanto a misteriosa doença óssea. Foi a última tragédia que Théo estava destinado a sofrer depois de ser abandonado por sua esposa e depois por sua amante.

Suspeitando que uma Feiticeira de Ossos pudesse estar envolvida, passei o mês seguinte rastreando o que acontecera com os dois filhos de Théo. Segundo o boticário, não havia família para acolhê-los. Finalmente encontrei Jules e Marcel em outro distrito de Dovré, vasculhando as ruas como eu para sobreviver. Juntamos as peças do quebra-cabeça da morte de nossos pais e percebemos que tínhamos um inimigo comum. Juntos, nos comprometemos a fazer as Feiticeiras de Ossos pagarem pelo que tiraram de nós.

Jules guarda a moeda entre os dentes e abre bem os braços. Ela dá o primeiro passo.

Meu sorriso desaparece enquanto estudo sua técnica.

— Olhe para a frente, não para baixo. Concentre-se na distância à sua frente. Encontre um alvo lá e olhe fixamente. — Ela expira e faz o que eu digo. — Bom, agora mantenha seu ritmo uniforme.

Não provoquei Jules apenas por diversão. Estou ajudando-a. Se ela conseguir superar seu medo de altura, será invencível. Vai escalar os telhados de Dovré. Vai pular de um para o outro com a facilidade de um gato de rua. A ladra perfeita.

Ela está na metade da viga, o rosto vermelho com a vitória iminente. Então suas sobrancelhas se contraem, sua confiança vacila. Ela está *apenas* na metade do caminho.

— Fique firme, Jules. Não pense. Relaxe.

Ela prende a respiração. Veias ficam visíveis em suas têmporas. Jules baixa os olhos.

— *Merde!*

Ela gira para o lado. Eu me jogo, mas ela cai muito rápido.

Mergulho na direção do braço dela, e a viga atinge meu peito. Nossas mãos lutam para se conectar. Seu peso me puxa, mas me ancoro na viga. Ela se debate e solta um grito de boca fechada.

— Peguei você, Jules!

Ela agarra meu pulso com a outra mão. Por algum milagre, a moeda ainda está em sua boca.

— A bigorna está bem abaixo de você — eu aviso. — Vou puxar você de volta, tudo bem?

Ela concorda, com um gemido.

Eu aperto a viga com minhas coxas e a levanto lentamente. Jules enfim fica de pé, e nós atravessamos a viga, cara a cara e ofegantes. Ela abraça meu pescoço. Está tremendo toda. Seguro-a com mais força, amaldiçoando-me por tê-la desafiado. *Se eu perder mais alguém...* Fecho os olhos.

— Muito bem. — Luto para respirar. — Foi lindo.

Ela explode em gargalhadas maníacas.

— Se você contar ao Marcel sobre isso, eu te mato. — As palavras saem distorcidas por causa da moeda em sua boca.

— Justo.

Jules se afasta para ver meu rosto. Nossos narizes estão quase se tocando. Ela ergue o queixo ligeiramente. Está me convidando para pegar a moeda. Tiro uma mão de sua cintura e a arranco de seus dentes.

Ela umedece os lábios.

— E aí?

Mordo a moeda de leve.

— É real — digo com um sorriso tímido.

Ela abaixa os olhos. Parece que está prestes a me matar.

Mas então está me beijando.

Fui pego tão desprevenido que perco o equilíbrio. Desta vez é Jules quem me ancora na viga. Sua boca não sai da minha.

Não consigo não ceder. Ela é muito boa nisso. Minha mão aperta sua cintura. Jules suspira, espalhando calor em meu rosto. Começo a aprofundar o beijo, mas então meu estômago parece dar um nó. Posso enganar e roubar qualquer pessoa em Dovré, mas não as duas pessoas com quem mais me importo. E é exatamente assim que me sinto — parece que estou trapaceando. Levei todos os dias das seis semanas em que Jules e eu estivemos juntos para descobrir o motivo: estou dando o que não tenho para dar.

— Jules... — Gentilmente a empurro, mas ela não se mexe, uma lutadora até o âmago. É por isso que eu a amo... só não do jeito que ela quer que eu a ame. Ainda não, pelo menos. Talvez nunca. — Jules, *não.* — Recuo. Suas mãos caem para a viga.

Ela procura meus olhos. Os seus repletos de mágoa. Eu não posso ir por este caminho novamente. Ela só vai me odiar. Gostaria de poder provocá-la e fugir com as mãos nos bolsos. Em vez disso, estamos presos nessas vigas juntos.

Eu suspiro e passo as mãos pelo meu cabelo. Precisa de um bom corte e uma lavagem. Normalmente Jules lida com as tesouras.

— Fique com a moeda — digo, e a coloco entre nós. — Compre aquele vestido de seda. Você pode usá-lo no festival da primavera.

— Não vou comprar um vestido, idiota. — Jules pega a moeda e a enfia no bolso. — O que precisamos é de comida.

— Bem, em nove dias...

— Em nove dias o *quê*? Vai ficar honesto? Virar aprendiz de alguém? De repente vai ganhar uma boa reputação?

Dou de ombros.

— Em nove dias podemos sair de Dovré. Começar do zero em outra cidade.

— Isso é o que você diz toda lua cheia — retruca Jules, então balança a cabeça, tentando controlar seu temperamento explosivo. — Estamos fazendo isso há mais de um ano, Bastien. Vigiamos todas as pontes. É hora de admitirmos o fato de que a Feiticeira de Ossos provavelmente morreu ou se mudou para outro lugar... como *deveríamos* fazer.

Minhas pálpebras tremem, e cerro os dentes.

— Galle do Sul é onde há mais folclore sobre Feiticeira de Ossos. Os primeiros mitos vêm daqui, não de outro lugar. Elas não morreram, Jules. Mulheres assim não morrem do nada.

Seus olhos se estreitam e assumem uma expressão que ela domina.

— Por quê? Porque então você não teria um motivo para acordar todas as manhãs?

Esta conversa já deu.

Fico em pé na viga. Jules fica parada, teimosa.

— Vamos. — Estendo a mão, mas ela me ignora. — Certo. Boa sorte aqui em cima. — Viro-me para descer.

— Espere — geme ela, e olho para trás. — Também quero vingar a morte do meu pai. Você sabe que sim, mas... e se não conseguirmos? E se não for possível?

Sinto uma dor aguda no peito. Não consigo pensar em falhar. Como ela consegue? Jules e Marcel não viram o pai ser assassinado em uma ponte como eu. Théo morreu, mas foi uma morte lenta.

Anos depois que a mãe deles faleceu, ele trouxe para casa uma linda mulher. Ela remendava suas roupas, cantava canções e dormia na cama dele. Eles a chamavam de enviada do céu. Ela ajudou Théo em seu trabalho como escriba, alisando os pergaminhos com pedra-pomes, marcando linhas com régua e furador. Quando sua renda dobrou, eles comiam da melhor carne e bebiam do melhor vinho. Então, certa manhã, Jules encontrou a mulher de pé sobre o pai adormecido, segurando uma faca esculpida em osso. A mulher se assustou com Jules e saiu correndo de sua cabana, para nunca mais voltar. Théo logo adoeceu e seus ossos ficaram quebradiços como vidro. Cada vez que ele caía, outro osso se quebrava. Por fim, houve uma queda tão terrível que acabou com sua vida.

Eu olho para minha amiga.

— Eu *vou* me vingar. Desista se quiser, mas eu nunca desistirei.

Jules morde o lábio inferior. O pequeno espaço entre os dois dentes da frente é a única característica que me lembra a garota que conheci quando tínhamos doze anos. Temos dezoito anos agora, idade suficiente para nos preocuparmos com o que vem a seguir em nossas vidas. O que faremos depois de darmos paz aos nossos pais. Não consigo pensar em mais nada ainda.

— Quem disse que *você* era o teimoso? — Seu sorriso mascara a preocupação em seu rosto. — Eu estava apenas testando você. Coloque-me em terra firme na próxima lua cheia, e não vou fugir. Você terá sua presa, e Marcel e eu teremos a nossa. — Contei a meus amigos sobre a segunda mulher que vi quando meu pai morreu. Marcel pesquisou todos os livros que ele escondeu em Dovré — aqueles que resgatou da biblioteca de seu pai — e descobriu que as Feiticeiras de Ossos sempre viajam em pares. Conveniente para nossa única noite de assassinato. — Agora me ajude a descer daqui antes que eu te empurre para aquela bigorna — diz Jules.

Dou uma risada calorosa.

— Certo. — Eu a guio até a trave, onde pode descer. Ela está quase no chão quando a fechadura da porta chacoalha. Jules amaldiçoa e pula o resto do caminho. Eu a sigo e rolo para amortecer minha queda. A porta se abre. Estamos presos em um quadrado brilhante de luz solar.

Gaspar nos olha boquiaberto, bêbado. Um de seus suspensórios caiu e sua barriga se projeta sobre o cós da calça remendada. Passamos por ele, e ele berra, agarrando um de seus atiçadores de fogo. Ele nunca vai nos pegar. Jules e eu damos as mãos na rua, e nossos passos seguem um ritmo perfeito. Eu rio de nossa quase fuga — tivemos tantas — e ela me dá um sorriso deslumbrante. Eu poderia beijá-la naquele momento, mas desvio o olhar antes de me permitir.

Nove dias. Então poderei pensar em Jules.

4
Sabine

— Juro pelos ossos do meu pai — rosna Ailesse, tropeçando na bainha de seu vestido novamente. Eu agarro seu braço para firmá-la, e ela levanta a saia do caminho empoeirado na floresta. — Isla fez meu vestido longo demais de propósito. Ela está determinada a tornar esta noite o mais difícil possível.

Odiva pediu a Isla para costurar o vestido cerimonial branco de Ailesse, e nunca vi um tão elegante. O decote largo se agarra elegantemente às bordas dos ombros e as mangas justas se abrem nos cotovelos. Isla se esforçou para ajustar o corpete, mas Ailesse está certa sobre a saia. Sua cauda excessiva e bainha frontal são perigosamente longas. Isla é uma costureira talentosa demais para que isso tenha sido um erro.

— Talvez ela tenha te feito um favor. — Dou de ombros. — Seu *amouré* vai achar você mais atraente em um vestido nada prático. — Quando Ailesse me lança um olhar cético, acrescento: — Lembra a pintura que vimos na cidade no outono passado? A dama do retrato estava quase se afogando em seu vestido ridículo, e os homens o guardavam como se fosse o tesouro mais valioso de Galle.

— Os homens devem se sentir atraídos por mulheres indefesas — resmunga Ailesse, mas então seus olhos escuros brilham ao luar. — Vou fazer uma surpresa ao meu *amouré*! Ele terá mais sorte do que os outros homens estúpidos de Dovré.

Mais sorte. Eu sorrio, mas meu estômago embrulha. Como o resto de nossa *famille*, Ailesse acredita que o homem que os deuses escolheram para ela esta noite é afortunado. Um dia, quando Ailesse morrer, seu *amouré* vai saudá-la com gratidão por ter tirado sua vida, e juntos eles viverão uma vida melhor no Paraíso de Elara. Eu gostaria de poder apostar minha fé nisso. Esta noite seria muito mais fácil.

Estremeço quando uma névoa se insinua na floresta e perturba o ar quente.

— Como você imagina que ele vai ser?

Ailesse dá de ombros.

— Eu não me deixo imaginar nada sobre ele. Que bem isso me faria nesta vida?

— Você nunca sonhou acordada com seu *amouré*?

— Nunca.

Eu lanço um olhar duro para ela, mas Ailesse mantém sua expressão teimosamente impassível.

— Bem, acho que você deveria ter um momento para sonhar antes de prosseguir com seu rito de passagem. Talvez os deuses prestem atenção e você os ajude a fazer a escolha.

Ela zomba.

— Acho que não é assim que funciona.

— Só para me agradar, Ailesse. Sonhe.

Minha amiga se contorce como se seu vestido de rito de passagem começasse a coçar de repente.

— Você gostaria que ele fosse bonito? — Cutuco, dando o braço a ela. — Vamos começar com isso.

Ela faz uma careta.

— Eu permitirei que ele seja bonito se ele não estiver apaixonado por sua aparência. Nada é menos atraente.

— Concordo. Nenhuma vaidade será tolerada.

— Falando de aparência... eu não me importaria se ele tivesse covinhas e cachos.

— Covinhas e cachos, ouviram isso, Tyrus e Elara?

Ailesse me manda calar a boca.

— Não seja desrespeitosa, ou eles vão me mandar um troll.

— Não se preocupe. Os trolls são um mito. Somos as únicas criaturas a temer nas pontes.

Ela ri e inclina a cabeça para o meu ombro.

— Meu *amouré* também deve ser apaixonado e poderoso.

— Naturalmente, ou então ele não seria compatível com você.

— Mas ele deve equilibrar essa força com ternura e generosidade.

— Ou então ele não poderia lidar com as suas mudanças de humor.

Ailesse solta outra risada, me dando uma cotovelada.

— Em suma, ele deve ser perfeito.

Descanso minha cabeça contra a dela.

— Você não estaria sonhando se ele fosse menos.

Contornamos uma curva no caminho e cruzamos uma estrada raramente usada fora dos muros da cidade. A seis metros de distância está Castelpont, a ponte que Ailesse escolheu para seu rito de passagem. Nossos sorrisos desaparecem. Meu coração dispara. Estamos aqui. Ailesse vai realmente fazer isso.

A lua cheia paira sobre a ponte como um olho branco envolto em névoa. Insetos noturnos zumbem e gorjeiam, mas os sons diminuem à medida que deixamos a floresta, descemos a estrada tranquila e avançamos para o topo da ponte.

Castelpont é antiga e feita de pedra, construída no período em que os ancestrais do rei Godart governavam a terra. Naquela época, o rio Mirvois transportava mercadorias terrestres para o Château Creux, e o arco alto da ponte acomodava as embarcações que passavam por baixo. Mas agora o leito do rio está seco e desolado. Depois que Godart morreu sem deixar um herdeiro, outra família real declarou seu direito de governar. Eles construíram outra casa, Beau Palais, na colina mais alta de Dovré, e redirecionaram o rio. Castelpont ganhou esse nome porque, olhando para o oeste, você podia ver as torres do Château Creux. E agora, olhando para o leste, você pode ver o castelo mais novo, Beau Palais. Ailesse e eu nunca estivemos dentro daquele castelo, e nunca iremos. Odiva proíbe as Leurress de entrarem nas muralhas da cidade de Dovré. A discrição é essencial para a nossa sobrevivência.

— Você tem certeza sobre a ponte? — pergunto. As janelas do Beau Palais são como outro par de olhos olhando para nós. — Estamos muito expostas. — Isso não é nada parecido com nosso passatempo de espionar os viajantes da segurança de esconderijos cuidadosos na floresta.

Ela apoia os braços cruzados na meia-parede do parapeito e examina o castelo de pedra calcária. Seu cabelo ruivo flui macio e solto na brisa. Escondida sob ele está sua faca de osso ritual, embainhada em um arnês em suas costas.

— Ninguém pode nos ver desta distância. Estamos perfeitamente seguras.

Não estou convencida. Ailesse escolheu Castelpont pela mesma razão que matou um tubarão-tigre. De todas as pontes em Galle do Sul, Castelpont apresenta o maior desafio: é a mais próxima de Dovré. Um rito de passagem aqui impressionará as outras Leurress. Quando Odiva perdoar Ailesse, isso pode impressioná-la também.

Ailesse gira e pega minhas duas mãos.

— Estou tão feliz que você está aqui comigo, Sabine.

Embora seu sorriso seja radiante, suas mãos revelam um leve tremor.

— Estou feliz por estar com você também — minto. Quer eu odeie este rito de passagem ou não, ela nunca desistirá dele, então desejo que ela tenha certeza e seja rápida. Se ela for desajeitada e seu *amouré* sofrer uma morte lenta, Ailesse vai se arrepender pelo resto de sua vida.

Ela abre o colar, tira-o do ombro e passa para mim.

— Vamos começar? — O rito de passagem é a única vez que uma Leurress pode acessar seu poder sem usar seus ossos. Mas ela deve permanecer na ponte do ritual.

Respiro fundo e ofereço a ela um pequeno baú de teixo. Ela abre a tampa. No interior, a antiga flauta de osso repousa sobre em uma cama de lã de cordeiro. Ailesse retira reverentemente o instrumento e seus dedos percorrem os orifícios do tom e traçam os símbolos gravados. As Leurress afirmam que a flauta foi feita do osso de um chacal-dourado, mas a besta sagrada é mítica, pelo menos em minha mente. Ninguém na minha *famille* já viu um em Galle.

Uma rajada repentina carrega o som de vozes fracas. Algo farfalha nas árvores e olho para trás.

— Ailesse — agarro seu braço —, tem alguém aqui.

Quando ela se mexe para olhar, uma coruja-das-torres voa dos galhos e faz um arco no alto. Solto uma risada nervosa, mas Ailesse fica solene. Avistamentos de corujas pressagiam boa ou má sorte. Você não sabe, até que o inevitável aconteça.

— Vá, Sabine — diz Ailesse, enquanto a coruja guincha e voa. — Não podemos atrasar.

Beijo sua bochecha e me apresso para fazer minha parte.

— Boa sorte. — Uma testemunha faz mais do que prestar testemunho do sacrifício ritual. Também devo enterrar os ossos da graça de Ailesse sob as fundações da ponte e recuperá-los depois. Quando ela tocar o canto da sereia na ponte, os deuses escolherão um homem para ela. Quer seu amante prometido esteja perto ou longe, quer ele ouça a música ou a sinta dentro dele, os dois estarão ligados e ele será atraído para conhecê-la. Nossa *famille* é conhecida por atrair *amourés* de todos os cantos de Dovré, e até mesmo de quilômetros fora dos muros da cidade.

Ailesse se ajoelha na ponte, fecha os olhos e ergue as mãos em concha para os Céus Noturnos. Ela murmura uma oração para a esposa de Tyrus, Elara, separada dele no início dos tempos pelo mundo mortal que se formou entre seus reinos.

Dou uma espiada no véu leitoso de estrelas de Elara e ofereço minha própria oração. *Ajude-me a aguentar esta noite.* Eu saio correndo, atrapalhada com o colar de ombro de Ailesse. Todos os três ossos da graça estão amarrados a ele com cordão encerado. Não sinto nada do poder deles.

Desfaço os nós, retiro os ossos e desço a encosta íngreme do leito do rio. O solo no fundo está rachado e seco, então pego uma pedra pontiaguda para cavar o primeiro buraco. Enterro o primeiro osso de Ailesse, o da asa de um falcão-peregrino, então corro para o segundo canto da fundação. Estou grata por não ter que me molhar. Se Ailesse tivesse escolhido uma ponte sobre a água, eu estaria nadando agora. Teria que amarrar os ossos dela nas fundações abaixo da linha d'água.

Cada vibração do vento me faz estremecer e examinar os arredores. Se alguém além do *amouré* de Ailesse vier para esses lados e desconfiar de algo, Ailesse pode não ser capaz de se defender — não até eu terminar aqui embaixo e ela tocar o canto da sereia. Ela não pode exercer suas graças até então.

Enterro o segundo osso e corro para o outro lado do leito do rio para enterrar o terceiro. Cada buraco é mais raso que o anterior, mas não me preocupo em cavar mais fundo. Deixo a quarta extremidade intacta, reservando aquele lugar para o homem que Ailesse vai matar. Será seu túmulo — a última honra que receberá nesta vida. Mais um motivo para agradecer por não ser uma ponte sobre a água. Jogar um morto em um rio, para ser levado sabe-se lá aonde, parece uma pobre forma de agradecimento depois de tirar sua vida.

— Terminei! — grito, e jogo mais um punhado de terra sobre o último osso da graça. — Pode começar.

— Vou esperar até que você volte para cá. — A voz clara e relaxada de Ailesse ecoa de volta para mim. Sua oração deve tê-la acalmado. — Caso contrário, você não será capaz de me ver.

Sufoco um gemido e começo a subir a margem do rio.

— Seu *amouré* não vai se materializar quando você tocar a primeira nota. Ele pode viver do outro lado de Dovré pelo que sabemos.

Ela solta um suspiro alto.

— Não tinha pensado nisso. Espero que não leve a noite toda.

Por mais que eu queira que seu rito de passagem termine, parte de mim deseja que seu *amouré* nunca venha. Os deuses já exigem o suficiente de uma Leurress ao longo de sua vida. Não deveriam nos pedir para fazer um sacrifício como este também. Mas dizem que Tyrus é exigente. Sua capa é feita da fumaça e das cinzas de violadores de juramentos e covardes, os piores pecadores do Submundo, aqueles apanhados no fogo eterno de sua ira. Mesmo os assassinos têm um destino melhor nas Areias Perpétuas, o deserto escaldante de Tyrus onde a sede nunca é saciada.

Finalmente chego ao topo, ofegante, e coloco minhas mãos nos quadris.

— Estou aqui. Prossiga.

Ailesse joga os ombros para trás.

— Vamos ver se consigo matar um homem sem manchar meu vestido com o sangue dele. — Ela pisca. — Isso mostrará a Isla.

Meu estômago se dobra sobre si mesmo. Não sorrio de volta. Está realmente acontecendo. Ailesse vai encontrar seu par, apenas para matá-lo.

— Tenha cuidado — digo, mesmo que seu amante prometido seja quem está em perigo. Ainda assim, não consigo afastar um mau pressentimento.

— Sou sempre cuidadosa. — Seu sorriso ousado revela exatamente o oposto e duplica minha preocupação. Um pouco de medo é prudente.

Resignada, recuo até a árvore mais próxima e escolho meu lugar atrás dela. Estou parcialmente escondida, mas ainda posso ver minha amiga.

Ailesse joga o cabelo sobre o ombro, o pescoço esguio como o de um cisne, e leva a flauta de osso à boca.

5
Bastien

Esta noite terei minha vingança. Eu sinto isso dentro de mim, além da energia nervosa que me manteve acordado nas últimas vinte e quatro horas. Depois desta noite, vou dormir em paz.

Aperto a alça do arnês nas minhas costas. Ambas as minhas facas estão escondidas nele. A Feiticeira de Ossos vai me convidar para dançar — parte de seu jogo perverso de gato e rato —, mas não vou revelar que sou o gato até chegar a hora certa.

— Ainda voto que ataquemos das árvores — diz Marcel, o último a sair do túnel do porão de La Chaste Dame. O bordel fica perto da muralha sul da cidade. Poderíamos ter tomado o caminho através das catacumbas, mas este túnel — aquele para o qual Madame Colette faz vista grossa se eu jogar uma moeda para ela — conduz para fora de Dovré, no caminho para as pontes que vamos explorar esta noite. Na última lua cheia, Jules, Marcel e eu partimos do oeste e seguimos para o leste. Desta vez, desceremos da cidade até o estaleiro real na costa. Galle do Sul é cercada de água e pontes.

— Não, vamos fazer isso direito, cara a cara. — Estou limpo pela primeira vez em semanas. Entramos furtivamente no Quarto Escarlate de La Chaste Dame, onde o barão Gerard gosta de se esconder. Jules esfregou meu cabelo com seu sabonete e passou a navalha em meu rosto. Ela até me deu um pouco da água perfumada do barão. Agora sinto cheiro de alcaçuz, agrião e cravos. É o suficiente para me fazer espirrar, mas Jules promete que o cheiro é atraente. Quando a Feiticeira de Ossos tocar a música dela, devo me passar pelo garoto predestinado que ela atrai. Quem quer que seja.

— Como estou? — pergunto pela primeira e, espero, última vez na vida. *Avançar, atacar, defender.* Pratico as formações em minha mente enquanto Jules se preocupa com a capa que eu "emprestei" do bordel. Está presa nas minhas costas e em um ombro, da mesma forma que os ricos do distrito nobre as usam. Vamos devolvê-la ao Quarto Escarlate assim que terminarmos esta noite. Madame Colette vai nos envenenar durante o sono se souber que estamos roubando de seus clientes.

— Quase perfeito — responde Jules. — A única falha é seu hálito. A linguiça foi um erro.

— Foi você quem roubou, e ainda comeu a outra.

— Não sou eu que estou tentando impressionar uma semideusa. — Jules se vira e vasculha a vegetação rasteira.

— Feiticeiras de Ossos não são imortais. — Marcel limpa as mãos empoeiradas nas calças. — Elas vivem tanto quanto nós. As velhas canções perpetuam esse mito, mas se você olhar com atenção para sua fonte, especificamente o poema épico *Les Dames Blanches*, de Arnaud Poirier, você verá onde a confusão começou — comenta, preguiçosamente. Não está tentando nos impressionar e também não está muito preocupado em mudar nossa opinião. Fala como sempre faz, compartilhando tudo o que vem à sua cabeça e gira as engrenagens de sua mente. — "Com dons divinos, elas atraem, elas matam", diz Poirier, mas é claro que ele quer dizer que as Feiticeiras de Ossos obtêm *poder* dos deuses, não que eles *sejam* deusas. Apenas afirmam ser descendentes deles.

Jules arranca um punhado de folhas, meio que ouvindo seu irmão mais novo.

— Hortelã — anuncia ela, nem um momento antes de enfiar na minha boca.

Engasgo e cuspo algumas folhas.

— Não preciso da planta inteira!

— Precisa sim. — Ela abana o rosto e passa por mim. Não deixo de perceber que ela sai rebolando. Está toda vestida de preto, do corpete de couro às botas. Até usa um capuz preto para esconder seu cabelo louro. Jules é sempre a sombra em nossas caçadas, e eu sou a distração. Embora ela esteja fazendo um trabalho melhor nisso agora. Quanto a Marcel, tentamos mantê-lo fora de vista. Ele é bom em estratégia, mas quando se trata de furtividade, tem dois pés esquerdos.

Ele fica um passo atrás enquanto nos arrastamos pela floresta. A palha seca racha e estala sob os pés dele. As garotas de Dovré não se importam com sua falta de jeito. Ouço-as sussurrar sobre o "rosto doce" e os "olhos de mel" de Marcel. Se sussurram sobre mim, não ouço. A verdade é que, de nós três, Marcel é o único acessível. *Cortar, abaixar, rolar.* Meus músculos ficam tensos enquanto penso em cada movimento. A Feiticeira de Ossos será rápida, mas estou pronto para ela.

— O título do poema de Poirier é ainda responsável pelo equívoco de que todas as Feiticeiras de Ossos têm a pele clara — continua Marcel —, quando na verdade *"blanches"* se refere à cor de suas vestes.

— Você ainda está falando? — Jules pula mais rápido na trilha dos cervos. — Isso vai demorar até o amanhecer se você não nos acompanhar.

Ela está certa. Volto para ajudar Marcel. Estamos caçando pontes há mais de um ano, e minha vontade de acabar logo com isso está piorando. *Esta noite, Bastien, esta noite.*

— Que tal largar a mochila e o arco? — sugiro. Marcel parece uma mula com tudo o que carrega. — Esse equipamento deixa você mais lento toda vez.

— Prefiro ser lento a indefeso. — Seus olhos se desviam para uma folha presa em seu manto, e ele toca suas pontas irregulares. — Verbena — identifica ele, e a enfia no bolso. — Além disso, o livro fica comigo. Você sabe disso.

Eu sei. O livro vai a todos os lugares que Marcel vai. É o principal uso da mochila. A tradição da Galle Antiga está nesses contos populares. Marcel consegue desmenti-los com sua lógica, mas o livro estava na mesa de cabeceira de seu pai quando ele morreu. Entendo a necessidade dele. A pesada faca de meu pai não é tão volumosa, mas também nunca vou a lugar nenhum sem ela.

A brisa muda e tusso com o súbito aroma de rosas.

— Uma das garotas de Madame Colette te encurralou na saída?

— O quê? Não. Por que você...?

— A fragrância. — Pisco. — Tenho certeza que alguém esfregou meia garrafa em você.

Marcel cheira sua gola e xinga baixinho.

— Ela não é uma garota de bordel — murmura, e acelera para passar por mim.

Rio, seguindo bem em seus calcanhares.

— Deixe-me adivinhar... Birdine? — A ruiva de cabelos encaracolados trabalha em uma loja perto de La Chaste Dame. A voz etérea e risada calorosa dela deixam os clientes à vontade enquanto seu tio cobra um preço alto por um perfume barato. — Ninguém mais usa tanta água de rosas.

Marcel geme.

— Você não pode dizer nada. Jules vai me cozinhar vivo se sentir o cheiro disso em mim.

— Como assim?

— Ela detesta qualquer uma que olhe na minha direção.

— Especialmente quando você olha de volta. — Dou um sorriso maroto, mas ele não ri como eu esperava. Está muito ocupado esfregando agulhas de pinheiro esmagadas em todo o pescoço e na camisa e vasculhando o caminho à frente em busca de sua irmã. Nunca o vi perturbado assim. Marcel normalmente é tão imperturbável quanto possível. — Você está gostando dessa garota, não está? — Inclino a cabeça. — Quer que eu fale com Jules? Peça a ela para soltar a coleira? — Marcel tem apenas dezesseis anos, a mesma idade de Birdine, mas é idade suficiente para se divertir sem se preocupar com os olhos da irmã nas suas costas.

Seu rosto se ilumina.

— Você falaria?

Jules vai me esfolar vivo por trazer isso à tona. Ela é mãe, pai, e muito mais para seu irmão. Não deve ser fácil se livrar desse tipo de responsabilidade. Antes que uma Feiticeira de Ossos destruísse as vidas de Jules e Marcel, a mãe deles causou sua própria parcela de danos. Ela abandonou Théo por um marinheiro quando os filhos eram pequenos e deixou o porto em um navio que nunca mais voltou.

— É claro. — Passo por cima de uma raiz retorcida e estabeleço um ritmo rápido novamente. *Girar, mergulhar, cortar.*

— Birdie está cansada da perfumaria. O almíscar faz sua cabeça doer.

— Sério? — Não tenho certeza do que ele está querendo dizer, mas sorrio para o seu apelido para a garota. — Ela tem outra maneira de ganhar a vida?

— Ela quer me ajudar no meu trabalho.

— Bater carteiras? — *Pular, esfaquear.* Aposto que a Feiticeira de Ossos vai escolher uma das pontes na floresta fechada ao sul de Dovré. Algumas pontes são esquecidas e difíceis de encontrar. Não para mim. — Ou você quis dizer o negócio de vingança?

— Trabalho de *escriba* — diz Marcel lentamente, sem perceber que estou provocando. — Ainda tenho a maioria das ferramentas do meu pai. Há pergaminhos para preparar, linhas para endireitar, muito para Birdie fazer. Um escriba faz mais do que apenas ler e escrever — acrescenta, como se todas as crianças pobres de Dovré pudessem fazer o mesmo.

Coço a parte de trás do pescoço. Marcel está realmente tão ansioso para partir e se comprometer com uma profissão? Nunca me permito pensar além da próxima lua cheia.

— Ouça, eu poderia ter pegado um cinzel e um martelo ao longo dos anos. — Se meu pai estivesse vivo, isso poderia tê-lo feito feliz. Mas ele não está vivo. Agora só posso fazer justiça a ele. — Acontece que tudo de que eu precisava era de uma faca.

Marcel empurra um galho de junco para fora do nosso caminho.

— Não entendi.

— Olha, divirta-se com a Birdie... quando puder, de qualquer maneira. Mas não perca o foco. Jules e eu precisamos de você. — Dou-lhe um tapa fraternal no ombro. Sem Marcel, não saberíamos os detalhes mais sutis sobre as Feiticeiras de Ossos, mesmo que esse conhecimento seja irregular. — Tornar-se um escriba certamente deixará seu pai orgulhoso, mas sua memória precisa descansar primeiro, certo?

Marcel fica abatido, mas assente com coragem.

Jules assobia um canto de pássaro, impaciente para que a alcancemos. Tentamos ir mais rápido, porém os passos de Marcel são pesados. Afasto uma pontada de culpa. Jules já o lembra de manter a cabeça no presente sempre. Pelo menos de minha parte, não são gritos. Marcel tinha sete anos quando Théo morreu. Jules tinha nove. Os dois anos que ela tem a mais que ele lhe dão uma compreensão mais difícil do que eles perderam. Marcel precisa de vingança tanto quanto nós. Um dia ele vai nos agradecer por fazê-lo aguentar até o fim.

No momento em que avistamos Jules à frente, ela está se aproximando da primeira ponte em nossa rota. Está prestes a sair da floresta e entrar na estrada quando para abruptamente.

Congelo, sempre em sintonia com ela, e levanto a mão para parar Marcel. Alguém deve estar por perto. Jules vai esperar que passe. Somos ladrões conhecidos. Se nos depararmos com a pessoa errada...

A silhueta de Jules fica rígida. Ombros erguidos. Mãos espalmadas. Não é bom. Há quantas pessoas lá? Ela recua lentamente, abaixando-se a cada passo.

— O que está acontecen...?

Coloco a mão na boca de Marcel.

Jules atinge um galho baixo. Ela nunca é tão desajeitada.

— *Merde* — diz, e se joga no chão. A grama selvagem sussurra. Jules rasteja. Quando a vejo novamente, está apontando descontroladamente para trás.

Marcel e eu nos agachamos. Nós três nos reunimos em um círculo apertado.

— Soldado? — pergunto. A guarda do rei não patrulha tão longe da muralha da cidade, mas não consigo pensar em quem mais poderia deixar Jules em pânico.

Ela balança a cabeça.

— Feiticeiras de Ossos.

Minha garganta fica seca. Pisco estupidamente para ela. Até Marcel está sem palavras.

— O quê, *aqui*?

Jules confirma com a cabeça.

— Castelpont? — Ainda estou incrédulo. Nunca considerei que esta ponte pudesse ser um destino, apenas um atalho. Está à vista de Beau Palais.

— Uma mulher de branco está na ponte e outra está se retirando do outro lado. *Essa* mulher está vestindo verde, então sua teoria de tudo em branco não se sustenta, Marcel.

— Talvez o branco seja ritualístico — pondera. — Nas lendas, os avistamentos de Feiticeiras de Ossos acontecem durante a dança na ponte. Apenas uma história menciona testemunhas, e não especifica a cor de seus vestidos, mas...

Eu mal ouço uma palavra enquanto Marcel fala. Jules finalmente dá um tapa nele, o que o faz calar a boca. Ela olha para mim, e seu sorriso se abre.

— Bastien, nós conseguimos! Nós as encontramos! — Ela reprime uma gargalhada enlouquecida.

Não sorrio de volta. Não consigo pensar, não consigo respirar. Meu pulso lateja atrás de minhas pálpebras. Sabia no meu âmago que teria minha vingança esta noite. A cena que capturei em minha cabeça — a cena que imaginei por anos — se desenrola diante de mim.

Piso na ponte. A Feiticeira de Ossos e eu travamos olhares. Finjo estar enfeitiçado. Nós dançamos. Estou jogando o jogo dela. Então anuncio quem sou. Eu menciono dois dos homens que seu povo matou. Meu pai.

O pai de Jules e de Marcel. Corto sua garganta com a faca de meu pai, e Jules mata a testemunha. Não enterramos seus corpos. Deixamo-nas onde elas morrerem.

— Bastien. — Jules me sacode.

Engulo, caindo em mim. Esfrego as mãos juntas para fazer meu sangue bombear.

— Marcel, guarde a estrada de um lugar fora da vista da ponte. A verdadeira alma gêmea da Feiticeira de Ossos virá em algum momento. Com alguma sorte, teremos acabado até lá.

— Vou subir em uma árvore e vigiar. — Marcel olha para cima e seu cabelo cai de um lado do rosto. O único olho que posso ver já está distraído pela variedade de árvores acima de nós.

Jules franze a testa para ele.

— Não estrague tudo. Mesmo que alguma seiva ou casca ou qualquer outra coisa capture sua atenção.

— Sou perfeitamente capaz de permanecer na tarefa.

— Você é? — Ela arqueia uma sobrancelha. — Prove. Atenha-se ao seu posto até que chamemos você, nem um momento antes. Deixe a luta conosco. Não quero limpar suas entranhas quando tudo terminar.

— Ele vai ficar bem — digo, e me inclino perto da orelha de Marcel. — Pense em água de rosas. — cutuco. Depois desta noite, nosso negócio de vingança estará encerrado.

Ele reprime um sorriso e me dá um aceno tímido.

— Estamos prontos, então? — pergunto aos meus amigos. — Isso é tudo pelo que trabalhamos. Temos que ser impecáveis. Aquela Feiticeira de Ossos ali — aponto, como se pudesse vê-la de fato — será letal de maneiras que nem podemos imaginar. Não temos ideia de quais poderes ela possuirá.

— Ela não vai usá-los — diz Jules. — Vou me certificar disso. Vou pegar os ossos enterrados antes que vocês terminem de dançar.

Trocamos um olhar feroz. Confio minha vida a Jules, e sei que ela sente o mesmo.

— Estou contando com isso.

Marcel pega seu arco.

— Se eu *vir* a alma gêmea, devo apenas ferir, correto?

Meu corpo estremece, imaginando todas as maneiras que poderia dar errado.

— Que tal você atrasá-lo com suas palavras? A Feiticeira de Ossos não pode ver o outro homem. Essa é a coisa mais importante a ser lembrada.

Marcel me dá um sorriso torto, como se esperasse ainda ver alguma ação. É melhor não.

— Nem pense em...

Um grito triste treme no ar. Não, não é um grito.

Uma melodia.

Um tremor persegue minha espinha e estremece meus ombros. Tenho dez anos de novo, sozinho na carroça do meu pai. Saio do carrinho e sigo a música, andando com os sapatinhos que meu pai fez para mim. A música gorjeia. Os tons baixos soam tão antigos que despertam memórias que não tenho, ecos disformes de um tempo antes de eu nascer, ou meu pai nascer, ou qualquer alma viver e morrer nesta terra.

— Bastien. — Jules agarra minha perna e eu respiro fundo. Percebo que estou de pé e de frente para a ponte.

— Atenha-se ao plano — digo rispidamente, e cuspo o resto das folhas de hortelã. — Estou bem. Se a Feiticeira de Ossos quer uma alma gêmea, darei. Vou me oferecer a ela. Então vou destruí-la.

Jules me solta. Avanço pela grama selvagem e flexiono o pescoço, aquecendo. Quando dou meu primeiro passo na estrada, minha respiração fica presa. O fantasmagórico vestido branco da Feiticeira de Ossos destaca-se contra as pedras escuras da ponte. Ela é real. Está finalmente acontecendo. Cerro os punhos. Aproximo-me como o ladrão que sou.

Ela está de costas para mim, seu cabelo liso, comprido, de um cobre profundo. Meus olhos seguem as ondas soltas até a linha curva de seus quadris.

Não consigo desviar o olhar. Por que deveria? Faço mais barulho, arrastando as pedras da ponte, ousado e imprudente. *Estou pronto para você. A armadilha é minha desta vez, não sua.*

Três metros à frente, a Feiticeira de Ossos puxa a flauta da boca. Seus ombros se erguem enquanto ela inspira. Como uma criatura dos sonhos, ela se vira para mim. Seu vestido longo resiste ao movimento e se agarra ao chão em dobras em espiral. Ela parece esculpida em mármore, como algo que meu pai teria trabalhado meticulosamente, um golpe de cinzel após o outro. Minha pele fica vermelha com o calor.

O cabelo da garota ondula ao redor de seus ombros esguios. Sua beleza é injusta, mascarando o predador cruel dentro dela. Mas eu esperava por isso, não? Então por que meu sangue está latejando?

Seus olhos grandes brilham em tons de marrom ao luar. Seus cílios são escuros, não de cor quente como seu cabelo. Estou perto o suficiente para perceber isso agora. De alguma forma, me aproximei mais dez passos, atraído pelo olhar que ela me dá. Feral, seguro, surpreso. Estou espelhando esse olhar. Nós dois estamos olhando para o nosso destino. Morte certa. Mas não serei eu a morrer.

— Qual é o seu nome? — pergunta a garota com uma voz ligeiramente aguda. Ela é jovem, percebo. Perto da minha idade. A Feiticeira de Ossos que matou meu pai era tão jovem assim? Ela só parecia mais velha porque eu era criança?

— Bastien — deixo escapar. Devia ter dado um nome falso. Pretendia revelar a minha identidade no devido tempo. Não vou vacilar de novo.

— Bastien — repete ela, sua boca cuidadosamente experimentando a palavra como se nunca a tivesse ouvido antes. Faz meu próprio nome parecer novo para mim. — Eu sou Ailesse. — Ela gira a flauta de osso em suas mãos. Um sinal de nervosismo. Ou um truque para me fazer acreditar que está nervosa. — Bastien, você foi escolhido pelos deuses. É uma grande honra dançar com uma Leurress, uma honra ainda maior dançar com a herdeira da *famille* de *Matrone* Odiva.

— Você está me convidando para dançar? — Finjo e firmo meus pés. Esta menina, Ailesse, é o equivalente a uma princesa. Minha vítima perfeita. Seu povo pensará duas vezes antes de matar outro homem.

Uma surpreendente gargalhada brota dela.

— Perdoe-me, estou me adiantando. — Ela ajeita o cabelo para trás, caminha até o parapeito e coloca a flauta de osso na saliência. Quando ela retorna, seus olhos estão focados como a caçadora... a assassina que é. — Bastien, quer dançar comigo?

Luto contra a vontade de olhar por cima do ombro. Jules deve estar debaixo da ponte agora. Com alguma sorte, já desenterrou o primeiro osso.

Curvo-me como já vi barões fazerem, um braço dobrado na minha frente. A alça do coldre da minha faca aperta meu peito.

— Será o maior dos meus prazeres dançar com você, Ailesse.

6
Ailesse

Respiro fundo, solto o ar e dou uma espiada em Sabine. Ela olha para mim e para Bastien por entre os galhos de um freixo na floresta. Minha visão de falcão-peregrino se aguça em seu lábio superior, preso entre seus dentes. Está tão ansiosa quanto eu. Talvez pense que não vou levar a dança a sério, como na vez em que pratiquei com ela. Giselle nos ensinou os movimentos juntas, e sempre que eles se tornavam muito íntimos, eu olhava para Sabine. Ela finalmente caiu na gargalhada, e Giselle levantou as mãos e encerrou nossa aula do dia.

Dou três passos para mais perto de Bastien e sustento seu olhar. Estamos quase nos tocando. Em breve, estaremos. Nada sobre a *danse de l'amant* parece engraçado agora.

Uma onda de calor arrepia minha pele, e tento não tremer. *Hora de começar.*

A neblina passa sobre a ponte e se apega à metade inferior do meu vestido, misturando-se ao branco da saia. Faz com que ela pareça ainda mais longa. Levanto minha perna e giro em um dedo do pé, a névoa girando comigo. Os lábios de Bastien brilham e se abrem enquanto ele assiste. Quando termino de girar, ele flexiona as mãos e alcança minha cintura. Toco seus pulsos e sussurro:

— Ainda não.

— Desculpe. — Ele recua, a voz rouca.

— Tudo o que você precisa fazer é assistir, por enquanto. Esta é a minha parte da dança. Quando for a sua parte, vou guiá-lo.

Bastien engole em seco. Passa a mão pelo cabelo. Limpa a garganta.

— Entendi.

Sua expressão pensativa arranca um sorriso de mim, mas ele não sorri de volta. Todos os garotos são tão focados assim? Um dia descobrirei o que é necessário para despertar o riso de Bastien. Vou fazer um jogo para descobrir todas as maneiras de aliviar seu humor. Vou...

Você não fará nada, Ailesse. Não nesta vida. Ele morre no final desta dança.

Sinto meu estômago embrulhar, mas endireito os ombros. Deslizo em círculos ao redor de Bastien. Meus braços se erguem nos elegantes arcos e padrões que Giselle me ensinou. Estou representando a vida através dos elementos. A respiração do vento. As correntes do mar. A energia da terra. O calor da chama bruxuleante. A alma eterna. Os olhos azul-escuros de Bastien seguem cada movimento meu.

Você acha que é cruel tentar um homem com a vida quando você inevitavelmente vai matá-lo? Sabine perguntou ontem à noite, me confundindo com perguntas sobre a *danse de l'amant* antes de irmos dormir. *Você brincaria com uma lebre o dia todo antes de comê-la no jantar?*

De qualquer modo, você não comeria uma lebre, eu disse, e cutuquei a barriga dela. *É só uma dança, Sabine. Apenas outra parte do rito de passagem. Quando terminar, me tornarei uma Barqueira. Isso é tudo que importa.*

Isso é tudo que importa, eu me lembro enquanto me viro e mostro a Bastien cada ângulo de mim. Acaricio meu rosto e passo as costas da minha mão pela minha garganta, meu peito, minha cintura, meu quadril. *Você está oferecendo seu corpo*, explicou Giselle. *A forma de sua figura, a beleza de seu rosto, a força de seus membros.*

Coloco meu cabelo na frente do ombro. Passo os dedos por ele para que Bastien possa ver seu comprimento e a cor ruiva, seu brilho e a textura ondulante.

O fogo queima em seu olhar, e minha respiração treme.

É só uma dança, Ailesse.

Eu fecho meus olhos e forço minha mente para longe daqui. Vejo-me usando o mesmo vestido do rito de passagem, mas estou na Ponte das Almas, não em Castelpont. Seguro um cajado com firmeza e assumo meu posto ao lado de minhas irmãs Barqueiras. No final da ponte, em frente aos Portões do Submundo e do Paraíso, minha mãe toca flauta de osso e atrai os mortos. Eu lidero as almas dispostas e luto contra as resistentes. Transporto com tanta força e habilidade quanto Odiva, e quando a última alma cruza a Ponte e os Portões se fecham, ela se vira para mim. Seus olhos brilham, calorosos, amorosos e orgulhosos, e ela sorri e diz:

— Você já terminou?

Meus olhos se abrem. Minha mãe se foi. Bastien me encara de volta. Ele se mexe em suas roupas chiques como se sentisse coceira.

— Você disse que eu tinha um papel a desempenhar — sugere, e lança um rápido olhar ao nosso redor.

Está nervoso ou ansioso? A brisa despenteia seus cabelos escuros e brilhantes. Meus dedos se contorcem, desejando tocar os fios selvagens que crescem longos e desgrenhados sobre suas orelhas e nuca.

— Você vai me mostrar? — pergunta ele, sua voz oscilando entre áspera e suave. — Você vai... — Bastien olha para baixo e ajeita a manga. Mesmo sob o céu noturno, minha visão agraciada captura o rubor subindo em suas bochechas. Seu olhar rasteja de volta para mim. — Você vai me conduzir com calma?

Meu sangue acelera. Começo a entender por que os deuses escolheram Bastien para mim. Sob o mar manso de seus olhos existe uma tempestade, uma força igual à minha.

Jogo meu cabelo para trás para que ele esconda minha faca novamente. Pego as mãos de Bastien e as coloco em volta da minha cintura. Arqueio a sobrancelha, e seus dedos se acomodam e apertam, vazando calor através do tecido do meu vestido.

Levanto as palmas das mãos até seu rosto e traço os ossos de suas bochechas, mandíbula e nariz. Cada movimento carrega um ritmo, cada toque faz parte da dança. Mostrei-me para Bastien, e agora é minha chance de contemplar o que ele pode me oferecer.

Minha visão de falcão se concentra e vejo cada mancha verde e dourada enterrada nas profundezas de suas íris azuis. Ele até tem uma pequena sarda na borda inferior do olho direito. Meu olhar cai para seus lábios. Deveria tocá-los agora, estudar sua forma e textura, como se meus dedos pudessem me dizer como seria beijá-lo.

O sexto sentido do meu tubarão-tigre vibra como um segundo batimento cardíaco com a proximidade de Bastien. Bate mais forte quando minha mão flutua até sua boca e meus dedos deslizam por ela. Bastien fecha os olhos e solta um suspiro trêmulo e quente. É preciso toda a minha graça íbex para me manter equilibrada. Quero beijá-lo, não apenas imaginar. Beijar não faz parte da *danse de l'amant*, mas Bastien não sabe disso.

Sabine saberia.

Ela me acharia cruel por cruzar essa linha de intimidade, já que pretendo matá-lo nesta ponte.

Abaixo as mãos para o pescoço e peito de Bastien, e as pálpebras dele se abrem. Minhas terminações nervosas se agitam com o olhar faminto que ele me dá. Meu corpo fica quente e depois frio.

Alguma parte dele pode sentir como isso vai acabar?

Minha faca de osso. Seu coração. Minha prova para os deuses de que estou pronta para me tornar uma Barqueira.

Continue dançando, Ailesse. Continue dançando.

7
Sabine

Além do freixo na floresta, observo Castelpont e o progresso da *danse de l'amant*. Meu coração bate mais rápido. Minha melhor amiga está muito mais perto de matar um ser humano, e jurei testemunhar cada momento de sua morte.

Não pense no horror disso, Sabine. Pense no bem que virá depois. Ailesse será uma Barqueira. Ela ajudará as almas dos que partiram a encontrarem seu novo lar no Além. Eles estarão em paz – pelo menos os destinados ao Paraíso estarão.

Ailesse estende o braço de seu *amouré* e gira lentamente ao longo de seu comprimento, depois volta a se aproximar e só para quando suas costas estão pressionadas contra o peito dele. Os braços dela se erguem como asas e se dobram atrás do pescoço do garoto, que acompanha seus movimentos, tornando-se um com ela. São lindos juntos. Meus olhos ardem, mas seguro as lágrimas. Prometi a mim mesma que não choraria esta noite.

Examino o garoto que chegou momentos depois de Ailesse começar a tocar flauta. Os deuses o escolheram por conveniência, ou ele é realmente seu companheiro perfeito? Franzo a testa, não encontrando nada de errado com ele. Quaisquer falhas à primeira vista são apenas virtudes disfarçadas. Sua estranheza é encantadora quando ela gira em torno dele. Sua natureza solene reflete uma vida de disciplina.

Aceito a contragosto que os deuses o escolheram bem, mas meu peito dói. Ailesse sempre fez tudo antes de mim, e agora ela tem algo muito mais valioso do que outro osso da graça. Ela tem a promessa de amor. Ela conheceu seu *amouré*. Temo que nunca terei coragem de fazer o que for preciso para encontrar o meu.

Um lampejo de preto pisca na névoa do outro lado da ponte — apenas o suficiente para que eu veja algo rastejar até o leito do rio. Se for um predador, será atraído pelo sangue quando Ailesse matar o garoto. Mordo o lábio. Não devo intervir esta noite, mas essa regra provavelmente significa que eu não devo interferir com o *amouré* de Ailesse, e não com o que quer que seja que tenha acabado de ver.

Penduro o colar de ombro da minha amiga em um galho, passo por baixo dele e vou na ponta dos pés até a margem do rio. O *amouré* de Ailesse não me nota. Ele está observando-a andar ao redor dele e passar a mão em seu torso. Preciso me apressar. Preciso voltar ao meu posto antes que a dança termine. A essa altura, o feitiço sedutor da flauta de osso diminuirá, Ailesse retirará sua faca de osso e devo estar de volta a tempo de testemunhar sua conclusão do rito de passagem.

A névoa se torna densa novamente. Eu me movo o mais rápido possível descendo a encosta íngreme. Por fim, chego ao fundo e examino ao redor. Só consigo ver mais ou menos dois metros em cada direção. O resto do leito do rio é um manto branco. Se eu estivesse caçando, teria meu arco ou adaga, mas como testemunha do ritual, estou indefesa. A Leurress realizando o rito deve provar que é apta por conta própria.

Eu continuo em frente com cuidado. Minha graça de salamandra firma meus pés no chão irregular. Também aumenta meu olfato, uma habilidade para a qual sempre revirei os olhos por sua falta de utilidade, mas pela qual agora sou grata. Deixo o cheiro de couro, lã e de leve transpiração me guiar para o outro lado, onde ouço um pequeno grunhido de esforço. Ele vem de novo, desta vez acompanhado por um leve som de terra sendo remexida. A névoa se abre em torno de uma figura agachada — uma garota. Ela sacode a cabeça para mim e seu capuz cai para trás.

Por uma fração de segundo, fico perplexa, sem saber por que ela está aqui. Então meu sangue vira gelo. Suas mãos estão cobertas de terra. O chão abaixo dela foi cavado. Eu me amaldiçoo. Ela deve ter encontrado o lugar com facilidade devido ao solo grosseiramente revirado.

A garota fica tensa, pronta para atacar ou fugir. Meus batimentos cardíacos falham. Eu me esforço para pensar. Ela ainda não tem o osso da graça de Ailesse. Ailesse teria notado e gritado para mim. Ainda tenho tempo para detê-la.

Eu me atiro para a garota. Ela me antecipa e rola para o lado. Eu me viro e descubro que ela já está de pé, segurando uma faca. Meus nervos pegam fogo, mas engulo o grito de socorro. Ailesse precisa se concentrar no garoto.

A garota encapuzada pula em mim com a faca estendida. Não tenho nada com que me proteger a não ser meu braço. A dor explode em mim quando ela corta minha manga até a pele. Deixo escapar um suspiro e tropeço para trás.

Controle-se, Sabine. Você vai se curar. É a única coisa em que você é boa.

Pego uma pedra do tamanho do meu punho.

— Você acha que pode me impedir? — a garota sibila. — Estou pronta para você.

Jogo a pedra na cabeça dela. Ela se esquiva com um sorriso zombeteiro. Ela joga a faca de mão em mão.

— Você está usando apenas um osso — diz ela. — Nem será um desafio matá-la.

Ela sabe sobre os ossos da graça? Procuro outra pedra.

— Quem é você?

— A filha de um homem que uma Feiticeira de Ossos matou. — Ela praticamente cospe as palavras. — Ashena fingiu amá-lo por um ano, e então o amaldiçoou e o deixou para morrer. Devagar. Dolorosamente.

Ashena? Meus lábios se separam. Ela trançou meu cabelo uma vez. Quando minha mãe foi morta, Ashena me deu uma concha perolada.

— Ashena amava seu *pai*? Nunca me ocorreu que um *amouré* pudesse já ter filhos.

— *Fingia* — esclarece a garota. — Não era real.

— Talvez tenha sido. Ashena não matou seu *amouré*, não diretamente. — Ela confessou para nossa *famille* quando voltou para Château Creux. Se ela o tivesse matado com sua lâmina ritual, a magia do vínculo da alma teria poupado a vida dela. — Ashena morreu por amá-lo — acrescento, minha garganta apertando. Aconteceu em um instante, um ano depois de seu rito de passagem.

Os olhos da garota encapuzada estão em conflito e confusos.

— Isso não importa. A morte de Ashena não corrige os erros cometidos contra meu pai.

— O que pode corrigir? — Estou ganhando tempo enquanto meus dedos se fecham em torno da rocha. Já sei a resposta dela.

— Sua morte. — Ela sorri com desprezo. — E a morte de sua amiga.

— Você nunca poderia derrotar Ailesse.

— Sim, nós podemos.

Nós?

Em um movimento rápido, ela mergulha sobre a terra revirada. Jogo minha pedra, que bate no ombro dela. Ela grunhe, mas a dor não a impede.

Ela puxa a mão da terra. Em seu punho apertado está o osso da asa de falcão de Ailesse. Lembro-me do dia em que Ailesse atirou sua flecha e arrancou o pássaro do céu. Ela me deu sua pena mais longa.

A raiva arde como um incêndio dentro de mim.

Parto para cima da garota encapuzada. Meu coração bombeia pura raiva. No mesmo instante, Ailesse solta um grito de terror.

— Sabine!

8
Ailesse

Meus membros ficam pesados. Balanço para a frente e para trás, alternando o apoio entre a ponta dos pés e o calcanhar. O tom violeta da minha visão desaparece, junto com sua nitidez. Eu me desvencilho dos braços de Bastien, e minha mão vai para a base do meu pescoço. Meu osso da asa de falcão se foi. Não do meu colar, mas...

Corro até o parapeito e olho por cima da borda. Não consigo ver o leito do rio através da névoa abaixo, mas ouço o som de uma luta.

Algo está terrivelmente errado.

— Sabine!

Tento escutar, mas só ouço baques abafados e grunhidos. Então minha amiga grita:

— Ailesse, corra!

Congelo. Meus dedos apertam a meia-parede. *Não posso* correr. Sabine está em perigo. Mas também não posso sair da ponte. Não ainda. A magia do ritual está viva. Tenho que escolher. Sobre Bastien. Não, não há escolha. Tenho que matá-lo. Agora.

Meus músculos gritam para ajudar Sabine, mas me forço a virar e encará-lo.

— Sinto muito. — Não deveria me desculpar. É uma honra ser meu *amouré*. Uma honra morrer. Alcanço a faca de osso nas minhas costas.

Ele leva a mão *às próprias* costas.

— Eu não sinto — diz ele.

Saco minha faca. Ele saca duas. Arregalo os olhos.

— O que é isso?

— Isso... — Cada expressão terna e conflitante em seu rosto se contorce em uma careta feroz. — ... é vingança. — Ele tenta me atingir com as facas. Dou um salto para trás. Eu não treinei para uma luta de faca. Matar um animal com uma é totalmente diferente disso.

— Por quê? — pergunto. Mágoa fere meu orgulho depois da dança que acabamos de compartilhar. — O que fiz para você?

Suas narinas dilatam. A raiva dele vem em ondas. Meu sexto sentido vibra em minha espinha, alerta para seu próximo movimento.

— Sua espécie matou meu pai — rosna ele, falando das Leurress como se fôssemos menos que humanas. — Eu era uma *criança*. Eu o vi morrer. Uma Feiticeira de Ossos o acertou com sua faca de osso e tirou a vida dele.

Meu estômago dá uma guinada nauseante.

— Você... você não deveria estar lá. Você não *deveria* estar lá.

— Esse é o seu pedido de desculpas? — zomba Bastien, seu nariz franzido de ódio. — Meu pai *morreu*. Um homem bom, gentil e inesquecível morreu porque cruzou a ponte errada na noite errada.

Eu não estava lá. Não fui eu! Palavras fracas que não direi.

— Não foi coincidência. Ele foi escolhido pelos deuses.

— Ah, é? — Ele se aproxima. — Diga-me que tipo de deus você adora que arrancaria um homem de sua família e permitiria que ele fosse sacrificado por uma mulher que nunca conheceu?

A zombaria atinge meu coração e a santidade dos *amourés*. Sem esse mandato dos deuses, as Leurress poderiam muito bem ser assassinas. Blasfêmia. Eu me recuso a acreditar...

— Você não sabe de nada!

— Eu sei mais sobre sua alma sombria, e de suas companheiras de culto, do que imagina. E mais do que gostaria.

Bastien pula em mim, e mal me esquivo de sua faca. Perdi minha velocidade quando perdi o osso da asa. Ele sorri. Seus olhos dizem que sou fácil. Sou a salamandra de Sabine, sem dentes ou garras afiadas. Ele está errado. Sorrio. Levanto o braço da faca. Escalei montanhas geladas e matei um grande íbex. Mergulhei no mar e conquistei um tubarão-tigre. Bastien não é nada. Apenas um garoto com duas facas. Um garoto que está destinado a morrer, de qualquer maneira.

Dou o golpe. Ele bloqueia com uma faca. Sua outra lâmina faz um arco na direção do meu flanco. Agarro seu pulso — minha velocidade de tubarão-tigre é muito rápida quando me concentro — e o chuto com força no peito. Ele voa três metros para trás e rola até o chão.

Seus olhos se arregalam. Expiro com satisfação.

— Jules! — chama ele. — Ela ainda tem poder!

— Eu sei! — Uma voz feminina. Sem fôlego. *Ela está debaixo da ponte, lutando contra Sabine.*

— Sua amiga roubou meu osso da asa? — Espreito em direção a Bastien. Ele anda como um caranguejo para trás. — Eu vou matá-la depois de matar você... e quem mais vocês trouxeram junto, empoleirado naquelas árvores fora da estrada. — Agora que estou sintonizada com meu sexto sentido, sei que há uma terceira pessoa lá fora. A energia vibra na direção da copa da floresta, a oitocentos metros de distância, e é forte demais para ser um pássaro.

Bastien se enrijece e olha de relance.

— Você nunca terá a chance.

Ele estende o braço e tenta me fazer tropeçar. Pulo, mas seu braço me ataca novamente. Ele é irritantemente rápido para alguém sem graças. *Deve ter treinado para isso.*

Bastien se agacha e continua atacando por baixo, perto do chão. Tropeço para trás e pulo de um pé para o outro. Meus pés se enroscam no excesso de comprimento do vestido e atrapalham a agilidade do meu íbex. *Culpa de Isla.*

Minhas costas batem no parapeito da ponte. Bastien me encurralou, e sabe disso. Atiro minha lâmina em seu peito, mas ele torce o corpo, e a faca esbarra em seu ombro. Deve haver uma bainha escondida sob seu manto. Minha faca de osso desliza pela ponte e cai nas sombras.

Tento pegar minha arma, mas a bota de Bastien prende a cauda do meu vestido. Com um puxão forte, arranco a barra. Ele balança a lâmina novamente, e pulo para trás com minha graça de íbex e caio no topo do parapeito. A saliência é estreita, com menos de trinta centímetros de largura, mas estou equilibrada e em meu elemento. Mas também sou um alvo fácil.

Para minha surpresa, Bastien não atira suas facas. Em vez disso, em um movimento rápido e fluido, ele sobe no parapeito e fica de frente para mim, a dois metros de distância. Ergo uma sobrancelha e devolvo seu sorriso descarado. Ele está prolongando seu momento de ataque. Divertido. Como se pudesse me intimidar.

— Os deuses escolheram bem você — admito, notando quão destemidamente ele desconsidera a queda de doze metros até o leito do rio abaixo. Mas ele não pode ser um verdadeiro páreo para a minha habilidade. Eu treinei também: para lutar contra as almas dos mortos, nada menos. Para isso não preciso de faca. — Vou aproveitar sua morte.

Ele zomba e chuta a flauta de osso que coloquei na borda do parapeito. Eu sufoco um suspiro quando ela mergulha na névoa do leito do rio. Se quebrar... Se eu perder...

— Opa — Bastien sorri.

Ele avança contra mim enquanto ainda estou em choque. Rapidamente pulo para trás e dou uma cambalhota. Salto de novo e de novo em círculos rápidos. Bastien está acompanhando. Sinto sua proximidade com minha graça de tubarão. Quando fico de pé novamente, suas facas estão em minha garganta e coração. Agarro seus punhos e os imobilizo. As veias de suas têmporas ficam aparentes com a força que ele faz para conduzir as lâminas.

— Os deuses não me escolheram. — Bastien ofega sob a pressão de minha mão. — Eu cacei você.

— Você não poderia ter colocado um pé nesta ponte a menos que os deuses o permitisse. Sua vida é *minha*.

Com um giro brusco, arranco a faca de sua mão esquerda. É a que tem a lâmina melhor. Ele recua e protege a outra faca. Interessante, deve ser a que ele prefere.

— A qualquer momento, Jules! — brada ele.

Ela não responde. Ninguém responde.

— Sabine! — chamo. Nada além do vento uivante responde.

A névoa se espalha apenas o suficiente para que eu vislumbre uma figura abaixo, prostrada no leito do rio.

Meu coração dispara. Ainda está viva? Meu sexto sentido vibra fracamente, mas pode ser a energia da outra garota lá embaixo.

— Se Sabine estiver morta — olho para Bastien —, você vai morrer devagar. Não vou enterrá-lo com seus ossos; vou usá-los. Vou tirá-los de seu corpo antes que você dê seu último suspiro. — Nenhuma Leurress jamais tocou os ossos de seu *amouré*, mas eu não me importo. O rito começará comigo.

Bastien contrai o músculo da mandíbula.

— E se Jules estiver morta, vou decapitar você.

— Não vou te dar a chance. — Seguro sua faca do jeito que ele faz, como um escudo, o cabo nunca longe do meu rosto e em constante movimento. Estou aprendendo rapidamente suas defesas, seus ataques. Atiro-me para ele e começamos uma nova dança, esta mais mortal, mais apaixonada, mais inflamada.

Desvio de seus golpes. Ele desvia dos meus, antebraço contra antebraço. Em momento algum estendo meus cotovelos. Contra-ataco rapidamente. Bastien é um excelente professor. Seu erro. Os predadores em mim são estudantes astutos.

Ele pisa no parapeito estreito com facilidade. Seu poderoso desejo de vingança é como sua graça.

Depois que aprendo o ritmo de seus movimentos, corro mais riscos. Uso mais força quando tento cortá-lo. Empurro-o para trás quando nossos braços se conectam. Ele pode ser corajoso, mas é fraco. Poderia quebrar seus ossos. Talvez eu quebre.

A transpiração molha sua testa. Ele grunhe a cada golpe, a cada bloqueio, a cada contra-ataque. Estou tentada a levá-lo ao limite e descobrir seu ponto de ruptura. Mas não posso. Se Sabine estiver ferida, ainda há uma chance de eu ajudá-la. *Por favor, Elara, que ela apenas esteja ferida.*

— Obrigada pela dança, *mon amouré* — digo.

— Você chama isso de dança? — Bastien golpeia em direção ao meu rosto, então minha perna, habilmente trocando a faca de mão.

— Perdoe-me, você estava lutando? — Esquivo-me de ambos os ataques, ágil como o íbex. — Adoraria ver você tentar, mas temo que estejamos sem tempo.

— Por quê? Não é possível que já esteja cansada. A menos que tenha perdido toda a sua resistência com um ossinho de passarinho.

Minhas narinas dilatam. Ele não tem ideia do que está enfrentando.

— Ainda tenho a resistência combinada de um tubarão-tigre e um grande íbex alpino.

— Força que você roubou.

— Força que conquistei.

— Não o suficiente para me derrotar.

Minhas veias queimam com uma raiva devastadora. *Agora você morre, Bastien.*

— Fique olhando.

Com toda a minha graça de íbex, salto três metros no ar e levanto minha lâmina com as duas mãos. Toda a ferocidade e músculos do meu tubarão-tigre se acumulam em meu corpo. Concentro-me em Bastien no parapeito abaixo. Ele parece pequeno. Fácil de conquistar.

Ele dá um passo para trás em uma posição defensiva, seus olhos arregalados e prontos. Mergulho.

Bastien balança o punho um momento antes de eu atacar. Não consigo me mover rápido o suficiente. A tensão dentro de mim diminui. Ele bate no meu braço e arranca a faca da minha mão. Ela cai na névoa rarefeita e bate nas pedras do leito do rio.

Chocada, mal seguro minha queda na borda. Meus músculos se contraem em protesto. Meus arredores escurecem. A energia muda em torno de mim. Meu sexto sentido se foi.

O dente de tubarão. A cúmplice de Bastien está com ele.

— Sabine! — grito de novo. Meus olhos queimam. Ela é a figura flácida no chão. Tem que ser.

Abandono todos os pensamentos sobre meu rito de passagem. Não matarei Bastien aqui e agora. Vou caçá-lo mais tarde, mesmo que demore um ano. Então terei seu sangue.

— Estou indo, Sabine! — *Esteja viva, esteja viva.*

Preparo-me para pular do parapeito e para a ponte, mas Bastien agarra meu braço. Ofego em seu aperto doloroso. Não consigo me soltar. Ele não é tão fraco assim, afinal de contas.

— Me solta! — grito. Ainda tenho minha graça de íbex, que me dá força nas pernas. Chuto-o com força na canela. Ele faz uma careta de dor, mas não me solta. — Preciso ajudar minha amiga. Ela é inocente.

— Então admite que você não é? — Bastien me puxa para mais perto quando tento chutá-lo novamente. Coloca a faca na minha garganta. Engulo em seco a borda afiada. Ele pode acabar com a minha vida a qualquer momento.

Está tudo errado. Um *amouré* não deveria matar uma Leurress.

Nunca aconteceu, não em toda a nossa longa história.

Não acredito que vai acontecer comigo.

A respiração de Bastien está quente em meu rosto.

— Nenhuma de vocês é inocente.

9
Bastien

Ailesse não fecha os olhos enquanto antecipa a morte. Ela me encara diretamente. Seu corpo treme enquanto a mantenho sob a ponta de uma faca no parapeito, mas ela não pisca. Ela tem medo desse momento, mas não do que está além dele. Morte. A vida após a morte. Tudo que não consigo imaginar quando penso no meu pai.

Não hesite, Bastien.

— Isto é por Lucien Colbert. — Flexiono os antebraços. Meu coração bate em cada espaço da minha cabeça. Os olhos castanhos de Ailesse brilham.

— Bastien, faça-a parar! — O grito de Jules ecoa na névoa que se dissipa no leito do rio. — Está feito! — Ailesse respira fundo e cambaleia em meus braços.

O que Jules quer dizer com isso?

— Estou fazendo!

— Não ela, a outra!

Atrás de mim, ouço o barulho de pedras caindo. Olho por cima do ombro. Uma garota de cabelos escuros em um vestido verde — a testemunha — sobe a margem do rio perto da base da ponte. O sangue escorre por sua cabeça ferida.

— Sabine! — A voz de Ailesse ecoa em meus ouvidos. Ela está lutando para se libertar, e quase consegue enquanto estou distraído.

Sabine vê minha faca no pescoço de Ailesse. Seu rosto se contorce de horror.

— Largue-a! — Ela dispara em minha direção.

Fico tenso. Ela poderia ter a força de um urso, pelo que sei. A tal Sabine corre para a ponte, mas então sua cabeça balança para o lado.

Ela agarra uma coluna para se apoiar. Outra onda de sangue flui da raiz de seu cabelo.

— Sabine, pare! — grita Ailesse. — Você não pode lutar assim.

— Nem você. — A voz teimosa de Sabine oscila.

— Você não deveria intervir.

— Não me importo.

— Por favor, vá!

— Não vou embora sem você!

— Você não pode me salvar! Vá avisar minha mãe. Diga a ela que a flauta caiu no leito do rio e...

Paro de ouvir. Minha atenção se concentra no luar refletido na minha lâmina. Os tendões do pescoço de Ailesse se esticam sob sua borda afiada. O que estou esperando? Ela gritar ou agir com mais medo? Este momento deveria ser a minha vitória final. Será. Posso cortar a garganta de uma Feiticeira de Ossos e depois lidar com a outra.

Cerro os dentes com determinação, mas meu estômago revira.

Faça, Bastien!

— Bastien, a testemunha! Está fugindo! — A voz de Jules soa mais perto. Ela está subindo a margem do rio, perseguindo Sabine.

Viro-me na direção de Sabine. Já está fora da ponte. Ela e Jules vão se cruzar a qualquer momento.

— Você pode agarrá-la antes que eu possa!

— Corra! — Ailesse grita para a amiga.

Bate, arrasta, bate. Jules chega no topo da margem do rio. Está mancando.

Sabine tenta passar por ela, mas Jules saca sua faca. Sabine grita quando a faca corta a lateral de sua cintura.

— Não! — Ailesse luta contra mim. — Corra, Sabine!

Sabine mal se esquiva de outro golpe de Jules. Ambas as meninas estão lentas devido aos ferimentos.

Jules erra novamente. Sabine aproveita sua abertura e chuta a perna machucada de Jules que grita e agarra o joelho.

Os músculos de Ailesse ficam tensos.
— Agora é sua chance! Vá, Sabine.
Sabine lança um olhar feroz para Ailesse.
— Eu voltarei para buscar você!
Ela se afasta, correndo o mais rápido que pode pela estrada para a floresta. Uma de suas mãos pressiona a cabeça sangrando. A outra segura o corte na cintura.

Jules se esforça para ficar de pé novamente.
— Bastien, nós temos que fazer alguma coisa! Ela vai voltar e pegar o resto de seu povo. Ela me disse que eles podem nos rastrear com sua magia.

Eu me mexo, de repente tonto.
— Marcel teria dito se isso fosse possível.
— Marcel não sabe tudo! — Ela tropeça atrás de Sabine.

Marcel. Ele está fora da estrada e em algum lugar nas árvores, à procura da alma gêmea de Ailesse. Mas agora eu preciso dele aqui. Ele pode provar que Jules está errada. Grito o nome dele, mas ele não responde.

O lábio superior de Ailesse se curva.
— Nenhum de vocês é capaz de imaginar o quanto esta noite vai custar caro.

Tiro minha faca por um breve momento de sua garganta, então me controlo. O que ela sabe? Eu pensei em minha vingança inúmeras vezes — em todos os cenários possíveis. Se uma das Feiticeiras de Ossos escapasse, planejamos matar a outra e...

— Deixe os ossos dela! Os que pertencem a *ela.* — Chacoalho Ailesse e ela quase cai do parapeito. Jules deve ter roubado seu último osso e o equilíbrio de Ailesse com ele. — É assim que a magia delas funciona. Se não os tivermos mais, o povo dela não poderá nos encontrar.

Sabine, que está a três metros da borda da floresta, congela. Seus olhos magoados se voltam para Ailesse. Jules se vira e me encara. Eu aceno para mostrar que estou falando sério. Vou matar Ailesse e depois caçar a amiga dela. Mas se Sabine conseguir escapar, não precisaremos nos preocupar.

O olhar de Ailesse se mantém firme.

— Ainda vão encontrar você.

Bufo.

— Seu povo não terá chance. Moro nas ruas de Dovré desde criança. Os melhores esconderijos da cidade e os lugares abaixo dela são *meu* território.

— Não importa — cospe ela. — Minha *famille* não precisa de meus ossos da graça para rastreá-lo. Você e eu estamos ligados pela alma. É o bastante. — Ela fica mais ereta. O sangue escorre de seu pescoço para a minha lâmina. — Você está certo quando diz que nossa magia está nos ossos. Usei-os para convocá-lo. Você veio quando ouviu minha música, e os deuses deixaram porque escolheram você para mim. Agora sua alma é minha na vida e na morte. — A névoa sobe atrás dela, agarrando-se ao seu corpo. — Se me matar, vai morrer comigo.

Minhas palmas suam. Aperto mais a faca.

— Boa tentativa, mas você é uma péssima mentirosa.

Começo a enfiar minha lâmina, mas Jules me impede:

— Bastien, espere! E se ela estiver certa?

— Sobre o quê? Que não posso viver sem ela? — zombo. — Você realmente acredita nisso?

— Pense bem. E se foi por isso que meu pai morreu, por estar ligado a Ashena? Ela morreu logo depois de deixá-lo, a testemunha me disse esta noite. A morte dela pode ter desencadeado a dele.

Respiro mais forte, mais rápido. Eu poderia realmente estar ligado a uma Feiticeira de Ossos? Ondas de calor e frio passam por mim. Se Ailesse estivesse falando a verdade, ela não teria tanto medo de morrer um momento atrás. Mas ela estava realmente com medo? Eu peguei aquela centelha de confiança por trás de seu terror.

Marcel não sabe tudo.

Talvez eu não tenha pensado em todas as consequências desta noite.

Agora sou eu que estou tremendo. *Preciso da morte de Ailesse.* As palavras queimam dentro de mim, e eu me aproximo ainda mais dela. Seu pé escorrega da borda do parapeito. Eu a pego de volta. Minha lâmina oscila em sua garganta.

— Bastien, pare! — grita Jules.

— Cale-se!

Planejei esse momento por oito longos anos. Não pode acabar assim, não posso deixá-la ir.

— Está terminando? — chama Marcel. Vagamente, através da névoa, eu o vejo caminhar em direção à ponte. Ao mesmo tempo, Sabine chega à fronteira da floresta atrás dele. Marcel não a vê. Ele encontrou seu próprio caminho para cá, por entre as árvores. — Não vi nenhuma alma gêmea — confessa ele, sem se esforçar para ficar quieto. — O homem deve viver em uma ilha. Ou isso ou ele é tão lento quanto melaço... ou mel cristalizado. Mel é mais grosso. — Ele para e olha para nós três. Ailesse. Jules. Eu. — Ah. Então não terminou.

— A testemunha, Marcel! — Jules aponta descontroladamente, incapaz de chegar a Sabine rápido o suficiente com sua perna ferida. — Rápido! Ela vai trazer mais delas. Vão matar Bastien!

Marcel se vira e olha estupidamente para Sabine, a poucos metros dele. Ela está curvada por causa de outra tontura.

— Você ouviu seu amigo? — sussurra Ailesse em meu ouvido. — Ele não viu outra alma gêmea. — Eu me viro para ela, atraído pelo preto escancarado de suas pupilas. — Você é *meu* — diz ela.

Mais rápido do que parece possível, Marcel larga a mochila e puxa uma flecha de sua aljava.

Ailesse inspira.

— Não! Sabine, corra!

Sabine cuidadosamente levanta a cabeça. Ela parece selvagem com uma faixa de sangue espalhada pelo rosto e sobre um olho.

Marcel aponta seu arco. Seus ombros se contraem como se ele estivesse prestes a vomitar.

— Corra! — grita Ailesse novamente.

Marcel se assusta e atira a flecha, que passa zunindo por Sabine, bem perto de sua cabeça. Ela pega algo de um galho de árvore e sai correndo. A floresta a engole de vista.

— *Merde!* — Jules cai.

As costas de Ailesse relaxam sob meus dedos. Seus olhos exultantes se voltam para mim, e meus músculos da mandíbula se contraem. A amiga dela está livre, e agora Ailesse acha que não vou ousar cortar sua garganta porque estamos ligados pela alma. Ou que seja. Vou descobrir em breve. Então vou fazê-la sofrer. Vai me implorar para acabar com sua vida.

— Você *vai* morrer, Feiticeira de Ossos. — Meu tom mordaz esfria para um fervilhar mortal. — Porque *você* é minha.

10
Sabine

Corro para as ruínas do Château Creux e passo pelo brasão de corvo e rosa do rei Godart. Fogo e gelo perseguem minhas veias com cada batida do meu coração.

Ailesse se foi. Seu amouré *a matou. Já é tarde demais.*

Limpo minhas lágrimas com as mãos trêmulas. Meus dedos saem pegajosos de sangue. Está em toda parte — no meu pescoço, no meu cabelo, em todo o meu vestido e mangas. Está em lugares que não consigo ver. Na garganta de Ailesse. Nas pedras de Castelpont. Na faca de seu *amouré*.

Fecho os olhos com força. *Acalme-se, Sabine. Você não sabe se Ailesse está morta.*

O garoto continuou hesitando. Ela ainda pode estar viva. Nem tudo está perdido.

Disparo pelos túneis esculpidos pela maré sob o antigo castelo, então desço o último túnel em direção ao pátio. A noite já passou, mas Odiva deve estar acordada e à espera do nosso regresso.

Como vou explicar o que aconteceu? É tudo minha culpa.

Estou prestes a explodir por dentro quando uma onda de tontura toma conta de mim. Cerro os dentes e apoio a mão contra a parede do túnel. Minha graça de salamandra me ajudou a me recuperar do ataque da garota encapuzada, mas perdi muito sangue. No caminho para cá, quase desmaiei e tive que descansar com a cabeça entre os joelhos. Custou-me um tempo precioso. Não posso deixar isso acontecer de novo.

— Dei a você tudo o que era possível nestes últimos dois anos. — A voz de Odiva é um murmúrio, mas ressoa por toda a grande caverna.

Meu peito aperta. Por um momento, acho que ela está falando comigo — minha mãe morreu há dois anos —, mas quando os pontos pretos desaparecem da minha visão, vejo minha *matrone* de pé sob uma poça de luar no centro do pátio. Ela está de costas para mim e seus braços estão estendidos. Ela está orando — fervorosamente —, ou então me notaria. O sexto sentido de sua arraia e a ecolocalização do morcego teriam captado a minha chegada.

— Agora o tempo está chegando ao fim — continua ela. — Conceda-me um sinal, Tyrus. Mostre-me que honra meus sacrifícios.

Tyrus? Concentro-me nas mãos em concha de Odiva. Estão voltadas para baixo, para o Submundo, não para cima, para os Céus Noturnos. Franzo as sobrancelhas. As Leurress adoram Tyrus — nós oferecemos a ele as almas dos ímpios na noite da travessia —, mas nossas orações viajam para Elara, que ouve as súplicas dos justos. Ou assim me ensinaram.

Afasto-me da parede. Não importa. Ailesse está em perigo.

Eu rezaria a qualquer deus para salvá-la.

— Matrone!

Odiva enrijece. Saio para o brilho prateado da Luz de Elara, e ela se vira para mim. Ao mesmo tempo, suas mãos se fecham em torno de algo pendurado em uma corrente de ouro sobre seu colar de osso da graça de três camadas. Ela rapidamente o enfia dentro do vestido, e percebo um brilho vermelho cintilante.

— Sabine. — Seus olhos de ébano se estreitam enquanto passam pelos cortes em meu braço, minha cabeça e cintura. Ela vem até mim. — O que aconteceu? — Um leve tremor percorre seu lábio inferior. — Ailesse também está ferida?

De repente, não consigo encontrar seu olhar. Minha garganta fica seca e as lágrimas inundam minha visão.

— Nós estávamos despreparadas — ponho para fora, sem saber por onde começar.

Odiva se aproxima, e o crânio de morcego-arborícola preso à sua coroa de vértebras de áspide paira sobre mim.

— Despreparadas? Para quê?

— O *amouré* dela. Ele estava pronto para nós. Assim como seus cúmplices, dois deles. Sabiam o que éramos. E nos queriam mortas.

Linhas de fúria e confusão se formam entre as sobrancelhas escuras da *matrone*.

— Não entendo. Ailesse é a Leurress mais promissora que nossa *famille* viu em um século. — Concordo, embora seja um elogio que ela nunca fez a minha amiga. — Como poderiam meros plebeus...? — Sua voz falha como se ela não conseguisse respirar.

— Uma garota roubou os ossos da graça de Ailesse debaixo da ponte. — Retiro minha mão de trás das costas e apresento o colar de ombro de Ailesse vazio. Minha tarefa final como sua testemunha teria sido amarrar seus ossos da graça de volta. Vergonha queima de dentro mim e escalda minhas bochechas. Até esta noite, eu acreditava que minha melhor amiga era invencível, mas deveria ter enterrado seus ossos mais profundamente, guardando-os melhor. Então Ailesse poderia ter se defendido. — A garota alegou que o pai foi morto por Ashena, então o *amouré* de Ailesse deve tê-la ajudado a buscar vingança.

Odiva parece uma estátua. A brisa afunilada passa por seus cabelos pretos e vestido safira, mas seu corpo está imóvel. Finalmente, seus lábios se separam.

— Ela está viva? — sussurra. — Mataram minha filha?

Um soluço quebrado sai do meu peito.

— Não sei.

Ela segura meu queixo.

— Onde está a flauta de osso? — Gelo sobe pela minha espinha enquanto seus olhos escuros me perfuram. Nunca vi Odiva tão cruel e desesperada.

— Está... — *perdida no leito do rio*. — Eles a levaram.

Ela range os dentes.

— Tem certeza? — pergunta lentamente, incisiva.

— Sim. — Meu estômago estremece. Nunca menti para a *matrone*. Não sei por que estou mentindo agora, exceto por uma sensação sinistra que me avisa que Odiva não deveria saber ainda. Principalmente quando ela parece mais preocupada com a flauta do que com a filha. — Devemos começar a rastrear Ailesse agora. Se está viva, precisa da nossa ajuda.

Ela gira para longe de mim.

— Você tem alguma ideia do que fez, Sabine?

— Eu...? — Me encolho. Odiva nunca brigou comigo antes. Ela guarda isso para Ailesse.

— Como você pôde deixar isso acontecer? *Você* também perdeu seus ossos da graça?

Osso da graça, corrijo, não ossos. Singular. Lamentável.

— Tentei ajudar, mas fui ferida.

— Isso não é desculpa. Você deveria ter confiado em sua graça de cura. — Eu a encaro, minha boca aberta, completamente sem palavras. Estou coberta de sangue seco e lutando para ficar de pé. Minha graça de salamandra pode ter acelerado minha cura, mas minhas feridas foram profundas em Castelpont.

— Sinto muito.

Ela balança a cabeça e caminha pelo pátio, seu vestido ondulando enquanto muda de direção a cada poucos metros. Mal reconheço a mulher diante de mim. Ela não é nada como a *matrone* calma e contida que comanda nossa *famille*.

— Esse é o seu sinal? — Seu grito furioso ecoa nas paredes da caverna. Estremeço, embora Odiva não esteja falando comigo. Não sei de que sinal ela está falando, mas seus olhos de ônix lançam um olhar de acusação para o chão.

Em instantes, três das anciãs — Dolssa, Pernelle e Roxane — correm para o pátio vindas de vários túneis. Seus cabelos e roupas estão desgrenhados, mas seus olhos brilham alertas. Examinam a caverna como se estivessem procurando por uma fonte de perigo.

— Está tudo bem, *Matrone*? — pergunta Dolssa.

Odiva agarra uma pedra vermelha — ou o que quer que ela esteja escondendo sob o decote do vestido.

— Não, não está. — Respira com dificuldade e solta o que está segurando.

O olhar de Pernelle se volta para mim e se fixa em meu rosto.

— Ailesse... ela está?

— Ela está viva. — *Por favor, que seja verdade, Elara.* — Mas ela precisa de nós. — Com o mínimo de palavras possível, repito o que disse a Odiva.

A *matrone* torce as mãos e volta a andar pelo pátio.

— Acordem o resto das anciãs — ordena ela às três Leurress. — Vão procurar minha filha. Comecem por... — Ela olha para mim.

— Castelpont.

Odiva fecha os olhos.

— Claro que Ailesse escolheu Castelpont.

— Vamos achá-la, *Matrone*. — Roxane acena para as companheiras. Eles saem rapidamente para reunir as outras. Eu me apresso para me juntar a elas.

— Não terminei com você, Sabine.

Congelo e me viro. Odiva recuperou a compostura, mas algo em sua pele pálida, quase sem sangue — brilhando ainda mais pálida ao luar — me deixa arrepiada.

Ela anda em minha direção.

— Você aprendeu a diferença entre Acorrentados e Libertados? — pergunta ela, como se eu fosse uma criança ainda aprendendo o conceito de travessia, como se fosse um momento oportuno para uma lição.

— Sim — respondo com cautela, e lanço um olhar por cima do ombro. As anciãs já saíram do pátio e não quero que saiam do castelo sem mim. Por que Odiva está trazendo isso à tona agora? — Os Libertados são aqueles que levaram uma vida justa e merecem uma eternidade no Paraíso de Elara — digo. — Os Acorrentados são as almas sinistras, aqueles que foram perversos e merecem punição no Submundo de Tyrus.

Odiva acena com a cabeça e se aproxima.

— Isso não pode esperar, *Matrone?* Ailesse...

— As anciãs vão procurar por Ailesse.

— Mas...

— Você tem *um* osso da graça, Sabine. Você não pode fazer nada para salvá-la agora.

Suas palavras me atingem bem no peito e ecoam as de Ailesse em Castelpont: *Você não pode me salvar!* Acreditei em minha amiga. Foi por isso que finalmente corri para pedir ajuda.

— Vou dizer o que você *pode* fazer, no entanto — continua Odiva. — Mas primeiro você deve ouvir. Preciso que entenda. — Dou um passo para trás quando ela se aproxima. Odeio o tom suave de sua voz. Não quero carinho da *matrone*, especialmente porque ela não dá nenhum para sua filha, a quem deveríamos estar procurando agora. — Quando as Leurress estão prontas para se tornarem Barqueiras, ensino a ameaça final dos Acorrentados. Ensinei a Ailesse ontem mesmo.

Franzo a testa. Ailesse não me contou. O que significa que o conhecimento deve ser sagrado.

— Agora vou ensinar a *você*, Sabine.

— Mas não estou pronta para me tornar uma Barqueira.

Os lábios vermelhos de Odiva se curvam e os pelos dos meus braços se arrepiam.

— Você pode descobrir em breve que se sente diferente. — Ela se empertiga. — Você sabe o que acontece com as almas dos recém-falecidos quando ouvem a música da travessia?

Mexo as pernas, inquieta.

— Seus espíritos se levantam da sepultura e ganham uma forma tangível.

— O que os torna perigosos em primeiro lugar. Mas você sabe o que acontece com as almas quando elas não podem passar pelos Portões do Além?

Tento imaginar os Portões de que me falaram, mas nunca vi com meus próprios olhos. O Portão de Elara deve ser quase invisível, enquanto o Portão de Tyrus é visível e feito de água. Quando a ponte de terra emerge do mar, ambos os Portões surgem com a invocação da flauta de osso, assim como os mortos também são atraídos por sua canção.

— Não são punidas? — pergunto, especulando sobre os Acorrentados, embora minha resposta seja óbvia. Nunca ouvi falar de nenhuma alma que conseguiu escapar da travessia.

Odiva balança a cabeça.

— É muito pior do que isso. Os Acorrentados tornam-se ainda mais sinistros e, se as Leurress não forem capazes de contê-los, podem fugir da Ponte e *manter* sua forma tangível. Você entende as implicações?

Uma comoção sobe dos túneis. As anciãs. Elas devem estar reunidas agora e prontas para partir.

— Acorrentados retornam dos mortos? — indago, impaciente para terminar esta conversa.

— Se fosse assim tão simples. As almas não estão vivas nem mortas no reino mortal, onde não deveriam mais estar. Nesse estado intermediário e de frustração, os Acorrentados buscam mais poder e se alimentam das almas dos vivos.

Alimentam? Esqueço as anciãs e dou à *matrone* minha total atenção.

— Como?

— Eles roubam sua Luz.

Arregalo os olhos. A Luz de Elara é a força vital dentro de todos os mortais — mais forte nas Leurress. Sem ela, enfraqueceríamos e, por fim, morreríamos.

— Então o que... o que acontece se os Acorrentados tomarem *toda* a Luz de alguém?

Odiva se cala, o olhar distante. As penas de suas dragonas flutuam com a brisa, e uma delas pega a garra maior, o pendente esculpido de um osso de bufo-real.

— Eles morrem uma morte eterna. Suas almas não existem mais.

O pavor, profundo e sombrio, me domina, como se a minha Luz já estivesse se apagando. O que ela está falando é a pior forma de assassinato — matar uma alma —, algo que nunca pensei ser possível.

Esta é a realidade que Odiva está se esforçando para me fazer entender: para ela, a perda da flauta de osso é pior do que a perda da filha. E sou a responsável.

— Sinto muito. — Minha voz vacila, frágil como ervas marinhas. Após o rito de passagem, era meu trabalho colocar a flauta de osso de volta na cama de lã de cordeiro no baú de cedro. Agora, não só a vida de Ailesse está em risco por minha causa, mas inúmeras outras vidas também. A travessia precisa acontecer em quinze dias, durante a lua nova. — O que eu posso fazer?

— Pode crescer. — Odiva faz uma careta como se custasse a ela me repreender. — Tenho sido muito mole com você, Sabine. Você não é mais uma criança. Se tivesse obtido mais graças antes desta noite, teria sido capaz de dominar sua agressora. Ailesse teria uma chance de lutar.

Novas lágrimas se acumulam em meus olhos, mas mereço este castigo.

— Prometo caçar mais, *Matrone*. — Tenho que superar meus escrúpulos em matar animais. — Mas primeiro... por favor, deixe-me ajudar minha amiga. Deixe-me ir com as anciãs.

— Com as graças de uma salamandra-de-fogo? — Os olhos de Odiva caem sobre o pequeno crânio em meu colar. — Absolutamente não.

Todas as sete anciãs emergem no pátio para atravessá-lo. Seus ossos da graça mais marcantes brilham sob o luar. A coroa de chifre de veado de Roxane. O colar de costela de cobra de Dolssa. Os brincos de osso de asa de abutre de Milicent. O pingente de vértebra de raposa de Pernelle. O pente de cabelo de caveira de enguia de Nadine. A gargantilha de mandíbula de javali de Chantae. O bracelete de presa de lobo de Damiana.

Luto contra o desejo de esconder meu próprio osso da graça minúsculo enquanto elas saem por outro túnel em seu caminho para fora do Château Creux.

— Por favor, *Matrone*. Fui eu que estive com Ailesse esta noite. Vi do que seu *amouré* é capaz. Ele e seus cúmplices devem ter estudado as Leurress. Sabiam o que estavam fazendo. E se a sequestraram?

— Por mais terrível que isso seja, pelo menos significaria que Ailesse não está morta. — E se as anciãs não puderem encontrá-la?

— Se não puderem, não importa. — As sobrancelhas pretas de Odiva baixam sobre seus olhos aguçados. — Eu vou encontrá-la. Ailesse é sangue do meu sangue, ossos dos meus ossos. Existe uma magia entre mãe e filha que nem os deuses podem explicar. — Uma dor profunda surge em meu peito, um desejo de experimentar o que Odiva está falando. *Mon étoile*, minha mãe costumava me chamar. *Minha estrela*. — Vou usar essa magia para rastreá-la. Vou salvar minha filha. — Sua voz exala calma e confiança. — Ailesse está viva. Posso sentir.

Uma respiração cautelosa enche meus pulmões.

— Verdade?

— Verdade. — Odiva sorri, mas não chega aos olhos. — Agora vá dormir, Sabine. Suas feridas terminarão de cicatrizar enquanto descansa. Amanhã, você começará a busca por suas novas graças. Os deuses podem precisar de você mais cedo do que imagina. — Sua mão vai até o pedaço escondido de seu colar. — Quero que você esteja pronta.

Tento não me contorcer sob seu olhar persistente. Odiva quer que eu me torne uma Barqueira — ela deixou isso dolorosamente claro —, mas também tenho a sensação incômoda de que ela quer algo mais de mim. Algo de que não vou gostar.

— Ailesse vai sobreviver — ela me tranquiliza. — Possuo a força de cinco ossos da graça. Cuidarei disso. Portanto, não a procure. — Seu tom é claro e definitivo. — Deixe minha filha comigo.

Odiva se afasta, assinalando o fim da nossa conversa, e retira-se para o local em que a vi rezar assim que cheguei. Começa a murmurar um canto desconhecido. Não consigo entender todas as suas palavras, mas ouço o nome de Ailesse quando Odiva leva a mão à coroa de caveira de morcego. Ela corta o dedo em seus dentes e pinga seu sangue no calcário abaixo, onde as Leurress gravaram a face do chacal-dourado de Tyrus na curva da lua crescente de Elara. Meu estômago fica tenso. Nunca vi ou ouvi falar de um ritual como o que ela está fazendo.

Os olhos escuros como breu da *matrone* erguem-se lentamente para os meus enquanto seu sangue continua derramando.

— Boa noite, Sabine.

Meus joelhos vacilam.

— Boa noite.

Ela vira as costas para mim novamente, um reflexo da visão de antes: os braços estendidos em oração, as mãos em concha inclinadas para baixo. Um arrepio profundo percorre meu corpo e me apresso.

No meu quarto, pego meu arco e uma aljava de flechas com ponta de osso. Não tenho intenção de dormir esta noite. Não conseguiria. Em vez disso, esgueiro-me por um túnel lateral, contornando o pátio, e deixo o Château Creux.

Agarrando meu lado ferido, corro o mais rápido possível. Depois de correr quase dois quilômetros, removo meu osso da graça da salamandra e o amarro no colar de ombro de Ailesse. O ato de prendê-lo em volta do meu próprio pescoço e ombro sela minha promessa a ela.

Eu vou te salvar, Ailesse.

Não posso confiar nas anciãs ou em Odiva para fazer o que devo, especialmente porque minha *matrone* está mais preocupada com a flauta de osso.

Ao começar minha jornada para Castelpont, a Luz de Elara penetra minha alma, dando-me coragem. Ainda mais forte é a minha determinação feroz. Procurarei a flauta no leito do rio, depois partirei para os campos de caça da floresta. Matarei para obter meus dois últimos ossos da graça, se isso for necessário para salvar minha amiga. E desta vez não vou chorar.

Serei como Ailesse.

11
Ailesse

Maldito seja Bastien e todos os ossos de seu corpo. Não consigo ver nada através desta venda. Meu pé se prende na raiz de uma árvore — ou talvez uma pedra — e caio para a frente. Ele me ergue de volta antes que eu atinja o chão. Debato-me contra seu aperto de ferro em meu braço.

— Me largue! — Mas ele não larga. Não desde que deixamos Castelpont... desde que não consegui matá-lo.

Minha face está quente de humilhação. Minha mãe nunca mais vai acreditar que sou capaz. Muito pior do que perder meus ossos da graça, perdi a flauta de osso. Sabine vai voltar para buscá-la — esse é meu único consolo —, mas não consigo parar de pensar nos olhos furiosos de minha mãe quando Sabine contar o que aconteceu.

Luto para ficar de pé enquanto Bastien continua a me arrastar pela floresta. Seus dois amigos nos cercam, ajudando a me proteger enquanto viajamos, Marcel na frente e Jules atrás. Seus passos soam altos e desajeitados. Marcel se arrasta enquanto caminha e Jules manca com a perna machucada. *Obrigada por isso, Sabine*.

— Estão jogando um jogo que nunca vão ganhar — aviso. — Se vocês três tivessem alguma sabedoria, me deixariam ir enquanto ainda têm a chance. Minha mãe virá me procurar, e vocês não querem enfrentar sua ira.

Bastien aperta mais forte, e meu braço formiga.

— Se sua mãe quiser você de volta, terá que vir até nós em nosso território.

— Você realmente acha que pode me esconder? — zombo. — Não há lugar com que você possa sonhar que minha mãe não encontre.

— Estou contando com isso.

Chegamos a uma parada abrupta na floresta. Tentei acompanhar meus passos na última hora e meia, mas mudamos de direção muitas vezes. Já até caminhamos por riachos, a favor e contra a corrente. Bastien está tentando me desorientar e, sem minhas graças de falcão, tubarão e íbex, está funcionando. Talvez ele tema que minha mãe veja através de meus olhos — impossível — e pense que suas táticas irão ajudá-lo a fugir. *Tolo.*

— Você primeiro, Jules — diz Bastien. — Então você pode guiar a Feiticeira de Ossos até o outro lado.

— Digo que devemos deixá-la se arrastar. — Assusto-me com a proximidade da voz de Jules, logo atrás de mim, profunda e áspera para uma garota. Se tivesse meu dente de tubarão, teria sentido sua proximidade. Mas meus ossos da graça estão em sua posse agora, um fato sobre o qual ela continua se vangloriando quando não está gemendo por causa da perna machucada. Espero que apodreça e caia.

— Nossa primeira prioridade é levá-la para o subterrâneo — responde Bastien.

Subterrâneo? Meu peito aperta com o pensamento sufocante. O pátio abaixo do Château Creux é diferente de onde quer que Bastien se refira; pelo menos está aberto para os Céus Noturnos de Elara e para a brisa do mar Nivous.

— Para onde estão me levando?

Seu cheiro me atinge quando ele se aproxima.

— Catacumbas. Vou deixar você adivinhar por qual entrada.

Meu coração martela. Há rumores de que as catacumbas têm várias entradas, e algumas seções não se juntam a outras e levam a becos sem saída.

— Não, você não pode... *eu* não posso... — Vou ficar sem o luar e as estrelas, minhas últimas fontes de força. Preciso fugir. Agora.

Empurro Bastien com força no peito. Ele me solta e eu corro — apenas um metro e meio. Ele agarra meu outro braço e o torce nas minhas costas. Arquejo, em um suspiro agudo de dor.

Ele ri.

— Você estava certo, Marcel — diz um pouco à nossa frente.

— Estava? — pergunta ele. — Bom, geralmente estou, mas sobre o que desta vez?

— A magia da Feiticeira de Ossos vem de mais do que apenas ossos. — Satisfação presunçosa goteja da voz de Bastien. — Elas são criaturas da noite.

— Ah, sim... — Marcel fala com indiferença. — É em parte por isso que adoram Elara. — Ele não parece ter o que é necessário para cometer assassinato, como Bastien ou Jules, ou mesmo para ajudá-los a tirar toda a minha magia. Mas sua apatia pode ser uma máscara para a maldade. — Elas precisam de sustento da lua e das estrelas da deusa.

— E sem isso — acrescenta Bastien, segurando meu braço de um jeito que não o torça mais — a princesa aqui não será nada além de uma isca para sua rainha.

— Isca? — pergunta Jules, cautela rastejando em seu tom. — Do que você está falando?

Cerro os dentes. Está claro o suficiente para mim.

— Esse é o seu grande plano? — Viro o rosto para Bastien. — Me usar como isca para matar minha mãe? Como? Você não será capaz de roubar seus ossos da graça, e ela tem os melhores na minha *famille*. — Jogo toda a crueldade que posso em meu sorriso de lábios cerrados. — Ela vai destruir você completamente.

— Bastien... — diz Jules atrás de mim, sua voz baixa. — Talvez devêssemos repensar isso.

Eu o sinto se arrepiar.

— Já *repensei* isso. Nossos pais merecem mais do que a morte de uma Feiticeira de Ossos aleatória. Precisamos acabar com o sacrifício ritual de uma vez por todas. A maneira mais inteligente de fazer isso é cortar pela raiz: eliminar a rainha. — Seu tom tem uma ponta de desespero. — É nossa melhor chance, Jules.

— Só espero que você saiba o que está fazendo.

— Não sei sempre?

Ela ri.

— Hilário.

— Continue andando — diz ele. — Estamos quase lá.

Jules passa por mim e bate o ombro no meu. Endureço a mandíbula. Chuto para trás e atinjo sua canela com o calcanhar. Ela sibila um palavrão. Devo ter atingido sua perna ferida. *Que bom.*

Minha bochecha esquerda arde com uma forte explosão de dor. Cambaleio para trás com a tontura.

— Cuidado, Feiticeira de Ossos — me avisa Jules.

Levanto o queixo, desejando poder arrancar esta venda para poder encará-la. Mal a conheço, mas já a odeio. Jules machucou Sabine. Não me esqueci disso.

Ela manca para longe de mim. Eu a ouço por alguns passos, depois não ouço mais nada. Já entrou nas catacumbas?

Uma nova onda de pânico me assalta. Arrasto os pés e luto contra Bastien. Ele me puxa para a frente.

— Você é a próxima.

Não posso entrar lá. Não vou. Piso no pé dele. Seu braço envolve minha garganta em um mata-leão. Não consigo respirar. Eu me debato com mais força.

— Pare de lutar! — Sua voz treme com o esforço. — Ou vou te machucar tanto que você vai desejar estar morta.

Não duvido dele. O sangue martela em meu crânio, mas não vou recuar. Seguro suas mãos. Agarro. Chuto. Aperto meus lábios para não dizer "por favor". Não vou implorar. Ele não vai roubar meu respeito por mim mesma, já basta ter roubado minhas graças.

— Hum, Bastien? — chama Marcel com uma lentidão de roer as unhas. — Acho que agora ela entende seu ponto.

Bastien aperta mais forte. Meus olhos lacrimejam. Temo que meu pescoço possa quebrar. Talvez ele acabe com a minha vida agora mesmo. *Eu te desafio*, penso, mesmo enquanto minha cabeça formiga à beira da inconsciência. Se ele me matar, morrerá comigo.

— *Merde* — diz ele, como se tivesse pensado a mesma coisa. Ele solta minha garganta.

Desmorono e inalo bocados ardentes de ar. Antes que eu tenha uma chance de me recuperar, Bastien me levanta novamente e me arrasta para a frente.

Avançamos alguns metros e há um declínio abrupto no terreno. Minhas pernas estão até os joelhos na grama selvagem; esta não é a entrada de uma catacumba. Estamos descendo a encosta de algum tipo de penhasco ou ravina. Antes que o terreno se nivele, meu pé esquerdo mergulha em uma toca.

— Coloque o outro pé lá dentro. — Bastien me empurra. — Essa é a entrada. Chegamos.

Tento me afastar, mas ele me agarra e me mantém imóvel. Bastien me segura, e eu me debato.

— Tudo bem — digo —, estou indo. Ele lentamente me solta, mas o calor de seu corpo ainda paira por perto. Endireito a mandíbula. Bastien pensa que não sou nada sem minhas graças. Vou provar que está errado e que não me tirou a coragem.

Coloco os pés no buraco e me ajoelho para escorregar de cabeça.

— Não, *primeiro os pés*, ou você vai se enroscar lá dentro — avisa, e eu reprimo um rosnado. Se for um truque, vou fazê-lo sofrer por isso.

Respiro o ar fresco pela última vez e bebo o que posso do luar. Rezo para que sua energia fria fique presa sob minha pele por tempo suficiente para me ajudar a sobreviver à escuridão.

Deslizo para dentro do buraco.

O espaço é apertado. Sou forçada a me arrastar de costas. Minha cabeça desliza por último e engulo em seco. Já passei por pequenos túneis antes. As cavernas abaixo do Château Creux estão repletas deles. Mas nunca fiz isso de pé e presa entre três pessoas que me querem morta.

— Em dez metros, você sentirá outro buraco, a abertura de um túnel lateral — instrui Bastien. Ele parece irritado, como se o machucasse me oferecer ajuda.

Arranco minha venda para que fique pendurada em volta do meu pescoço. Meus arredores ainda estão escuros e sufocantes. Eu me contorço para baixo em um ângulo diagonal até encontrar o túnel ramificado. Enfio as pernas, mas o túnel se inclina para cima, oposto ao caminho pelo qual tento deslizar. O pânico aumenta dentro de mim como um trovão crescente. Começo a choramingar. Nunca choramingo.

Risadas ecoam, mas não sei dizer de que direção.

— É divertido ouvir você se esforçando — diz uma voz rouca, mas feminina. *Jules*. — Mas agora estou entediada, então aqui está o segredo: *passe* pelo segundo túnel, suba de volta e entre nele de cabeça.

Fecho os olhos contra o golpe de minha própria estupidez. Por que não pensei nisso? Fui mantida debaixo d'água por um tubarão-tigre e confinada em cavernas de neve apertadas no norte, mas nunca entrei em pânico assim e perdi a cabeça.

Respiro fundo e sigo as instruções de Jules. Pelo menos estou deslizando para a frente nos cotovelos agora, em vez de rastejar para trás. Cerca de cinco metros depois, saio do segundo túnel para um lugar maior onde posso ficar de pé.

Ao contrário dos túneis abaixo do Château Creux, o ar aqui é quente sem o frescor do mar. Pisco e tento ajustar meus olhos à escuridão sem minha visão aguçada de falcão-peregrino. Alguns túneis sob o Château Creux são escuros — até pretos, se você for fundo o suficiente. Mas não são tão pretos como este. Nada poderia ser mais sombrio ou insondável. Sinto a Luz de Elara já se esvaindo de meu corpo, e minha força natural desaparecendo com ela.

Uma terrível pontada de solidão aperta meu peito, embora eu não esteja sozinha. Sinto falta de Sabine. Poderia suportar isso se ela estivesse aqui comigo.

Um baque vem de trás.

— Por que você não acendeu as lâmpadas, Jules? — pergunta Bastien. *Pleft, tunc, tlec*. Deve estar limpando a poeira de suas roupas.

— Queria que a Feiticeira de Ossos tivesse uma recepção adequada. — Ouço o sorriso na voz de Jules, embora suas palavras afundem no calcário denso. — Conheça a escuridão total das catacumbas.

— A pureza do preto é de tirar o fôlego — respondo apenas para irritá-la. A pausa que se segue me assegura que consegui.

Uma pequena faísca acende, junto com o raspar de pederneira e aço. Minhas sobrancelhas se erguem. Jules está a apenas um metro e meio à minha frente, não a vários metros de distância, como eu esperava. Este lugar engole o som de uma maneira enervante. Ela sopra a pederneira e acende o pavio de uma simples lamparina a óleo. A chama não é brilhante — ela ilumina cerca de dois metros além de Jules e, depois disso, reina a escuridão implacável.

— Você removeu sua venda — comenta Bastien. Na escuridão, seus olhos azul-marinho ficaram da cor do céu da meia-noite. Minha pele fica vermelha com o calor. Por um momento, seu olhar muda de odioso para conflituoso, como se ele estivesse procurando por algo dentro de mim e estivesse apreensivo com o que iria encontrar.

— Estamos dentro agora — respondo eu. — Por que eu deveria continuar vendada?

— Este não é o nosso destino final.

Um baque pesado me faz pular. Uma bolsa muito cheia cai do buraco do túnel. A cabeça descabelada de Marcel aparece em seguida.

— Abomino essa entrada — resmunga ele, embora seu tom não seja angustiado. — Da próxima vez, devemos...

— Marcel. — Bastien lhe dá um olhar aguçado. Olho de um para o outro e entendo: há outra entrada mais fácil para esta parte das catacumbas, o que significa que essa passagem pela pedreira não leva a um beco sem saída. Útil para lembrar enquanto planejo minha fuga.

Jules remove mais duas lamparinas a óleo de uma saliência natural na parede de calcário, de onde ela também deve ter obtido a pederneira. Enquanto ela acende cada pavio, Bastien me puxa e tenta pegar a venda em minha garganta. Eu me afasto e a desamarro eu mesma, e então a coloco novamente em volta dos meus olhos.

Ele aperta mais o nó, embora eu já tenha apertado. Caminhamos para mais fundo no túnel sombrio. Bastien não segura meu braço como fazia na superfície; em vez disso, ele me empurra para a frente com pequenos golpes nas costas. Sei onde cada um dos meus captores está pelo som de seus passos. Jules está na minha frente, mancando, mas em um ritmo concentrado. Bastien vem logo atrás de mim, seu passo é uma mistura equilibrada de confiança e cautela. E Marcel está atrás de Bastien, arrastando os pés com facilidade e distração.

Abro os braços. O túnel é grande o suficiente para eu me apoiar nas paredes e, ocasionalmente, no teto baixo. Continuo verificando a altura para ter certeza de que não diminui e eu precise me abaixar para não bater a cabeça. Duvido que Bastien me advirta se precisar.

À frente, um respingo abafado me assusta.

— O que é que foi isso?

— Jules pulou na água.

Planto meus pés.

— Água? Minha mãe nunca me contou sobre a água aqui embaixo.

— Águas subterrâneas — responde Marcel fracamente. Inclino a cabeça na direção dele. Ele provavelmente está mais perto do que parece. — Pelo menos metade das catacumbas estão inundadas.

Estremeço. Até agora não toquei em nenhum osso humano, mas a água deve carregar fragmentos decompostos como o mar carrega o sal. Odiva proíbe nossa *famille* de entrar nas catacumbas porque ossos são sagrados para nós. Pegamos apenas o que precisamos e honramos as criaturas que caçamos. Mas nenhuma honra foi dada às pessoas cujos ossos ocupam este lugar. Nos dias da Galle Antiga, após um século de guerras, as valas comuns em Dovré começaram a desmoronar nas pedreiras de calcário abaixo da cidade. As pedreiras foram escoradas para que Dovré não desmoronasse, e os ossos das sepulturas sem identificação foram despejados dentro delas. Abominável.

— Mexa-se. — Bastien me empurra. Cambaleio para a frente.

Dois passos, cinco passos, nove. *Elara, proteja-me.* Meu pé atinge uma borda onde o chão escorregadio desce. Eu me debato para recuperar o equilíbrio; Bastien não faz nada para ajudar. Com um pequeno grito, caio. A queda não é longa — talvez um metro. Meu abdômen bate na água e meus joelhos roçam o chão. Minha cabeça vem à tona, e tusso um bocado de água morna. É arenosa, com restos de calcário e provavelmente a poeira de ossos humanos. Eu me encolho e me levanto, sacudindo um pouco da umidade dos meus braços. A água chega à altura das minhas coxas.

Splash. Bastien entra na água. Para preservar a luz da lamparina que ele segura, brilhando fracamente através da minha venda, resisto à vontade de bater em seu traseiro.

— Prossiga. — Ele cutuca minhas costas.

— Vou te matar lentamente — prometo. — E quando você implorar por misericórdia, cortarei sua língua.

A água se agita quando ele se aproxima.

— Você nunca terá a chance. Depois de matar sua mãe, encontrarei um jeito de passar por cima de sua magia e parar seu coração. Seu corpo vai apodrecer até que você não passe de ossos, assim como todos os homens que você matou.

— Nunca matei um homem — retruco. — Cada membro da minha *famille* mata apenas um. — Para alguém que sabia o suficiente sobre meus pontos fortes e fracos para me sequestrar, Bastien tem um conhecimento surpreendentemente escasso sobre as Leurress. Provavelmente estudou como me matar sem se preocupar em saber por que meu povo faz o que faz e como é difícil.

Ele zomba.

— Que generosas.

Gostaria que meu olhar pudesse abrir buracos nesta venda.

A água borbulha atrás de nós. Marcel nos alcançou.

— Quão longe está Jules? — pergunta.

— Pouco depois do nosso anel de luz — responde Bastien. Ele libera um suspiro apertado e me empurra junto. — Vamos lá.

Tomo cuidado para não escorregar enquanto minhas mangas largas se arrastam pela água. Toda vez que meus pés atingem um obstáculo, estremeço, temendo que seja um osso humano.

Nós avançamos lentamente. O caminho se bifurca pelo menos quinze vezes até se inclinar e eu voltar ao calcário seco. Louvado sejam os deuses. A partir daqui, só mudamos de caminho seis vezes, então uma mão agarra meu ombro para me fazer parar.

— Chegamos? — pergunto. Tudo o que quero fazer é deitar e sonhar que completei meu rito de passagem e me tornei uma Barqueira dos mortos.

Quero acordar desse pesadelo.

— Sim. — A voz de Jules é estranhamente doce. — Você pode tirar a venda agora.

Hesito. Ela está tramando algo.

— Espere até que estejamos dentro da câmara — pede Bastien.

Aperto a mandíbula. Estou cansada de me submeter a ele. Arranco minha venda e a jogo no chão. Assim que o faço, desejo-a de volta. A quatro metros à minha frente, o túnel se alarga e termina em uma enorme parede de caveiras empilhadas.

Coloco as mãos sobre a boca e me encolho para trás. Meus olhos se enchem de lágrimas.

— Onde...? — Engasgo com minhas palavras. — Onde estão os outros ossos?

Marcel remove sua mochila.

— Há uma galeria de fêmures nas catacumbas ocidentais. — Ele dá de ombros. — Mas a maioria dos ossos... costelas, clavículas e outros, estão amontoados atrás de monumentos como estes. — explica, indiferente. — Suponho que nossos ancestrais não tiveram tempo a perder para organizar todos eles.

— Todos os esqueletos estão separados assim?

— Mm-hmm.

Minhas lágrimas transbordam. Isso é pecaminoso, abominável, revoltante. As Leurress enterram homens *inteiros*. Os deuses nos proíbem de remover ossos humanos de seus corpos. Se o fizéssemos, suas almas sofreriam um estado de inquietação sem fim na vida após a morte. Não seriam reunidos com seus corpos. Não seriam capazes de tocar ou agir sobre as coisas. Não seriam capazes de abraçar os entes queridos que partiram.

— Por que você está ofendida? — As sobrancelhas de Bastien franzem. Ele pega um caixote encostado na parede e o passa para Jules. — Sua raça usa todos os tipos de ossos separados.

— Isso é diferente. Os animais são enviados para nós pelos deuses. — Enxugo outra torrente de lágrimas. — Suas almas receberam glória inferior.

Jules bufa.

— Ela é inacreditável.

— Mas os humanos foram criados à imagem dos deuses — continuo, ignorando o olhar de nojo que ela me dá enquanto se agacha e remove várias lâmpadas de barro do caixote. — Estamos destinados a um lugar mais elevado nos reinos eternos.

Ela revira os olhos.

— Naturalmente.

Por que estou explicando coisas sagradas para pessoas odiosas? Meu olhar volta para a parede de caveiras, e eu tremo, entorpecida pelo choque, doente de horror. Caio de joelhos e levanto as mãos em concha para os Céus Noturnos, em algum lugar acima de toda essa rocha e morte.

— O que ela está fazendo? — pergunta Jules. Consigo escutar o barulho da chama quando acende todas as lâmpadas ao redor com a dela.

— Ela parece estar... rezando — diz Marcel.

Conceda paz a essas almas, Elara. Diga-lhes que lamento por eles.

Depois de um breve período de silêncio, Bastien murmura:

— Vigie-a, Jules. Vamos, Marcel. Ajude-me a carregar essas lâmpadas.

Enquanto seus passos se afastam, Jules corre para meu lado.

— Então, deixe-me adivinhar: vocês, Feiticeiras de Ossos, recebem A glória. — Sua risada sarcástica irrita meus ouvidos.

— Minha alma escolheu este caminho, assim como você escolheu o seu. Não zombe do que você não entende. Ser uma Leurress requer um grande sacrifício.

— Sim, mas não para o seu povo. Vocês consideram os homens que matam como seus sacrifícios, meu pai, o pai de Bastien. Mas nós é que sofremos, não vocês.

Encontro seu olhar duro, e a culpa corta meu estômago.

— É por isso que vocês três se uniram? Porque todos vocês perderam seus pais?

Jules passa a mão grosseiramente sob o nariz.

— Éramos apenas crianças.

Minha culpa é mais profunda, mas Jules não entende. Nenhum deles entende.

— Seus pais estão no Paraíso de Elara, um lugar de grande alegria e beleza. — Recito o que me ensinaram. — Estão felizes e aceitam a morte que tiveram.

Jules cospe na minha cara. Recuo, arregalando os olhos.

— Sabe o que me conforta? — Ela se levanta e caminha até a borda escura de nosso círculo de luz. Retira algo enfiado sob o decote de seu corpete. Aperto os olhos e mal percebo que é comprido, fino e pálido. — Saber que vocês, Feiticeiras de Ossos, não conseguirão atrair outro homem sem sua flauta.

Adrenalina corre em minhas veias. Ela a tem. Encontrou-a. Tirou do leito do rio. Ela *roubou* a flauta.

— Isso é da minha mãe!

— É mesmo? — E sem cerimônia segura a flauta sobre o joelho. E a quebra em duas.

Meu coração para. Fico boquiaberta com os pedaços em suas mãos.

— O que é que você fez?

— Não se preocupe, princesa. Sua mãe com certeza pode se rebaixar para esculpir outra.

Minha mente gira. *Não, ela não pode.* Não sem o osso de um raro chacal-dourado. Uma fera que nem é nativa de Galle. Nenhuma Leurress viva sabe para onde viajar para caçar um.

Jules inclina a cabeça.

— A menos que seja insubstituível. — Ela sorri, e a fúria cresce dentro de mim. — Todas vocês, Feiticeiras de Ossos, compartilham a mesma flauta? — Atenuo minhas feições, embora o sangue esteja rugindo em meus ouvidos. Meu silêncio trai minha resposta. Jules joga os pedaços da flauta quebrada na escuridão. — Excelente.

Minha raiva atinge o pico. Eu me atiro nela.

— Seu monstro! — Ela pula para fora do meu caminho e firma o peso em sua perna boa. Não será boa por muito tempo.

Chuto seu joelho com o calcanhar. Jules grita e lança o punho na minha cara. Eu me abaixo, então enfio minha cabeça em seu estômago. Ela cai de costas no chão. Caio em cima dela.

— Vou matar você! — O ar denso abafa meu grito. Ela agarra meus pulsos para me impedir de bater nela. Eu me debato para me soltar. — Os deuses vão acorrentá-la por isso!

— Jules? — A voz baixa, mas alarmada, de Bastien fica mais alta. Ele entra em nosso círculo de lamparinas.

Jules lança um sorriso presunçoso para ele, mesmo enquanto lutamos com mais força.

— Acabei de confirmar o que Marcel suspeitava — diz, ofegante. — A flauta de osso de Ailesse é a única que existe. Não precisamos nos preocupar com outra.

Bastien me arranca de sua amiga.

— Ótimo.

— Odeio todos vocês! — Invisto contra ele e consigo cortar sua mandíbula. *Minha mãe vai me matar quando descobrir sobre a flauta.* — Vocês são humanos patéticos e sem alma!

— O sentimento é mútuo, Feiticeira de Ossos. — Bastien torce meus braços atrás das costas e me puxa junto de si ao longo da parede de caveiras. Jules se levanta, mancando para segui-lo.

Depois de alguns passos tropeçando e chutando, chegamos a uma abertura quadrada que leva a uma câmara. A luz das lâmpadas extras que Jules acendeu jorra de dentro.

Bastien me arrasta para a frente, passando por um painel de caveiras ao lado da entrada — uma porta falsa para manter a sala secreta escondida. Ele me empurra para dentro, e eu abaixo a cabeça sob a abertura baixa. Pego um vislumbre da parte de trás da porta. Não é feita de pedra, mas apenas de palha e barro fino. Não pode pesar mais do que eu; proporcionará uma fuga fácil. E juro escapar logo.

Em quinze dias, as marés baixarão ao nível mais baixo e revelarão a ponte de terra no mar. Naquela lua nova — como em toda lua nova — as Leurress precisam convocar os mortos de seus túmulos e transportar suas almas pelos Portões do Além. Se não o fizerem, as almas ficarão inquietas e deixarão seus túmulos por conta própria. *Os mortos devem fazer a travessia*, minha mãe me disse enquanto me preparava para o rito de passagem, *ou vagarão pela terra dos vivos e causarão devastação*.

Mas as Leurress não podem convocar os mortos sem a flauta de osso e a música que Odiva deve tocar nela. Vejo apenas uma solução: tenho que fazer uma nova flauta com o osso de um chacal-dourado. De alguma forma vou encontrar um. Eu preciso consertar isso. É a única maneira de me provar para minha mãe.

Bastien e Jules me seguem até a câmara. Ele me arrasta para trás e me joga em uma lajota de calcário. Em seguida amarra minhas mãos com uma corda da mochila de Marcel, então todos os meus três captores rolam uma pedra pesada sobre a corda que está amarrada em meus tornozelos.

— Fique tranquila — diz Bastien, sabendo muito bem que isso é impossível. — E reze para que sua mãe venha logo.

12
Bastien

Não posso ser a alma gêmea da Feiticeira de Ossos.
Uma gota de suor escorre pela minha coluna. Minha mão desliza para a bainha. Toco o cabo da faca do meu pai.

Poderia matar Ailesse agora.

Ela se senta na pedra no canto da nossa câmara secreta das catacumbas. Estou a alguns metros de distância, encostado em uma parede de calcário. Não tenho conseguido dormir, ao contrário de Marcel, que está esparramado e roncando, bem no meio do quarto retangular. Este espaço sempre pareceu grande — quinze passos de largura por vinte de comprimento —, mas com Ailesse entre nós, ficou apertado. Ela abraça os joelhos com as mãos amarradas, descansando o rosto neles. Enrolada assim, parece tão pequena... Tão fácil de matar.

Ela vira a cabeça. Seus olhar encontra o meu. No brilho quente das lamparinas a óleo que nos cercam, ela sustenta meu olhar com a mesma ferocidade que fez em Castelpont.

Uma onda de calor percorre meu corpo. Aperto os músculos ao longo do meu queixo para fazê-lo parar. Lentamente puxo a mão da minha faca, mas agora a lâmina parece alojada entre minhas costelas.

E se formos almas gêmeas?

A morte dela seria a minha morte. Meu pai não teria justiça.

— Aqui. — Jules manca até mim e coloca um copo de madeira em minha mão. — A água baixou.

Desencosto da parede e tomo um longo gole. Não me importo com o toque mineral da água calcária, especialmente quando não está impregnada do lodo que extraímos nos túneis.

— Como está a perna? — pergunto, colocando o copo de lado.

— Vai melhorar — responde Jules, sua voz mais rouca do que o habitual. Ela pega minha mão e a vira, examinando todos os meus cortes e hematomas, como se eu estivesse mais ferido do que ela. Deixo seu toque quente demorar. Vamos descobrir como passar por essa confusão como sempre fazemos: juntos. Não apenas sobreviveremos, como encontraremos uma maneira de nos vingar.

— Tire a camisa — murmura ela.

Encaro seus olhos castanhos.

— O quê?

— Preciso lavar — explica, mordendo o lábio inferior para conter um sorriso.

Minhas orelhas queimam. Ailesse ainda está me observando, uma de suas sobrancelhas levantadas. Mantenho o rosto sério, tiro a camisa pela cabeça e a passo para Jules. Sempre lavamos nossas roupas encharcadas de lodo depois que a água se deposita nas catacumbas. Ela não precisa fazer disso um jogo.

— Venha comigo. — Seus olhos vagam pelo meu peito nu. — Está escuro perto da água. Privado.

— Pare com isso, Jules.

Os músculos da mandíbula contraem, mas ela ri como uma taberneira, completamente fora de si.

— Olha como você está tenso. — Ela cutuca meu abdômen, e meus músculos involuntariamente se flexionam. — A rainha não virá esta noite. É quase madrugada. Mesmo que rastreasse os ossos da filha, nunca poderia descer até aqui. Ela vai esperar até ter uma noite inteira, quando estiver mais forte. — Jules desamarra os laços enlameados na parte superior de sua blusa e as partes de tecido áspero mais abaixo. — Além disso, assim que ela perceber que estamos nas catacumbas, terá que repensar sua estratégia. Então você pode baixar a guarda, Bastien. — Ela traça uma cicatriz fina acima do meu umbigo.

Empurro sua mão.

— Ande logo com nossas roupas, tudo bem? Temos trabalho a fazer. — Ela não devia ter me beijado na loja de Gaspar. Eu não devia tê-la beijado de volta. — Não vou deixar a Feiticeira de Ossos sozinha com Marcel.

Jules zomba e olha para Ailesse.

— Por quê? Ela está fraca agora.

— Vá, Jules. — Empurro novamente, desta vez com mais força.

Ela pega meu pulso e aperta com força. Nós não brigamos desde que éramos crianças, mas o brilho em seus olhos diz que ela está ansiosa para quebrar essa trégua. Jules finalmente solta e força um sorriso sensual.

— Como quiser. Divirta-se com sua alma gêmea — cantarola.

Ao sair da câmara, Jules lança um olhar penetrante para Ailesse enquanto joga minha camisa suja no ombro. O olhar de Ailesse é igualmente odioso.

Passo a mão no rosto quando Jules sai. É absurda, de verdade, a ideia de almas gêmeas. Se a Feiticeira de Ossos e eu estamos mesmo ligados pela magia ritual, não é porque fomos feitos um para o outro. Isso significaria que meu pai foi feito para a mulher que o matou, e me recuso a acreditar que ele tenha sido feito para qualquer outra pessoa além de minha mãe. Mesmo que não me lembre dela.

— Sei por que você resiste a ela. — A presunção na voz de Ailesse arranha minha pele.

— Você não sabe nada sobre mim.

Ailesse inclina a cabeça para estudar meu rosto. Está suja por causa da água calcária do túnel, e há um corte na base de seu pescoço, junto com uma mancha de sangue seco. Da minha lâmina. Desvio o olhar e massageio um músculo tenso em meu braço.

— Sei que você tem uma centelha da Luz de Elara — diz. — Todo mundo tem. É o sussurro em sua cabeça, os pensamentos por trás de seus pensamentos. Diz a você que sua amiga pode atingir seu coração, mas não perfura sua alma.

Bufo.

— Seus deuses não são meus deuses, Feiticeira de Ossos. Eles não falam comigo. Com certeza não ditam minha vida.

As narinas dela dilatam. Ainda estou a alguns metros de distância, mas ela se inclina para mim e pende os joelhos dobrados para o lado. O movimento puxa seu vestido e ele cai de um de seus ombros. Eu tento não olhar para a suavidade leitosa de sua pele. Ela não percebe. Está muito ocupada jogando dardos com os olhos.

— Também não teria escolhido você, Bastien.

Meu peito estremece quando ela diz meu nome. É muito pessoal, muito familiar, vindo dela. Ailesse enrijece. Percebo que estou apertando o cabo da minha faca com força. Ela cerra os punhos. Está pronta para revidar, apesar de suas amarras e falta de poder. Uma onda de admiração percorre minhas veias.

Marcel solta um ronco alto e se vira, segurando a mochila contra o peito. Mesmo durante o sono, ele guarda seu livro — e os ossos de Ailesse. Jules os enfiou na mochila depois que entramos neste aposento e ameaçou Marcel sob pena de morte — o que não significa nada, já que Jules diz isso tantas vezes para ele — para manter o pacote fora do alcance de Ailesse.

O pior da minha tensão se difunde. Solto minha faca e caminho até Marcel. Afasto sua mochila com a ponta da minha bota. É a única maneira de acordá-lo. Juro que ele dormiria se a cama dele estivesse queimando.

Ele se levanta e me ataca com os olhos ainda fechados. Deslizo sua mochila para fora do alcance.

— Levante-se, Marcel. Preciso de ajuda.

— Por quê? — Ele lambe os lábios. — Não amanheceu ainda. Eu não estava sonhando. Começo a sonhar duas horas antes do amanhecer.

Marcel sempre consegue determinar a hora, mesmo que não consiga ver a lua ou o sol.

— Precisamos dormir durante o dia a partir de agora.

Seus olhos se abrem e ele olha para Ailesse, que o observa como um predador.

— Ah, certo. Sequestramos uma Feiticeira de Ossos. — Ele pisca. — E eu disse a Birdie que caminharia com ela pelo rio hoje... e amanhã, e depois de amanhã. — Marcel solta um suspiro pesado.

— Pegue seu livro. — Jogo a mochila para ele. Ele não a pega rápido o suficiente, e ela bate contra seu peito. — Você quer ver Birdie? Comece a ler.

Suas sobrancelhas se enrugam.

— Não consigo ver a conexão.

Agacho-me ao lado dele, de costas para Ailesse.

— A rainha vai nos rastrear até aqui amanhã à noite — sussurro eu. — Não vamos sair vivos dessas catacumbas a menos que formemos um plano adequado para... — Deslizo o dedo pela minha garganta. — Ela. Isso envolve você fazer o que faz de melhor: ler nas entrelinhas daqueles contos populares da Galle Antiga.

— Ah, entendo. — Ele cruza as pernas e olha para Ailesse antes de piscar para mim. Duas vezes.

— Ouça, conversaremos mais depois que a Feiticeira de Ossos estiver dormindo, mas por enquanto... — Aproximo-me e abaixo mais a voz. — Você sabe o quão forte a rainha realmente será aqui embaixo? Ela será capaz de usar alguma de suas magias de ossos?

— Acho que sim... — Marcel abre sua mochila. — Mas vai custar-lhe mais energia. Uma hora ou outra ela vai ficar esgotada, embora eu não tenha ideia de quanto tempo isso vai levar. Não é mencionado em nenhuma história aqui. — Ele pega o livro do pai e o coloca no colo. — A menos que eu tenha esquecido alguma coisa. — Marcel vira as páginas e o livro se abre onde a lombada quebrou. Viro-me para olhar com ele. Ailesse se senta mais ereta e tenta espiar também. *Será que ela sabe ler?* Sempre imaginei Feiticeiras de Ossos fazendo coisas como beber sangue de chifres ou comer carne crua de animais, não estudar em livros. Inferno, *eu* mal consigo ler.

Viro o livro para que ela não possa ver dentro dele. A história que estou lendo é um mito sobre as Feiticeiras de Ossos, completo com a ilustração de uma mulher com cabelo solto. A cauda de seu vestido é tão longa que se estende do centro da ponte até o pé, onde um homem modesto se aproxima. Vejo meu pai. Vejo o pai de Jules e Marcel.

Eu me vejo.

A raiva ácida atinge meu estômago. Levanto-me abruptamente e me afasto de Ailesse. Ela não está tão perto, mas ainda está perto. Inclino-me contra a única parede de tijolos da sala — um lugar que como outros nas catacumbas, foi escorado para evitar que os túneis desmoronem — e luto para respirar.

— Você está bem? — pergunta Marcel, uma nota vaga de preocupação em sua voz.

Espero meu coração desacelerar.

— Só com fome. E você?

— Acho que sim.

Firmo minhas pernas. Afasto-me da parede. Vasculho alguns potes e latas nos tijolos salientes que usamos como prateleiras. *Fique calmo, Bastien. Concentre-se em um plano.* Como comida e suprimentos. Não temos muito, exceto o pouco que deixamos da última vez que tivemos que nos esconder aqui. Se tivermos que ficar muito mais tempo, um de nós precisará correr até Dovré.

Jules volta para dentro da câmara e traz uma poça de água com ela. As roupas que está vestindo estão encharcadas, mas não estão mais sujas. Ela se lavou, algo que cada um de nós sempre faz — parte de nossa rotina aqui, ou então a lama e o lodo coçam como a peste.

Ela torce o cabelo, arrasta um balde d'água e fecha a porta.

— Marcel, você está mesmo acordado. — Jules ri, já de bom humor por estar limpa. — Do jeito que você estava roncando, pensei que dormiria mais quinze dias.

Ele resmunga distraidamente, com a cabeça inclinada sobre o livro.

Jules manca para mais perto de mim e carrega o balde junto de si. Arqueio a sobrancelha.

— Mais água potável?

Ela acena com a cabeça, passando-me minha camisa lavada. Penduro em um tijolo da parede para secar.

— Tem alguma coisa boa aí? — Ela olha minha marmita.

— O de sempre. — Ofereço a ela um pedaço de carne seca.

Jules o coloca na boca e mastiga por um momento.

— Sabe, estive pensando. — Ela manca em direção a Ailesse. — Não seria uma pena se, quando a rainha chegasse, ela nem reconhecesse a própria filha?

Ailesse fica tensa e desliza para trás. Mas não pode escapar. Jules joga todo o conteúdo do balde nela. Ailesse tem um ataque de tosse e estremece.

Jules agarra um punhado de seu cabelo encharcado e estuda o rosto de Ailesse.

— Viu, muito melhor. Agora a sujeira se foi e podemos ver o monstro.

O rosto de Ailesse forma uma expressão de raiva. Ela estica as pernas amarradas no tornozelo e chuta Jules com força no estômago.

Jules voa para trás e atinge o solo. Assim que o choque desaparece de seu rosto, ela se levanta novamente, com os olhos lívidos.

Merde.

— Jules — aviso. Ela não escuta.

Ela saca a faca embainhada em sua coxa.

Ailesse se põe de joelhos, ágil mesmo amarrada.

— Você quer meu sangue? — Sorri com desprezo. — Venha e pegue. Veja Bastien morrer comigo.

Jules fica com os nós dos dedos brancos ao apertar a faca. Marcel fecha seu livro. Dou um passo hesitante para a frente.

— Jules — digo novamente. *Não vou morrer. Não posso ser a alma gêmea da Feiticeira de Ossos.* — A rainha saberá se ela estiver morta. — Meu coração bate mais forte quando olho para Ailesse. — Não saberá?

Os olhos febris de Ailesse se desviam de mim para a ponta afiada da lâmina de Jules. Ela aperta os lábios e acena com a cabeça.

Jules grita de frustração e joga a faca. Ailesse desvia para o lado, mas a lâmina voa longe e bate contra a parede de pedra.

Uma inundação de alívio fresco me lava.

Scratch, scratch.

Olho para trás. Algo chilreia baixinho. Eu franzo a testa e me aproximo da pequena porta da câmara. O arranhar vem de novo. Outro gorjeio. Um animal? Nunca vi nem mesmo um rato aqui embaixo.

— O que é isso? — pergunta Jules.

— Não faço ideia. — O arranhar se intensifica, o chilrear fica mais alto. Há mais de uma criatura lá fora no túnel. E realmente querem entrar. E se a mãe de Ailesse estiver com elas?

Impossível. Ela não poderia ter nos rastreado tão rápido.

Eu me agacho e empurro hesitante a porta falsa. Já passei tempo suficiente nas sarjetas e becos de Dovré para não recuar diante de roedores, mas isso não significa que quero que meu dedo seja mordido.

A porta se abre. Os trinados abafados se amplificam em um coro de guinchos. Uma cabeça marrom e felpuda, com um rosto atarracado, aparece pela abertura. A luz da lâmpada reflete em seus olhos escuros e redondos. Outra cabeça se enfia.

— Morcegos. — Faço uma careta.

— Morcegos não costumam se empoleirar em catacumbas — diz.

Com uma sensação de aperto no estômago, viro-me para Ailesse. Ela está olhando para as criaturas que lutam para entrar, seus olhos brilhando de esperança. É a magia das Feiticeiras de Ossos, embora eu não a entenda.

Estendo a mão para fechar a porta, mas o primeiro morcego se contorce para dentro. Ele desenrola as membranas aveludadas de suas asas. Enormes para um morcego. O dobro da envergadura normal.

— Um arborícola gigante. — Marcel suspira de espanto. — Mas eles moram nas árvores, então não deveriam estar... — Suas palavras somem. Seu rosto empalidece quando o morcego mostra as presas para mim. — Acho que ele não gosta de você.

Jules ofega:

— Bastien, cuidado!

A criatura grita e voa para o meu rosto. Tropeço para trás e tento afastá-lo. Mais asas batem ao meu redor. Outros morcegos se enfiaram para dentro.

— O que faremos? — grita Marcel. Ele está de pé, usando seu livro como arma, mas são muitos. Pelo menos dez. Não, quinze.

— Feche a porta! — ordena Jules. Ela luta contra um morcego emaranhado em seu cabelo.

Estapeio as criaturas que agarram meus braços e empurro a porta. Mas a força é muito forte do outro lado. Há quantos deles lá fora?

Uma imagem terrível vem à mente. A faca de Jules. No chão perto de Ailesse. Jules nunca teve a chance de recuperá-la.

Solto a porta e me viro. Através da tempestade de asas escuras, vejo Ailesse. As cordas em seus pulsos já foram cortadas. Agora ela está serrando as que estão nos tornozelos.

Avanço com os braços para cima para proteger meu rosto. O enxame engrossa.

— Jules! — Minha voz soa fraca sob os guinchos ensurdecedores.

As lâmpadas em nossa câmara começam a se apagar com as asas apressadas. Estou no meio da sala. Ailesse me vê chegar. Os morcegos não a estão assediando. Ela trabalha mais, tentando freneticamente se libertar.

Mais lâmpadas se apagam. Eu me empurro contra a maré de asas, gritos e garras.

Ailesse quase cortou a corda, mas não consegue terminar. Estou ao seu alcance. Ela ataca com a faca, mas os morcegos desviam sua mira. Eu luto para segurar seu antebraço antes que ela possa atacar novamente. Bato a mão dela na pedra — uma, duas vezes, e ela perde a faca. Chuto com força e ela desliza pelo chão em meio ao caos.

Ela me golpeia e me bate com os punhos. Rastejo para cima dela e luto para prendê-la. Não consigo encontrar outro pedaço de corda para amarrar seus pulsos novamente.

— Bastien! — Estico o pescoço ao ouvir o grito abafado de Jules. Através do preto sufocante, vejo flashes fracos dela. Ela está com um braço em torno do irmão. Eles estão se esforçando em direção à porta. — Rápido! — ela chama. — Temos que sair daqui!

— Você não pode escapar disso. — A risada suave, mas selvagem, de Ailesse aquece meu ouvido. Suas palavras só são altas o suficiente para mim. — Minha mãe encontrou você.

Começo a suar frio. Não estou pronto para a rainha. Ainda não tenho um plano.

Apenas uma lamparina queima agora, a mais próxima de nós. Nos últimos lampejos de luz, as pupilas de Ailesse são poços grandes e insondáveis. O inferno está dentro deles, o escuro Submundo que ela adora, a noite sem fim onde Tyrus reina.

Não. Prendo a respiração. Ainda não estamos no Inferno. Esta noite não é interminável.

— Não saiam! — grito para Jules e Marcel. — Os morcegos vão seguir vocês. Esta é a magia da rainha. Vai desaparecer quando o amanhecer chegar. Apenas temos que resistir.

É só um palpite, mas é a melhor esperança que temos. Jules está certa, a rainha não virá esta noite. E se a força dela for realmente mais fraca nas catacumbas, então sua magia também será mais fraca. Pela manhã, os morcegos irão embora. No mínimo, eles serão derrotáveis.

Jules e Marcel fazem o que eu digo. Eu pego um vislumbre deles agachados contra a parede ao lado da porta. Jules se inclina sobre Marcel, protegendo-o dos piores ataques.

— Não deixe Ailesse escapar, Bastien! — grita ela.

Eu morreria primeiro.

Os morcegos arranham minhas costas e guincham em meus ouvidos. A última lamparina se apaga. O corpo de Ailesse estremece embaixo de mim enquanto somos jogados na escuridão total. Seguro seus braços com força agora, e seus quadris estão presos entre meus joelhos. Não posso segurá-la nessa posição estranha até o amanhecer.

Cuidadosamente, faço-a virar de bruços. Ela é forte, mas felizmente não tão forte quanto na ponte.

Eu me espalho em cima dela para prendê-la na pedra. Seus tornozelos ainda estão amarrados juntos, então pressiono a maior parte do meu peso na parte superior de seu corpo. Cruzo meus braços ao redor de sua cintura para travar os dela ao lado do corpo. Ailesse se contorce e dá cotoveladas e se sacode embaixo de mim. Eu pressiono minha cabeça na curva de seu pescoço e luto para mantê-la abaixada. Odeio estar tão perto dela, meu peito nu contra suas costas, e o tecido molhado de seu vestido é a única barreira entre nós.

— Se você fosse sensata, pararia de lutar e guardaria a pouca força que lhe resta — digo, usando toda a minha força de vontade para não a estrangular no escuro. — Você sabe que não pode me derrotar.

Ela ofega.

— Você está errado. Nossa força é *perfeitamente* igual. É por isso que os deuses nos juntaram. Então, se você fosse sábio, pararia de resistir a mim e aceitaria seu destino. — O nariz dela roça minha bochecha quando ela vira a cabeça na minha direção. — Você vai *morrer*. Você respondeu ao chamado do meu canto de sereia. O ritual foi iniciado e agora não pode ser quebrado. Se eu não o matar, os deuses completarão a tarefa.

Meu peito aperta. Umedeço meus lábios secos.

— Você é uma mentirosa e filha de assassinas... uma assassina.

— Falo a verdade, Bastien.

Gritos sobrenaturais perfuram o ar. Asas de morcego batem em mim. Mal percebo. As palavras de Ailesse ecoam na minha cabeça. Seu calor venenoso aquece meu corpo.

— Sua morte é minha — me diz ela. — Os deuses se certificarão disso.

13
Ailesse

Estou dormindo no quarto de minha mãe no Château Creux, envolta na pele do urso albino que ela caçou para reivindicar suas graças. Estou aquecida. Confortável. Acredito que ela possa me amar.

Abro os olhos para a mais pura escuridão. Não estou envolta em pele de urso, mas pressionada sob o peso do meu *amouré*. Meu maior inimigo.

Os morcegos devem ter ido embora. Não ouço seus gritos ou palpitações, apenas a respiração profunda e regular de Bastien. Seu corpo mudou durante a noite. Ele está dormindo ao meu lado, não mais deitado em cima de mim. Uma de suas pernas e um braço estão sobre minhas costas.

Esta é a minha chance de escapar. Minha chance de matá-lo primeiro.

Testo a força das cordas em volta dos meus tornozelos. Elas se soltaram durante a luta, desfazendo-se no local onde tentei cortá-las.

Com a quietude cuidadosa que aprendi através da caça, saio de baixo de Bastien e deslizo para fora da laje de pedra. Não consigo me mover muito — a corda em volta dos meus pés ainda está presa sob a grande pedra —, então me sento e começo a romper o resto. As últimas fibras são duras. Preciso de algo afiado. Eu tateio o chão e encontro um fragmento de calcário. Conforme serro as amarras, formulo o resto do meu plano. Vou rastejar até onde Jules e Marcel devem estar dormindo. Vou seguir o som leve do ronco dele. Então vou pegar sua mochila. Meus ossos da graça devem estar lá dentro, com base em quão inflexivelmente ele a estava protegendo.

Duas fibras de corda se arrebentam. Apenas um fio permanece. Corto com mais urgência.

Um arranhão soa, seguido por uma explosão de luz laranja. Meu peito se esvazia.

— Uma valente tentativa de fuga — elogia Bastien. Ele não está mais deitado na pedra; está de pé acima de mim, e conseguiu acender uma lamparina a óleo. O brilho bruxuleante atinge cada músculo esculpido de seu peito. Mais uma prova de que ele é mais forte do que eu sem as graças que trabalhei tanto para obter. Abençoo os morcegos por cada arranhão que fizeram nele.

— Não estava tentando escapar. — Devolvo seu sorriso com um olhar rancoroso. — Estava tentando te matar.

Ele bufa e coloca a lâmpada em uma pedra do tamanho de um banquinho. Enfrentar os morcegos fortaleceu sua confiança. Ele se agacha e abre a mão, apontando para o meu fragmento de calcário.

Meu punho se fecha em torno dele. É uma arma lamentável, mas é a única que tenho.

— Jules — chama Bastien. Meu olhar se volta para ela, que está encolhida contra a parede ao lado de Marcel, ambos recém-acordados. Ela se levanta. Seu cabelo dourado-claro é uma confusão de emaranhados, e marcas de garras cobrem sua pele, mas o brilho constante nos olhos dela diz que não foi derrotada. Ela manca até a faca que perdi ontem à noite, caída perto da porta aberta, e a chuta para Bastien. Ele a pega e aponta a lâmina para o meu fragmento, uma ordem silenciosa para abandoná-lo.

Eu o odeio.

Jogo o fragmento na cara dele. Ele desvia com facilidade.

Tyrus e Elara, por que me deram este garoto?

Marcel puxa algo de sua mochila e Bastien geme.

— Teria sido útil saber que você tinha mais corda aí todo esse tempo.

— Ter excesso de corda não estava em primeiro lugar na minha mente. — Marcel a joga para Bastien. Ele cuida de seu lábio sangrando enquanto Bastien e Jules me arrastam até a pedra para me amarrar novamente. Não resisto; a Luz de Elara já está diminuindo dentro de mim. Amaldiçoo Bastien por estar certo sobre eu ter que poupar minhas forças.

— Você não vai se juntar a mim? — pergunto com um sorriso que espero ser mais sensual que o de Jules. Se eu não puder lutar contra o meu *amouré*, vou provocá-lo. — Há espaço para dois aqui. — Dou um tapinha na pedra. — Você certamente se aproveitou disso ontem à noite.

Jules congela.

— Do que ela está falando?

Bastien dá de ombros.

— Eu tive que segurá-la, não tive?

— É assim que você chama aquele abraço de corpo inteiro? — Arqueio a sobrancelha. Mesmo à luz de uma lâmpada, vejo suas orelhas ficarem vermelhas.

Ele dá um sorriso zombeteiro e olha de mim para Jules, então se afasta abruptamente.

— Ajude-me com essas lâmpadas, Marcel — resmunga. Ele agarra sua camisa seca, puxa-a de volta e lança um olhar desconfortável para mim. Sorrio e pisco para ele.

Jules aperta os dentes.

— Vou atrás de comida.

— Não com essa perna ruim — diz Bastien a ela.

— Estou bem — retruca ela. — Preciso de ar fresco.

— Caça a suprimentos? Excelente. — Marcel acena lentamente com a cabeça, o que eu entendo ser um sinal de excitação. — Pegue o resto dos meus livros, sim?

Jules faz uma careta.

— Não vou trazer uma biblioteca para cá.

— Só preciso da minha coleção sobre as Feiticeiras de Ossos.

Ele tem mais de um livro sobre as Leurress? Não sabia que existia algum. Temos alguns livros no Château Creux, graças a Rosalinde, que aprendeu a ler com seu *amouré* e ensinou todas as noviças. Mas nenhum dos livros é sobre nós.

Marcel endireita uma lamparina tombada e coloca mais óleo nela.

— Encontrei uma passagem uma vez sobre rituais de almas gêmeas, mas não consigo lembrar a frase exata. Se eu puder encontrar uma maneira de quebrar o vínculo entre Bastien e ela... — Acena com a mão ociosa para mim. — ... então poderemos matá-la. Problema resolvido.

Jules sorri.

— Nesse caso, ficarei feliz em ser sua mula de carga.

Mordo a língua. Seus esforços serão inúteis. Os deuses forjaram o vínculo que compartilho com Bastien; nenhum mortal pode quebrá-lo. Mas quanto mais esses três estiverem preocupados em tentar, melhores serão minhas chances de enganá-los.

— Um livro está no sótão acima da Troupe de Lions — diz Marcel, abafando um bocejo como se tivesse tido a noite mais monótona de sua vida. — Dois estão no porão do fabricante de linhas, e o quarto está nos estábulos abandonados atrás da Maison de Chalon.

Por que os livros de Marcel estão espalhados pela cidade em vez de em um só lugar? Ele não tem casa? Algum deles tem? Ou eles estão sempre mudando de lugar?

— Entendi. — Jules dirige-se para a porta. Fico inquieta. Espero não ter que me aliviar enquanto ela estiver fora. Não vou pedir a um dos garotos que me leve para onde quer que se faça esse tipo de coisa aqui embaixo.

Bastien acende outro pavio.

— Aproprie-se de um pouco mais de óleo de lamparina, se puder.

— *Aproprie-se*? Tipo, *roube*? Por que não estou surpresa? — E esteja de volta antes do anoitecer. A rainha virá esta noite e precisamos estar prontos.

Jules assente.

— Tenham cuidado enquanto eu estiver fora. Aquela Feiticeira de Ossos é mais astuta do que nós três juntos.

— Não vou tirar os olhos dela.

Jules franze a testa como se fosse exatamente disso que ela tem medo. Ela sai pela porta baixa e a empurra para fechá-la. O ar está um pouco mais leve agora. Até que Bastien se vira para me encarar com os braços cruzados. Seus bíceps flexionam sob as mangas. Sento-me mais reta e endireito meus ombros, mostrando a ele que ainda tenho muita força.

— Você pretende me encarar até que minha mãe chegue? — pergunto, oferecendo a ele um sorriso doce. — Que estratégia brilhante.

Ele estreita os olhos e passa a língua por dentro da bochecha.

— Marcel, abra seu livro de novo. — Bastien se vira e esfrega a mão no rosto. — Temos trabalho a fazer.

— Boa sorte. — Eu me acomodo contra a parede de laje. — Você vai precisar de muito trabalho e de um milagre.

14
Sabine

Tremo quando chego à curva do caminho da floresta, cruzando a estrada para Castelpont.
Por favor, Elara, faça com que Ailesse esteja viva.
Respiro fundo e piso na estrada. Seis metros à frente, a antiga ponte de pedra e o leito seco do rio parecem austeros e desolados ao sol da manhã, não mais misteriosos sob a lua cheia ou agourentos na névoa circundante. Agora são apenas um doloroso lembrete do excesso de confiança de Ailesse e de minha própria inadequação.

Meus pés pisam no chão enquanto forço minhas pernas trêmulas para mais perto. Nenhum sinal de Ailesse ainda, mas seu *amouré* poderia ter escondido o corpo dela na sombra de um parapeito.

Coloco os pés na ponte. Não vejo Ailesse nas pedras. Olho para o leito do rio. Ela também não está despedaçada lá embaixo. Engolindo em seco, avanço hesitante até o alto arco da ponte, esticando o pescoço para poder ver o outro lado. Nenhum sinal dela. Minhas pernas cedem de alívio e me inclino contra um parapeito.

Ailesse está viva.

Tem que estar. Seu *amouré* não teria se dado ao trabalho de arrastá-la para qualquer outro lugar apenas para matá-la, quando poderia fazê-lo aqui. Ele a sequestrou, como eu suspeitava. O que é terrível, mas pelo menos o coração dela ainda bate.

Um vislumbre de algo branco atrai minha visão, um metro e meio à minha direita, no parapeito.

A faca de osso de Ailesse.

Vou pegá-la. Esta não é a arma ritual que ela usou para matar o tubarão-tigre; é a faca que ela esculpiu para seu rito de passagem.

Toda Barqueira antes dela fez o mesmo. Nunca fui ensinada se é por costume ou necessidade. Ailesse precisará desta faca para tornar seu sacrifício aceitável aos deuses? Coloco-a debaixo do meu cinto, por precaução.

Saio correndo da ponte e desço a margem do rio, rezando para ter outro vislumbre branco. Os avisos de Odiva inundam minha mente.

Os Acorrentados precisam ser transportados. Se não forem, vão se alimentar das almas dos vivos. Pessoas inocentes terão uma morte eterna.

Atravesso a largura do leito do rio, depois volto várias vezes, examinando qualquer área onde a flauta de osso poderia ter caído.

Reviro as pedras e chuto a terra solta onde enterrei os ossos da graça de Ailesse. Não adianta. A flauta de osso não está em lugar nenhum. A mentira que contei a Odiva deve ser verdade: os captores de Ailesse a levaram. Tenho que encontrá-los.

Subo correndo a margem do rio, mas paro quando vejo uma Leurress mais velha espreitar da floresta, usando uma trilha diferente da minha.

— Sabine — chama Damiana, baixinho. Sua pulseira de presas de lobo brilha à luz do sol enquanto ela pede que eu me aproxime com um aceno rápido de sua mão.

Corro até ela.

— Onde estão as outras? — Olho em volta em busca das seis anciãs com quem ela partiu na noite passada. — Você encontrou Ailesse? — Meu peito se enche de esperança.

Ela dá uma espiada no Beau Palais por cima do muro de Dovré e me puxa para fora da estrada, sob a cobertura das árvores.

— Ainda estamos procurando por ela. Seguimos o rastro de seus captores por mais de nove quilômetros, mas continuaram mudando de caminho. — Ela baixa os olhos castanhos profundos. — Acabamos perdendo seus rastros onde eles se fundiram em um riacho.

Dou um aperto reconfortante em sua mão. Damiana deu o melhor de si, mas espero que as outras anciãs não tenham desistido tão facilmente.

— Ninguém os perseguiu rio abaixo?

Ela balança a cabeça em uma negativa e esfrega a testa marrom enrugada. Damiana tem quase sessenta anos. Não consigo imaginar que ela vá ser Barqueira por muito mais tempo — ou passar muitas noites se juntando a equipes de busca pela filha desaparecida da *matrone*.

— O córrego logo encontrou um rio maior, entende? Pernelle, Chantae e Nadine ainda estão lá, fazendo o que podem, mas quando saí, Nadine ainda não havia sentido o cheiro de Ailesse. — Damiana balança a cabeça. — E o olfato dela é poderoso.

Concordo com a cabeça, imaginando o pente de cabelo de caveira de enguia de Nadine.

— E quanto a Milicent, Roxane e Dolssa?

— Partiram em direções diferentes em uma busca cega por Ailesse. Enquanto isso, segui o rastro dos captores até aqui para garantir que não perdemos nenhuma pista de onde eles poderiam ter ido.

— Já procurei em Castelpont e no leito do rio — digo. — Tudo o que encontrei foi a faca ritual de Ailesse.

Damiana expira com força.

— Nenhuma de nós quer voltar ao Château Creux até que tenhamos esgotado a busca, mas finalmente concordamos em nos encontrar lá ao anoitecer para levar informações à *Matrone*. Você deveria ir para lá agora, Sabine. Pode dizer a ela o que eu disse a você.

— Não. — Dou de ombros e um passo para trás. — Não posso. Não sem Ailesse. Não sem mais graças. — Junto as sobrancelhas. — Já deveria tê-las, para começar.

Damiana inclina a cabeça e dá um tapinha na minha bochecha.

— É melhor não lutar contra o que a vida planejou para você, Sabine.

— E o que a vida planejou? — Forço um sorriso trêmulo. — Ser uma assassina? — Toda Leurress que sobrevive tem o mesmo destino.

— Não, minha querida. — Damiana se aproxima. Sua trança prateada desliza na frente de seu ombro. — Um instrumento dos deuses. Nem Tyrus nem Elara podem andar nesta terra, então confiam em *nós* para guiar para seus reinos as almas que partiram. Devemos fazer o que for preciso para estar à altura do desafio.

Eu encontro seus olhos fervorosos, e um pouco de coragem me invade, tão forte quanto um sopro inebriante da Luz de Elara.

Preciso fazer o que ela diz: estar à altura do desafio e ser a pessoa que devo ser. Alguém capaz de resgatar Ailesse. Minha amiga não será salva sem mim. Não é apenas a teimosia que me diz isso, mas um sentimento profundo — uma graça inata — que me avisa que a vida dela está em minhas mãos. As anciãs ainda não encontraram Ailesse, e quem sabe se o estranho ritual que Odiva realizou ontem à noite resultou em alguma coisa? Eu não confio nisso. Ou nela.

Preciso de mais graças. É simples assim.

Dou um abraço de despedida em Damiana e corro para a floresta. Meu foco por enquanto deve ser a caça.

As horas passam rapidamente enquanto procuro o animal certo — talvez uma víbora para visão de calor, ou um javali para músculos —, mas só encontro pequenos pássaros, martas e coelhos. Atiro duas flechas no que espero ser uma raposa, mas é apenas o vento uivando na grama alta.

O crepúsculo desce e ainda não encontrei nada satisfatório. Estou em algum lugar na floresta, talvez três quilômetros fora de Dovré. Eu atravesso as árvores, meus sentidos alertas. Não tenho Ailesse ao meu lado para avisar quando a brisa muda de direção e eu devo me mover de modo que minha presa não sinta meu cheiro. Nunca tive o dom de caçar. Viajei com ela e imitei seus movimentos furtivos, mas adiei aprender a arte de matar sozinha. Agora devo aprender. E rápido.

O suor se acumula na minha nuca. Eu o limpo e reajusto o aperto no meu arco. Apesar de minha determinação, cada músculo tenso do meu corpo sussurra que o que estou fazendo é errado. Por que uma criatura inocente deveria pagar pelos meus erros? Mas a voz de Odiva soa mais forte em minha mente: *você não é mais uma criança.*

Se tivesse obtido mais graças antes desta noite, teria sido capaz de dominar sua agressora. Ailesse teria uma chance de lutar.

Os galhos se fecham ao meu redor e eu me aprofundo na floresta. Uma dor surda lateja em minha cabeça; minhas feridas estão quase curadas. Se ao menos minha graça de salamandra-de-fogo pudesse me dar uma energia infinita... Não durmo há trinta e seis horas, mas não posso parar agora.

Solto um suspiro trêmulo. *Você consegue, Sabine.* Se preciso matar criaturas para salvar Ailesse, então posso me perdoar. *Vou* me perdoar.

Algo sussurra acima de mim. Eu me encolho e olho para cima. Arregalo os olhos.

Uma coruja-das-torres.

Procuro uma flecha em minha aljava. Elara está finalmente sorrindo para mim. Uma coruja me dará uma audição aguçada, assim como a força de suas garras.

Carrego o arco. Engulo em seco. Solto a flecha. A coruja-das--torres é muito rápida. Ela salta dos galhos e desvia da minha pontaria desajeitada. Alguns metros à frente, ela pousa em outro galho. Pego uma segunda flecha, mas quando me aproximo, o pássaro guincha e voa por mais duas árvores.

Encaro a coruja. Ela olha de volta com seus impressionantes olhos escuros. Uma pontada de familiaridade percorre meu corpo. Seria a mesma coruja que sobrevoou Castelpont antes do rito de passagem de Ailesse?

Não. Que pensamento ridículo. Muitas corujas-das-torres devem viver perto de Dovré. Ainda assim, não posso desprezar outro avistamento de coruja. Ailesse e eu não demos atenção ao aviso da coruja em Castelpont. Devíamos ter saído quando vimos o pássaro.

E se *for* a mesma coruja?

A coruja não pisca nem se mexe. Se ela estivesse me dizendo para abandonar a caça, ela não sairia daqui e não voltaria?

Dou um passo. Então outro. No terceiro, a coruja-das-torres abre as asas. Ela se afasta até chegar ao limite da minha visão na névoa que escurece. Ela desce novamente, mas desta vez no chão. Atípico para uma coruja. É quase como se os deuses a estivessem dando para mim.

Eu timidamente avanço, meus dedos formigando com o desejo de apontar meu arco novamente, mas eu resisto. Não é assim que funciona uma caçada. Um animal não deve ser um alvo fácil.

Consciente de cada farfalhar do meu vestido e de cada espinho das amoreiras que perfuram minha bainha, eu alcanço a coruja, parando quando estou a dois metros de distância. Meu pulso vibra. O pássaro e eu estamos em uma pequena clareira. O crepúsculo passou e a lua minguante derrama um brilho suave sobre nós. A Luz de Elara se funde em mim e endireita minha coluna.

A coruja-das-torres inclina a cabeça, como se estivesse esperando por mim. Eu finalmente retiro outra flecha. Como todas as armas rituais, cada flecha em minha aljava tem uma ponta esculpida a partir dos ossos de um veado. A morte através dela marcará a alma da coruja e lhe dará maior glória no Paraíso.

Isso não tranquiliza minha consciência.

Reúna sua coragem, Sabine. Livre-se de seus receios.

Lágrimas ardem no fundo da minha garganta enquanto eu encaixo a flecha. No momento em que faço isso, a coruja voa na minha cara. Suas garras rasgam meu ombro. Eu assobio e bato nela. Ela me circunda e dispara na mesma direção de antes. Quando está quase fora de vista, ela pousa e olha para mim. Meu batimento cardíaco acelerado diminui.

Ela não quer que eu a mate. Quer que eu a siga.

É o que faço, embora nada disso faça sentido. Os animais não podem se comunicar com as pessoas. Não assim.

A coruja se move mais para dentro da floresta. Às vezes ela voa por curtas distâncias. Às vezes ela pula de um ponto para o outro. A lua sobe mais alto no céu. O ar quente fica um pouco mais frio. Por fim, a coruja me leva ao topo de uma ravina gramada. Espero que me guie adiante, mas ela grita três vezes e se joga do galho da árvore. A coruja se afasta, mais reta do que a haste da minha flecha, e dispara para longe. Não volta. Estranho.

Olho ao meu redor e me envolvo com os braços. Por que a coruja-das-torres me trouxe até aqui? A umidade quente me envolve como um manto úmido. Minha pele coça com meu sangue seco. Vou tomar banho amanhã enquanto fervo a carne do animal que matar. De alguma forma, vou conseguir.

Ouço um barulho de luta e congelo. Abaixo-me e pego outra flecha. Talvez a coruja tenha me trazido aqui para caçar a *melhor* presa.

Rastejo até a beira da ravina. No meio do caminho, uma figura sombria rasteja para fora de uma toca. Isso é tudo que consigo enxergar a partir dos meus seis metros de distância.

A criatura se vira e começa a subir a colina íngreme. Recuo um pouco. Não quero assustá-la.

Preparo meu arco e flexiono minha mão no punho. Tenho que ter a mira perfeita. Uma criatura inteligente correrá ou atacará antes de me dar tempo para atirar duas vezes.

Meu coração bate mais rápido. A transpiração escorre pelas minhas têmporas. Ailesse é a melhor arqueira, a melhor caçadora, a melhor Leurress.

Chega, Sabine! Você nasceu nesta famille, *assim como ela. Sua mãe era uma Barqueira forte. Seja a pessoa que ela gostaria que você fosse.*

A criatura se eleva acima da crista da ravina como uma lua escura. Prendo a respiração.

Deixo a flecha voar.

Tarde demais. Ela me viu. E rapidamente se achata no chão. Minha flecha zune no ar vazio.

— Vai ter que fazer melhor do que isso — diz uma voz profunda e gutural. Feminina. *Humana.*

Um choque de frio me atinge. Conheço aquela voz, aquela garota. Ela zombou de mim sob Castelpont.

De repente, entendo. A coruja não me trouxe para matar uma criatura. Ela me trouxe até a garota com quem lutei debaixo da ponte.

Ela me trouxe para Ailesse.

Seus captores devem estar mantendo-a em algum tipo de caverna.

Preparo outra flecha e miro baixo na grama.

— Fique olhando.

Minha flecha voa longe. Esperava atingir seu braço ou perna — machucá-la, não matá-la —, mas ela está escondida na grama bem lá no fundo.

— Você quer sua filha? — grita ela.

Instintivamente me abaixo. Pensa que sou Odiva.

— Boa sorte. Você terá que passar por milhares de ossos espalhados. Se você não for corajosa o suficiente para fazer isso, mataremos sua filha lentamente. Vamos cortá-la em pedaços, membro por membro, até que ela implore para morrer.

Meu coração sobe na minha garganta. Estou sem fôlego. Ailesse não está em uma caverna. Seus captores a levaram para as catacumbas.

Jogo meu arco de lado e arranco a faca de osso do meu cinto. Minhas mãos tremem de adrenalina. Ailesse não pode estar naquele lugar. Ela é corajosa, mas é um lugar profano. Isso vai despojá-la de sua Luz. Vai matá-la.

Elara, me ajude.

Ataco a garota. Um grito furioso, mas apavorado, ressoa em meus pulmões.

O rosto da garota entra em foco quando eu corro para mais perto. Seu sorriso desaparece.

Deslizo minha lâmina em direção a ela. Sua trança loira chicoteia quando ela gira para o lado para evitá-la. A perna ferida não diminuiu seus reflexos.

— Sua rainha enviou *você*? — pergunta ela, incrédula. — Bem, diga a ela que Bastien não negociará com uma criada. A rainha deve vir pessoalmente.

— Bastien? — Ataco de novo, empurrando-a de costas para a beira da ravina. — Esse é o nome do *amouré* de Ailesse?

Os olhos da garota se estreitam de ódio.

— É o nome do rapaz que vai matá-la.

O sangue ruge pelos meus ouvidos. Tento esfaqueá-la, mas ela dá outro passo para trás e desaparece de vista.

Prendo a respiração. Corro para a beira da ravina. A menina está caindo, mas sua queda é estratégica. No meio do caminho, ela endireita o corpo e para perto do buraco da toca. Sem outro olhar para mim, ela desliza para dentro.

Não! Não posso segui-la até lá. Não por causa das regras das Leurress, mas pelo bom senso: o único dom que tenho que supera os de Ailesse. Se rastejar para dentro daquela toca, enfrentarei três oponentes em vez de um. Entrarei na escuridão sem a Luz de Elara e com apenas uma graça para me ajudar. Isso significará minha morte certa. Não terei esperança de resgatar Ailesse.

— Sabine?

O som distante do meu nome para meu coração. *Ailesse?*

Viro-me e examino a floresta iluminada pela lua. Uma silhueta aparece. Percebo o contorno nítido de uma coroa e enrijeço. Não é Ailesse. É a minha *matrone*.

15
Ailesse

Jules ainda não voltou para nossa câmara nas catacumbas, embora deva estar quase anoitecendo, talvez mais tarde. Bastien faz uma pausa na verificação de seus suprimentos e para de ficar andando. Ele se senta com um joelho dobrado junto ao peito e desenha padrões serpentinos no chão empoeirado, depois resmunga de seus desenhos. Sei o que ele está fazendo — tramando uma estratégia para matar minha mãe com seu conhecimento das catacumbas labirínticas —, embora ele não pareça muito com um assassino no momento. Bastien está mastigando a ponta da língua, como uma criança faz, e isso suaviza cada ângulo de sua expressão.

Ele se recosta e passa as mãos pelos cabelos escuros. Seus olhos azuis como o mar seguem até onde estou amarrada na pedra de calcário, a três metros de distância. Suas sobrancelhas franzem. Tarde demais, percebo que meu olhar é suave e meus lábios estão curvados para cima. Imediatamente endureço e controlo minhas feições.

Bastien cutuca as unhas, depois vai até Marcel e sussurra algo em seu ouvido. O garoto mais novo olha para mim.

— Tudo bem — concorda ele, e fecha o livro. Marcel se levanta e se espreguiça, então pega um copo de água decantada e o traz para mim. Minha garganta seca ao vê-lo. Isso foi ideia de Bastien? Olho para ele, mas ele está cuidadosamente evitando meu olhar.

— Não está envenenado — garante Marcel, quando não o pego. Claro que não está envenenado. Meus captores não arriscariam matar Bastien me matando. — Embora você tenha que se acostumar com o sabor — acrescenta.

Aceito o copo, cheiro a água e tomo um gole hesitante. O sabor mineral do calcário é bem pesado, mas pelo menos não há areia na minha boca. Bebo o resto em um longo gole e solto um pequeno suspiro.

— Obrigada. — A palavra sai antes que eu pense melhor, e Bastien se levanta e franze novamente as sobrancelhas. Passo o copo de volta para Marcel.

— Então... quantas de vocês existem? — me pergunta Marcel.

— O que você está fazendo? — Bastien faz uma careta para ele.

— Até conseguir meus outros livros, não tenho recurso melhor do que ela. Poderia muito bem tentar aprender alguma coisa. Jules voltará a qualquer momento, o que significa que a rainha também.

Bastien bufa.

— Boa sorte em fazê-la falar.

Imperturbável com o desafio, Marcel cruza os braços e me encara. Ele não parece estar tentando me intimidar. Talvez seja por isso que respondo a ele.

— Quarenta e sete. — Ou talvez tenha respondido porque Bastien disse que eu não faria isso.

Marcel arregala os olhos. É o mais animado que já o vi ficar.

— Tantas assim?

Bastien resmunga.

— Ela está mentindo. Todo mundo saberia se tantas Feiticeiras de Ossos morassem por aqui. Nós certamente saberíamos.

Meu olhar voa entre os garotos. Não estava mentindo.

— Gostaria de saber mais? — pergunto a Marcel, fazendo questão de falar com ele e não com Bastien. Posso testar o conhecimento de Marcel sobre as Leurress enquanto ele testa o meu, e garantir que ele não saiba mais nada que possa colocar minha *famille* em perigo. Melhor ainda, vou distraí-lo de planejar uma maneira de matar minha mãe.

Ele dá uma risada descarada.

— Gosto *sempre* de saber mais. Sobre tudo.

Sorrio. Não deveria gostar dele, mas gosto. A franqueza de Marcel me lembra Sabine. Ele é um ou dois anos mais novo, como ela, talvez tenha quinze ou dezesseis anos.

— Então por que não fazemos um acordo? Para cada pergunta que responder, farei isso com sinceridade, mas você deve responder a uma das minhas em troca.

— Isso é ridículo — diz Bastien, mas Marcel o descarta com um aceno de mão como se ele fosse um mosquito que o irritasse.

— Concordo.

Fico em uma posição mais confortável e me apoio contra a parede de pedra.

— Você sabe por que as Leurress existem? — começo.

Marcel inclina a cabeça.

— *Leurress?*

— Vocês nos chamam de Feiticeiras de Ossos.

— Nenhum dos meus livros menciona esse nome.

— Duvido que algum tenha sido escrito por minha *famille*.

Ele acena, concordando.

— Bem, vocês existem para...

— Atormentar homens — interrompe Bastien. — Matá-los. Sacrificá-los aos seus deuses.

— Ela não estava perguntando a você — retruca Marcel. Bastien revira os olhos. — Vocês, Feiticeiras de Ossos... digo, *Leurress*, são parasitas por natureza. Vocês não podem prosperar sozinhas. Precisam da lua e das estrelas e dos ossos de animais... e, bem, o que Bastien disse, de sacrifício humano.

— E se eu lhe disser que está errado?

Linhas se estreitam entre as sobrancelhas de Marcel.

— Não é minha vez de fazer uma pergunta?

— Sim.

Ele dá mais um passo à frente e se senta na pedra que prende a corda com a qual estou amarrada.

— Então... — Ele coça a cabeça — *Por que* estou errado?

— Não somos parasitas. Nós existimos para fazer a travessia dos mortos. — Espero que Marcel morda a isca, então descobrirei se ele sabe para onde transportamos os mortos. Mas ele está inexpressivo.

— Perdão?

— Trabalhamos para obter os dons sagrados que nos dão força e habilidade para guiar as almas aos reinos eternos. — *Ele não sabe sobre a ponte das almas?* — O rito de passagem é nosso teste de lealdade para se tornar uma Barqueira. Esse é o ponto.

Marcel abre a boca devagar.

— Caramba. — Ele acena com a cabeça algumas vezes. — Bem, isso é esclarecedor.

Os olhos vívidos de Bastien se estreitam em mim. Ele parece... em conflito.

— Você realmente não sabia que as Leurress são Barqueiras? — pergunto a Marcel. Ele dá de ombros. Mais uma vez, estou impressionada com as lacunas no conhecimento de meus captores. Se não sabem algo tão básico, talvez não devesse me preocupar com eles sabendo do meu maior segredo: que ninguém além de mim pode matar Bastien, ou eu morrerei. A maldição serve para os dois lados. Por essa razão, minha mãe não vai matá-lo quando vier atrás de mim. Se o fizesse, sacrificaria sua única herdeira. Perderia toda a minha vantagem se Bastien soubesse disso.

— Bem, um dos contos populares até *menciona* os mortos sendo transportados — lembra Marcel. — Mas pensei que essa parte era mítica: algo que acontecia quando você matava suas vítimas. Não sabia que vocês *eram* Barqueiras, ou que Barqueiras eram reais.

— Acredite em cada história que você ouve — murmura Bastien, seu olhar distante. Marcel e eu paramos para olhá-lo. Ele pisca e alonga o pescoço. — Que gentileza sua levar almas para o Inferno *depois* de matá-las.

Respiro fundo. Ele nunca vai entender que as Leurress não são más. Volto-me para Marcel e faço minha próxima pergunta.

— Seu pai também foi escolhido pelos deuses?

Bastien zomba.

— O que significa que teve a sorte de ser assassinado por sua família?

Meus dedos se curvam, mas eu o ignoro e espero que Marcel responda. Marcel ainda está um pouco perplexo, curvado e apoiando os cotovelos nos joelhos.

— Meu pai? Hum, sim... eu tinha sete anos quando ele... — Ele limpa a garganta. — Jules tinha nove.

Marcel e Jules são irmãos? Com exceção de gêmeos, o que já é raro, irmãos são inéditos entre as Leurress. Não vivemos com *amourés* tempo suficiente para ter mais de um filho.

— Ele adoeceu depois que a Feiticeira de Ossos nos deixou. — Marcel baixa o olhar e esfrega uma mancha teimosa de lama de calcário nas calças. Ele não é amargo como Jules ou vingativo como Bastien. Marcel deve ter ficado com eles todo esse tempo para sobreviver... e porque eles são uma família.

O músculo da mandíbula de Bastien se flexiona.

— Ele não merecia seu destino.

— Ninguém merece esse destino, mas... bem, ele foi um ótimo pai. — A boca de Marcel se abre em um meio sorriso. — Ele costumava inventar músicas enquanto trabalhava. Meu pai era um escriba, sabe, e alguns dos textos que copiava eram tragédias. Então ele mudava as palavras e as colocava em uma melodia boba. Jules e eu rolávamos no chão de tanto rir. — Marcel ri, mas não para de cutucar a mancha.

Uma onda surpreendente de tristeza toma conta de mim e esqueço nosso jogo de perguntas.

— Nunca conheci meu pai — digo baixinho. — Ele morreu antes de eu nascer, como todos os pais de todas as filhas da minha *famille*. Um dia vou encontrá-lo no Paraíso de Elara, mas... — Minha voz treme. — A dor de não o conhecer *nesta* vida é muito real. — Pressiono os lábios e interiormente balanço a cabeça. Pareço Sabine falando. Ela é quem lamenta o custo de ser uma Leurress. Passei tanto tempo tentando aliviar sua consciência que nunca me permiti chorar e me perguntar *o que aconteceria*.

Levanto os olhos para Bastien. A expressão em seu rosto é um meio-termo entre confusão e raiva e, talvez, ainda que fugazmente, sua própria tristeza.

Fico tensa e desvio o olhar. Meus ferimentos me lembram que não posso ter pena. Ofereço a Marcel um sorriso gentil.

— Pelo menos você foi abençoado por conhecer seu pai por alguns anos.

Bastien se levanta.

— Você é absolutamente terrível, sabia? Acha que Marcel tem mais sorte do que você?

Recuo e encaro seu olhar de frente.

— Só estou dizendo que perdi meu pai da mesma forma que você.

— Ah, é? — Ele se aproxima. — Diga-me, *você* amou seu pai antes de perdê-lo? E quando ele morreu, *você* ficou sem nada? — Engulo em seco, ressentida com o calor que cora minhas bochechas. — Teve que implorar a estranhos e aprender a roubar quando a caridade deles acabou? Sabe o que é passar noites frias nos becos de Dovré, encolhida no lixo só para se aquecer?

Estou desconfortável.

— Não sou a mulher que matou seu pai, Bastien.

— Não. — Sua voz está seca, mortal. — Você é apenas a garota que jurou matar o filho dele.

— Estou tentando poupá-lo de uma morte mais dolorosa! Você quer acabar como o pai de Marcel?

Marcel estremece e imediatamente me arrependo de minhas palavras.

— Sinto muito. Não queria... — Por que estou me desculpando com um dos meus captores? *Porque Sabine o faria.* Ela ofereceria consideração a alguém que está de luto por um ente querido. — Só estou tentando dizer que nunca gostaria que ninguém sofresse como ele.

Bastien esfrega as mãos no rosto, tão frustrado que nem consegue falar por um momento.

— Está ouvindo a si mesma? *Você* causa o sofrimento!

Fico arrepiada. Não sou como Sabine.

— Não posso evitar o fato de que os deuses escolheram você para mim, ou que você está destinado a morrer desse jeito. Por que não consegue entender isso? — Suspiro, exasperada. Quanto mais cedo eu matar Bastien, melhor me sentirei. Podemos resolver nossas diferenças na vida após a morte.

A porta da câmara se abre. Jules entra. Olha para todos nós com desconfiança. A tensão é tão forte que chega até meus pulmões. Ela manca até Marcel e quebra o silêncio constrangedor, dizendo:

— É melhor comermos este pão antes que embolore. — Põe um pão redondo nas mãos dele e deixa cair uma pesada sacola de livros a seus pés. — Carreguei todo esse peso na minha cabeça pela água. De nada.

Ele inspira profundamente e sorri.

— Você é uma deusa.

— Sou melhor que uma deusa. Esses livros não foram as únicas coisas que mantive secas. — Ela levanta outro pacote de seu ombro e o entrega a Bastien. — Mantenha isso longe das lâmpadas a óleo — adverte.

Ele dá a ela um olhar interrogativo e tira um pequeno barril do pacote, não mais do que o comprimento do meu antebraço.

— Suponho que isso não seja cerveja.

Ela sorri e se apoia na perna boa.

— É pólvora.

Pólvora? O que é isso?

Bastien arregala os olhos.

— Você está brincando. Como invadiu o Beau Palais?

— Não peguei do castelo.

— Mas Beau Palais tem os únicos canhões em Dovré.

— Não por muito tempo. Pelo menos cinquenta barris de pólvora foram transportados dos alquimistas do rei para o estaleiro real hoje, e digamos que Sua Majestade deveria ter enviado mais do que quatro guardas na viagem.

Bastien olha para Jules e então cai na gargalhada.

— Você realmente é uma deusa.

Um rubor bonito cobre sua face, e ela balança para trás em seus calcanhares. A pólvora deve ser algum tipo de arma.

— De qualquer forma, precisamos nos apressar. — Jules cruza os braços. — Caiu a noite e uma das Feiticeiras de Ossos, aquela testemunha de Castelpont, já está à espreita lá fora.

Meu estômago fica tenso. Sabine. Ela não pode entrar aqui. Só tem um osso da graça.

— Encontrei — diz Marcel com a boca cheia de pão. Ele já está esparramado de bruços com três de seus quatro livros abertos. — Em *Baladas da Galle Antiga*.

Bastien coloca cuidadosamente o barril de pólvora no chão.

— Prossiga.

Afastando os cabelos rebeldes dos olhos, Marcel lê:

A bela donzela na ponte, o homem condenado ela deve matar,
Suas almas costuradas juntas, nunca um ponto a desfiar,
A morte dele é dela como nenhuma outra no vale, no mar ou na costa,
Para que a respiração dela jamais pegue a sombra dele nesta proposta..

Marcel se senta e coloca o livro sobre as pernas cruzadas.

— Aí, Bastien. Isso deve confortá-lo.

Ele franze a testa.

— Deve?

— A morte dele é dela e de ninguém mais. — Marcel bate as palavras na página quebradiça. — Como Ailesse convocou a magia na ponte, só ela pode te matar, ou vai morrer com você.

Meus músculos ficam rígidos.

Jules dá um passo à frente.

— Onde foi que disse isso? — Ela rouba as palavras da minha boca.

— A "respiração" dela é sua vida, e a "sombra" dele é sua morte — explica Marcel. — Eu nunca li assim antes, mas agora é óbvio. Ailesse vai "pegar a morte", como se pegaria um resfriado, se alguém além dela matar Bastien.

Bastien esfrega a mandíbula.

— Mas... eu ainda morro?

— Sim, mas não é essa a questão — diz Marcel. Bastien não parece tão seguro. — Esta é uma coisa a menos com que você tem que se preocupar quando a rainha vier esta noite. Ela não ousará matá-lo. Não vai arriscar a vida da filha.

Um frio súbito toma conta de mim. Minha vantagem acabou.

Bastien ergue uma sobrancelha, finalmente compreendendo, e vira para me encarar com um sorriso torto.

— Obrigado por me tornar invencível.

Meu estômago revira, e eu fecho os olhos. Bastien vai ser mais ousado agora. Como se ele precisasse de mais confiança! Minha mãe terá que ser cautelosa perto dele, mas ele não terá que conter nenhuma vingança. Só rezo para que ela não traga Sabine. Não deixarei que Bastien se aproxime dela.

Eu levanto meu queixo e retribuo seu olhar venenoso com mais veneno.

— Você esquece que não pode se proteger de seu maior perigo, *mon amouré*. Eu sou o instrumento de sua morte, não minha mãe. E juro que vou matar você antes mesmo de tentar matá-la. — *Ou Sabine*.

A convicção queima dentro de mim, como uma explosão repentina da Luz de Elara. Atrás de Bastien e dos outros, o ar ondula com uma luz prateada. Nunca vi nada parecido.

Uma imagem tremeluzente aparece. Inspiro. Bastien saca sua faca e olha por cima do ombro, mas a imagem se foi. Em um instante, o que eu vi crepitou e desapareceu.

Uma coruja-das-torres com asas abertas.

16
Sabine

Odiva chega mais perto da borda da ravina, onde ainda estou, tremendo por ver um dos captores de Ailesse. Quatro das Leurress mais velhas se espalham atrás dela: Milicent, Pernelle, Dolssa e Roxane. Junto com Odiva, são as Barqueiras mais fortes da nossa *famille*.

— Por que você está aqui, Sabine? — pergunta Odiva, seu olhar curioso percorre meu colar, o colar de Ailesse, para ver se ele carrega um novo osso da graça. Sei por que ela está aqui. E como. Odiva me disse ontem à noite que seria capaz de rastrear sua filha com magia familiar, sangue de seu sangue, ossos de seus ossos. Magia que não possuo.

Abro a boca para explicar sobre a coruja-das-torres, mas hesito. Não posso dizer a Odiva que uma coruja — um pássaro que minha *famille* acha supersticioso — me guiou até aqui por sua própria vontade. Ela vai pensar que eu enlouqueci.

— Estava procurando por mais graças e encontrei um dos cúmplices de Bastien na floresta. Eu a persegui até aqui.

— Bastien? — Odiva arqueia uma sobrancelha elegante.

— O *amouré* de Ailesse. A garota falou o nome dele.

A *matrone* acena com a cabeça lentamente, seus olhos escuros passando por mim até a ravina.

— Ela deslizou em algum tipo de abertura de túnel lá embaixo. Parecia pequeno.

— Nada que não tenhamos força para enfrentar.

Mordo o lábio, atrasando a última coisa que devo dizer a ela:

— Leva às catacumbas.

Uma pequena ruga marca a testa lisa de Odiva. As outras Leurress trocam olhares tensos e caminham até a beira da ravina. Odiva esperou até o anoitecer para enfrentar os captores de Ailesse, o que significa que ela devia estar contando com toda a força da Luz de Elara. E nas catacumbas, ela e as anciãs não terão mais acesso. Elas terão que contar com o reservatório dentro delas, além de suas graças.

— Tem certeza? — Dolssa segura seu colar de costela de cobra contra o peito enquanto se inclina para a frente para dar uma olhada mais de perto na ravina.

— A menos que a garota esteja mentindo — respondo. — Ela disse que os ossos de vários milhares de esqueletos estavam espalhados por lá.

Pernelle estremece.

Odiva fica imóvel por um momento, seus lábios vermelho-sangue franzidos, em pensamento.

— As catacumbas abaixo da cidade *podem* chegar até aqui. As pedreiras são extensas e as vítimas da grande praga foram incontáveis. — Ela estreita os olhos. — Os captores de Ailesse devem saber que recebemos força dos Céus Noturnos. É por isso que eles a trouxeram aqui e querem que nós os sigamos.

Meu estômago fica embrulhado.

— Então é uma armadilha?

Um leve sorriso toca sua boca.

— O *amouré* de Ailesse é um rapaz esperto, não é? Vou gostar de vê-la matá-lo.

Engulo o sabor amargo na minha boca. Entendo que Bastien tem que morrer para que Ailesse possa viver, mas isso não significa que eu tenha prazer nisso.

— Venha — comanda Odiva as outras Leurress. — Vamos mostrar a esses plebeus que nossas graças são traiçoeiras até quando estão enfraquecidas pela escuridão.

As anciãs erguem o queixo. Algumas levantam os olhos para o céu estrelado acima, absorvendo uma última porção da Luz de Elara.

Elas descem para a ravina, uma após a outra — Roxane, Milicent e Dolssa.

Pernelle hesita. Um leve tremor percorre suas mãos de marfim. Com trinta e nove anos, ela é a anciã mais jovem e a única a revelar algum medo. É um conforto saber que não estou sozinha. Ela observa as outras enquanto abrem o buraco da toca com força poderosa.

— Não há outra entrada para as catacumbas que possamos usar? — pergunta ela a Odiva, seus cabelos louros ondulando em seu rosto com a brisa. — Uma que não leve a uma armadilha e nos dê vantagem?

A postura perfeita de Odiva não muda.

— Somos Barqueiras, experientes em lutar contra mortos cruéis. Temos dezessete ossos da graça conosco. Que vantagem mais precisamos? Invoque sua coragem. — A *matrone* põe o dedo no pingente de vértebra de raposa pendurado no pescoço de Pernelle. — Isso deve lhe dar coragem, se você não resistir.

Pernelle aperta os lábios e faz um pequeno aceno de cabeça. Ela desce a ravina para se juntar às outras. Sigo-a, mas Odiva agarra meu braço.

— Não, Sabine. Se você não tem tenacidade para matar outro animal, como pode nos ajudar esta noite? — Sua voz não é fria, apenas preocupada, mas suas palavras machucam do mesmo jeito. — O que você *precisa* fazer é conseguir outro osso da graça. — Ela suspira e aperta gentilmente meu braço antes de soltá-lo. — Não retorne ao Château Creux até conseguir um.

Meus olhos ardem.

— Mas...

Ela se vira e mergulha na ravina.

Minhas pernas ficam tensas. Ando três passos atrás dela. Então paro. Volto para trás e balanço a cabeça. Agarro meu crânio de salamandra. O pânico cresce dentro de mim.

— Por favor, por favor, por favor... — Preciso estar com as anciãs. Deveria estar resgatando Ailesse. Mas meu osso da graça não é suficiente. *Eu* não sou suficiente.

Viro-me e corro. Lágrimas escorrem dos meus olhos. Eu as enxugo furiosamente.

Pare de chorar, Sabine!

Não sou fraca. Não sou covarde.

Estou cansada de todos acreditarem que sou. Estou cansada de acreditar que sou.

Corro mais rápido. Passo pelos galhos e chuto a vegetação rasteira. Prendo uma flecha em meu arco e vasculho o chão, procuro nas árvores. Irrompo em um bosque de pinheiros.

Um ruído esvoaçante sussurra acima de mim. Um fragmento de luar brilha no pássaro que assustei. Listras brancas brilham na curva de suas asas escuras. Um falcão noturno. Comum. Não maior que um corvo.

Não me importo.

Minha flecha voa. O pássaro cai. Agradeço aos deuses e os amaldiçoo. Estou chorando de novo. Não posso evitar.

Matei minha segunda criatura.

E agora vou reivindicar todas as suas graças.

17
Bastien

Só sinto o cheiro de Ailesse. Terra, campos, flores. Tudo verde e vivo. Um truque distorcido de sua magia. Tenho que lembrar o que ela realmente é. Escuridão. Degradação. Morte.

Meu nariz toca seu cabelo. Luto contra uma onda de calor formigante. Tenho que segurá-la, ou ela vai fugir. Ailesse só está amarrada pelas mãos agora. Deixei seus tornozelos livres para que pudesse andar aqui comigo esta noite.

Estamos parados em um túnel perigoso das catacumbas, um lugar que usarei a meu favor, se conseguir tirar minha mente da garota quente em meus braços.

— É seguro? — Pergunto a Marcel, olhando para a prancha de madeira à nossa frente. Nós dois passamos a última hora arrastando-a até aqui de um andaime nas minas de calcário em ruínas abaixo de nós. Agora ela se estende por um abismo de quatro metros e meio de largura, onde o chão cedeu.

Este túnel se pareceria com qualquer outro túnel de catacumba sem esse buraco perto de seu beco sem saída.

Marcel pisa na ponta da prancha e dá pulinhos, testando-a uma última vez.

— Aposto que sim. — Mas é o chão sob o peso da tábua que me preocupa. Puxo Ailesse um pouco para trás, afastando-a das fissuras aos nossos pés. Jules também fica para trás, com o rosto pálido. Contanto que apenas um de nós fique na área frágil de cada vez, o túnel deve aguentar.

Marcel caminha de volta para nós. Assim que ele passa pelas rachaduras no chão, solto Ailesse e a empurro em direção à prancha.

Do outro lado do abismo há uma saliência de dois metros por dois, tudo o que resta do piso do túnel antes de atingir o beco sem saída.

— Vá em frente — incito-a mais uma vez. Ela se afasta, e eu inspiro profundamente o ar sem Ailesse.

Ela caminha, leve nas pontas dos pés, até a beira do abismo, então olha para baixo e fica rígida. Eu sei o que ela vê: nada. Quando Jules e eu encontramos este local, alguns meses atrás, eu a desafiei a chegar perto da borda. Jogamos pedaços de calcário no fosso e tentamos ouvi-los atingir o fundo. Nenhum som chegou até nós, mesmo quando rolamos uma grande pedra precipício abaixo.

Ailesse endireita os ombros, expira lentamente e caminha até a prancha. Como suas mãos estão amarradas, ela não consegue estender os braços para se manter equilibrada. Ela chega ao meio da prancha e cambaleia. Eu fico tenso, lutando contra o desejo de correr e ajudá-la. Ela perdeu a agilidade que tinha em Castelpont.

Quando Ailesse chega na borda mais distante, sua cabeça cai para trás em alívio. Meus ombros relaxam. Por que estou tão preocupado com ela?

Porque se ela morrer, você também morre, Bastien.

Certo.

Flexiono minhas mãos e puxo Marcel para o lado. Ele cheira levemente a pólvora.

— Tudo pronto? — pergunto, ciente de que Ailesse está se esforçando para nos ouvir. Mantivemos a parte mais importante do nosso plano em segredo para que ela não pudesse avisar a mãe.

— Sim. — Marcel olha de soslaio para ela. — A, hum, *trilha preta* está definida, e o *trovão* vai *soar* quando você estiver pronto. — Estremeço com cada palavra que ele enfatiza. Isso foi tão sutil quanto um tijolo voador.

— Vá para o seu posto, então. — Dou-lhe um tapa fraternal no ombro. Ele não demonstra incerteza, mas eu o conheço muito bem.

Enquanto ele se afasta com uma lamparina a óleo, Jules sacode um pouco da lama seca de suas mangas. Ela nunca teve a chance de enxaguar o lodo de calcário de suas roupas depois do abastecimento anterior. Ela olha de mim para Ailesse e mexe na ponta de sua trança.

— Você vai ficar bem, sozinho com ela? Quem sabe quanto tempo teremos que esperar pela chegada da rainha?

Bufo.

— Claro que ficarei. A polia está ajustada? — Marcel e eu pegamos um dos andaimes, junto com a prancha.

Ela assente.

— E encontrei um esconderijo seguro para mim.

— Bom. — Pego uma tocha acesa em um dos castiçais toscos ao longo da parede do túnel, mais relíquias dos pedreiros que trabalharam aqui embaixo. Nos últimos dois anos, Jules e eu preparamos um estoque de tochas para a exploração das catacumbas. Elas não queimam tanto quanto as lamparinas a óleo, mas são muito mais brilhantes. Mais seis tochas estão acesas deste lado do abismo. Elas vão me ajudar a ver qualquer movimento que a rainha fizer.

Jules ajusta a aljava de flechas que carrega nas costas.

— Bastien? — diz em uma voz tímida. Por um instante, ela é a garota que conheci há seis anos. Desesperada, faminta, ansiosa para ter um aliado. Ela começa a estender a mão para mim. — Caso dê errado hoje à noite, quero que você saiba...

— Nada vai dar errado, Jules.

Ela acena com a cabeça novamente e olha para a minha mão. Percebo que estou segurando a dela, embora não tenha querido dizer nada com isso. Solto depressa.

— Vejo você em breve. — Cruzo a prancha rápido.

Quando me junto a Ailesse na borda, ela olha para mim com um olhar pensativo. Quase simpático. Deslizo minha tocha em uma arandela e olho para ela. Minha melhor máscara é a raiva. Eu não preciso dela me dizendo novamente que Jules não perfura minha alma.

— Você é astuto, Bastien. — A voz de Ailesse é suave e segura. — Reconheço isso. Mas seja qual for a armadilha que você preparou para minha mãe, certamente falhará. Ela também não virá sozinha. Trará as mais habilidosas da minha *famille*. Lembre-se, eu avisei.

Sorrio, sarcástico. Ela tem dito muito do mesmo o dia todo. Ameaças vazias. Vãs tentativas de me intimidar. Isso não abala minha confiança. Dentro de uma hora, tirarei a vida da rainha e terei minha vingança. Quanto a quaisquer outras que ela trouxer, também me preparei para elas. Vou pegar todos os seus ossos para que nunca mais machuquem outro homem. Então vou lidar com Ailesse e nosso vínculo de alma. O pensamento faz meu estômago revirar.

Não pense no vínculo agora. Concentre-se na tarefa em questão.

Do outro lado do abismo, Jules me ajuda a jogar a prancha no buraco. Ela cai silenciosamente na escuridão, e eu engulo em seco. Agora a rainha não poderá chegar ao nosso lado e Ailesse não poderá escapar da saliência. Mas eu também não posso. Estou preso aqui com seu cheiro perfeito e corpo quente até que Jules traga nós dois de volta através do abismo quando isso acabar. Ela já inventou um jeito envolvendo cordas.

Jules pega seu equipamento e força um sorriso encorajador. Eu tento e não consigo devolver um a ela. Ela está arriscando o pescoço, assim como eu, mas não quero enganá-la. Em vez disso, aceno com a cabeça e desvio o olhar — de ambas as garotas, minha alma gêmea e minha melhor amiga. *Merde*, minha cabeça está uma bagunça.

O anel da lamparina de Jules diminui. Então ela desaparece. Meu coração bate mais rápido. Estou hiperconsciente de estar preso com Ailesse. Se eu chegasse um pouco mais perto, poderia encher meus pulmões com o cheiro dela. Eu poderia tocar o cabelo dela e...

Eu sopro uma respiração afiada. *Recomponha-se, Bastien.* O feitiço sombrio de Ailesse em Castelpont ainda exerce seu fascínio sobre mim. Deveria ter passado depois que Jules desenterrou seu último osso sob a ponte.

E se *passou*, e minha atração for real?

Eu ando pelo comprimento estreito de nossa borda de quase dois metros. Esfrego a parte de trás do meu pescoço e giro meus ombros.

Tento não encontrar os olhos de Ailesse. Ou pensar neles. Mas à medida que a espera pela chegada da rainha se prolonga, minha curiosidade aumenta. Ainda não sei muito sobre Ailesse. A conversa que ela teve com Marcel continua atormentando minha mente.

— Por que você precisa de força física para transportar os mortos? — deixo escapar, incapaz de resistir a falar com ela. — Se esse é o objetivo da sua magia de osso, não entendo. Os mortos não têm corpos, certo? Eles são apenas fantasmas.

As sobrancelhas de Ailesse levantam com meu súbito interesse.

— Não exatamente. Os mortos são meio que intermediários. Tornam-se tangíveis depois que se levantam de seus túmulos. — Ela afasta alguns fios de cabelo emaranhado dos olhos, com as mãos amarradas. Meus dedos se contorcem, querendo ajudá-la. — Algumas almas estão destinadas ao Submundo e se rebelam.

Penso nisso por um momento.

— O que acontece se não forem para o Submundo?

— Escapam de volta ao reino mortal e machucam pessoas inocentes.

— Então seu objetivo é *proteger* as pessoas?

— Sim.

Mal posso compreender isso. Meu peito fica pesado, fico inquieto. Não consigo me livrar da percepção que está afundando dentro de mim. Não faço ideia de quem Ailesse é realmente.

— Se você está tentando proteger os inocentes, então por que você os mata? Aqueles que você encontra nas pontes?

Linhas surgem entre suas sobrancelhas ruivas.

— Porque... — Sua boca se abre enquanto ela procura o que dizer. Ela já pensou nisso antes? — Tyrus e Elara não nos deixam ajudar ninguém se não fizermos isso.

E assim, meu sangue corre quente novamente.

— Sabe, há uma razão para as pessoas terem parado de adorar seus deuses.

Ela endurece.

— Matar nossos *amourés* prova nosso compromisso com os deuses e com seu caminho para nossas vidas, e não com os nossos. Trata-se de lealdade, obediência.

— Isso absolve tudo, não é?

As narinas dela dilatam. Ela dá um passo em minha direção. Dou um passo em direção a ela.

Ela está de frente para o abismo. Estou de costas para ele. Um chute certeiro e ela poderia me mandar para a morte. Rapidamente me afasto. Ailesse prende a respiração e olha para o outro lado do fosso. Viro-me para seguir seu olhar. À distância, logo após a última das seis tochas, uma figura indistinta aparece.

A rainha.

Reajo por instinto. Saco minha faca. Pego Ailesse. Seguro-a contra mim na borda, de costas para o meu peito, minha lâmina em sua garganta.

A rainha atravessa o brilho âmbar da luz da tocha e segue em frente. Quatro acompanhantes a flanqueiam. Eu apenas dispenso-lhes um breve olhar. Não consigo desviar meu foco da mãe de Ailesse, a mulher mais formidável que já vi.

Mais tochas brilham sobre ela conforme se aproxima. Seu vestido está encharcado com o lodo das catacumbas, mas isso só a torna mais ameaçadoramente bonita. Fico um pouco tonto. A rainha é quase mais adorável do que a filha, só que de uma forma severa e oposta. Pele totalmente branca e cabelos pretos. Olhos escuros e lábios vermelho-sangue. Maçãs do rosto arredondadas e um queixo acentuado. Faço um rápido estudo de seus ossos de poder: uma coroa irregular, um colar de unhas afiadas e garras em cada ombro. Uma garra e uma unha são maiores, mais brancas. São os ossos esculpidos.

Ela dá mais um passo, a um metro e meio da queda do fosso e a outros cinco metros de onde estamos na saliência oposta.

— Aí está bom. — Aponto com a cabeça para o chão frágil a seus pés. — A menos que você queira que a princesa morra onde está.

Ela para sem ficar tensa e levanta a mão. As outras Feiticeiras de Ossos param. Eu olho para cada mulher com mais atenção. Uma onda de calor e frio passa por mim. Elas são todas deslumbrantes e únicas, com diferentes tons de pele e ossos impressionantes, especialmente a coroa de chifres em uma mulher e o colar de caixa torácica em outra — embora nenhum seja tão impressionante quanto os da rainha.

— Você não vai matar Ailesse — diz calmamente, mas sua voz forte corta o ar denso e explode através da divisão. — Ela deve ter dito que você também morreria.

Lanço um olhar de pedra, embora meu estômago caia. Ela acabou de confirmar que minha vida está ligada à de sua filha.

— Você ficaria surpreso com o quão longe estou disposto a ir por vingança. — Pressiono minha lâmina, e Ailesse solta um suspiro.

Os olhos da rainha permanecem nela. Se há algum amor em sua expressão, não consigo ler. Talvez ela não faça essa troca.

— O que você quer, Bastien? — pergunta ela.

Encolho-me ao ouvir meu nome, assustado por ela saber.

— Os ossos — respondo. — Todos eles.

— Estamos nas catacumbas. Você terá que ser mais específico.

Ela sabe muito bem a que ossos me refiro.

— Os ossos que lhes dão magia.

— Ah, nossos ossos da graça. — Ela cruza as mãos. — O poder que você chama de "magia" é um presente dos deuses. Não se deve brincar com isso, para que os deuses não o atinjam. Mas se você insiste...

— Insisto. Um pequeno preço pela vida de sua filha.

— Minha filha *e* a flauta de osso — estipula a rainha.

Ailesse abre a boca para falar, mas seguro a faca com mais força contra sua garganta, um aviso silencioso para não revelar que Jules quebrou a flauta.

— Feito — digo, embora não tenha intenção de manter minha promessa.

A rainha gesticula para suas acompanhantes. Elas compartilham olhares preocupados.

— Uma pessoa de cada vez — ordeno. — Quero ver três ossos de cada uma de vocês.

A rainha levanta o queixo, um desafio em seu olhar, e acena com a cabeça para cada Feiticeira de Ossos. Uma cesta desce de uma abertura no teto do túnel. A polia escondida range. Jules está lá em cima fazendo sua parte.

As Feiticeiras de Ossos colocam seus ossos na cesta e eu os conto. Alguns são fixados em pulseiras, tornozeleiras, colares, brincos e até mesmo pentes de cabelo. Uma mulher pisca para conter as lágrimas, como se estivesse passando por cima de uma criança. Bom. Eu quero que isso seja doloroso para elas.

Perdi o rastro da rainha. Ela está em algum lugar na parte de trás do grupo. Murmura algo para suas acompanhantes, e elas se separam para deixá-la passar. Ela desliza em direção à cesta, encontra os olhos de Ailesse e remove suas dragonas de garra, seu colar de unhas e, por último, sua coroa. É feito de uma vértebra torcida. Provavelmente uma cobra mortal.

Assim que a rainha coloca seu último osso na cesta, ela agarra a corda para que não possa ser içada.

— Faremos a troca ao mesmo tempo — me diz ela. — Abaixe outra corda para Ailesse.

— Os termos são meus, não seus — contesto. — Deixe de lado o cesto e venha à beira do fosso.

Seus olhos escuros se estreitam. Ela solta a corda e olha para as rachaduras no chão.

— Vou fazer isso sozinha — diz para as outras Feiticeiras de Ossos. Elas andam para trás.

Espero que Marcel esteja pronto. Há um segundo túnel abaixo de nós, quase uma cópia deste. No final dele, o chão também desmoronou no abismo.

A rainha se aproxima lentamente do fosso, sua postura impecável. Ela está a um metro e meio da borda. Um metro. Uma fissura fina racha embaixo dela. Ela hesita.

Meu peito aperta. A rainha precisa chegar um pouco mais perto, onde o solo é mais frágil. Só temos um barril de pólvora.

Meio metro.

— Um trovão — murmura Ailesse para si mesma. Seu corpo fica rígido com a compreensão. — Corra! — grita ela para a mãe. — O túnel vai desmoronar!

Os olhos da rainha se arregalam.

— Recuem! — comanda ela as outras Leurress. — Roxane, os ossos!

— Agora, Marcel! — grito.

Roxane saca uma faca de uma bainha escondida em sua coxa. Corta a cesta e sai correndo com ela.

Puxo Ailesse de volta para o fundo de nossa pequena saliência e me preparo para o golpe. Meu coração bate três vezes. Nada acontece. Quanto tempo dura o rastro de pólvora de Marcel?

A rainha sorri. Ela não recuou como suas acompanhantes. Parece preparar-se para pular. Olho para os cinco metros entre nós.

— Ela nunca vai conseguir.

— Você esqueceu uma coisa — me diz Ailesse. — Uma *Matrone* usa cinco ossos, não três.

Cinco?

Não esqueci: eu nunca soube.

A rainha salta. Faz um arco tremendo.

Solto Ailesse e fico na defensiva. Ailesse corre para a borda em direção a sua mãe.

A rainha está no meio do abismo.

BUM.

Pedaços de pedra explodem no ar. Sou jogado de costas. Nuvens de poeira sufocam meus pulmões. Fico de pé, tossindo. Afasto a fumaça.

Não consigo encontrar a rainha.

E Ailesse sumiu.

18
Ailesse

Eu me agarro à parede do abismo, mãos amarradas. Mal consigo me manter firme na rocha fina. Escombros chovem sobre mim. Meus músculos ficam tensos. Cãibras nos dedos. Se eu cair, quanto tempo levará até atingir o fundo e quebrar todos os ossos que existem no meu corpo? *Não pense assim, Ailesse.* Não estou pronta para morrer.

— Mãe! — Meu grito irregular não ecoa. É engolido pelos detritos que se depositam e pelo ar espesso.

Tudo o que vejo acima de mim é um véu de poeira, mal iluminado pela luz das tochas. Até que ponto na parede eu deslizei? Olho através do abismo para a parede oposta para me orientar. Quando estava com Bastien na borda, vi outro túnel abaixo do nosso. É onde Marcel deve ter colocado a pólvora. Mas não existe mais sinal desse túnel. Ou está totalmente desmoronado ou mergulhei bem abaixo dele. O pensamento me faz gemer.

Cravo os pés na parede, procurando um ponto de apoio. Cada vez que meus dedos tocam uma saliência, ela se desfaz. Expiro, em pânico. Se ao menos eu tivesse meu osso de íbex.

Pare, Ailesse. Lamentar o que perdi não vai me ajudar. Fecho brevemente os olhos, tentando sentir a força e o equilíbrio da minha graça de íbex. Meus músculos devem se lembrar.

Arrasto uma perna devagar até que meu dedo do pé finalmente agarre um ponto de apoio. Coloco cuidadosamente meu peso sobre ela, e tenho cãibras na panturrilha. Deslizo minha outra perna para cima, mas meu pé não consegue encontrar apoio. O outro pé escorrega e meu joelho bate na parede.

— Mãe! — Odeio o soluço que sai dos meus pulmões. Quão fraca ela vai me achar. Minhas pernas balançam inutilmente, minhas mãos tremem. Não posso segurar por muito mais tempo.

— Ailesse!

Minha cabeça se levanta. A voz da minha mãe é fraca. Não sei dizer se ela está perto ou longe devido à forma como as catacumbas abafam o som.

— Estou aqui embaixo! — instintivamente grito. Mas ela não precisa me ouvir ou me ver para ter um senso de direção. Ela ainda tem seu dente de arraia rabo-de-chicote e o crânio de um morcego-arborícola-gigante. Arrancou de sua coroa quando Bastien não estava olhando. Com os dois ossos, minha mãe tem um sexto sentido e ecolocalização. Mesmo que não possa me ver, ela vai me encontrar. Contanto que eu fique firme.

Minhas mãos ficam úmidas. Estou escorregando. Aperto com todas as minhas forças. *Elara, me ajude.*

Minha visão embaça, brilhando prateada. Uma forma nebulosa aparece. Fantasmagórica, transparente. Suas asas tomam forma e se abrem. A coruja-das-torres. A mesma que vislumbrei por um momento na câmara secreta.

A coruja guincha, e uma onda de força flui para dentro de mim.

— Estou aqui! — diz minha mãe. Tenho um sobressalto. A coruja desaparece. Assim como minha força recém-descoberta. Suspiro, a mente girando. O que acabou de acontecer?

— Ailesse!

Olho atrás de mim para a parede oposta do abismo. A poeira diminui. A figura esguia de minha mãe desce. Ela deve ter sido lançada de volta para aquele lado do túnel pela força da explosão.

Está descendo por uma corda; a corda da polia danificada, que ela esticou.

— Vou pegar você.

Assinto, inalando para me concentrar. Esta tortura está quase no fim.

Ela dá impulso na parede e avança pelos cinco metros entre nós. Esbarra na minha parede, mas sua corda fica torta, atrapalhando a mira. Seu impulso a puxa de volta ao ponto de partida antes que seja capaz de me alcançar. Ela tenta novamente, mas seu corpo se contorce de repente quando ela está na metade do caminho. Uma flecha passa zunindo por ela.

— Cuidado! — grito. Jules deve estar lá em cima com seu arco.

Minha mãe não parece preocupada. Ela paira contra a parede do abismo, esperando por um espaço entre as flechas. Jules está atirando às cegas, então minha mãe está em vantagem. Ela sente as flechas enquanto elas voam.

— Depressa — imploro, meu corpo tremendo com o esforço. Sinto que meus dedos podem quebrar se eu tiver que segurar por muito mais tempo.

Mais pedaços de calcário caem de cima. Outra seção do túnel está desmoronando. Minha mãe se arrasta para o lado e escala a parede com habilidade impressionante — outra graça de sua caveira de morcego. Ela não espera que os escombros desapareçam e se joga para mim novamente, aproveitando a distração. Meu peito infla. Deve me amar, ou não se arriscaria assim.

Ela pousa mais perto de mim desta vez e agarra uma pedra saliente para se ancorar. Está a meio metro de distância, sua cintura no nível da minha cabeça enquanto está pendurada na ponta de sua corda. Eu poderia alcançar sua perna se não estivesse com as mãos amarradas.

Minha mãe examina a parede quase lisa ao meu redor. Não consegue encontrar mais nada para se agarrar.

— Precisamos liberar suas mãos.

— Como? A pedra na qual estou agarrada não é afiada o suficiente para serrar minha corda.

— Tenho uma faca pequena. Vou jogá-la para você.

— Mas não posso largar para pegá-la.

— Encontre um ponto de apoio para distribuir seu peso e, em seguida, abra uma mão. — Meu coração bate com força. O sangue lateja atrás dos meus olhos enquanto tento não entrar em pânico. Luto com meus pés mais uma vez, para encontrar apoio. Nada. Com uma última explosão de adrenalina, subo um pouco mais alto e meu joelho direito bate contra uma pedra saliente. Arrasto a perna para cima e equilibro meu joelho nela. Não estou totalmente segura, mas um pouco da pressão diminui em minhas mãos.

— Estou pronta — digo, o suor escorrendo pelo meu rosto.

Minha mãe segura a corda com uma das mãos e puxa uma faca fina de uma fenda escondida em seu vestido.

— No três.

Assinto, rezando para que eu possa agarrá-la.

Ela expira, concentrando-se.

— Um. Dois. Três.

Odiva deixa a lâmina cair. Eu me inclino para a parede. Solto uma mão da rocha. Tento agarrar o punho da faca.

A mira de minha mãe é exata, mas minhas mãos estão amarradas muito justas. A faca desvia de mim, cortando minha pele enquanto cai na escuridão.

Mais três flechas se aproximam. Agarro o afloramento de rocha novamente. Uma flecha quase acerta minha cabeça antes de atingir a parede.

Meus dedos escorregam do meu apoio. Estão em seu último aperto.

— Mãe! — grito.

Seus olhos se enchem de dor. Ela balança a cabeça. Não sabe como me ajudar. Sua corda desce trinta centímetros antes de ficar parada novamente. Ela olha para cima.

— Estão cortando a corda.

Sinto o sangue escorrer do meu rosto. Minha mãe pode pular um abismo com sua graça de morcego, mas não pode abrir as asas para sair voando de um. Como ela vai se salvar? Ou a mim?

Olhamos uma para a outra. Um breve momento em suspenso. Não consigo respirar, não consigo pensar. Nós duas vamos cair e morrer. Então a expressão de minha mãe muda. É sutil, apenas uma contração de sua mandíbula. Um lampejo de remorso em seus olhos. Se eu não fosse sua filha, talvez não notasse.

— A flauta de osso — diz ela com urgência. — Ele deu para você?

— Como assim?

Sua corda cai mais um pouco.

— Bastien disse que me daria você e a flauta. *Está com você?*

Meu coração vai parar no meu estômago. Não: ele cai nas profundezas do fosso. Fui uma tola. Ela não me ama. Veio pela flauta.

— Não — sussurro. — Eles a destruíram. — Quase contei a ela quando negociou a flauta pela primeira vez, apesar da faca de Bastien em minha garganta, mas temi que ela não fizesse a troca só por mim. Tinha razão.

Odiva rosna de pura frustração, nem parece ela mesma.

— Não vou deixar você levá-la, você me ouviu? — grita ela para o fosso.

A corda mergulha uma terceira vez. Nossos olhos se encontram. Os dela estão brilhando. Com raiva ou tristeza, não sei dizer.

— Eu tentei, Ailesse. Esse é o único jeito.

— Como assim? — Lágrimas escaldam minhas bochechas.

Minha mãe se empurra da parede em direção ao outro lado do abismo. A corda se rompe, mas ela não cai. Odiva se solta e agarra as pedras irregulares da parede oposta. Com destreza perfeita e uma velocidade notável, ela sai do fosso. E me deixa para a minha morte.

Sufoco um soluço. Isso não pode estar acontecendo. Isso é crueldade pura, fria e sem coração.

Este é o fim.

Estou prestes a ceder quando duas mãos se fecham sobre as minhas. Quentes. Fortes.

Eu olho para cima. O rosto de Bastien entra em foco. Não está vermelho de raiva, mas pálido de medo.

Ele se inclina para baixo, pendurado precariamente em uma borda que não consegui alcançar. Ele agarra um dos meus pulsos e o segura ferozmente. Pó branco cai de seu cabelo enquanto ele corta minhas amarras com sua faca.

Não entendo, não consigo compreender. Ele não pode estar me resgatando. É incompreensível.

Ele embainha a faca e abre a mão para mim. Hesito em aceitar. Minha mente está vazia, já sugada para as profundezas abaixo. Como posso voltar a um mundo onde significo tão pouco? Seria tão fácil agora desistir e dar minha alma para Elara.

— Estique o braço! — ordena Bastien. Seus olhos estão arregalados e desesperados.

Ele vai morrer se eu morrer. Agora entendo porque veio atrás de mim.

— Não posso. — Amaldiçoo cada lágrima que escorre pelo meu rosto, cada músculo trêmulo do meu corpo. — Minha mãe me abandonou.

— Mas *eu* não. — O pânico deixa sua voz. Está estável agora, confiante. Isso faz com que eu também me sinta mais confiante.

Olho em seus olhos. O azul é profundo, envolvente, lindo.

É possível que Bastien não esteja me salvando só para salvar a si mesmo?

Posso salvá-lo também.

Tudo o que tenho a fazer é encontrar a força para me esticar.

— Ailesse — diz ele. — Segure firme. Pegue minha mão.

Eu me imagino uma guerreira, a Barqueira que sempre quis ser. Imagino a Luz de Elara correndo em minhas veias. Imagino a coruja-das-torres, com as asas abertas e me defendendo.

Cerro a mandíbula. E estendo a mão para ele.

19
Sabine

Corro para o pátio do Château Creux. O suor escorre pelas palmas das minhas mãos enquanto olho ao redor da caverna iluminada pela lua. Odiva e as anciãs ainda não voltaram. A entrada da ravina para as catacumbas fica a pouco mais de onze quilômetros daqui, mas mesmo no escuro, elas deveriam ter percorrido essa distância em uma hora com suas graças. Já se passaram três horas desde que as deixei. Viajar pelas catacumbas pode ter tirado a velocidade delas. Lesões também podem.

Assim como falhar em salvar Ailesse.

Meus ombros caem. *Você realmente acreditou que alguém poderia salvá-la, Sabine?* Abaixo a cabeça e enfio o falcão noturno debaixo do meu braço. Está estranhamente rígido e perdeu o calor. Meu estômago se contorce.

Eu fiz isso com ele.

— Sabine? — Maurille, uma Leurress de meia-idade, sai de outro túnel. Linhas de preocupação cortam a pele bronzeada de sua testa.

Eu me assusto e me afasto. Meu arco e aljava batem nas minhas costas, e eu tiro as penas do falcão noturno de vista.

— Você está bem? — As contas tecidas nas muitas tranças de ébano de Maurille batem umas nas outras quando ela inclina a cabeça. Ela me deu duas de suas melhores contas depois que minha mãe morreu, feitas de jaspe-vermelho. Mais tarde, coloquei-as no meu colar ao lado do meu crânio de salamandra-de-fogo. Não sei por que estou agindo de forma tão cautelosa perto dela. Maurille era a melhor amiga de minha mãe. — Eu não te vejo desde que Ailesse... — começa a dizer, então balança a cabeça e suspira. — Espero que você saiba que não foi sua culpa.

As pessoas só dizem essas coisas quando provavelmente é.

— A *Matrone* vai resgatá-la — respondo. — Estará de volta com ela em breve.

— Você deve estar ansiosa para ver sua amiga novamente.

Faço um pequeno movimento afirmativo. Estou, mas deveria ter ajudado no resgate. Já deveria ter obtido todas as minhas graças. O falcão noturno fica pesado e eu imediatamente me arrependo do pensamento.

Maurille se aproxima. Recuo um passo.

— O que você tem aí? — pergunta ela.

Meus músculos ficam prontos para correr, mas tensiono as pernas. Voltei para casa porque se Odiva *resgatar* a Ailesse, ela não vai consolá-la. Ailesse precisa de mim.

— Um pássaro — confesso.

— Sabine, você está tremendo. — Maurille franze a testa. — Quando foi a última vez que você comeu? — Ela se aproxima para pegar o falcão noturno. — Deixe-me ajudá-la a cozinhá-lo.

— Não! — meio que sussurro, meio que grito, e me afasto. — Por favor, não quero que ninguém o coma. — As anciãs dizem que devemos honrar nossas mortes não desperdiçando nenhuma parte delas, mas não suporto a ideia de o falcão noturno se tornar uma refeição. — Escolhi este pássaro. — *Porque ele teve a infelicidade de cruzar meu caminho.*

Os olhos de Maurille se arregalam.

— Ah. — Ela espia atrás de mim para dar uma olhada melhor. — Você o matou por suas graças? — Maurille franze as sobrancelhas. Animais de sacrifício raramente são tão pequenos, embora minha salamandra de fogo fosse muito menor.

— É um falcão noturno. Vai me dar uma visão melhor no escuro — digo, compelida a me justificar. Suas outras habilidades, maior velocidade, salto mais longe e capacidade de ver os mortos, são óbvias. Todos os pássaros veem com mais cores do que os humanos, e uma dessas cores é a cor das almas que partiram.

— Bem... isso é maravilhoso. — O sorriso de Maurille é muito largo e tenso. — Você gostaria de ajuda para preparar o osso da graça?

Uma onda de náusea toma conta de mim.

— Não. Gostaria de fazer isso sozinha. — É a única maneira de salvar minha dignidade.

Maurille respira fundo. A princípio, acho que a ofendi, mas então ela se vira para o túnel que leva para fora. Está sentindo algo. Sua pulseira de dentes de golfinho lhe dá uma audição aguçada.

— Elas estão de volta? — pergunto.

Ela assente.

Meu coração dá um pulo e corro para o túnel, depois pelos corredores esculpidos pela maré, pelas ruínas do castelo e sob o arco desmoronado até a escadaria de pedra em ruínas. Paro no meio da subida. Odiva está acima de mim. O luar minguante brilha sobre ela. As pontas de seus cabelos pretos estão cobertas de lama calcária. Renuncio à cortesia devida à *matrone* e pergunto:

— Ailesse? — Estico o pescoço para olhar em volta de Odiva. Eu gostaria de já ter minha visão noturna.

— Isso é para o jantar? — pergunta ela, ao ver o meu falcão noturno.

Não respondo. Não há sentido.

— Onde ela está?

As quatro anciãs aparecem. Suas expressões estão exaustas. Os olhos de Pernelle estão úmidos. Não vejo Ailesse. Ela deveria ter sido a primeira do grupo; teria corrido para me ver. A menos que ela estivesse gravemente ferida ou...

— Ela não escapou? — Recuo um passo. Ninguém nega. — O que aconteceu?

Odiva levanta o queixo, mas desvia ligeiramente o olhar.

— Precisamos nos concentrar no que *vai* acontecer; a noite da travessia é daqui a treze dias. Devemos encontrar uma maneira de cumprir nossos deveres. — Ela olha para cada uma de nós. — Vamos esculpir uma nova flauta de osso.

Milicent troca um olhar pensativo com Dolssa.

— Me perdoe, Matrone, mas como faremos uma flauta sem o osso de um chacal-dourado? Estão quase extintos.

— Nem são nativos de Galle — acrescenta Dolssa. — Teríamos que deixar a costa. Como poderíamos fazer isso e retornar dentro de treze dias?

— Onde está a sua fé? — ataca Odiva em uma súbita explosão de raiva. — Tyrus nos proverá. Ele *exige* suas almas, e esta é a última vez que posso... — Ela brevemente abaixa a cabeça. A oração que a ouvi sussurrar ontem à noite vem à mente. *O tempo está chegando ao fim. Conceda-me um sinal, Tyrus. Mostre-me que honra meus sacrifícios.* O brilho febril em seus olhos esfria enquanto alisa as mangas. — O chacal-dourado é sagrado para Tyrus. Devemos apelar para ele.

Pernelle olha abertamente para Odiva. Roxane e Dolssa se mantêm tensas e esculturais. Milicent dá um breve aceno de cabeça.

— É claro, Matrone.

O peito de Odiva se alarga com a compostura recuperada.

— Devemos nos apressar. Não podemos negligenciar a próxima noite da travessia. Uma guerra estourou no norte de Dovré. Rumores de muitos mortos estão correndo soltos. Cada Leurress em idade capaz irá caçar até encontrarmos o chacal e fazermos a nova flauta. — Ela desce mais um degrau e olha para mim. — Você também, Sabine.

— Mas... e Ailesse? — Qual é o problema com todas elas? Por que estamos falando de guerras, chacais-dourados e flautas de osso?

Roxane pressiona os lábios trêmulos em uma linha apertada. Pernelle enxuga os olhos. Odiva olha para os Céus Noturnos como se estivesse procurando as palavras certas.

— Ailesse está morta.

— O quê? — Cada músculo do meu corpo se transforma em gelo. — Não... você está errada. Não pode ser. — Uma rajada de vento chicoteia as saias dos vestidos das anciãs. Meu coração aperta, lutando para bater.

— Sinto muito, Sabine. — Odiva põe a mão no meu ombro. — Talvez tivesse sido melhor para você se Ailesse nunca tivesse... — Ela balança a cabeça.

— Nascido? — Estreito os olhos. — Era isso que você ia dizer?

Ela junta as sobrancelhas pretas. Milicent avança rapidamente para evitar outra explosão.

— Recomponha-se, Sabine. Não deve falar assim com a *Matrone*. Claro que ela não se arrepende do nascimento de Ailesse. Ailesse era sua herdeira, filha de seu *amouré*.

— Isso não significa que eu o amava — murmura Odiva, tão baixinho que me pergunto se algum dos ouvidos agraciados das anciãs pôde ouvir. Ela passa por mim em direção ao castelo, mas não antes de eu pegá-la tirando seu colar escondido. Eu o vislumbro claramente pela primeira vez: um crânio de pássaro com um rubi preso em seu bico.

Se fosse qualquer outro momento, eu questionaria por que ela tem outro osso — deveria ter apenas cinco —, mas tudo que posso fazer é ficar boquiaberta enquanto ela caminha sob o arco do Château Creux. Como ela pode ser tão cruel com sua própria filha? Como isso pode estar acontecendo?

Ailesse não pode estar morta.

— Ah, Sabine. — Pernelle desce e me abraça. Meus braços pendem rigidamente ao meu lado. — Fizemos o possível, mas o *amouré* de Ailesse fez o túnel desabar e quem caiu foi Ailesse. A *matrone* tentou salvá-la, mas era tarde demais. Veja bem, o fosso era fundo, e... — Sua voz falha enquanto suas lágrimas transbordam. Meus olhos ardem, mas seguro minhas próprias lágrimas. Nada disso faz sentido. Ailesse não está morta. Eu saberia. Eu teria sentido.

— O garoto também morreu?

Pernelle acena com a cabeça, seu rosto escurecendo.

— Podemos agradecer aos deuses por isso. Odiva disse que sua vida acabou no mesmo momento que a de Ailesse.

Franzi a testa.

— Vocês não viram acontecer?

— Já tínhamos ido embora. — Roxane se junta a nós. Milicent e Dolssa pairam por perto. A dor delas é quase palpável, pressionando um grande peso em meu peito. — O túnel estava instável, então Odiva nos mandou sair.

Balanço a cabeça ligeiramente. Tudo o que dizem depende apenas da palavra de Odiva. Não é o suficiente para mim.

— Vá para dentro e descanse. — Pernelle esfrega meu braço. — Você pode se juntar à caçada amanhã.

Ela se refere à caça ao chacal-dourado. Ridículo.

— Não, irei hoje. Irei agora. — Afasto-me delas, mas ainda sinto seus olhos preocupados perfurando a parte de trás do meu crânio.

— E o seu pássaro? — Dolssa pergunta.

Atordoada, olho para baixo e vejo meu falcão noturno balançando frouxamente em minha mão. Ah.

Com as pernas duras, caminho até as ruínas do muro do jardim. Jogo o pássaro em uma pedra. Puxo a faca de osso de Ailesse.

Crack.

Pego a perna decepada. Corto minha palma com o osso afiado para que encontre meu sangue. Pronto. A cerimônia está terminada. Fecho meu punho ao redor da perna, sua garra ainda presa. As anciãs assistem em um silêncio incômodo.

Jogo o falcão noturno de lado na pedra. Deixo as anciãs, o jardim coberto de mato, os terrenos rochosos do Château Creux. Corro. Longe das falésias, atravessando o planalto, entrando na floresta, passando por riachos e rios, atravessando ponte após ponte após ponte. Continuo, superando meus limites, até ficar entorpecida com a queimação em meus pulmões e as cãibras na lateral do corpo. Até que o corte na palma da minha mão pare de doer e meus olhos fiquem secos.

Estou quase na entrada das catacumbas. Tenho toda a intenção de entrar com tudo, mas quando me aproximo da borda da ravina, paro abruptamente.

Toda a minha respiração deixa meus pulmões. Meu coração dispara na minha garganta. Vacilo em meus pés.

Os belos e conhecedores olhos da coruja-das-torres estão voltados para mim.

Ela está aqui. Sob o luar forte. No chão, não em uma árvore. Está empoleirada na beira da ravina.

É um sinal de que eu estava certa.

Ailesse está viva.

Dou mais um passo, e a coruja-das-torres abre suas asas e as aponta para baixo em uma postura defensiva. Ela não quer que eu passe.

Meu batimento cardíaco acelerado diminui. Registro a dor em meus músculos e membros trêmulos. Sangue pinga da minha mão fechada. A perna e a garra cega ainda estão dobradas para dentro e pressionando contra meu ferimento.

Nunca recebi as graças do falcão noturno, percebo.

Ofendi os deuses? Foi uma morte feita com raiva e um osso da graça pego sem pensar.

— Sinto muito — digo a Tyrus e Elara, mas estou olhando para a coruja-das-torres. — Fiz isso para salvar Ailesse.

A coruja dobra suas asas.

O calor corre sobre a minha pele, e me assusto. O mundo ao meu redor muda como se outro sol nascesse, só que ele lança um leve brilho violeta. Sei o que estou vendo — Ailesse descreveu isso depois que ela matou seu falcão-peregrino. Esta é a visão com uma cor adicional. Ainda não vi a cor. Mas o farei sempre que vir os mortos pela primeira vez. Toda Barqueira precisa dessa graça.

Os deuses me perdoaram.

— Vou salvá-la — digo à coruja-das-torres, como se falássemos a mesma língua. — Sei que sou a única que pode fazer isso.

Ela pia baixinho, quase um som de ronronar.

— E serei sábia quando escolher minha próxima morte. — As graças do falcão noturno não são inúteis, mas não me dão força, que é o que preciso. — Também serei inteligente e estratégica. — Se Odiva e as quatro Leurress mais velhas não conseguiram resgatar Ailesse, precisarei planejar com tanto cuidado quanto Bastien e seus amigos fizeram.

A coruja balança sua cabeça em forma de coração, para a frente e para trás, de um lado para o outro.

Minha determinação é profunda. Vou ter que exercitar a paciência para ter sucesso. Posso me dar um pouco de tempo. Ailesse já deve ter dito a Bastien que seu vínculo de alma os liga na vida e na morte, e ele deve acreditar nela, ou já a teria matado, especialmente depois de perder a chance de matar sua mãe.

— Não vou falhar.

A coruja abre as asas. Minha visão muda novamente. Desta vez não é violeta, mas brilha prateada, como o anel em torno de uma lua cheia. O que quer que eu esteja vendo, não pode ser da minha graça de falcão noturno.

Uma imagem surge em minha mente. Ou talvez eu esteja realmente vendo.

É translúcida e luta para tomar forma diante de mim.

Engasgo. É Ailesse. Ela está sentada em um banco de pedra, amarrada pelos pulsos e tornozelos. Sua cabeça pende para o lado enquanto ela se inclina apática contra uma parede. Seu cabelo ruivo está emaranhado. Ela está arranhada e suja, e seus olhos parecem vazios. Todo o seu fogo se foi.

— Ah, Ailesse — sussurro, meu peito doendo.

Assim que falo, seu olhar se levanta. Nossos olhos se encontram. Meu coração acelera.

— Sabine? — Sua voz falha com choque e esperança.

Sorrio com um alívio desesperado. Acreditava que ela ainda estava viva, mas é outra coisa vê-la.

— Mantenha-se forte — digo a ela. — Estou indo buscar você.

Uma lágrima escorre pelo rosto dela.

Estendo a mão para tocar seu braço. Ela está tão perto. Mas assim que tento, a visão ondula como água agitada. Ailesse desaparece.

Meu coração dá uma batida forte.

— O que acabou de acontecer?

A única que está ouvindo é a coruja-das-torres.

Ela bate as asas. Levanta do chão. E voa para longe.

20
Bastien

Marcel sibila enquanto tiro outro pedaço de cascalho de seu ferimento.

— Quase pronto — digo. Estamos de volta a nossa câmara e ele está sentado em um carrinho de mineração virado que usamos como mesa. Sua manga direita está enrolada para trás, expondo uma marca de corte que percorre toda a extensão de seu antebraço. Uma pedra o atingiu durante a explosão; ele avaliou mal a que distância precisava ficar do barril de pólvora. — Jules estará de volta em breve com a água. Vamos lavar isso e ajudar a cicatrizar. Birdie vai achar irresistível. — Pisco para ele.

Marcel força um sorriso entre os dentes cerrados.

— Você acha?

— Claro. — Arranco outro fragmento. — Ela já sabe que você é brilhante. Isso fará com que você pareça durão também. Ela vai se apaixonar.

Ailesse se engasga de espanto, e eu me arrepio. Mas assim que me viro para onde ela está apoiada na lajota de calcário, vejo sua expressão, e não é de zombaria. Ela está sentada, corpo rígido. Olhos abertos. Rosto pálido. Meu estômago fica tenso. Está com dor?

Corro até ela. Ela guincha:

— Sabine! — Uma lágrima rola por sua bochecha. Não está olhando para mim. Está olhando para a frente. Engole em seco novamente e pisca algumas vezes. — Sabine? — Ailesse balança a cabeça um pouco. — Onde ela...? — Seus olhos se concentram em seus arredores. Então em mim. Lágrimas grudam em seus cílios. — Bastien? — indaga ela, como se meu nome fosse uma pergunta desesperada.

É quando percebo que estou de joelhos ao lado dela, meus dedos entrelaçados aos seus. O aperto de Ailesse é tão forte quanto o meu. Tão apertado quanto o de quando a arrastei para fora do fosso.

— Está tudo bem? — pergunta Jules.

Tenho um sobressalto. Ailesse e eu soltamos as mãos um do outro imediatamente.

— Apenas verificando as cordas dela — respondo rapidamente. Dou um puxão forçado no nó nos pulsos de Ailesse. — Ela estava se debatendo. — Meu rosto queima com a mentira. — E ela está delirando um pouco. — Isso é verdade. — Acho que bateu a cabeça quando caiu no buraco.

Ailesse se apoia na parede, como se estivesse considerando minhas palavras. Ela tem um hematoma feio na lateral da testa.

Jules não diz nada. Não consigo encontrar seus olhos quando volto a ficar de pé. A câmara está enervantemente silenciosa enquanto eu caminho até onde ela está parada, perto da porta. Pego o balde de água que acabou de trazer e ela dá um passo para longe de mim.

— Pode deixar comigo — diz, com a voz cortada. Jules encolhe os ombros ao passar por mim e vai até seu irmão.

Suspiro. Odeio essa tensão entre nós. Jules não ficou nem um pouco feliz quando arrastei Ailesse para fora do fosso, mas que escolha eu tinha a não ser salvá-la? Passo as duas mãos pelo cabelo e caminho até uma pilha de livros de Marcel. Pego um ao acaso e me agacho em um banquinho, tentando me fazer útil. Embora eu nem saiba mais qual é meu objetivo final.

— E agora? — indaga Jules, como sempre em sintonia com meus pensamentos, mesmo quando estamos em desacordo. Ela mergulha um lenço em uma tigela com água decantada e limpa delicadamente o ferimento de Marcel. — A rainha não vai ser enganada da próxima vez, e as catacumbas não cortaram seu poder tanto quanto pensávamos.

Marcel assente, observando Jules trabalhar.

— Estive pensando que deve levar um pouco de tempo, talvez alguns dias, para que a força de um Feiticeira de Ossos enfraqueça o suficiente aqui embaixo. Veja Ailesse, por exemplo. Ela não perdeu o vigor de uma vez.

— Faz sentido — respondo, e dou uma espiada em Ailesse. Se ela está ouvindo, não dá sinal disso. Ela apenas olha para suas mãos flácidas.

— Pelo menos a rainha sabe que não está lidando com simplórios — diz Jules. — Somos tão perigosos quanto ela.

Não tenho certeza disso, mas vou deixar Jules ter sua demonstração de confiança. Ela não conseguiu cortar a corda da polia antes que a rainha saísse do fosso. Tem sorte que a rainha não teve tempo de encontrar seu esconderijo. Quando outra seção do túnel se rompeu, a rainha fugiu com as outras Feiticeiras de Ossos.

— Em quanto tempo você acha que ela vai voltar? — Jules molha o lenço novamente.

— Ela não vai voltar — murmura Ailesse. Todos nós olhamos para ela.

Um tremor percorre seu queixo.

O olhar de Jules endurece.

— Vocês Feiticeiras de Ossos também leem mentes?

— Não sou o que minha mãe veio buscar — responde Ailesse em um suspiro fraco.

Mesmo seu tom não tem luta.

Jules zomba.

— Então ela veio buscar o *quê*?

Os olhos de Ailesse brilham. Ela vira a cabeça.

— Você vai me responder?

— Deixe-a em paz — murmuro.

O olhar que Jules lança para mim é o mesmo que ela lança aos garotos de Dovré quando eles a olham de soslaio. Uma fração de segundo depois, eles estão no chão com os narizes quebrados.

— Por que você a está defendendo?

— Não estou defendendo ninguém. Só quero um momento de paz enquanto descubro como tirar nós três dessa confusão. — Aponto para a página do meu livro para enfatizar, embora não tenha encontrado nada útil. Ler não é meu melhor talento.

— É *seu* problema, Bastien — retruca Jules —, não nosso.

— Do que você está falando?

— Não somos nós que estamos presos em um feitiço de sereia. Podemos deixar você para que lide sozinho com isso.

Eu a encaro incrédulo, completamente surpreso. Desde o momento em que conheci Jules e Marcel, estamos juntos nisso, não importa as complicações. Será que eles ainda querem vingança pelo pai?

— Vá em frente, então. — Minha voz treme de mágoa, tento disfarçá-la como raiva. Eu faço um movimento de enxotar em direção à porta. — Eu nunca disse que vocês dois tinham que fazer algo por mim. — Apenas confiei que eles fariam, como eu faria por eles.

Marcel levanta um dedo.

— Se permite, gostaria de dizer duas coisas: primeira, minha irmã não fala por mim; e, segunda, por uma questão de decência, Julienne, por favor, pegue leve com meu braço. Eu *tenho* um sistema nervoso.

Ela estremece e se segura para não o socar. Deixa cair o lenço na tigela e suspira.

— Não vamos deixar você, Bastien. Não é isso que estou tentando dizer. É só que... — Ela mordisca o lábio. — Nós não esperávamos que *você* fosse a alma gêmea. Isso desequilibrou tudo. Quer dizer, vocês dois são *mesmo* almas gêmeas? Isso nunca foi provado.

— Ela tem razão — acrescenta Marcel. — Baseamos essa conclusão no fato de que ninguém mais apareceu na ponte. A verdadeira alma gêmea de Ailesse poderia estar muito doente para vir, ou talvez ele estivesse mais longe e ainda não tivesse chegado lá.

Fico boquiaberto, surpreso por estarmos tendo essa discussão.

— O que vocês sugerem, que testemos essa teoria matando Ailesse para ver se eu morro também?

Marcel baixa os olhos. Jules morde o lábio novamente.

— Bastien é meu *amouré* — diz Ailesse, calmamente. — Se vocês pudessem sentir o que ele sente, não teriam dúvidas.

Franzo a testa.

— Você não pode saber o que eu sinto.

— Não, mas posso ver. — Ela finalmente levanta seus olhos castanhos para mim, e engulo em seco. Imagino aqueles mesmos olhos que me encaravam do fosso. Ela parecia apavorada e sozinha, da mesma forma que me senti depois de perder meu pai.

Fecho meu livro com força. Ailesse não é a vítima aqui.

— Não tenho nenhum afeto por...

— Afeto não tem nada a ver com isso. — Sua voz não revela nenhum indício de emoção. Ela está apática, quase indiferente. — Você foi destinado a mim e eu fui destinada a você. Você sente isso tão bem quanto eu, Bastien.

Meu rosto esquenta.

Jules balança a cabeça em descrença.

— Ela é insuportável.

Ailesse dá de ombros e se vira.

Esfrego a mão no rosto.

— Podemos voltar ao assunto, por favor?

— Que assunto seria esse? — Marcel se inclina para trás.

— O que fazer agora. Precisamos repensar nossa estratégia. — Não menciono outro complô para atrair a rainha. Concordo com Ailesse que a mãe dela não vai voltar. — Continuaremos a ficar aqui embaixo, isso é certo, e sairemos para conseguir comida e suprimentos. Quanto a quebrar o vínculo da alma, já temos os livros de Marcel à mão. Vamos vasculhar cada passagem centenas de vezes se necessário até encontrarmos a resposta. Mesmo que demore semanas.

— E então nós a matamos. — Jules cruza os braços.

Meu pulso dispara. Quero olhar para Ailesse, mas não o faço. Em vez disso, encaro Jules. Por anos estivemos decididos a nos vingar, mas a Jules que eu conheço não é tão sanguinária. Ela só é insensível quando está doendo por dentro. Tenho que provar que não vou esquecer o pacto que selou nossa amizade.

— Sim — respondo, embora meu estômago revire. — Então nós a matamos.

21
Ailesse

Sabine está deitada ao meu lado, de costas. Estamos em um prado perto do Château Creux, contemplando os Céus Noturnos. As estrelas são brilhantes, as constelações da Caçadora e do Chacal brilham sobre nós com perfeita clareza.

— É a lua nova — me diz Sabine, um braço apoiado atrás da cabeça. — Esta deveria ter sido sua primeira noite de travessia.

— Sim. — Uma dor profunda surge no fundo da minha garganta. — Mas ninguém pode fazer a travessia agora, e não há nada que eu possa fazer sobre isso.

— Tem certeza? Não desista, Ailesse. Sempre há algo que você pode fazer.

— Mas a flauta de osso está quebrada. — Viro-me para ela, mas minha melhor amiga se foi.

Estou olhando nos olhos da coruja-das-torres.

— Ailesse.

Alguém cutuca meu braço. Abro os olhos. Jules se inclina sobre mim.

— Vou sair para buscar mais suprimentos. Quer que eu a leve ao banheiro antes?

O pensamento daquele canto fedorento das catacumbas não é o que me assusta; é o tom da voz de Jules. Calmo e direto. Sem mágoa. Isso me lembra que ela e eu chegamos a uma aceitação gradual uma da outra nos últimos dias. Isso me lembra que estou presa aqui há mais de duas longas semanas. E minha mãe nunca voltou para me buscar.

— Não, estou bem. — Sento-me lentamente na lajota de calcário enquanto Jules observa, não convencida. Mesmo esse movimento simples requer um esforço que causa cãibras musculares. Meus captores têm me alimentado e me dado água, mas estou quase completamente privada da Luz de Elara. — Marcel? — chamo por ele. Minha voz fraca mal é alta o suficiente para chamar sua atenção. Ele olha por cima dos destroços de livros que ele e Bastien estão examinando na mesa do carrinho virado. — Quando é a lua nova? Você tem acompanhado?

— Sim, tenho acompanhado. — Ele dá um grande e alegre sorriso enquanto vasculha debaixo de seus livros e puxa uma folha de pergaminho, marcada com seus rabiscos. — Tenho mapeado os dias hora por hora aqui. Sempre que um de nós volta de nossas viagens a Dovré, comparo as horas lá fora com o meu calendário e, até agora, tem sido preciso. Ele bate duas vezes no pergaminho. — A lua nova é esta noite.

Bastien olha de Marcel para mim.

— Isso é significativo? — Seu olhar percorre meu rosto e tento afastar qualquer traço de ansiedade. — O que acontece na lua nova?

Balanço a cabeça.

— Nada... eu só... — Olho para longe dele. Sua preocupação me confunde quando sei que ele planeja me matar. — Tive um pesadelo, só isso. — Não consigo mais me manter ereta, então volto para a parede do canto da lajota e me inclino contra ela.

Agora Jules também me encara com olhos preocupados, o que é ainda mais desconcertante.

— Quanta força você ainda tem? — pergunta ela, e abaixa a voz. — Acaba na lua nova?

Não faço ideia.

— Estou bem — respondo, embora saiba que é Bastien que deixa Jules angustiada. Quem sabe quanto tempo mais poderei permanecer viva depois que minha última centelha da Luz de Elara se for?

Ela transfere o peso para a perna esquerda. Seu joelho finalmente sarou.

— Você deveria descansar enquanto eu estiver fora, certo?

Aceno, indiferente. Isso é tudo que faço, de qualquer maneira.

Ela pega sua mochila vazia e se dirige para a porta, parando quando chega a Marcel.

— Estamos ficando sem tempo — murmura ela para o irmão. — Você precisa descobrir como quebrar o vínculo da alma *agora*.

— O que você acha que tenho tentado fazer todos os dias? — Marcel gesticula para suas pilhas de anotações e livros por toda a mesa.

— Bem, tente com mais empenho — retruca ela. Ele franze a testa, e Jules abaixa a cabeça com um suspiro. — Desculpe, mas por favor... tente com mais empenho. — Ela beija sua bochecha, então vira os olhos doloridos para Bastien antes de sair da câmara.

Tente com mais empenho. Suas palavras me lembram o que Sabine — ou a coruja-das-torres — disse em meu sonho: *Não desista, Ailesse. Sempre há algo que você pode fazer.*

O que tudo isso significa? Estou tendo visões? Afastei a imagem bruxuleante que vi de Sabine há duas semanas como uma alucinação provocada pelo meu ferimento na cabeça. Não vi outra desde então. Mas agora me pergunto... ela encontrou uma maneira de se comunicar comigo? Esperança nasce em meu peito.

Bastien se aproxima com um copo de água. Seus passos são cautelosos, seu olhar fugidio, sua expressão vazia. É como ele costuma lidar estando tão perto de mim. Ele me passa o copo e nossos dedos se tocam. Minha pele se arrepia com o calor e libero um suspiro trêmulo. Estar tão perto dele também não é uma tarefa fácil para mim. Equilibro o copo entre as mãos — uma tarefa complicada porque ainda estão amarradas — e bebo até acabar.

— Obrigada.

Nossos olhares colidem. Bastien parece assustado, questionador. Nunca agradeci a ele por nada, não diretamente.

Devolvo-lhe o copo, e desta vez quando nossas mãos se tocam, é Bastien quem estremece.

— Quer mais? — pergunta. Antes que eu tenha a chance de responder, ele acrescenta: — Posso ir pegar mais um pouco para você se quiser. — Bastien caminha até o balde de água e espia dentro. — Ah. Vazio. — Ele me lança um olhar nervoso. — Está tudo bem. — Aponta o polegar para a porta e caminha para trás em direção a ela. — Vou lá... não vou demorar. — Reprimo um sorriso quando ele tropeça para fora da câmara. Ele nunca esteve tão estranho.

É quase adorável... para alguém que me quer morta.

Marcel levanta outro pedaço de pergaminho da mesa e murmura algo sobre luas, terra e água.

Inclino a cabeça para ele.

— É estranho... não pensei que alguém soubesse sobre as Leurress, até conhecer vocês três.

Ele se vira e pisca duas vezes, ainda meio perdido em seus pensamentos.

— Algumas pessoas sabem. Há lendas, superstições, canções folclóricas ocasionais...

— Contudo, você sabe muito.

Ele dá de ombros modestamente.

— É meio que um passatempo, na verdade. Fico inquieto, a menos que minha mente tenha algo grande em que pensar.

Marcel, inquieto? Meus ombros tremem com o riso abafado. Ele sorri, sem saber por que estou achando graça. Não consigo não sentir afeição por ele. Ao contrário de Bastien e Jules, Marcel não parece ter um preconceito natural contra mim.

— E se eu dissesse que você não sabe o suficiente?

— Admito que não seria nenhuma surpresa. Alguém pode realmente saber o suficiente sobre qualquer coisa?

Mordo o lábio.

— E se eu também dissesse que estou disposta a aumentar seu conhecimento?

Suas sobrancelhas enrugam, e ele lança um olhar para a porta.

— Isso é um truque?

— É uma oferta. Acredite ou não, eu não desejo morrer. E como não posso matar meu *amouré* no momento, quero ajudá-lo a quebrar meu vínculo de alma com ele. — Calo a voz arraigada em mim que diz que é uma tarefa impossível. Em vez disso, ouço a voz de Sabine: *não desista, Ailesse.*

Marcel enfia a mão no bolso. Um sinal de que está ficando mais confortável.

— Tudo bem. — Ele se aproxima, refletindo sobre sua folha de pergaminho. — Você pode me dizer o que significa uma lua crescente de cabeça para baixo?

— O que isso tem a ver com o vínculo da alma?

— Não sei. Esse é o problema, mas talvez seja a resposta também. Costumo descobrir que resolver um mistério revela o próximo.

Isso faz sentido, e suponho que precisamos começar de algum lugar.

— Um crescente de cabeça para baixo é uma lua que se põe. Mas também pode representar uma ponte.

— Uma ponte... — Marcel coça o maxilar. — Não tinha pensado nisso. E se estiver tocando em outro símbolo? — Ele me mostra sua folha de pergaminho, e minhas sobrancelhas se erguem. É um desenho da flauta de osso. Não sabia que Marcel tinha tido a chance de estudá-la antes que Jules a quebrasse. — Vê aqui? — Ele aponta abaixo do orifício de tom mais baixo da flauta, para um triângulo invertido que está equilibrado em uma lua crescente de cabeça para baixo, bem no local onde a gravação estava no instrumento real. — Esse triângulo significa água, certo?

Concordo.

— Quando os símbolos são colocados juntos dessa forma, significa a Ponte das Almas.

— Ponte das Almas?

— A ponte que os mortos devem cruzar para entrar no Além.

— Ah, onde vocês Feiticeiras de Ossos fazem sua travessia.

— Sim. — Bastien deve ter dito a Marcel o que eu disse a ele.

— Não em Castelpont, obviamente. Não há água naquele leito de rio. — Ele se senta ao meu lado e bate no triângulo invertido de sua imagem.

— A Ponte das Almas está sob o mar Nivous.

— *Sob* o mar?

Minha mãe me deserdaria se me ouvisse agora, revelando os mistérios das Leurress. Mas aí lembro que ela já desistiu de mim. *Eu tentei, Ailesse. Esse é o único jeito.* Meu peito dói, e tento engolir o nó na minha garganta.

— A Ponte das Almas é uma ponte de terra. — Faço uma pausa, concentrando-me no esforço necessário para deslizar minhas pernas para fora da lajota e abrir mais espaço para Marcel. Ele se aproxima. — Só emerge do mar durante as marés mais baixas.

— Ou seja, durante a lua cheia e a lua nova? — pergunta ele, mais uma vez me impressionando com o que conseguiu guardar em sua mente.

— Sim, mas as Leurress só podem fazer a travessia na lua nova.

— Tipo hoje?

Confirmo.

— É quando os mortos são atraídos para a Ponte das Almas. A flauta de osso... servia para mais do que atrair *amourés* para as pontes. Também atraía os mortos para cruzarem a Ponte das Almas. — Suspiro. Minha mãe deve estar fora de si de preocupação. Se os mortos não forem convocados esta noite, eles se levantarão de seus túmulos por conta própria e se alimentarão da Luz dos vivos. Vão matar almas. Eternamente.

— Uma Ponte das Almas que é uma ponte de terra... — Marcel balança a cabeça. — Fascinante. Você acha que é isso que está representado aqui? — Ele enfia a mão no bolso e meu coração quase salta do peito.

Ele está segurando a flauta de osso.

Inteira. Intacta.

Ele a vira para me mostrar um símbolo, mas minha visão balança com a tontura.

— Como você...? — Uma onda de adrenalina toma conta de mim. — Estava quebrada. *Vi* Jules quebrá-la.

Marcel ri.

— Ah, ela me contou. — Ele faz um gesto de desdém. — Ela estava apenas tentando irritar você. O que você a viu quebrar foi um osso aleatório das catacumbas. A flauta estava na minha mochila o tempo todo.

— O quê? — Minha mente gira enquanto penso no meu primeiro dia terrível aqui. Nunca vi realmente o que Jules estava segurando; não em detalhes. Ela disse que era a flauta, e acreditei nela, mas na penumbra de sua lamparina a óleo, apenas percebi que ela estava segurando um osso fino.

Fui uma tola.

— Então, este também é um símbolo da Ponte das Almas? — Marcel aponta para o lado da flauta sem os orifícios. Minha mente finalmente clareia o suficiente para registrá-lo. Este símbolo tem uma linha horizontal esculpida no meio do triângulo invertido: o símbolo da terra, não da água.

— Hum... sim — murmuro, só para dizer alguma coisa. Nunca pensei muito sobre a pequena diferença entre os símbolos, e ainda parece sem importância. Tudo o que posso imaginar é o rosto surpreso e agradecido de minha mãe quando colocar a flauta em suas mãos. Ela vai me receber de volta. Vai dar um de seus raros sorrisos. Vai tocar minha face e dizer: "Muito bem".

Uma onda de clareza passa por mim. Tenho que escapar. Hoje. À meia-noite, as Leurress devem transportar os mortos, e minha mãe precisará da flauta de osso.

— Não fazia ideia de que havia uma ponte de terra por aqui — diz Marcel, ainda arrebatado pelo fato.

Meu olhar se desvia para sua capa, mas ela não está aberta o suficiente para ver se alguma faca brilha dentro.

— Ninguém sabe, exceto minha *famille*. É uma praia de difícil acesso. — Estou deixando escapar qualquer informação agora, dizendo a ele tudo o que posso para mantê-lo entretido. — Os penhascos acima da ponte de terra são impossíveis de descer, a menos que você saiba onde fica a escada escondida que leva até lá. — Viro-me para encará-lo.

— Sério? — Ele reflete meu movimento, e sua capa se abre mais. Meu pulso acelera. Vejo uma faca em seu cinto. É pequena, mas não importa.

— E o lugar não pode ser usado como porto; a água está cheia de colunas e rochas irregulares. — Vou ter que ser rápida. Pegar a faca, o que será difícil com meus pulsos amarrados; ameaçar Marcel para que ele fique em silêncio; cortar minhas amarras; pegar a flauta e, em seguida, meus ossos da graça. Bastien os escondeu em um jarro lascado quando pensou que eu estava dormindo. — A parte mais sagrada da ponte de terra é a que está no final — digo, lançando minha última isca. — Talvez não devesse contar isso. Este conhecimento é sagrado.

Marcel se aproxima.

— Você pode confiar em mim, Ailesse.

— Posso? — Meu corpo vibra com uma energia nervosa, quase frenética. Agarro sua capa e o puxo para mais perto, como se procurasse seus olhos. Ele engole em seco, mas não solto. O cabo de sua faca está a um dedo de distância da minha mão. — Você deve fazer um juramento de nunca compartilhar o que estou prestes a lhe contar — aviso, embora este segredo não seja mais significativo do que o que já revelei.

— Tudo bem. Eu... eu juro.

Trago minha boca para seu ouvido. Enrolo meus dedos em torno do tecido de sua capa.

— Um par de Portões divide o reino mortal do eterno. — Fecho a mão ao redor do cabo de sua faca. — Não são feitos de madeira, terra ou ferro. — Cuidadosamente retiro sua arma. — O Portão de Tyrus é feito de água, e o Portão de Elara é feito de... — Realmente não sei, exceto que é sobrenatural e quase invisível.

— O que vocês dois estão cochichando?

Meu coração salta.

Bastien está de volta. Ele está parado dentro da câmara, perto da porta, seus olhos desconfiados. A água do balde em suas mãos pinga no chão.

Afasto-me de Marcel. Deslizo sua faca sob minha coxa. O tecido empoeirado de sua capa esconde o movimento.

Marcel oferece a Bastien um sorriso casual.

— Ailesse estava me contando sobre os símbolos na flauta de osso — responde ele, mantendo sua promessa de não mencionar a respeito dos Portões.

A carranca de Bastien se aprofunda.

— Por que ela faria isso?

Marcel levanta as mãos, perplexo.

— Para nos ajudar a descobrir como quebrar o vínculo da alma de vocês.

Fixo meu olhar em Bastien e acrescento:

— Você não é o único que quer terminar esse relacionamento.

Sua careta dura um momento, e então ele abaixa os olhos. Sufoco uma pontada de culpa.

— Relacionamento? — murmura ele, colocando o balde no chão. — Chamar assim implica que tive a opção de entrar nele. — Bastien caminha até as prateleiras e espia alguns potes e jarros aleatórios. — Da próxima vez que você tiver algo importante a dizer, diga para mim também.

— Certo. — Sinto um aperto no peito. A lâmina da faca de Marcel está fria sob minha perna. Poderia arremessá-la em Bastien agora. Talvez não precise de uma arma ritual para matá-lo e acabar com nosso vínculo de alma.

Ele olha para mim e cruza os braços.

— Então?

Dou de ombros.

— Acabaram as coisas importantes que eu poderia dizer hoje. Preciso descansar agora.

Marcel suspira, um pouco desapontado.

— Bem, tudo isso foi muito útil, Ailesse. Obrigado. — Ele se levanta da lajota, e meu estômago fica tenso quando ele enfia a flauta de osso no bolso novamente.

Eu me mexo, pouco a pouco, lutando para manter a faca fora de vista enquanto me deito. Fecho os olhos, consciente de que o olhar cético de Bastien ainda está em mim.

Finjo dormir pelo resto do dia. Ao anoitecer, Jules retorna e meus três captores discutem tudo o que contei a Marcel. Por fim, eles adormecem, um por um. Até Bastien cai no sono, embora fosse sua vez de me vigiar. Ele deve confiar em mim um pelo menos um pouco agora.

Sufoco a culpa que me dá. Corto minhas cordas e vou na ponta dos pés até Marcel. Deslizo a flauta de seu bolso e me esgueiro até as prateleiras. Quando puxo para baixo o jarro lascado, meu pulso dispara. Meus ossos estão dentro.

Pego uma bolsinha de couro que Jules usa para guardar moedas, e troco as moedas pelos meus ossos. A energia me faz cócegas quando toco cada um. O pingente de um íbex alpino. O osso da asa de um falcão-peregrino. O dente de um tubarão-tigre. Quando passo o cordão do colar sobre a cabeça e a bolsa se acomoda no meu peito, respiro fundo e fecho os olhos. Sinto meu poder dentro de mim.

Estou inteira de novo. Equilibrada. Eu sou Ailesse.

Minhas graças estão mais fracas do que antes — estou na escuridão há muito tempo —, mas posso remediar isso.

Pego uma lamparina a óleo e empurro silenciosamente a pequena porta da câmara. Seguro o cabo da faca de Marcel com mais força e olho para Bastien. Seu cabelo escuro caiu sobre seus olhos fechados, e vibra com sua respiração pesada.

Uma enxurrada de sensações corre para dentro de mim. O frescor da água que ele me deu. A forte pressão de sua mão quando ele me puxou para fora do fosso. O eco de suas palavras: *Segure firme. Pegue minha mão.*

Eu me pego sorrindo suavemente para ele.

Enfio a faca na faixa do meu vestido. Não vou matar Bastien. Não por enquanto. Voltarei para minha mãe, darei a ela a flauta e transportarei os mortos ao seu lado. E antes que o ano termine, localizarei Bastien e farei o que devo.

Esgueiro-me para fora da câmara e dou uma olhada de tirar o fôlego para a parede de caveiras, então encaro o túnel ameaçador à frente.

Elara, ajude-me a encontrar uma saída desta prisão.

22
Sabine

Minha aljava inteira balança contra minhas costas enquanto corro pelos penhascos acima do mar Nivous. Não atiro uma flecha desde que matei o falcão noturno. Não sei o que estou procurando, mas meu coração bate com uma profunda sensação de urgência. Preciso decidir e realizar minha última morte.

Ailesse está no subterrâneo há quinze dias. Não vejo a hora de a coruja-das-torres voltar e me dar um sinal de que escolhi o osso da graça certo. Até agora persegui um javali, um cavalo selvagem e até mesmo um raro lobo-preto, mas hesitei quando tive a oportunidade de agarrá-los. Aquele animal me daria habilidade suficiente para resgatar Ailesse? Por que a coruja-das-torres não me conta? Não a vejo desde que ela me mostrou a visão de minha amiga.

O cheiro de sal e salmoura enche meus pulmões enquanto corro mais rápido, examinando as planícies que se estendem diante de mim. Cada lâmina de grama selvagem balançando entra em foco. Ainda estou maravilhada com minha graça de falcão noturno, por enxergar bem no escuro. Parece tão brilhante lá fora quanto durante a lua cheia. Mas esta é uma lua nova. Noite de travessia. Nenhuma das Leurress foi capaz de caçar um chacal-dourado a tempo, então, como último recurso, Odiva esculpiu uma nova flauta do osso de um veado ritual, dando-lhe todas as mesmas marcas da flauta original. Se tem ou não o mesmo poder, resta saber. Minha *famille* está preocupada com isso há dias.

Quando corro mais um quilômetro, meu caminho se inclina em uma colina. Chego perto do topo e um grupo de mulheres segurando cajados se aproxima do outro lado. Barqueiras, lideradas por

Odiva. Ergo as sobrancelhas. Elas já deixaram o Château Creux. Está tão perto assim da meia-noite? Paro e tento correr para o outro lado — não deveria estar fora esta noite —, mas é tarde demais. Elas já me viram.

Chegamos ao topo da colina ao mesmo tempo. Paro e fico cara a cara com minha *matrone*. Ela está usando seus cinco ossos da graça em suas dragonas, fileiras de colares e sua impressionante coroa, mas não está usando seu costumeiro vestido azul-safira por baixo. Esta noite, ela está com um vestido branco, como as outras Barqueiras, embora a cor pareça sobrenatural em Odiva, e não sagrada.

— Sabine. — Ela me olha de cima a baixo, e linhas finas aparecem em sua testa. — O que você está fazendo aqui? Precisamos de você em casa. — Na noite da travessia, devo permanecer com as meninas mais novas e com as velhas demais para a balsa, enquanto a maioria das Leurress cumpre seu dever na Ponte das Almas.

— Estou indo para lá, *Matrone*. — Não sei por que estou mentindo; Odiva quer que eu ganhe meu terceiro osso da graça tanto quanto eu. Ela pode aprovar o motivo de eu estar aqui. — Perdi a noção do tempo. Uma desvantagem da visão noturna é que não consigo julgar muito bem a luz do céu para determinar as horas, embora já tenha essa graça há duas semanas. Espero me acostumar.

— Apresse-se. Seu novo osso da graça deve ajudar com sua velocidade.

— Sim, *Matrone*.

Ela passa por mim, e as outras Barqueiras a seguem. Sei sem contar que são trinta e quatro, incluindo Odiva. Ao caminhar, elas impõem uma forte elegância, com seus cajados nas mãos e a postura exata. Cada uma delas mantém um cronograma de treinamento rigoroso para se preparar para as noites mensais de travessia. Não parecem preparadas agora. Seus lábios se movem silenciosamente e seus olhos suplicantes olham para os Céus Noturnos — e até mesmo para o Submundo. Estão fazendo orações desesperadas, mais ansiosas do que nunca com a nova flauta de osso.

Quando Odiva chega ao sopé da colina, ela se vira para mim, estudando-me novamente.

— Pensando bem, Sabine, gostaria que você viesse conosco.

— *Fazer* a travessia? — Minha voz fica mais aguda.

— Não, observar a travessia.

Minha respiração fica presa no meu peito. Não consigo responder. Novatas não podem chegar perto da Ponte das Almas. É muito perigoso ficar perto dos Acorrentados.

Odiva acena para mim com sutileza. Relutantemente vou até ela, meu olhar caindo de seus olhos escuros para o pedaço de seu colar escondido sob o vestido: o crânio do pássaro com um rubi no bico. Mordo o interior do meu lábio. O que mais a *matrone* está escondendo de mim e de toda a nossa *famille*?

— Você poderá ver os mortos agora, graças a isso. — Ela levanta o osso da perna de falcão que uso no colar de ombro de Ailesse.

— Sim, mas... não tenho meu terceiro osso da graça. E quanto ao meu rito de passagem? — Uma náusea doentia aperta meu estômago. — Não estou preparada.

Não ouso me mover. Odiva ainda não largou a minha perna de falcão. Ela traça sua garra com a unha pontiaguda, e meu pulso lateja na minha garganta.

— Alguns membros de nossa *famille* me confiaram suas preocupações sobre você — diz ela, balançando a cabeça com falsa tristeza. — Dizem que você não tem certeza se quer se tornar uma Barqueira de verdade.

— Tenho apenas dezesseis anos. — Minha voz falha. — Ainda tenho tempo para decidir.

— Não, Sabine. Receio que *tempo* seja o que você menos tem. — Ela solta meu colar e levanta meu queixo. Seu toque é gentil, mas seus dedos parecem gelo. — O tempo está acabando para todas nós. — Franzo a testa. O que ela quer dizer? Seus olhos brilham com expectativa, mas é febril e forçada. — Venha, não devemos demorar. — Ela segue em frente, confiante de que a seguirei. — Você vai assistir de uma distância segura na costa. Talvez, se você mesma testemunhar a travessia, compreenda a importância de seu dever.

Considero fugir e enfrentar a punição mais tarde, mas então penso em Ailesse. Esta noite teria sido sua primeira vez na Ponte das Almas. Cada longa caçada que suportou, cada graça que ganhou, ela o fez para realizar seu sonho de se tornar uma Barqueira magistral.

Prendo a respiração, cerro minhas mãos úmidas e me junto às irmãs da minha *famille*.

Vou homenagear Ailesse.

Logo chegamos a outro conjunto de altas falésias que caem em uma enseada protegida do mar Nivous. As Leurress me conduzem por uma passagem estreita entre duas pedras, e o espaço interno se alarga o suficiente para que possamos andar em fila única. Uma escada íngreme e esculpida desce a partir de nossos pés. Apoio as mãos nas paredes de calcário e caminho com cuidado, desejando o equilíbrio da graça do íbex de Ailesse.

Conto cento e sessenta e sete degraus antes de pisar na areia fina da praia. Estou em pé em uma caverna. Uma luz acinzentada brilha além de sua abertura. Avanço em direção a ela com as Barqueiras e saímos em uma praia estrelada. A água bate suavemente, e uma chuva de temor arrepia meus ombros. Um leve brilho de rochas pontilha um caminho cada vez mais visível no mar.

A maré está baixando. A ponte de terra começa a surgir.

23
Bastien

Ailesse não pode ter escapado. *Não tinha como.* Mas não importa o quanto tente me convencer, não consigo tirar meus olhos grogues das evidências. A lajota de calcário. Está vazia. Exceto por uma corda empilhada.

Meu coração acelerado chega a doer no peito.

É impossível.

Não. Penso melhor. Não, é muito possível. Sabia o tempo todo que Ailesse era capaz de me superar — mesmo amarrada, mesmo fraca, mesmo sem seus ossos da graça.

Seus ossos da graça.

Fico de pé e corro, tropeçando em Marcel e Jules dormindo no chão.

— Ai! — Jules rosna. O ronco de Marcel para.

Corro para as prateleiras. O jarro lascado não está lá. Viro-me e o encontro sobre a mesa. Algumas moedas da bolsa de Jules estão espalhadas ao redor. Corro e espio dentro do jarro. Vazio.

— *Merde!* — Empurro de volta. Ele escorrega da mesa e se estilhaça no chão.

Jules se levanta rapidamente. Metade de seu cabelo se soltou de sua trança.

—Bastien, o que...? — Seu olhar pousa na lajota e seu queixo cai. Agarra o ombro do irmão e o sacode. Ele abre os olhos. Ela aponta para a lajota.

Marcel se apoia nos cotovelos. Pisca lentamente e olha para onde Ailesse deveria estar.

— Ah.

— Ah? — Ando e tento não gritar com ele. Sei exatamente como isso aconteceu. — Mostre-me aquela pequena faca que você carrega.

Ele enfia a mão sob o manto e empalidece.

— Sumiu. A flauta de osso também.

Chuto um caco do jarro.

Jules vira os olhos incrédulos para o irmão.

— Como você deixou Ailesse chegar tão perto?

Marcel se deita e balança a cabeça.

— Fui eu que me aproximei dela. Ailesse me contou sobre os símbolos na flauta e... disse que estava tentando ajudar. — Ele pressiona as palmas das mãos nos olhos. — Esta noite é lua nova. — Ele geme. — Sua noite de travessia. Ela praticamente soletrou para mim. Sou um idiota.

Suspiro. Marcel não é totalmente culpado. Eu o vi sentado ao lado dela. Não pedi para ele sair.

— Todos nós fomos idiotas.

Jules parece ofendida.

— Como é? Não estava aqui. Não me culpe por... — Ela franze a testa. — O que você está fazendo?

Prendo a alça do arnês nas costas. A faca de meu pai pressiona minhas costas. *Vou consertar isso*, prometo a ele.

Pego uma lamparina a óleo. Chuto a porta. Saio e corro pela escuridão das catacumbas. Ailesse ainda está aqui. Tem que estar. Não posso ter dormido por mais de meia hora, e este lugar é um labirinto.

Jules irrompe da câmara.

— Espere! — Seus olhos castanhos brilham à luz da lamparina que ela acabou de pegar. — Você tem que pensar. Ailesse tem todos os ossos agora. Precisamos de um plano adequado. Não estamos preparados para...

— Não vou deixá-la escapar. — Minha garganta aperta. Eu a salvei do fosso. Não significou nada para ela?

Você também a amarrou novamente, Bastien.

— Estou indo também! — Marcel corre para se juntar a nós. Endureço quando vejo o arco e a aljava pendurados em seu ombro.

— Ninguém mata Ailesse, está claro?

Jules estreita os olhos.

— Você está preocupado com a sua vida ou com a dela?

— E faz diferença? — retruco. Ela se encolhe e dá um passo para trás de mim. Meus ombros caem quando vejo que seus olhos estão lacrimejando. Só vi Jules chorar duas vezes antes: seis anos atrás, quando eu a peguei chorando no túmulo de seu pai, e pouco mais de dois meses atrás, quando eu disse a ela que devíamos ser só amigos. Estico o braço para tocá-la.

— Sabe o que quero dizer, Jules.

Suas narinas dilatam e ela empurra minha mão para longe.

— Nada é mais claro. Podemos ter que proteger a vida de sua preciosa alma gêmea, mas isso não significa que eu não possa fazê-la sofrer. — Ela puxa a faca do cinto. — Eu, por exemplo, não esqueci minha missão. — Jules passa por mim para assumir a liderança, enxugando os olhos furiosamente.

Dou um suspiro pesado e a sigo.

Marcel se aproxima de mim assim que Jules se distancia vários metros. Corremos, tentando acompanhá-la.

— Às vezes acho que ela realmente poderia matar Ailesse — murmura ele.

— Vamos, Marcel. Ela não faria isso. — Abaixamos a cabeça para desviar de uma parte baixa do teto.

— Mas *você* faria? — Sua voz assume um tom nervoso. — Quer dizer, agora que você conhece Ailesse? Ignorando o vínculo da alma, é claro.

Esfrego uma coceira invisível. Ailesse poderia ter me matado esta noite, mas não o fez, embora tivesse a faca de Marcel e seus ossos da graça.

— E você? — Jogo a pergunta de volta para ele, e ele franze a testa. É uma coisa estúpida de se dizer. Marcel nunca treinou para ser a ferramenta de nossa vingança. Jules e eu nunca quisemos que ele sujasse as mãos com sangue.

Um respingo surdo soa à frente, onde o túnel está inundado. Jules pulou na água.

Dou um tapinha nas costas de Marcel.

— Precisamos nos apressar. No ritmo que Jules está indo, ela cruzará metade de Galle antes mesmo de sairmos desses túneis.

Seguimos em frente, movendo-nos o mais rápido que podemos. Deslizamos pelas rachaduras de caminhos ocultos e vasculhamos pelo menos uma dúzia de rotas que Ailesse poderia ter seguido para sair dali.

Ela não está em lugar nenhum.

Um pensamento horrível toma conta de mim.

Seus ossos da graça a estão ajudando a escapar.

Não sei quais animais dão poder a Ailesse, mas sei que a maioria tem um estranho senso de direção — pássaros, cachorros, gatos. Estava com os olhos vendados quando chegamos aqui, mas deve ter alguma memória do caminho que tomamos até nossa câmara. Seus ossos da graça podem tê-la ajudado a lembrar.

Paro de repente.

— Jules! — grito. Marcel esbarra em mim por trás.

A luz fraca da lamparina para lá na frente, e então volta lentamente para mim. Ela embainhou a faca. Um bom sinal?

— Ailesse não está aqui — digo.

Jules arqueia uma sobrancelha.

— Como você pode ter certeza?

Hesito. Ela vai odiar minha resposta. Respondo mesmo assim.

— Posso sentir. — Talvez seja o vínculo da alma. Talvez seja apenas um instinto. Seja o que for, parece urgente e pulsante.

Jules pressiona os lábios. Ela acena com uma aceitação amarga que beira o ridículo.

— Então o que fazemos agora? — Ela joga o cabelo trançado para trás do ombro. — Ailesse pode estar em qualquer lugar.

— Não acho. A família dela está transportando almas esta noite, naquela ponte de terra sobre a qual ela contou a Marcel. Deve ter voltado para ajudá-las.

Jules revira os olhos.

— Magia dos ossos e almas gêmeas eternas são uma coisa. Mas fantasmas? — Ela balança a cabeça. — Acreditarei quando vir algum. Não discuto.

— Precisamos ir para a saída da ravina.

— Opa, espere aí. — Jules agarra meu braço enquanto passo por ela. — Como exatamente vamos encontrar essa misteriosa ponte de terra? Há mais de 160 quilômetros de costa ao longo do mar Nivous.

— Não faço ideia, mas se não encontrarmos Ailesse esta noite, vamos perdê-la para sempre. — Suo frio.

— Você quer dizer que perdemos nossa chance de *vingança*. — Jules me examina.

Eu me afasto.

— Mesma coisa.

— Na verdade, a ponte de terra pode não ser tão difícil de encontrar. — Marcel afasta o cabelo do rosto. — Ailesse mencionou colunas e grandes rochas que impedem os navios de navegarem nas proximidades. Isso restringe a localização a trinta quilômetros ao longo da costa oeste, onde está a parte rochosa. Também é lá que você encontrará as falésias mais íngremes; Ailesse disse que é preciso pegar uma escada escondida para descer até a praia.

— Trinta quilômetros? — Eu me viro para considerá-lo. — Mas são mais de dez para ir da ravina até a costa oeste. É muito terreno para procurarmos em uma noite.

— Não se você pensar um pouquinho.

— Pense *por mim*, Marcel.

— Bem, é lógico que as Feiticeiras de Ossos fazem a travessia em algum lugar isolado, por exemplo, uma pequena baía ou uma laguna. Em seguida, você deve levar em consideração as complexidades da própria ponte de terra, que não surge em uma maré baixa normal;

surge duas vezes por mês em uma maré *extremamente* baixa: marés de primavera, é como as chamam, embora esse termo não tenha nada a ver com a estação, e a ponte provavelmente surge devido ao formato da baía. Portanto, o local mais provável seria uma enseada estreita em forma de braço, e só vi uma dessas enseadas nos mapas da costa oeste.

Estou um pouco tonto tentando acompanhá-lo.

— Então você pode nos levar até lá? — Tento o meu melhor para ter fé no brilhantismo de Marcel. Ele teria que memorizar um rastro de tinta e pequenos rabiscos para encontrar o lugar que acabou de descrever.

Ele dá um sorriso torto.

— Sei que posso.

24
Sabine

Conforme a ponte de terra continua a emergir, tenho que me forçar a respirar. Observo a beleza serena diante de mim: o mar prateado no abraço das falésias calcárias, as silhuetas de rochedos distantes e grandes rochas que guardam a boca da enseada. No início dos tempos, este foi o lugar onde nasceu a primeira Leurress. Elara a deu à luz em um raio de luar prateado, mas quando Tyrus tentou segurar a filha que caía dos Céus Noturnos, não conseguiu alcançá-la de seu reino no Submundo. Para salvá-la, ele formou uma ponte entre os mundos a partir da terra que mais tarde se tornou Galle do Sul. A criança viveu e prosperou, e os deuses a ensinaram a abrir os Portões para seus reinos e a transportar os mortos.

Os mortos. Um calafrio sobe pela minha espinha. Estou prestes a ver suas almas pela primeira vez. Olho para a esquerda, direita e atrás de mim, para além das Barqueiras me segurando. Não sou habilidosa o suficiente para isso. Nem tenho um cajado para conduzir as almas até a ponte. Meu arco e flechas não me servirão de nada se eu for atacada.

Odiva fala com Élodie, e a Leurress de cabelo louro acinzentado me guia para longe das outras até um ponto a dez metros do topo da ponte de terra. Eu me contorço e abraço meu corpo. Estou à vista de todas na praia aberta.

— Não posso assistir da caverna?

— Não se preocupe — me diz Élodie. — Nenhuma alma vai incomodá-la aqui. O canto da sereia atrairá os mortos para a Ponte; eles não podem resistir. Se lutarem, farão isso lá.

— E se *não forem* atraídos? — O cabelo da minha nuca se arrepia. — Você realmente acha que a nova flauta vai funcionar?

— Tenha fé, Sabine. — Élodie aperta minha mão, mas seus dedos trêmulos revelam que ela não tem tanta certeza quanto gostaria que eu acreditasse.

Ela se junta às outras Barqueiras, e elas andam com a água na altura dos tornozelos enquanto a maré recua lentamente das rochas da ponte de terra.

Minhas irmãs Leurress estão lindas, todas vestidas de branco cerimonial. A maioria delas usa os vestidos de seus ritos de passagem. Consertei buracos e costuras rasgadas depois de suas noites de travessia. Também observei novas Barqueiras secarem suas próprias lágrimas. São os mesmos vestidos de quando transportaram seus próprios *amourés* depois de matá-los. Sinto-me sacrílega e totalmente diferente em meu vestido de caça de tecido grosseiro e com dois ossos da graça em vez de três. Rezo para que as almas dos mortos não percebam.

Olho para trás, para o mar, e um suspiro de espanto me escapa. A ponte de terra surgiu quase por completo. Apenas alguns filetes de água deslizam pelas rochas. De onde estou, o caminho parece uma estrada de paralelepípedos em um dia chuvoso, cortando a corrente. Odiva é a primeira a pisar nela, e as outras seguem sem acenar.

As Barqueiras se espalham ao longo da ponte em intervalos regulares e mantêm seus cajados prontos. As anciãs escolhem os lugares mais precários — áreas onde as rochas são mais irregulares ou a largura do caminho de quase quatro metros se estreita para apenas dois. Odiva assume seu posto no final da ponte, a pelo menos quarenta metros de distância, metade da extensão da enseada. Felizmente, pela minha graça de falcão noturno, que não só me dá uma visão melhor no escuro, mas também uma visão de longo alcance, posso vê-la em detalhes.

A *matrone* joga os cabelos pretos para trás do ombro e leva a nova flauta de osso à boca. Uma música misteriosa, mas adorável, se eleva acima do som da água batendo. Nunca ouvi esta melodia. É diferente da que Ailesse aprendeu para seu rito de passagem.

Ninguém pratica a música para a Ponte das Almas, suponho, já que Odiva é a única que a toca.

Preparo-me para não ser atraída para a ponte — cada Barqueira iniciada trabalhou para ter forças para resistir —, mas a tentação parece apenas uma leve coceira. A canção, no entanto, é suficiente para trazer os mortos.

Suspiro quando a primeira alma surge no limiar da caverna de onde saí. Um garotinho. Seu corpo transparente é da nova cor de que me falaram, nem quente nem fria. As Leurress a chamam de *chazoure*.

Ele caminha até a praia, vestindo as roupas de dormir com as quais deve ter sido enterrado. Seus olhos estão redondos, como se ele tivesse despertado de um sono profundo. Ele tropeça em direção à ponte, embora pareça com medo.

Vivienne é a primeira a cumprimentá-lo. Seus cabelos castanhos se espalham em volta dos ombros enquanto ela se agacha na altura dos olhos dele.

— Está tudo bem. — Ela oferece um sorriso gentil. — Nós iremos ajudá-lo.

O menino timidamente pega a mão dela e Vivienne o guia até Maurille, a próxima Barqueira da fila.

Expiro. Isso não foi tão ruim. Espero que a maioria dos mortos seja como esse menino, sério e doce.

O pensamento me veio à mente muito cedo.

Estremeço quando vejo a próxima alma, um homem adulto. Ele desce um penhasco de cabeça para baixo, como uma aranha. Os elos forjados e enrolados em seu pescoço e torso brilham com *chazoure*. Ele está Acorrentado, marcado para punição eterna no Submundo de Tyrus. Ele cometeu um pecado imperdoável.

O sorriso de Vivienne desaparece. Ela toca seu colar de mandíbula de gato selvagem e segura seu cajado com as duas mãos em uma postura defensiva. O homem se aproxima da ponte, mas para diante dela. A carranca de Vivienne reflete a minha. Élodie me disse que todas as almas pelo menos subiriam a ponte.

O homem anda de um lado para o outro, resmungando baixinho e puxando as correntes. No final da ponte, o canto da sereia gorjeia em uma nota desafinada. Vivienne olha para Maurille, que dá de ombros, tão perplexa com o homem quanto ela. Vivienne sai cautelosamente da Ponte das Almas e se aproxima do Acorrentado. Quando ela estende a mão para o braço dele, ele a empurra para trás. Aprendi como as almas se tornam tangíveis, mas ainda fico chocada ao ver alguém transparente fazer contato físico com uma pessoa viva.

Os olhos de Vivienne brilham, e ela aperta seu cajado. Ela é uma Barqueira. Ela está pronta.

Quase mais rápido do que posso ver, ela gira o cajado e estende a perna. O homem é jogado de costas. Antes que ele possa reagir, ela o puxa e balança seu cajado, levando-o para a Ponte. Suas botas deslizam nas pedras escorregadias. O homem não tem o equilíbrio elegante de Vivienne. Ele acaba por escapar de seu domínio, mas Maurille está preparada. Em um grande salto de seis metros, ela cai na frente dele e bate com força em sua mandíbula. Ele cambaleia para trás, mas ela agarra suas correntes e o arrasta através da Ponte. Não vejo o que acontece a seguir. Um traço de *chazoure* chama minha atenção para o mar.

A alma de uma jovem está na água. Ela nada em direção ao meio da ponte. Não consigo ver o resto do corpo para saber se está Acorrentada.

— Com licença, *mademoiselle*.

Dou um grito e me viro. Um homem *chazoure* que ainda não vi está a um metro de distância. Libertado, graças aos deuses.

Ele tira o chapéu e o segura contra o peito.

— Você pode me contar sobre aquele caminho que atravessa a água? Pergunto-me se devo atravessá-lo, mas, bem, não sei se isso leva a algum lugar. — Seu queixo se contorce sob a barba. — Como você pode ver, não há nada no final.

Do que ele está falando? Olho para a Ponte e me concentro onde Odiva guarda os Portões do Além. Exceto que não há Portões. A Ponte termina com nada além do mar.

Meu queixo cai. Não entendo. Achei que os Portões deveriam aparecer quando o canto da sereia os convocasse. Não estou surpresa por não conseguir ver o Portão para o Paraíso de Elara — dizem que ele é quase invisível —, mas deveria conseguir ver o Portão para o Submundo de Tyrus. De acordo com as Barqueiras, ele é feito de água e fica suspenso no ar. Algumas o descrevem como uma cachoeira; outras dizem que é mais como um véu flutuante. Mas o homem ao meu lado está certo — não está lá. O que significa que o Portão de Elara também está desaparecido. A música da flauta esculpida em osso de veado não foi poderosa o suficiente para erguer os Portões.

Meu pulso acelera.

— Você deveria tentar atravessar — instruo ao homem, embora meu tom esteja longe de ser tranquilizador.

As Barqueiras saberão o que fazer, digo a mim mesma, mas fico preocupada enquanto observo Odiva. Sua carranca se aprofunda enquanto ela olha ora para as almas que se aproximam, ora para o espaço onde os Portões deveriam estar. Ela puxa seu crânio de pássaro e colar de rubi, agarra-os com força e murmura: *Por favor, por favor, por favor*. Se nossos Portões não abrirem esta noite, nenhum outro Portão de travessia no mundo o fará. A flauta de osso deve desbloquear todos eles.

O homem põe o chapéu novamente e abre um sorriso *chazoure* resplandecente.

— *Merci*. — Ele caminha timidamente em direção à ponte.

Mais sete almas saem da caverna. Cinco descem das falésias circundantes. Suspiro e recuo na areia. Os mortos não estão mais escorrendo aqui; eles estão inundando. Quantas pessoas em Galle do Sul morreram no último mês?

Cautelosamente, as almas se reúnem em direção à ponte de terra. Estou impressionada com o número de Acorrentados: mais da metade das almas reunidas. Muitos deles usam uniformes de soldados. Lembro que Odiva disse que uma guerra estourou ao norte de Dovré.

Os cajados das Barqueiras giram, atacam e golpeiam. Todas elas estão lutando agora. Quando os Acorrentados não pisam na ponte, algumas Barqueiras correm para a costa e os confrontam. Dolssa luta contra dois ao mesmo tempo. Roxane mergulha na água em busca de um homem que nada mais longe no mar.

Meu coração bate contra minha caixa torácica. Élodie me disse que os mortos não resistem a serem atraídos para a ponte, mas os que estão nela estão tentando sair. Eles não têm destino. Estão ficando loucos. Até os Libertados começam a revidar. O que estou vendo é uma versão distorcida de todas as histórias que me contaram sobre a noite da travessia. Imaginei um sistema de ordem, os ataques necessários aos Acorrentados, rápidos e graciosos. Apenas uma alma rara se mostraria muito letal.

Como aquele que matou minha mãe.

A única maneira de derrotar de fato os Acorrentados é enviá-los pelos Portões. O que agora é impossível. Barqueiras podem lutar contra os mortos, mas os mortos não podem ser mortos novamente.

Um dos Acorrentados pega Maurille desprevenida e a joga da ponte em águas rasas. Recuo mais cinco passos na areia. Isso é o caos. Tenho que sair. Não sou habilidosa o suficiente para ajudar ninguém ou para me defender. Agarro o colar de ombro de Ailesse. Só tenho dois ossos da graça e...

Minha respiração falha. Maurille está sangrando na cabeça. Deve ter batido em uma pedra. Ela se põe de pé na água, tossindo e tirando as tranças do rosto. Tenta andar, mas cambaleia.

O homem Acorrentado que a atacou pula da ponte e se lança para ela na água. Maurille é uma Barqueira experiente, mas suas graças não a ajudarão se ela não conseguir ficar em pé.

O Acorrentado dá um soco. Ele acerta sua mandíbula.

— Maurille! — grito quando ela desce novamente.

Estou correndo. Mais rápido do que já testei minha graça. Maurille era a melhor amiga de minha mãe. Não posso deixá-la morrer durante a travessia também.

O Acorrentado agarra o pescoço de Maurille e segura sua cabeça debaixo d'água.

— Pare! — Tiro freneticamente o arco das costas e pego uma flecha na aljava. Atiro e acerto o braço do homem Acorrentado. Ele estremece com um rosnado, mas não sangra como Maurille. E ele não a larga.

Lampejos de *chazoure* no canto do meu olho. Mais almas lotam a praia. Eles estão se atacando agora, assim como as Barqueiras.

Um par cai brigando na minha frente e bloqueia meu caminho. Não paro de correr. Pulo. Já vi outras Leurress se saírem melhor, mas nunca saltei tão alto assim. Outra graça do meu falcão noturno.

Pouso sem cair e não paro. Corro para Maurille.

Ela está a seis metros da praia. Suas pernas se debatem na água. Bolhas irrompem acima de sua cabeça, depois diminuem a velocidade. Ela está expelindo seu último suspiro. O homem Acorrentado não vai liberar seu aperto vicioso.

Chuto a água. Não estou me movendo rápido o suficiente. Minha adrenalina não me dá a força de que preciso. Devia ter matado o javali, o cavalo, o lobo.

A três metros de Maurille, desembainho a faca ritual de Ailesse do meu cinto. Não vai matar o homem Acorrentado. Rezo para que pelo menos o afaste.

Cruzo o metro e meio que falta.

Com um grito agudo de esforço, golpeio seu peito.

25
Ailesse

O túnel estreito pelo qual me contorci quando entrei nas catacumbas foi escavado, provavelmente pelas Leurress quando tentaram me resgatar. Agora meu caminho é largo e fácil de subir.

Minhas graças me guiaram de volta aqui, como se eu estivesse sendo puxada por uma corda invisível.

Um farol prateado brilha no fim do túnel. Estremeço com uma pontada feroz de nostalgia.

Os Céus Noturnos.

Luz de Elara.

Agacho e começo a correr, investindo contra ele, lançando-me contra ele. Sou um tubarão-tigre, debatendo-se na água. Um falcão-peregrino, mergulhando no céu. Estou desesperada para respirar o ar livre e sentir a energia de Elara.

O túnel se abre, e eu me jogo para fora. As estrelas de Elara destroem a escuridão. Suspiro quando a força inunda meus membros e me levanta de leve nos dedos dos pés, como asas. Dou risada, inclinando minha cabeça para trás. Como senti falta dessa vitalidade. Ela fortalece meus ossos e corre como sangue em minhas veias.

Corro pela ravina íngreme com facilidade e corro por entre as árvores. Estou radiante, rindo ainda mais, correndo cada vez mais rápido. O chão é macio aos meus pés. O ar em meus pulmões é fresco e limpo. Levantei-me das sepulturas de Dovré e da escuridão ofuscante das catacumbas. Estou viva. Sou *eu mesma* de novo.

Uma pedra alta aparece à frente. Em um salto, estou sobre ela e aterrisso com o equilíbrio perfeito do íbex. Giro e observo meus arredores. Minha graça de falcão estende minha visão três quilômetros em todas as direções. O sexto sentido do meu tubarão-tigre me ajuda a sentir ainda mais longe. Não demoro muito para me orientar na vasta floresta fora de Dovré.

Olho para as constelações e traço uma linha imaginária da estrela-guia na testa da Caçadora até as duas estrelas na garra do Chacal. Faço ajustes para o dia do mês e a posição geral da estrela-guia, e então determino a hora. Já é meia-noite.

Meu pulso dispara. Preciso me apressar.

Salto da pedra e me lanço em direção à costa oeste, rezando para encontrar a ponte de terra rapidamente.

Árvores passam correndo por mim enquanto ganho velocidade. Salto sobre riachos e rios e quase não uso uma ponte. Os pinheiros dão lugar a um gramado, e respiro o ar salgado. Ao longo do horizonte, surgem as falésias do mar Nivous. Corro para a borda de uma delas e olho para baixo. As ondas batem na praia, mas não vejo as Barqueiras. Não esperava vê-las na minha primeira tentativa. A localização da Ponte das Almas é um segredo que as Leurress só descobrem depois de completarem seus ritos de passagem. Sigo os penhascos curvos para o sul. Por que ainda não encontrei a ponte? Deve estar a uma distância razoável do Château Creux. Volto ao meu ponto de partida e sigo para o norte, procurando na outra direção.

Tudo o que vejo com minha visão de longo alcance são ondas quebrando. Tudo o que sinto com meu sexto sentido são vibrações de criaturas marinhas.

Então, uma pontada de energia se eleva acima delas. Aumenta para um baque, então uma batida, então uma batida distinta e forte.

Meu coração para quando ouço um novo barulho, como o de uma cachoeira. Quando ouço mais de perto, percebo que é um coro de gritos e brados de guerra.

As Leurress começaram a travessia. De alguma forma, *sem a flauta de osso*.

Corro para a beira de um penhasco alto onde o som é mais forte. Olho para o declive acentuado e inspiro fundo.

A Ponte das Almas.

Uma enxurrada de vestidos brancos dança dentro de uma tempestade de *chazoure*. Nunca tinha visto a cor, mas deve ser essa. Os mortos a estão usando. Eles são feitos disso.

É mais impressionante do que pensei ser possível.

Lágrimas fazem meus olhos arderem. Estou realmente aqui. Desde que me lembro, juntar-me às Barqueiras tem sido o meu sonho: estar ao lado da elite da minha *famille*, lutando contra os Acorrentados e liderando gentilmente os Libertados.

Mas então pisco. E vejo. Meu estômago endurece como uma pedra. Nada do que está acontecendo lá embaixo é gentil. As almas estão travando uma guerra contra as Barqueiras, e as Barqueiras estão lutando ferozmente.

O rosto de minha mãe entra em foco. A força calma que sempre exala se foi. Ela está frenética e perturbada, lutando contra cinco almas Acorrentadas no final da ponte. Olho um pouco além dela, e meus olhos se arregalam. Os portões não apareceram. Essa é a razão de toda essa loucura. Odiva não pode enviar nenhuma alma para o Além.

A transpiração corre pela minha pele. Tenho que ajudá-la.

Corro ao longo do penhasco em busca das escadas escondidas, mas não vejo nenhum sinal delas. Não posso pular daqui. A praia deve estar pelo menos trinta metros abaixo. Tenho que encontrar outra maneira de chegar lá. Minha mãe precisa tocar a flauta enquanto está na ponte de terra. Isso ela me ensinou.

Agarro a bolsa de ossos da graça em volta do meu pescoço, lembrando-me do meu pingente crescente. A graça do íbex pode me ajudar a escalar os penhascos.

Levanto minha saia e corro em direção aos penhascos mais ásperos do outro lado. Quando passo pela curva interna da enseada, meus nervos formigam no lado direito do corpo. A um quilômetro e meio do planalto, naquela direção, vejo três pessoas. Minha visão se fixa em Bastien, e meu coração dispara. Cerro os dentes e me viro. Ele não é uma ameaça para mim agora que tenho minhas graças.

Continuo correndo, mas então olho para o mar e meus joelhos travam. Tropeço até parar. A ponte de terra começou a submergir. As Barqueira estão agora em uma parte rasa. Os Acorrentados as puxam, tentando arrastá-las para as profundezas. Não tenho tempo para descer os penhascos. Preciso agir agora.

Tiro a flauta de osso da faixa em minha cintura. O canto único da sereia que abre os Portões está gravado em minha mente. Minha mãe costumava tocá-lo em uma flauta de madeira em um prado isolado perto do Château Creux. Eu me escondia na grama selvagem e a observava. Ela tinha o olhar mais profundo de nostalgia em seus olhos.

Sopro no bocal da flauta. A música vem desajeitada no começo, mas então firmo meus dedos trêmulos. Vindo do osso de um chacal-dourado, o canto da sereia soa muito mais rico e angustiante.

Alguém vai me ouvir? O caos abaixo é cacofônico.

Maurille ergue os olhos da praia. Ela tem uma mão pressionada contra a cabeça, sangrando. Logo Giselle, Maïa, Rosalinde e Dolssa se viram e levantam os olhos. Elas estão na praia, mais perto de mim, e têm a audição mais aguçada. Um momento depois, outra Leurress segue seu olhar.

Sabine.

Meu peito se enche de felicidade, apesar do horror lá embaixo. Seu rosto reflete meu choque e minha alegria. Os quinze dias que passei sem ela pareceram mil.

Ela está segurando uma faca de osso — minha faca ritual — em uma posição defensiva. Não entendo. Sabine é uma Barqueira? Um nó se forma na minha garganta. Nós duas nunca caçamos ossos da graça uma sem a outra.

Chazoure sai da ponte de terra que está afundando. A cor inunda a água e invade a costa. Os mortos estão se aproximando de mim.

As Leurress não são as únicas que ouviram minha música.

Recuo um passo. Não consigo pensar em Sabine agora. Falhei em abrir os Portões. Os mortos estão vindo para *mim* agora, como se eu fosse um Portão vivo — uma porta que alguns querem abraçar e outros querem destruir.

Amaldiçoo os nomes dos deuses.

Rezo desesperadamente para eles.

Tyrus, Elara, o que faço, o que faço?

Atrás da inundação de *chazoure* que se aproxima, encontro os olhos escuros e determinados de minha mãe. Ela não está olhando diretamente para mim. Seu olhar está preso na flauta de osso em minha mão. Ela segura outra flauta, mas a cor não é envelhecida. E claramente não abriu os Portões.

As narinas de minha mãe se dilatam. Ela caminha em minha direção através da água que sobe acima da ponte, agora um centímetro mais fundo. Ela deve pensar que menti sobre a flauta. Mas não o fiz. Achei que tinha sumido.

Um Acorrentado se retira da ponte. Ele é mais lento que os outros — e está no caminho de Odiva. Seus lábios se curvam para trás, e ela salta para ele. Ela dá um chute poderoso em suas costas. Ele bate de cara na água. Minha mãe o arrasta para cima, gira para ganhar impulso e o arremessa no mar. Ele bate contra uma rocha saliente. Ela se vira para mim, seus olhos se estreitaram.

Cerro as mãos. Bastien e os outros estão oitocentos metros atrás de mim e se aproximando. Ainda não posso me preocupar com eles. Vários Acorrentados estão escalando os penhascos. A qualquer momento eles vão me alcançar.

Inspiro e cerro os dentes. Deslizo a flauta na minha faixa. Concentro-me em minhas graças.

Sou filha da minha mãe, e ela simplesmente me desafiou a provar isso a ela.

26
Sabine

Suspiro quando os mortos cercam Ailesse. As Barqueiras parecem tão chocadas quanto eu. Odiva não para. Ela avança pela água da ponte de terra, que está afundando, e ataca todos os Acorrentados em seu caminho. Seus olhos estão lívidos e desesperados. Ela pensou que Ailesse estava morta. Ou ela mentiu, dizendo que estava. De qualquer maneira, ela deve estar desesperada para recuperar a flauta de osso. É a única maneira de se livrar dos mortos — se não for tarde demais para erguer os Portões.

— Temos que parar os Acorrentados! — grito para as Barqueiras. — Ailesse não pode lutar contra todos de uma vez!

Élodie endireita os ombros. Roxane levanta o queixo. Elas perseguem as almas, seus cajados erguidos. As outras Barqueira berram um grito de guerra e as seguem.

Maurille está sentada na pedra em que a coloquei depois de salvá-la do homem Acorrentado. Sangue escorre por sua testa, mas ela parece mais alerta agora.

— Pegue meu cajado — diz ela.

Olho para onde ele está flutuando na água, perto da costa. Treinei para lutar com um cajado como toda novata Leurress, mas apenas no nível mais básico. Nunca quis prejudicar minhas parceiras de treino. E nunca quis ser uma Barqueira.

— Você vai ficar bem?

Ela balança a cabeça e aperta minha mão.

— Vá. Ailesse precisa de você.

Respiro fundo e corro para pegar o cajado. Sinto como se estivesse mergulhando na laguna de novo, mas desta vez é uma horda de Acorrentados que não podem ser mortos, não um tubarão-tigre que ameaça minha melhor amiga.

    Chuto a água rasa, agarro o cajado e corro de volta para a praia, grata por minha velocidade agraciada. Quase todos os Acorrentados que estão na praia são confrontados por uma Barqueira. Outro clarão de *chazoure* atrai meu foco para um homem Acorrentado. Ele está escalando a parede do penhasco para chegar a Ailesse. Ele está muito alto para eu alcançar, então tiro uma flecha da minha aljava. Atiro e erro. Leva uma segunda tentativa para acertá-lo. Seu corpo dá uma guinada, mas ele não cai; continua subindo.

    Descarto meu arco e aljava e disparo para ele, rezando para que minha graça de falcão me ajude a ir longe o suficiente. Mergulho a ponta do cajado na areia e salto o mais alto que posso. Voo ainda mais alto do que o homem Acorrentado e o chuto com toda força enquanto desço.

    Ele é derrubado da parede. Antes que eu caia mais longe, dou um impulso na parede e me jogo para trás. Minha aterrissagem não é elegante, mas a areia absorve a maior parte do impacto quando bato e caio no chão. Estou em pé de novo em um instante. O Acorrentado ainda está se levantando. Seu rosto *chazoure* assume um tom mais escuro enquanto ele rosna de raiva.

    Pego meu cajado, espantada com o que acabei de fazer. Ailesse vai rir de orgulho quando eu contar.

    Ailesse.

    Meu pulso acelera. Ela não pode derrotar todos esses Acorrentados sozinha. Olho para cima. Algumas almas já escalaram o penhasco e outras duas estão chegando ao topo. Não consigo saltar tão alto.

    O Acorrentado que ataquei avança para mim. Balanço meu cajado e bato em sua cabeça. Atinge com um estalo repugnante, mas não há corte, nem sangue. Ele grita de dor e cai de joelhos. Não vou atrás de minha aljava e meu arco descartados — o cajado é uma arma melhor — e corro para a abertura da caverna e para a base da escada escondida. Vou chegar até Ailesse por aqui.

A caverna não está vazia. Três dos mortos também estão correndo para as escadas nos fundos. Dolssa está aqui, lutando para afastá-los. Seu cajado chicoteia em uma direção e depois na outra enquanto ela ataca de todos os ângulos. Pulo para ajudá-la.

Ataco um dos Acorrentados por trás. Ele é jogado no ar. Dolssa o atravessa. Engulo diante da brutalidade e me viro para enfrentar a próxima alma. Um homem. Libertado. Aquele de chapéu que me perguntou por que a ponte de terra não levava a nada. Ele tenta passar correndo por mim até as escadas, mas eu o bloqueio.

— Você não deveria subir lá.

Seu lábio treme.

— Mas a música... está me chamando para casa. Minha esposa já está lá.

Meu peito afunda.

— Esse não é o caminho para casa. Você precisa ficar perto da ponte de terra até ouvir a música novamente. — Odiva pode recuperar a flauta de osso esta noite, mas não pode fazer as marés baixarem. Isso não vai acontecer de novo por mais um mês. *O que as Barqueiras farão com os mortos até lá?*

— Já esperei o suficiente! — diz ele, e me empurra para trás com uma força surpreendente.

Assim que caio no chão, Dolssa o golpeia com seu cajado. A cabeça do homem vira para o lado e ele cai. Pisco para ela em estado de choque.

— Ele é um Libertado!

Seu rosto é severo e implacável.

— Todos os mortos são perigosos agora.

Outra alma Libertada entra na caverna. Dolssa corre para afastá-la. Mais Acorrentados estão vindo da praia em nossa direção — em direção à escada escondida na caverna. Estão atrás de Ailesse.

Levanto-me e começo minha perseguição. Vou lutar contra todas as almas nos cento e sessenta e sete degraus, se for preciso.

Vou chegar a Ailesse primeiro.

27
Ailesse

Minha mãe está com água até a panturrilha, acima da ponte de terra que está afundando. Nossos olhos se encontram brevemente enquanto ela avança, lutando contra três almas ao mesmo tempo. Ela ainda está lutando para chegar até mim — até a flauta —, mas só conseguiu descer pela ponte inundada.

À minha esquerda, uma chama *chazoure* ergue-se sobre o penhasco — um homem com a cabeça raspada e um pescoço grosso envolto em correntes. Corro para ele em um salto e bato em sua cabeça com meu calcanhar. Ele perde o controle sobre o calcário e cai do penhasco. Gostaria de ter asas para voar com ele. Preciso descer até a praia e dar a flauta à minha mãe para que ela possa controlar esta crise. Mas dezenas de outras almas se amotinam entre nós e continuam a vir em minha direção.

Outra pessoa sobe o penhasco à minha direita. Ela se ergue na grama e se levanta. Fico tensa para atacar, mas não vejo nenhuma corrente.

— Ajuda! — Ela agarra o vestido largo sobre o estômago e corre para mim. — Eles não vão me deixar ver meu bebê. — Lágrimas translúcidas escorrem por sua bochecha. — Preciso voltar. Nem consegui segurá-lo.

Meu coração aperta. Ela deve ter morrido no parto.

— Sinto muito, não posso devolver sua vida.

— Por favor. — Ela cai de joelhos.

Um homem de ombros largos corre em minha direção por trás. Não faço ideia de onde veio. Ele está vestindo um uniforme com correntes. Um soldado, treinado para lutar.

— Matei em nome do meu rei! — grita. — Você não pode me arrastar para o Inferno!

— Se os deuses marcaram você com essas correntes, então você deve ter cobiçado suas mortes.

Ele avança para mim com um rosnado selvagem. Eu me afasto da mulher, mas ela pega minha saia. Perco o equilíbrio, e o homem atinge minha mandíbula. Suspiro com um choque de dor. Ele agarra meus braços e me joga no chão. Rolo até a beira do penhasco.

— Ailesse!

Meu coração dispara. *Bastien*. Ele parece preocupado. Não quero sua preocupação.

Eu me levanto novamente e desvio de outro soco do Acorrentado. Bato em seu peito e o empurro para a beira do penhasco. Seus pés cravam na terra calcária. Seixos escorregam da borda. Ele agarra meus ombros e se joga em cima de mim. Ele é forte, mas não tão forte quanto o meu tubarão-tigre. Posso jogá-lo do penhasco. Mas se fizer isso, ele pode me puxar junto.

Liberto um dos meus braços. Arranco a faca de Marcel da minha faixa. Com um grito de esforço, apunhalo o soldado no peito. Seus olhos se arregalam de dor. Se ele estivesse vivo, seria um golpe mortal.

É como eu teria matado Bastien na ponte ritual.

Engulo a bile queimando minha garganta. Isso não é assassinato. *Como teria sido meu rito de passagem.*

Outro grito me escapa, este mutilado pela raiva. Esfaqueio o Acorrentado novamente, mas ele só me agarra com mais força. Continuo esfaqueando, continuo gritando. Luto para controlar meus pensamentos traidores — a imagem de Bastien se eu tivesse feito isso com ele.

Nenhum sangue derrama do Acorrentado, embora minha lâmina mergulhe fundo. Estou machucando-o, mas não o incapacitando.

— Deixe-a ir! — grita a mulher Libertada e corre para ele. — Preciso que ela...

Tenho um sobressalto quando o soldado a arremessa do penhasco, mas não posso parar para sentir pena. Enquanto ele está distraído, eu me liberto e giro para fora de seu controle. Jogo a perna para o lado e a lanço em sua direção. Meu chute bate como um martelo, e ele é jogado do penhasco.

Mal acabo de me virar e a próxima pessoa me confronta.

Ela não brilha com *chazoure*. Está viva.

Corto o ar entre nós com minha faca, um aviso. Estou muito ciente de que ela pode sangrar.

— Não interfira, Jules.

— Com o quê? — exige ela, mas seus olhos arregalados disparam ao nosso redor. — O que são essas vozes? Contra o que você está lutando?

Jules sabe — contei a todos os meus captores nas catacumbas —, mas ainda não acredita.

— Os mortos.

Ela engole e olha para o penhasco, mantendo-se o mais longe possível da borda. Jules não tem a visão para perceber o *chazoure* das almas, mas pode ouvir seus gritos furiosos e ver trinta e quatro mulheres abaixo lutando contra um exército invisível.

Passo por ela enquanto está atordoada. Um brilho fraco e mortal brilha a cinquenta metros de distância, delineando duas pedras. A entrada para a escada escondida? Mais mortos surgirão a qualquer momento e se juntarão aos que escalam os penhascos. Preciso dos meus ex-captores fora do caminho. Preciso chegar à minha mãe.

Giro para o meu outro lado, sentindo Bastien se aproximar. Sob a luz das estrelas, sua beleza bruta é dura e crua, um canto de sereia próprio. Uma onda de calor me percorre, mas eu o encaro.

— Você não deveria ter vindo aqui. — Ele vai morrer.

— Você não deveria ter fugido. — Bastien olha ao nosso redor.

— Estava mais segura nas catacumbas.

Ele está zombando de mim? Bastien me privou de Luz. Despiu-me dos meus ossos da graça. Ele poderia muito bem ter cortado um órgão vital.

— É por isso que você veio atrás de mim, para me manter segura? — Arrisco outra espiada nas pedras. Se correr para as escadas, talvez tenha menos Acorrentados para lutar lá. — Você vai me proteger ou me matar? — Lanço um olhar aguçado para a faca grosseira no aperto de sua mão, com os nós dos dedos brancos.

— Excelente pergunta. — Jules desvia brevemente o olhar do rugido crescente dos mortos.

O músculo da mandíbula de Bastien se contrai.

— Você não me mataria se pudesse?

— Com prazer — retruco, mas minha convicção morre diante da verdade queimando entre nós. Meu coração pula mais rápido. Ele sabe que poupei sua vida esta noite quando fugi. E ele poupou a minha quando caí no fosso. Ainda assim, como isso muda nossos destinos? — Treinei toda a minha vida para isso. Não preciso de sua proteção.

Ele não parece tão certo.

— Por que os gritos estão mais altos agora? A ponte de terra se foi. Sinto um aperto no peito. Viro. A ponte das almas submergiu tão profundamente que ninguém mais está de pé sobre ela. Minha mãe está na água rasa perto da praia, lutando contra dois Acorrentados. Talvez possa jogar a flauta para ela. Talvez não seja tarde demais. Se ela não conseguir erguer os Portões esta noite, teremos que esperar mais um mês pela próxima lua nova.

Uma mão brilhante bate na borda do penhasco. A mão de uma mulher, perto de Bastien. Seu pulso *chazoure* carrega correntes.

— Afaste-se! — Eu o alcanço. Jules mergulha na minha direção. Viro-me para evitá-la, mas não a tempo. Ela pega a flauta de osso da minha faixa.

Arquejo.

— Devolva!

A mulher Acorrentada se arrasta para cima. Seu cabelo brilha com joias. Não tenho tempo para isso.

— Por favor, Jules, você não sabe o que isso realmente é.

— Atraiu Bastien para você, e agora convocou os mortos. É má e precisa ser destruída. — Ela arqueia o braço para trás para jogá-la no mar.

— Pare! Minha mãe precisa disso — me apresso para explicar. — Quando uma música diferente é tocada na flauta, ela abre os Portões do Além... a vida após a morte, Céu, Inferno, como você quiser chamar.

— É uma chave? — Marcel vem em nossa direção. — Então pode ajudar a quebrar o vínculo da alma.

Essa é a última das minhas preocupações agora.

— Se os mortos não podem cruzar a ponte das almas, então não podem deixar este mundo.

— *Nunca* vou deixar este mundo. — A Acorrentada avança e desamarra uma fita de veludo do pescoço. — Minhas riquezas são minhas.

A cor desaparece do rosto de Jules. Ela olha para Bastien.

— Você ouviu isso? — murmura ela.

Ele acena um sim com a cabeça, sério.

— Não jogue fora.

A Acorrentada nem pisca. Ela estica bem a fita entre as mãos.

Jules enfia a flauta no bolso.

— Certo. Então vamos buscar o que *realmente* viemos buscar. — Ela gira a faca. — Vamos, Bastien.

Seu rosto endurece, mas noto o tremor em sua mão com a faca. Ele e Jules se aproximam de mim. Eles não sabem, mas estão flanqueando a mulher Acorrentada.

Recuo para ter mais espaço para lutar. Posso lidar com quatro pessoas. Marcel recua em uma direção diferente.

— Ailesse está com minha faca — ressalta.

Jules vira os olhos preocupados para ele.

— Fique perto, está me ouvindo? Não sabemos o que... — Ele sai correndo. — Marcel, espere!

Três pessoas, então. Melhor ainda.

Jules olha para mim com os dentes cerrados. Ela é a primeira a atacar. Nenhuma surpresa. Quando sua lâmina corta para mim, eu salto no ar e giro sobre sua cabeça. O movimento é tão rápido que ela não tem tempo de reagir antes que eu caia e corte seu braço. Jules sibila e gira para me encarar. Ela tenta me esfaquear três vezes, em lugares em que não vai me matar, mas seus golpes são fáceis de bloquear. Seu estilo de luta é idêntico ao de Bastien em Castelpont.

Ele apenas observa nosso embate, as sobrancelhas franzidas. Ele está hesitando ou apenas tentando encontrar uma maneira de intervir?

Chamas *chazoure* estouram acima do penhasco como sóis gêmeos. Mais dois Acorrentados sobem até o topo. Eles não são furtivos como a mulher de joias. Uma vez que estão de pé, eles correm em minha direção, mas Jules fica no caminho.

— Cuidado!

Ela não vê. Um dos Acorrentados — um homem — a agarra pela cintura e a joga para o lado. Ela grita e voa vários metros antes de cair no chão. O homem Acorrentado vem para cima de mim em seguida. Preparo-me para atacar, mas algo me agarra. Não consigo respirar. A mulher Acorrentada tem sua fita de veludo enrolada em meu pescoço. Engasgo e luto, e o homem Acorrentado me dá um soco no estômago. Meus olhos se fecham contra um choque de dor quente. Sinto o terceiro Acorrentado circulando como um abutre.

Minha visão pulsa quando abro os olhos. Vejo Bastien em flashes. Ele está tentando chegar até mim, brandindo sem rumo sua faca no ar. Ele não pode me sequestrar se eu estiver morta.

Não pode *viver* se eu estiver morta.

E não posso levar a flauta para minha mãe se estiver morta.

Pense, Ailesse. Meu cérebro não está funcionando direito, desesperado por ar.

Inclino-me contra a mulher para me apoiar. Quando o segundo Acorrentado corre para mim novamente, eu jogo minhas pernas para cima e o chuto com força. Ele é lançado de costas e derrapa no chão.

Lembro-me da minha faca. Por algum milagre, não perdi o controle do punho. Planto meus pés no chão e alcanço atrás do meu ombro. Corto o pulso esquerdo da mulher, depois o direito. Com um grito furioso, ela me solta. Inalo uma golfada de ar ardente e a empurro para o terceiro Acorrentado, roubando sua oportunidade de investir em mim. Antes que as duas almas recuperem o equilíbrio, salto no ar, viro minha lâmina para baixo e caio sobre cada uma delas. Eu os machuco profundamente, então disparo em direção à entrada da escada.

Não vou longe. Três novos Acorrentados brotam entre as duas pedras. Um momento depois, mais dois aparecem. Paro e corro na outra direção.

Bastien me alcança. Ele não faz nenhum movimento para atacar quando congelo ao ver mais almas inundarem o penhasco. Ele assume uma postura defensiva, posicionando-se com as costas contra as minhas.

— Onde estão? — pergunta ele, sua faca em punho.

Balanço a cabeça.

— Em todos os lugares.

Mais cinco Acorrentados se levantam depois que terminam de escalar. Já enfrentei dois deles: o soldado e o homem de cabeça raspada. Seus olhos *chazoure* brilhantes fixam-se nos meus. Não estão atrás de Jules e da flauta; estão atrás de mim. Eu que toquei o canto da sereia.

Há uma magia aqui que não entendo. Mas se uma canção da flauta me ligou a Bastien, o que isso significa para mim e para os mortos?

Os Acorrentados convergem para nós, ganhando velocidade.

— Mãe! — Meu grito desesperado estremece no ar. Os Acorrentados não podem ser mortos, apenas transportados. Toda essa luta é em vão. Se não conseguir levar a flauta para Odiva rapidamente, ela terá que vir buscá-la com Jules. Olho em volta procurando por minha mãe, mas não consigo encontrá-la além do enxame que se aproxima. — Estamos cercados, Bastien. São muitos!

Os músculos de suas costas ficam tensos contra os meus.

— Como podemos passar por eles?

Passo meu olhar sobre o círculo que se aperta.

— Não acho que podemos. Fique perto de mim.

— Não vou deixar você.

— Vou dizer quando atacar.

— Estarei pronto.

O Acorrentado com a cabeça raspada é o primeiro a me atacar. A mulher com a fita de veludo salta para Bastien.

— À sua esquerda! — grito e deslizo minha faca para o homem. Bastien apunhala cegamente a mulher com sua lâmina, e a voz rouca de Jules corta o ar.

— Fiquem longe deles! É a mim que vocês querem. — Vejo Jules agora, parada em uma pedra solitária a vários metros de distância. Mechas de seu cabelo dourado se soltaram de sua trança. Ela segura a flauta de osso no alto com a mão direita. — Sou eu quem está com a flauta e posso mandar cada um de vocês para o inferno com ela!

Um blefe, mas o homem e a mulher Acorrentados param de atacar. *Chazoure* pisca quando as outras almas voltam olhares conflitantes para Jules. As sobrancelhas de Bastien se erguem.

— Jules, o que você...?

— Corram! — grita e pula da pedra. Ela corre pelo platô e se afasta do penhasco.

Metade dos Acorrentados a seguem.

Bastien solta uma respiração profunda.

— *Merde*. — Ele corre atrás dela.

Corro ao lado dele. Meu coração bate em um ritmo frenético.

— Volte! — grito para Jules. Ela acabou de nos salvar, mas não pode tirar a flauta daqui. É a única coisa que pode parar os Acorrentados.

Se Jules me ouve, não dá nenhuma indicação. Apenas corre mais rápido, mantendo distância dos Acorrentados. Marcel corre um pouco à frente dela. Seu cabelo solto balança com a brisa. Uma hora, ambos se cansarão, mas os Acorrentados, não.

As almas que não seguem Jules perseguem a mim e Bastien.

— Cuidado! — digo, quando alguém se aproxima dele. Pego sua mão e o puxo para fora do caminho. Mantemos nossos dedos entrelaçados enquanto corremos para a frente. Bastien vira quando o puxo. — À sua direita! — aviso. Ele saca sua faca e corta outro Acorrentado no peito.

— Ele morreu? — Bastien olha para trás enquanto corremos mais rápido.

— Já estava morto.

— Verdade. — Ele aperta mais minha mão.

Dois Acorrentados vêm até nós de ambos os lados.

— Abaixe-se! — grito.

Bastien se joga no chão e desvia de um soco brutal. Rolo sobre suas costas e esfaqueio um dos homens Acorrentados no flanco. Viro-me para lutar contra o segundo, mas Bastien já cortou suas pernas. Ele o chuta para baixo, então se levanta.

Nossas mãos se juntam novamente e continuamos correndo. Olho para trás e examino o agora distante penhasco em busca de minha mãe. Ou Sabine. Ou qualquer Barqueira. Mas tudo o que vejo é o planalto gramado brilhando com o *chazoure* dos mortos.

Tenho que detê-los antes que cheguem a Jules e Marcel — e depois a toda Galle do Sul.

Tenho que pegar a flauta.

28
Sabine

Minhas pernas queimam quando me aproximo do topo do longo lance de escadas. Já lutei e ultrapassei dois Acorrentados, mas pelo menos mais cinco estão à minha frente. Finalmente, estou perto o suficiente de um para atacar.

Levanto meu cajado para bater nele, quando alguém agarra meu vestido por trás. Giro minha arma, mas a escada é muito estreita. O cajado atinge a parede de calcário com um estalo alto. Instintivamente, chuto e empurro o Acorrentado para longe de mim. Mas então vejo que não usa correntes. Ela é apenas uma garotinha, no máximo doze anos, com cachos *chazoure* brilhantes.

Ela arregala os olhos enquanto cai para trás, rolando pela escada íngreme. Meu peito dói.

— Desculpe! — Desço três degraus atrás dela, mas me forço a parar. Eu a machuquei, mas ela não pode morrer. Ailesse pode.

Eu me viro, mas os outros Acorrentados já se foram. Subo correndo os últimos degraus e me espremo pelo espaço estreito entre as pedras. Assim que termino, fico de boca aberta. O penhasco é iluminado com *chazoure*. Vinte ou mais mortos estão aqui. Principalmente Acorrentados. Alguns estão lutando entre si, assim como alguns Libertados. O resto recua do penhasco.

A esperança surge em mim até que vejo Ailesse à distância. Seu cabelo ruivo esvoaça quando ela corre para longe de mim, atravessando o planalto. As almas não a estão deixando — metade a está seguindo, e ela persegue o resto.

Começo a chamar o nome dela, mas minha garganta fica seca. Minha visão aguçada se concentra. Os Acorrentados ao redor dela se separam apenas o suficiente para eu ver que ela está com alguém — Bastien. E eles estão de mãos dadas.

Tropeço. Uma onda de tontura toma conta de mim. Não entendo. Ailesse escapou de Bastien para vir aqui e trazer de volta a flauta de osso.

Não foi?

Ela está correndo com ele, e não sendo arrastada para trás. Quase parece que ela o está guiando.

Claro que está. Ela é a única que pode ver os mortos. E se os mortos matarem Bastien, ela também morrerá. Ailesse só está fugindo com ele porque é sua melhor chance de sobreviver aos Acorrentados. Embora isso não explique por que ela está perseguindo alguns deles.

Não importa. Ela ainda precisa de ajuda.

Ailesse ainda precisa de mim.

Corro atrás dela, então grito quando outra alma chicoteia meu braço. Ele está usando sua corrente pendurada como um chicote. O golpe derruba meu cajado.

Agarro meu braço e cambaleio para trás. O homem vem atrás de mim novamente. Ele balança as correntes acima de sua cabeça. Não tenho nenhuma arma para bloqueá-lo.

Suas correntes cortam para baixo. Caio, envolvendo as mãos sobre minha cabeça para me proteger. Nada me atinge. Olho para cima e suspiro. Odiva está aqui. A saia de seu vestido está pingando água do mar. Seu cabelo escuro ondula como fogo preto. As correntes do homem estão presas na ponta de seu cajado. Com uma força incrível, ela o joga bem longe do penhasco.

Estou pasma quando Odiva me puxa para ficar em pé.

— Você está bem? — pergunta ela.

Concordo com a cabeça, atordoada, e respiro trêmula.

— Mas Ailesse... Bastien a tem novamente.

Odiva estremece, apenas uma leve dilatação das narinas, e olha para o planalto. No momento em que ela os percebe, enrijece e enrola as mãos. Seu olhar sombrio faz meu sangue gelar.

Pernelle corre até nós.

— Você a viu, *Matrone*? Ailesse está viva!

Finalmente, sinto-me vindicada por nunca duvidar.

Odiva desvia os olhos.

— Sim, ela deve ter sobrevivido à queda no fosso.

— O *amouré* dela também sobreviveu. — Pernelle dá um passo à frente. — Pensei que você tinha dito que ele morreu com ela.

Odiva ergue uma única sobrancelha preta.

— Estou tão chocada quanto você.

Pernelle lança outro olhar frenético para Ailesse.

— Precisamos ir atrás dela imediatamente, ou o garoto pode levá-la de volta para as catacumbas.

— Ou antes que os Acorrentados a alcancem primeiro — digo, encolhendo-me quando outra onda de almas passa.

A boca de Odiva forma uma linha determinada.

— Chame as outras, Pernelle. Algumas são rápidas o suficiente para ultrapassar os mortos. Diga-lhes para pararem de lutar e correrem atrás da minha filha. Recuperar a flauta de osso é nossa prioridade agora.

— E salvar Ailesse — acrescento.

Odiva respira tensa e brevemente encontra meu olhar.

— É claro.

— E o garoto? — pergunta Pernelle.

— Capture-o, mas não o mate. Ailesse deve matá-lo.

Meus dedos envolvem o cabo da faca ritual de Ailesse em meu cinto. Pernelle se curva para Odiva e sai correndo para cumprir suas ordens.

Tento correr atrás de Ailesse, mas Odiva agarra meu braço. Sua mão está assustadoramente rígida.

— Espere.

— Mas ela está fugindo! — Luto contra seu domínio.

— Estou ordenando que você fique para trás, Sabine.

Minhas bochechas queimam.

— Por quê? — Por que ela não está correndo atrás de Ailesse imediatamente? Odiva é mais rápida e mais forte do que qualquer uma de nós.

Quando a *matrone* não responde, eu me viro para ela. Seu olhar está fixo em algo ao norte. No horizonte distante, no último trecho da minha visão agraciada, avisto a silhueta de um animal. Talvez um lobo.

— É um sinal, Sabine — diz Odiva em um silêncio de grande reverência.

Do que ela está falando? Por que estamos protelando quando Ailesse precisa de nós?

— Um sinal de quem?

— De um deus. — Odiva agarra seu crânio de pássaro e seu colar de rubi, e os pelos de meus braços se arrepiam. — Ele aceitou meus sacrifícios — murmura ela, como se tivesse se esquecido de que estou aqui com ela. — Ele está me dando mais uma chance de trazer de volta... — Sua voz fica rouca de emoção, e ela balança a cabeça. — Mas devo fazer isso do jeito dele.

— Fazer o quê? — pergunto. Meu estômago se contrai quando o rosto da minha *matrone* endurece em uma máscara de determinação fria. A última vez que vi essa mesma expressão foi quando ela afirmou que Ailesse estava morta.

Franzo a testa e dou uma olhada no animal no horizonte. Sua cauda e pernas são um pouco mais curtas que as de um lobo comum. Ele também tem um tronco mais longo e um focinho mais estreito e pontiagudo.

— Será que...

— O presente de Tyrus para nós. — Um sorriso lento se espalha no rosto gravemente belo de Odiva. — O chacal-dourado.

29
Bastien

A mão quente de Ailesse pressiona a minha com mais força enquanto corremos para a floresta, passando pela borda do planalto.

— Quantos mortos ainda estão atrás de nós? — pergunto. Ouço seus pés batendo, rosnados e gritos cruéis se aproximando.

Uma mecha de cabelo ruivo chicoteia em seu rosto quando ela olha para trás.

— Pelo menos vinte. Todos eles são Acorrentados. Não sei o que aconteceu com os outros.

— Acorrentados? — Ofego enquanto continuamos correndo.

Ailesse não está nem um pouco sem fôlego. Ela balança a cabeça.

— Vou explicar mais tarde. — Ziguezagueamos em torno de uma grande árvore.

— Ei! — Marcel acena com os dois braços para nós. Ele está atrás de uma pequena colina rochosa à nossa direita.

Olho para Ailesse. Ela lança outro olhar rápido ao nosso redor e acena com a cabeça.

— Depressa, antes que nos vejam.

Corremos para a colina. Do outro lado há uma saliência com uma cavidade rasa de terra abaixo. Marcel se abaixa e nós caímos em seguida. Jules também está aqui. Acabo apertado entre ela e Ailesse.

A horda de mortos fica mais barulhenta. Ailesse leva um dedo aos lábios. Esperamos em um silêncio tenso enquanto eles passam por nós. Vozes femininas logo surgem, gritando enquanto os perseguem. Outro longo momento se passa, e então Ailesse dá um aceno tranquilizador.

Marcel dá um suspiro.

— Bem, foi emocionante.

— Emocionante demais — resmunga Jules.

— Você nos salvou lá atrás — digo a Jules, empurrando-a com meu ombro. — Não me interprete mal; odiei o que você fez. Prometa-me que nunca mais fará algo assim. Achei que aqueles mortos iam acabar com vocês dois. Mas foi preciso muita coragem. Foi muito típico de você, Jules.

Está escuro sob a colina, mas pego os cantos de sua boca se erguendo.

— Você faria o mesmo por mim... não faria? — Sua voz oscila com incerteza.

Bufo.

— Precisa perguntar?

Ela leva um momento para responder.

— Pode soltar a mão de Ailesse agora.

Ailesse e eu olhamos um para o outro. Nossas mãos se separam ao mesmo tempo. A minha fica fria de repente.

— Onde está a flauta, Jules? — pergunta Ailesse.

— Está... segura — responde ela.

Sinto um frio na barriga. Algo está errado. Vejo isso no olhar desesperado, mas determinado no rosto de Jules.

— O que você está planejando?

Jules engole em seco.

— O que você não consegue fazer, Bastien.

— Jules... — A voz de Ailesse treme perigosamente. — Essa flauta é a única arma real que minha mãe tem contra os mortos. *Me dê*.

— Eu vou dar. — Jules respira fundo. — Assim que você me der todos os seus ossos da graça.

— O quê? — Os músculos da perna de Ailesse ficam tensos contra os meus. — Não pode estar falando sério. Os mortos atacarão Dovré em seguida se não forem parados. Dê-me a flauta. Agora.

— Não.

Em um piscar de olhos, Ailesse se agacha e avança para Jules.

Jules se antecipa a ela e pula para fora do buraco. Ailesse corre atrás dela. Marcel e eu trocamos um olhar arregalado e nos atrapalhamos para intervir.

Ailesse já está em cima de Jules, prendendo-a.

— Onde você escondeu? — Ela a sacode, mas Jules teimosamente aperta os lábios. Ailesse volta os olhos furiosos para Marcel. — Diga-me onde está!

Ele congela, meio fora do buraco.

— Prometi não fazer isso.

Os lábios de Ailesse se curvam. Ela salta de Jules e ataca Marcel. Pulo entre os dois, e Ailesse esbarra em mim. Nós dois caímos no chão. Ela fica de joelhos, e eu me levanto e agarro seus ombros.

— Espere! — Estou bem ciente de que ela tem força para se libertar a qualquer momento que desejar. — Podemos conversar.

— Não temos tempo!

— Então me dê seus ossos. — Jules se senta, com sujeira da floresta em sua trança.

Ailesse estreita os olhos.

— É como me pedir para arrancar meu coração.

— Entendo. — Jules me lança um olhar dolorido. — Mas é a única maneira de proteger Bastien de você.

Olho incrédulo para minha amiga.

— Ailesse poderia ter me deixado no meio daqueles monstros invisíveis lá atrás. Ela acabou de me resgatar!

— Para poder matar você em seus próprios termos: em uma ponte ou com uma faca especial ou qualquer ritual que seja.

— Ela *precisa* de uma faca especial — admite Marcel, limpando a sujeira de suas roupas.

Ailesse se encolhe e olha para o oeste.

— Um dos mortos está por perto. — Ela se move protetoramente na minha frente.

Não consigo ver ou ouvir nada incomum, mas acredito nela.

— Jules, devolva a maldita flauta para ela.

— E depois? — sibila Jules. — Você realmente acha que Ailesse vai se render de bom grado?

— Não sei! — sussurro. — Tudo é diferente agora. Não podemos ser precipitados com um novo plano.

— Nosso plano sempre foi a *vingança*.

Um grito feroz de raiva corta o ar, talvez a cinquenta metros de distância. Ailesse congela.

— Ele nos viu.

Merde.

Ailesse corre para Jules.

— Por favor. Vou pegar a flauta e fugir daqui. A alma me seguirá e Bastien estará seguro. — Ela franze a testa. — Todos vocês estarão.

— Por enquanto, pelo menos. — Jules estende a mão aberta. — A flauta por seus ossos — diz ela a Ailesse. — Vou devolvê-los depois que descobrirmos como quebrar o vínculo da alma.

Ailesse a ignora. Ela corre de volta para a colina e vasculha a depressão abaixo dela.

O morto grita novamente. Trinta metros agora. Puxo minha faca.

— Temos que ir! Voltaremos para pegar a flauta mais tarde.

— Não! — Ailesse continua procurando por ela. Ela cava na grama selvagem ao lado da colina.

Mais dois gritos. Do leste desta vez. Meu pulso acelera.

— Estão nos cercando!

— Não vou sem ela!

Os mortos rugem mais perto. Jules se move defensivamente em direção a Marcel.

Ailesse chuta a grama e solta um grito de frustração.

Jules aponta para um ponto entre ela e Ailesse, a quatro metros de distância.

— Jogue seus ossos ali no chão, depois vou buscar sua flauta.

Ailesse franze os lábios. Ela olha para o leste e para o oeste. Os mortos estarão aqui a qualquer segundo.

— Ninguém toca em meus ossos até que eu tenha a flauta em minhas mãos. Combinado? — Eu quase posso vê-la pensando: *vou pegá-los de volta*. Ela pode ter uma chance. Ela ainda é rápida sem suas graças.

— Combinado — diz Jules rapidamente. — Agora, jogue-os!

Ailesse fecha os olhos com força. Sussurra algo sobre Elara. Arranca a pequena bolsa de seu pescoço e a joga no chão. Ao mesmo tempo, ela está visivelmente mais fraca. Ombros caídos. Sobrancelhas tensas. Mas ela ainda mantém a mandíbula rígida.

— A flauta. Rápido!

Jules a tira da bota. Meus olhos se arregalam. Ailesse solta um suspiro furioso. Jules estava com ela o tempo todo.

Um grito áspero explode em meus ouvidos. O homem morto. Ele está bem aqui. Pulo na frente de Ailesse e golpeio com minha faca. Não bato em nada. Ela descontroladamente balança as mãos fechadas no ar. Eles se conectam com uma força invisível, mas isso não impede o homem morto que não consigo ver. Ailesse é arremessada ao chão como uma boneca de pano.

Corro até ela, que está caída de costas. Ailesse pisca para mim, os olhos atordoados.

— Não consigo mais vê-los.

— Os mortos?

Ela confirma.

Ela precisa de seus ossos, assim como da flauta. Vou até a bolsa, mas ela já se foi. Jules a coloca no próprio pescoço. Seu queixo treme.

— Estou fazendo isso por você, Bastien.

— Fazendo o quê? — Franzo a testa.

Ailesse grita. Ela está se debatendo no chão. O morto está em cima dela. Sinto um aperto no peito. Corro e agarro cegamente o morto. Consigo empurrá-lo, mas um momento depois ele me dá um soco no estômago. Eu me dobro, tossindo.

Jules se afasta, com a mão no braço do irmão.

— Marcel e eu descobriremos como quebrar o vínculo da alma. — Ela morde o lábio e olha para a flauta em sua mão. — Sinto muito, mas ele disse que podemos precisar disso.

Meu queixo cai.

— Jules!

— Esta é a única maneira de salvá-lo. Você está muito apaixonado por ela, Bastien. — Sua testa franze. — Vamos encontrá-lo quando estiver pronto.

Lanço um olhar desesperado para Marcel, mas ele apenas abaixa os olhos.

Os dois fogem.

Eu me esforço para ficar de pé.

— Esperem!

Alguém bate em mim vindo da outra direção. Invisível. Outro dos mortos. Luto com ele — ou ela, não sei dizer — e direciono minha faca para seus braços. Ele grita e me solta.

— Deixem os dois em paz! — grita Jules com nossos atacantes. A vários metros de distância, ela acena com a flauta enquanto sai correndo com Marcel. — Sou eu quem vocês querem! — Passos ecoam atrás dela. Um pico de adrenalina atinge minhas veias. De novo não. Ela grita por cima do ombro:

— Vá, Bastien! Pegue-a e corra para as catacumbas!

Ailesse para de se mexer. Suas pálpebras se agitam e se fecham. Ela jaz sem vida no chão.

Merde.

Salto e caio de joelhos, pegando-a em meus braços. Sua cabeça cai contra o meu pescoço e sua respiração aquece minha pele. Solto uma expiração trêmula. Ela está viva, mas tem um caroço grande na nuca. O morto deve tê-la batido no chão.

Eu me levanto e a ergo comigo. Embalando-a perto de mim, corro o mais rápido possível — ainda muito lento —, mas pelo menos não há mais gritos estranhos vindos da floresta. Por enquanto, os mortos se foram.

Corro atrás de Jules e Marcel, mas rapidamente perco o rastro deles. Não paro. E não corro para a entrada das catacumbas na ravina. Meus amigos não estarão lá e não levarei Ailesse aonde Jules possa encontrá-la. Se Jules encontrar uma maneira de quebrar o vínculo da alma, ela virá atrás de Ailesse.

Cerro os dentes, inspiro profundamente e pego o caminho que se bifurca para Dovré.

O que você está fazendo, Bastien? Esta é a garota que você queria tanto matar.

Não sei mais o que quero, mas não é prejudicar Ailesse, de forma alguma.

A cidade ainda está escura quando passo pelas muralhas. Meus músculos queimam, mas sou levado adiante com uma energia quase frenética. Ailesse ainda está flácida em meus braços, mas está se tornando coerente. Ela murmura:

— *Chazoure*... não consigo ver. — A palavra tem algo a ver com os fantasmas que enfrentamos esta noite. Ainda não processei todos os eventos surreais.

Atravesso beco após beco. Cada farfalhar e sussurro me faz pular. Continuo tenso com o possível ataque de um inimigo invisível. Tenho que tirar Ailesse de vista.

Em um dos bairros mais pobres, as torres em ruínas da Chapelle du Pauvre lutam para alcançar o céu. A igreja dos pobres está em estado de quase ruína e quase não é mais usada. Ajeito Ailesse em meus braços e corro para dentro. Em uma das alcovas atrás do altar, arranco do chão um tapete comido por traça. Abaixo dele há um alçapão, que abro. Coloco Ailesse de pé, minha mão em sua cintura para apoiá-la, e a guio por uma escada bamba.

— O que está acontecendo? — Suas pernas tremem. É como se seu corpo não sentisse o peso de todas as suas lutas esta noite até perder suas graças. — Jules está aqui embaixo? Preciso da flauta. Minha mãe... — Ela segura a cabeça e cambaleia para ficar de pé.

Chegamos ao porão e eu a ajudo a sentar em um caixote.

— Jules fugiu com a flauta e seus ossos — respondo, endurecendo a mandíbula. — Marcel está com ela.

Ailesse inspira.

— Mas os mortos...

— Vamos descobrir o que fazer com eles mais tarde.

— Não posso me esconder aqui enquanto pessoas inocentes estão em perigo. — Ela tenta correr para a escada. Eu a agarro e a puxo de volta. Ailesse tenta lutar comigo, mas suas forças se esgotaram. Empurro-a para se sentar no caixote novamente.

— Você está ferida, Ailesse, e não tem mais suas graças. Esta noite, nós descansamos. Prometo procurar Jules amanhã. Enquanto isso, tenho certeza que as outras Feiticeiras de Ossos estão fazendo algo a respeito dos mortos. Nem tudo é sua responsabilidade. Não podem prender os mortos em algum lugar?

Ela se recosta.

— Não sei. Talvez. — Ailesse leva as mãos à cabeça. — Isso nunca aconteceu antes. Pelo menos não durante a minha vida.

Tento pensar em algo reconfortante para dizer, mas me dá um branco. Nada assim aconteceu comigo antes também.

Tateio no escuro em busca da caixa de fósforos que escondi aqui. Finalmente a encontro no fundo de uma prateleira empoeirada e acendo uma lamparina. A vela já derreteu e está só um toco. Vou ter que conseguir mais em breve, junto com outros suprimentos. Não me lembro de quanto guardei no meu esconderijo. Passei muito tempo aqui quando criança, antes de conhecer Jules e Marcel. Este é o único lugar sobre o qual nunca contei a eles, e aqui estou, prestes a mostrar tudo a uma garota que conheço há apenas algumas semanas. Uma garota que estou desesperado para manter viva.

Abro uma porta que dá para o porão. Ailesse enrijece quando estendo o braço para ela. Suas pupilas piscam e refletem a chama da vela.

— Isso leva às catacumbas? — pergunta ela.

Assinto. Esta entrada abaixo da Chapelle du Pauvre foi construída há muito tempo para famílias que não podiam pagar por enterros na superfície. Aqui, foram capazes de carregar os entes queridos que partiram e colocá-los em sepulturas não identificadas.

— Você consegue pensar em algum lugar mais escondido dos mortos?

Ela balança a cabeça lentamente.

— Os mortos não querem acreditar que estão mortos. As catacumbas são um lembrete.

Eu me inclino contra o batente da porta.

— Eles não vão parar de te perseguir, você sabe. Você é como um farol para eles.

Ailesse torce as mãos no colo e me lança um olhar tão demorado que minhas orelhas ardem de calor.

— Não vou entrar lá como sua prisioneira — diz, sua voz firme.

Poderia obrigá-la. Está sem forças. Seria fácil prendê-la novamente.

— E eu não vou te mostrar o lugar escondido lá dentro se você tentar me matar — retruco.

— Provei que não vou te matar.

Suspiro.

— Não vou fazer você prisioneira novamente, Ailesse. Nós vamos ter que confiar um no outro.

Ela se mexe sobre o caixote. Seu vestido e as pontas de seu cabelo ainda estão cobertos de lama cinza. Eu mesmo estou revestido de uma boa camada. Trouxemos as velhas catacumbas conosco.

— Por que você está me ajudando? — pergunta ela.

Dou de ombros, desviando o olhar.

— Se você morrer, eu morro, certo? Então, acho que precisamos ficar juntos.

— E você promete procurar Jules?

— Prometo. Eu sei todos os lugares que ela pensaria em se esconder.

Ailesse relaxa.

— Tudo o que você viu esta noite, todo o caos e o perigo, aconteceu porque minha mãe tocou o canto da sereia na flauta errada. Tenho que entregar a certa para ela na próxima lua nova, ou então...

— Eu sei. — Também quero que os fantasmas dos mortos sejam transportados.

Ailesse morde o lábio inferior. Está rachado e ressecado. Dei a ela água suficiente para beber em nossa antiga câmara? Olho para seus pulsos, feridos e machucados pelas cordas com as quais a amarrei.

Ela tem todos os motivos para me odiar.

— Tudo bem — diz. — Vou com você.

Uma onda de frescor passa pelo meu peito. Alívio? Não me entendo.

— Consegue andar agora?

— Acho que sim.

Flexiono a mão e alcanço a dela. À medida que nossas palmas se encontram, meu coração bate forte. Brevemente encontro seus olhos castanhos. Estão inquietos, mas também quentes.

Também são muito lindos.

Engulo um nó na garganta e a guio pela porta, depois pelo túnel em direção ao meu esconderijo secreto nas catacumbas.

30
Sabine

Ailesse, onde você está? Recuperei meu arco e aljava na praia e tenho uma flecha armada enquanto finjo caçar o chacal-dourado. Sigo os rastros de Ailesse e Bastien até uma colina na floresta, onde eles se encontram com outros rastros — sem dúvida, de seus outros captores, mas então os rastros divergem e os de Ailesse se perdem.

— Fique onde eu possa vê-la, Sabine — diz Milicent, sua voz firme, embora não indelicada. — Posso ter a visão de um abutre, mas não consigo ver através de um denso bosque de árvores.

Saio do bosque, onde não encontrei nenhum sinal de Ailesse, e disfarço meu olhar ressentido. Odiva designou Milicent para me acompanhar, enquanto as outras Barqueiras foram autorizadas a partir por conta própria, a fim de ganhar mais terreno na caça ao chacal. A *matrone* está me vigiando. Quer garantir que eu não arrisque minha vida tentando resgatar sua filha. Odiva não está preocupada em arriscar a vida de *Ailesse*?

— É quase madrugada — suspira Milicent e olha para o céu. — Precisamos voltar. Espero que as outras tenham tido mais sorte.

Sim. Vã esperança enche meu peito. Talvez uma delas tenha encontrado Ailesse. Voltamos de mãos vazias ao ponto de encontro designado por Odiva: as falésias sobre a ponte de terra submersa. Várias Barqueiras já estão aqui. Mas nada de Ailesse. Um caroço doloroso sobe na minha garganta. Ela estava tão perto depois de todos esses dias que estivemos separadas. Como a deixei ser levada de novo?

Milicent e eu nos aproximamos das outras Barqueiras, e seus sussurros chegam aos meus ouvidos.

— Para onde foram os mortos?

— Em direção à cidade, é claro, onde está a maioria das pessoas.

— Eles querem Luz.

— O que vamos fazer com eles?

— Sim, Ailesse está viva.

— Por que a *matrone* não nos mandou procurá-la?

Porque a matrone *tem segredos*. Não sei o que são, mas devem ser a razão pela qual ela está falhando com a filha repetidas vezes. O sol nasce, lançando uma lâmina de luz sobre o planalto, e Odiva finalmente se junta a nós. Sem o chacal-dourado. Marcas de garras raspam ao longo do lado direito de seu rosto e pescoço.

— *Matrone* — ofega Giselle. — Você está bem?

Odiva mantém a cabeça erguida e um sorriso tranquilizador.

— Cheguei *tão perto* do chacal — diz ela a todas nós, gesticulando para seus ferimentos como se fossem símbolos de honra. — Tyrus está quase pronto para entregá-lo a mim.

Franzo a testa, examinando seus arranhões mais de perto. As linhas são agrupadas com três arranhões de largura, não quatro como as garras dianteiras de um canino. Além disso, há uma pena branca com borda âmbar presa entre as penas de águia das dragonas de Odiva. Eu sei a que animal pertencem: o mesmo animal cujas garras combinam com as marcas em Odiva.

A coruja-das-torres.

— Vamos nos retirar para o Château Creux e oferecer orações a Tyrus — diz Odiva. — Amanhã, recomeçaremos a caçada.

— Mas e Ailesse? — deixo escapar.

Pernelle olha para mim como se estivesse se perguntando a mesma coisa. Ela mexe em seu pingente de vértebra de raposa e se aproxima de Odiva.

— Posso liderar outro grupo de busca, *Matrone*. Podemos ter mais sorte desta vez.

Odiva demora a responder. Seus olhos estão em Pernelle, mas o crânio de morcego-arborícola em sua coroa parece olhar para mim.

— Ninguém está mais preocupada com minha filha do que eu — diz com cuidado. — Mas devemos colocar nossa confiança nos deuses. Se Tyrus nos mostrou o sinal de seu chacal sagrado, podemos ter certeza de que ele protegerá Ailesse até que a fera seja nossa.

Meus dentes se apertaram. Talvez minha fé seja fraca, mas não confio no deus do Submundo para proteger minha amiga. Odiva tem rezado para ele em segredo, murmurando sobre os sacrifícios que ela lhe deu e algo que quer trazer de volta. Seja o que for, significa mais para ela do que Ailesse.

Ela dá a Pernelle um breve aceno de cabeça.

— Caçaremos o chacal primeiro. Somos Barqueiras sagradas, e foi assim que Tyrus escolheu nos ajudar a cuidar dos mortos. Devemos honrar seus desejos. Às vezes, nossa lealdade deve ser testada novamente, mesmo depois de nossos ritos de passagem.

— Sim, *Matrone*. — Pernelle inclina a cabeça, mas eu não posso. Meu pescoço está rígido e minha cabeça não dobra. Não consigo deixar de pensar no rito de passagem fracassado de Ailesse. Odiva me prometeu que os deuses protegeriam sua filha. Agora me pergunto se ela me escolheu para ser a testemunha de Ailesse porque sabia que os deuses *não o fariam* — pelo menos Tyrus não o faria —, e eu não seria forte o suficiente para intervir.

O signo de Tyrus pode ser o chacal-dourado, mas estou começando a suspeitar que a coruja-das-torres seja de Elara. Se a deusa enviou sua coruja para atacar Odiva, então não quer que Odiva tire a vida do chacal.

— Nosso plano continua o mesmo — garante Odiva às Barqueiras. — Se alguma de vocês encontrar o chacal antes de mim, capture-o, mas não o mate. Como *Matrone*, devo ser eu a fazer o sacrifício.

Maurille olha para Odiva com o olho bom. O outro está inchado devido ao golpe que ela levou esta noite.

— Perdoe-me, *Matrone*, mas Ailesse já tem uma flauta de osso funcionando. — Exatamente. Nada disso é necessário. — Talvez algumas de nós *devêssemos* procurá-la, como sugeriu Pernelle, enquanto as outras perseguem o chacal-dourado. Certamente Tyrus entenderia nosso desejo de tentar todas as opções.

Odiva permanece perfeitamente imóvel, exceto por um leve sorriso, enquanto seu olhar se concentra em Maurille.

— Então você não entende nada de Tyrus. Felizmente, para a nossa *famille*, eu entendo. O deus do Submundo é um deus ciumento e exigente. Se não demonstrarmos nossa total lealdade, você realmente acredita que ele nos levará até seu chacal?

Maurille balança lentamente a cabeça e me lança um olhar de desculpas.

Odiva olha para as outras.

— Alguém mais gostaria de falar uma palavra contrária, ou podemos concordar em nos submeter ao caminho que Tyrus nos mostrou?

Mais cabeças baixas em obediência. Apenas baixo os olhos.

Odiva expira.

— Bom. Vamos para casa, então, e recuperemos nossas forças para amanhã.

Ir para casa? Quando se sabe que Ailesse está viva e desaparecida? Quando os mortos estão soltos e lançados sobre Dovré? Odiva nunca soube ser mãe, e agora esqueceu-se das prioridades como nossa *matrone*.

Ela caminha ao meu lado enquanto voltamos para o Château Creux. Meu coração não para de bater forte. Sinto como se já estivesse em uma gaiola, incapaz de fugir de sua presença. A essa altura, Ailesse poderia estar em qualquer lugar de Galle do Sul. Estou louca para devolver a ela sua faca ritual. Quanto mais desesperada fico para salvá-la, mais fácil é suportar o pensamento dela matando Bastien.

— Sinto sua decepção — diz Odiva. Minha pele se arrepia quando encontro seus olhos escuros e penetrantes. — Tinha grandes esperanças para sua primeira experiência na Ponte das Almas. Deveria ter lhe trazido alegria, não tristeza.

Não sei como responder. "Alegre" é a última palavra que eu usaria para descrever a travessia.

— Eu gostaria de pensar que até mesmo Ailesse teria ficado feliz por você quando... — Um leve rubor varre sua pele pálida. Ela parece radiante por um momento, quente e cheia de sentimento.

— Quando o quê? — pergunto.

Suas sobrancelhas pretas puxam para dentro enquanto ela procura meus olhos. Sua boca se abre, lutando para formar palavras, então se fecha novamente. Odiva expira pelas narinas e segue em frente, desviando o olhar de mim. Seu vestido cerimonial se arrasta pela grama selvagem.

— Quando você tivesse visto os grandes Portões do Além — por fim responde ela, com uma leveza forçada em sua voz.

Outra mentira. Outro encobrimento de segredos. Minha garganta queima, mas estou cansada de engolir a amargura. Cansei de me encolher diante da minha *matrone* e aceitar todas as desculpas que saem de seus lábios.

— Esse colar que você usa ajuda a transportar os mortos quando os Portões se abrem? — questiono, meu pulso acelerado pela minha ousadia.

Odiva toca as três fileiras de seu colar de ossos da graça e franze a testa.

— A que ossos você se refere, do urso ou da arraia? Ambos me ajudam a fazer a travessia.

— Quero dizer o seu outro osso da graça: aquele crânio de pássaro que você mantém escondido sob o decote do seu vestido.

Odiva congela. Qualquer cor que permaneceu em suas bochechas se esvai.

— Vão — diz às Barqueiras que nos seguem. Sua voz é tensa, embora ela finja um sorriso calmo. — Nós nos encontraremos em casa em breve.

Ao passarem, Odiva sai do caminho e envolve-se com os braços. Pernelle me lança um olhar curioso. Maurille aperta minha mão.

Encolho os ombros como se não soubesse por que Odiva quer falar comigo em particular. Como se eu não a confrontasse apenas pelo crime de possuir outro osso da graça. Ela já tem cinco. Um sexto é uma ofensa aos deuses e à santidade da vida de um animal. Ainda assim, meus membros tremem quando Odiva se vira para mim depois que as Barqueiras irem embora. Sua expressão é estranhamente calma e resignada.

— Este não é um osso da graça. — Odiva retira o colar escondido, e o rubi na boca do crânio do pássaro brilha ao sol. — Foi um presente de meu amado.

Meus lábios se separam. Eu dou uma olhada mais de perto no crânio. O bico é preto e um pouco menor que o de um corvo, mas mais robusto que o de uma gralha.

— Por que seu *amouré* lhe daria o crânio de um corvo?

Ela sorri para mim, e meu couro cabeludo formiga com inquietação.

— Vejo que nada escapa de sua atenção, Sabine. — Suas dragonas de penas farfalham quando ela levanta um ombro. — Acho que meu amor sabia que eu tinha afinidade por ossos.

— Você não os escondeu dele? — Uma Leurress deve guardar seus ossos da graça quando passa um ano com seu *amouré*.

— Ele foi excepcional. Aceitou-me pelo que eu era. Amou-me sem medo.

Olho o rubi novamente. Ele também era rico e claramente poderoso, se podia ser um par à altura de Odiva.

— Então por que você mantém o presente dele em segredo? Ailesse iria querer saber que o pai dela...

— Chega de Ailesse — retruca Odiva. Eu cambaleio para trás em sua explosão de frustração. Ela enfia o crânio do corvo sob o decote do vestido. — Nem tudo deve ser divulgado, Sabine. O amor é sagrado. Particular.

Eu a encaro, incrédula. Ela foi a primeira a mencionar Ailesse há pouco. Mas todo o calor de Odiva se foi agora. De repente me lembro do que ela confessou depois que matei o falcão noturno. Eu estava muito perturbada para dar peso às palavras dela, mas agora elas rasgam minha mente: *isso não significa que eu o amava*. Ela estava falando de seu *amouré*.

Mas então quem deu a ela o colar?

Um pequeno movimento chama minha atenção para onde a floresta encontra o planalto. Ali, empoleirada em um galho baixo de um freixo, quase como se tivesse ouvido meus pensamentos, está a coruja-das-torres.

Um sopro de esperança enche meu peito. A coruja é uma lembrança de Ailesse. Odiva pode ter virado as costas para a filha, mas Elara não a esqueceu.

A coruja vai me levar até ela, assim como me levou até as catacumbas.

Odiva se vira para seguir meu olhar. Assim que vê a coruja, ela sufoca um suspiro.

Corro em direção à floresta.

— Sabine — chama Odiva por mim. — Aonde está indo? Disse a todas as Barqueiras que voltassem ao Château Creux.

— Não sou uma Barqueira — grito de volta. — Mas se quer que eu seja, você vai me deixar caçar.

— Você precisa descansar.

— Preciso de um terceiro osso da graça. Voltarei para casa assim que o tiver. — *E quando tiver resgatado Ailesse.*

Lanço um olhar fugaz por cima do ombro, mas minha *matrone* não está correndo atrás de mim. Ela fica congelada no caminho, uma mão pálida nas marcas de garras que a coruja lhe deu.

Quando chego à linha das árvores, a coruja voa para longe. Persigo-a mais fundo na floresta. Assim como antes, ela pousa dentro do meu campo de visão e, assim que a alcanço, ela voa novamente. Sorrio, correndo mais rápido.

Nós jogamos este jogo, quilômetro após quilômetro. Presto pouca atenção ao que me rodeia; concentro-me em manter as penas brilhantes da coruja à vista. Mas assim que atravesso uma via para Dovré e avisto uma ponte seis metros à frente, tropeço e paro repentinamente. Esta ponte é feita de pedra e tem um arco alto, com um leito de rio seco abaixo. Está à vista do Beau Palais, que olha para a ponte da colina mais alta de Dovré.

Estou em Castelpont.

E a coruja-das-torres se foi.

Minha respiração se espalha em um redemoinho de névoa matinal. Por que a coruja me trouxe aqui? Bastien realmente levaria Ailesse de volta ao lugar onde ela tentou matá-lo?

Hesitante, ando em direção à ponte. Talvez a coruja saiba algo que desconheço. Talvez haja outra entrada para as catacumbas por perto. Mas uma sensação sombria de mau presságio me diz que algo mais perigoso está em jogo.

Deslizo o arco do ombro. Tiro uma flecha da minha aljava. Meus músculos ficam tensos quando piso na ponte. Olho para a esquerda, para a direita e para o leito do rio abaixo. Não vejo nada.

Dou mais um passo e congelo. Meu agraciado olfato capta um cheiro forte e mofado, como de folhas úmidas e pelo molhado. Estou prestes a determinar sua origem, quando uma criatura vem saltando até mim. Presas à mostra. Pelos arrepiados. Incrivelmente rápida.

O tempo desacelera meu pulso para uma batida lenta quando encontro os olhos dourados do chacal. A coruja-das-torres voa atrás dele. Ela grita e o incita para a frente com suas garras.

Ela o trouxe para mim.

O chacal está na metade da ponte. Um pensamento fugaz passa pela minha cabeça. Devo ferir o chacal. Capturá-lo, não matá-lo. Comando de Odiva.

O chacal se lança sobre mim. Salta no ar. Abre as mandíbulas.

A coruja não queria que Odiva o matasse. A coruja quer que as graças do chacal sejam minhas.

Armo uma flecha.

Solto um suspiro trêmulo.

E atiro direto no coração do chacal-dourado.

31
Bastien

Ailesse segura minha mão com mais força enquanto caminhamos pelos ossos e crânios dispostos ao longo das paredes do túnel.

— Vamos passar por eles em breve — digo. Depois de alguns corredores ramificados, as catacumbas se abrem em uma das antigas pedreiras de calcário sob Dovré. Minha lanterna brilha apenas um pouco no amplo fosso diante de nós.

— Por favor, me diga que tem fundo — diz Ailesse.

— É uma queda de doze metros até o chão — respondo. Ainda o suficiente para matar uma pessoa se ela caísse, mas as linhas de preocupação se suavizam na testa de Ailesse.

Descemos por um andaime no lado mais próximo do fosso. Ela ainda está fraca. Suas pernas estão tremendo e ela está com uma expressão tensa como se mal conseguisse se manter em pé. Quero carregá-la novamente, mas é impossível no momento. Quando estamos a seis metros de profundidade, descemos do andaime e entramos em uma sala de pedreira, com metade do tamanho de nossa última câmara e aberta para o fosso de um lado.

Coloco minha lamparina no meio do chão. Mal lança luz suficiente para preencher o espaço. Ailesse olha em volta para o que será sua casa pelos próximos sabe-se lá quantos dias, e um calor sobe pelas minhas bochechas. Empurro alguns caixotes para o lado e sacudo a poeira de um cobertor comido por traças.

— Vamos tornar este lugar confortável, prometo.

— Quem fez isso? — pergunta Ailesse com reverência.

— Fez o quê? — Viro-me e a encontro olhando para a parede oposta da sala. É um relevo do Château Creux. Meu peito arde de dor. Só vi as ruínas do castelo de longe. A velha fortaleza não se parece em nada com a daqui: majestosa, com torres altas. De um lado estão o deus do Sol e a deusa da Terra, Belin e Gaëlle, e do outro lado estão Elara e Tyrus, a deusa dos Céus Noturnos e o deus do Submundo. Cruzo e descruzo os braços. — Meu pai esculpiu.

— Seu pai? — Ailesse se vira para mim. Por um momento, paro de respirar. Não consigo desviar o olhar de seus olhos grandes e bonitos, seu cabelo ondulado, o volume de seu lábio superior... Se eu tivesse o talento de meu pai, esculpiria uma estátua dela.

Finalmente assinto e enfio as mãos nos bolsos.

— Ele era um escultor, um escultor esforçado. — Levanto o queixo para as onze estatuetas que guardei depois que ele morreu. — Vendia no mercado para pagar as contas. Não podia comprar blocos de calcário, então se esgueirava até aqui e os extraia ele mesmo.

O olhar de Ailesse percorre as estatuetas que arrumei no parapeito da parede direita. Oito são esculturas de deuses, duas são miniaturas do Beau Palais e cinco são animais da floresta e criaturas marinhas.

Um sorriso suave levanta os cantos da boca de Ailesse.

— Seu pai era um mestre, Bastien.

O calor se agita profundamente dentro do meu peito. Então me lembro que uma Feiticeira de Ossos — alguém como Ailesse — matou meu pai, e uma onda de frieza o afugenta. A sede de vingança que alimentei por tanto tempo não parou de correr nas minhas veias, mas não sei mais o que fazer a respeito. Sento-me e me inclino contra a parede, em frente a ela, colocando o máximo de distância que posso entre nós.

— O nome do meu pai era Lucien Colbert — digo, minha voz repentinamente rouca. — Alguém da sua *famille* já mencionou isso?

As sobrancelhas ruivas de Ailesse se contraem. Ela balança a cabeça lentamente e se abaixa no chão para se sentar na minha frente.

— Sinto muito. Nem todas da minha *famille* falam de seus *amourés*. Algumas nunca aproveitam a oportunidade para conhecê-los antes de... — Ela abaixa os olhos.

Dou de ombros como se não importasse, quando é claro que importa.

— Se os deuses realmente escolheram meu pai para morrer, então ninguém deveria adorá-los. — A raiva na minha voz está de volta. Bom.

Ailesse estremece.

— Não deve falar assim.

Atiro um olhar sombrio.

— Você está brincando?

Ela aperta os lábios e esfrega o caroço na parte de trás da cabeça. Provavelmente está maior agora.

— Talvez haja outra maneira de completar um rito de passagem... não sei. — Suas palavras vêm hesitantes e com grande esforço. Ela afasta a mão e a coloca no colo. — Talvez ninguém tenha rezado o suficiente para descobrir.

Minhas sobrancelhas se contraem. Estou abertamente olhando para ela. Ailesse acabou de admitir que um evento crucial de sua vida poderia estar errado?

— Se *você* rezar o bastante, acha que pode quebrar nosso vínculo?

Ela abre um sorriso minúsculo.

— Então você acredita que os deuses devem ser adorados, afinal?

— Depende. — Reprimo um sorriso.

Seus ombros tremem com uma risada silenciosa, mas então sua expressão muda.

— Nosso vínculo já está estabelecido, Bastien. Rezar não pode quebrar o resultado inevitável.

— É realmente inevitável? — Eu me aproximo. — Quer dizer, se protegermos um ao outro, e prometermos não matar um ao outro, então nós dois sairemos desta vivos, quer tenhamos almas amarradas ou não.

Ela puxa um fio de seu vestido arruinado.

— Na verdade, o resultado é mais complicado do que isso.

— Como?

— Uma vez que um *amouré* é reivindicado, sua vida é perdida.

— Reivindicado... tipo morto?

— Não, reivindicado a partir do momento em que o canto da sereia o chama para a ponte.

Minha garganta se fecha em uma risada forçada.

— Bem, ainda estou vivo, certo?

Ela engole em seco.

— Por enquanto.

— Como assim?

Ailesse inclina a cabeça para trás, como se estivesse olhando para um céu que não consigo ver.

— Você tem um ano, Bastien. — Seu peito afunda. — Se eu não completar o ritual antes disso, você morrerá de qualquer maneira. Os deuses sempre encontram um jeito.

Fico em silêncio por um momento, pensando em como o pai de Jules e Marcel morreu.

— E como você é punida se falhar?

Ela respira fundo e olha fixamente para mim.

— Os deuses encontrarão uma maneira de me matar também.

Meu coração bate com dificuldade.

— Que tipo de negócio injusto é esse?

Ailesse olha para as próprias mãos.

— Não é pior do que o destino de Tyrus e Elara, suponho.

— O quê, glória eterna? — zombo.

— Eles também sofreram. Casaram-se em segredo quando o mundo foi formado. Belin e Gaëlle proibiram a união de seus reinos, mas Tyrus e Elara queriam ficar juntos. Quando Belin descobriu, ele lançou o Paraíso no Céu Noturno, e Gaëlle abriu a terra para engolir o Inferno. Tyrus e Elara nunca mais puderam ficar juntos desde então.

— Então, deixe-me ver se entendi. Eles querem que você sinta a dor deles?

— Ou eles querem que aprendamos a superá-la. Talvez isso mostre a eles como fazer.

Esfrego a mão no rosto e fico de pé. Preciso sair daqui. Não posso ouvir histórias de deuses que punem mortais porque não conseguem resolver seus próprios problemas.

— Fique aqui e descanse, está bem? Vou encontrar Jules e Marcel e recuperar seus ossos.

— E a flauta?

Assinto.

— Vejo você em breve.

Ela cerra as mãos.

— Não posso ficar aqui embaixo por muito tempo, Bastien. Não vou ficar. Sou uma Leurress. É meu trabalho proteger as pessoas dos mortos.

— Eu sei.

Mas também tenho um trabalho. E agora é protegê-la. Ela será capaz de se defender melhor se tiver suas graças de volta.

— Fique, Ailesse. Não vou demorar.

32
Ailesse

Ando na beira do fosso. Imagino ainda ter minha visão de tubarão-tigre, para enxergar no escuro, e a visão de meu falcão-peregrino, para perceber o que está bem à minha frente. Talvez então a luz fraca da minha lamparina fosse suficiente para iluminar a pedreira de calcário na extremidade aberta desta sala, que compartilho com Bastien. Mas, novamente, se eu tivesse minhas graças, não estaria me escondendo aqui, esperando por ele com todos os meus nervos à flor da pele. Não sei há quanto tempo ele se foi — não sei dizer quanto tempo dormi —, mas estou acordada há pelo menos dez horas.

E se um dos Acorrentados atacou Bastien e é por isso que ele não voltou? Meu estômago se contorce em um nó apertado. Não posso mais ficar aqui.

Pego a lamparina e corro para o andaime. Minhas pernas tremem como folhas quebradiças de outono enquanto subo. Cerro os dentes e supero minha fraqueza. Se a lua estivesse cheia ontem à noite, teria me preenchido com um pouco mais da Luz de Elara, mas a força que senti sob as estrelas se foi, assim como a força de meus ossos da graça. Não importa. Se matei o tubarão-tigre depois de quase me afogar na laguna, encontrarei resistência para lutar contra os mortos.

Há apenas alguns túneis ramificados aqui, nada como o labirinto de catacumbas que conduzem à ravina. Prendo a respiração quando passo por uma seção forrada de ossos. Logo encontro a porta do porão da capela. Subo a escada, abro o alçapão e empurro o tapete esfarrapado para o lado.

Assim que saio, inclino-me contra o altar por um momento. Já estou sem fôlego. Não é um bom sinal. Olho ao redor do interior da capela, e meu olhar se fixa em várias janelas em arco fechadas com tábuas. A luz suave dos céus flutua para dentro através das ripas. É noite. Meu coração bate forte. Preciso dessa energia.

Afasto-me do altar e corro para as altas portas duplas na frente da capela. A contusão na parte de trás da minha cabeça lateja, e minha visão começa a girar como na noite passada.

Alcanço as portas e me atrapalho com as travas. Elas são rígidas e não se movem. Bato meu ombro contra a madeira estilhaçada. Uma vez, duas vezes. A transpiração molha minha testa, mas o esforço vale a pena. A porta se abre.

Cambaleio para a rua no momento em que o ar estremece com o estrondo de um trovão. Algumas gotas de chuva caem no meu rosto. Solto um suspiro pesado e amaldiçoo minha má sorte. As espessas nuvens de tempestade diluem ainda mais a preciosa luz das estrelas de Elara, e apenas uma débil quantidade de força se infiltra em mim.

Rodopio, tentando decidir qual caminho seguir. Meus olhos se arregalam com as estruturas imponentes ao meu redor. Nada é verde ou frondoso. Tudo tem bordas duras e fede a lixo. Esta área não é intocada como os edifícios que se erguem acima da muralha da cidade, perto de Beau Palais. É decrépita e imunda. Meu peito dói por Bastien. Ele passou a vida nessas ruas.

Por impulso, corro para a esquerda. Mais janelas estão iluminadas por dentro nesta direção. Fica mais fácil ver para onde estou indo. Não precisaria de ajuda se tivesse minha visão de tubarão-tigre. O céu brilha com relâmpagos e a chuva cai sobre os paralelepípedos. As poucas pessoas que ainda estão do lado de fora correm para dentro para se proteger.

— Lá está ela! — A voz de uma mulher sibila de um beco à minha direita.

— Finalmente — um homem resmunga atrás de mim.

Viro-me e tiro o cabelo molhado do rosto, mas não vejo nenhum deles.

— Estávamos procurando por você. — Outra voz. Masculina e sem corpo e bem na minha frente.

Dou um solavanco e pego a pequena faca que roubei de Marcel. Não sei se essas almas são de Acorrentados ou Libertados, mas definitivamente não deveriam estar aqui.

— Vocês precisam voltar para a enseada com a ponte de terra — digo a eles.

— Por quê? — Eu me assusto com outra voz. Robusta e feminina, e se aglomerando à minha esquerda. — Para que vocês mulheres de branco possam nos pastorear como se fôssemos ovelhas tontas? — Um dedo frio desliza pela minha bochecha. Levo um susto e pulo para trás. — A ponte de terra se foi.

— Gostamos *daqui*. — Um hálito gelado faz cócegas na minha orelha direita. — Temos tanto para nos deliciar.

Minhas narinas dilatam. Balanço a faca. A alma grita quando a corto. Rapidamente golpeio à minha esquerda, então golpeio na frente e atrás de mim, antecipando um ataque em grupo. Mas minha lâmina arranha apenas um deles. Dois outros batem em mim e me jogam no chão. A dor irrompe na parte de trás da minha cabeça. Acertei meu hematoma de novo.

Chuto e me debato, lutando cegamente com minha faca, mas muitas almas convergem para mim. Mais estão chegando. Seus rugidos crescentes ultrapassam o céu trovejante.

— Ailesse!

Bastien.

Uma descarga de adrenalina corre pelo meu corpo. Não estou sozinha.

Libero meu braço direito e enfio minha lâmina no que parecem ser costelas. Com um grito estridente, uma das almas cai de cima de mim. A chuva bate em meu rosto. Arquejo e cuspo, mas continuo atacando os outros. Com o canto do olho, vejo Bastien agarrar um carrinho abandonado e correr em minha direção como um aríete.

— Saiam de perto dela! — grita.

A maioria das almas me larga. Rolo para fora do caminho assim que o carrinho passa pelo resto deles.

Bastien está imediatamente ao meu lado. Ele me levanta e segura minha mão. Corremos pela rua e nos afastamos da capela.

Mãos invisíveis nos agarram. Bastien desvia para a bandeira do símbolo do sol de Dovré. Seu mastro se estende de um suporte em um edifício. Ele o puxa e o balança atrás de nós, usando sua ponta de ferro como uma lança. Ouvimos o baque quando atinge alguns oponentes invisíveis.

— Eu disse que você era um farol para eles — diz.

Pego um paralelepípedo solto e o jogo no ar. Ele para no meio de seu arco e atinge uma das almas.

— Você encontrou Jules? — pergunto. Não adianta perder mais fôlego dizendo a Bastien que ele estava certo.

— Não. — A chuva escorre dos músculos tensos de sua mandíbula. Ele balança o mastro novamente. — Vou tentar de novo amanhã.

Meu estômago revira.

— O que fazemos agora? — Os mortos estão nos cercando, nos espremendo contra a parede do prédio.

Bastien avalia rapidamente nossos arredores.

— Siga-me! — Ele corre para uma fenda entre os prédios, um beco tão estreito que não percebi antes.

Corro atrás dele, meus joelhos tremendo enquanto minha fraqueza ameaça me dominar. Meus ombros batem e raspam contra as paredes do beco. Os mortos estão furiosos atrás de mim, mas pelo menos aqui eles só podem nos perseguir em fila indiana.

A chuva cai em raivosas rajadas quando saímos para um pátio e corremos até um estábulo. Bastien abre o portão com um chute, quebrando a fechadura, e me passa o mastro. Eu me viro e golpeio o ar. Acerto uma alma. A chuva pesada bate nos contornos de um corpo invisível.

Um momento depois, Bastien irrompe do estábulo em um grande cavalo cinza e estende a mão para mim. Ansiedade e antecipação percorrem minhas veias. Nunca andei a cavalo antes. Espeto outra alma que se aproxima, então agarro a mão de Bastien.

Ele me iça atrás de si na sela e imediatamente galopa para fora do pátio e para uma estrada mais larga.

— Volte, ladrão! — grita alguém de uma janela aberta.

Eu me pego rindo de verdade. Não posso evitar. Apesar do meu cansaço e dos gritos cruéis dos mortos, a emoção de montar de verdade em um animal e sentir sua força pulsar sob mim é revigorante.

Dovré passa correndo por mim em relâmpagos enquanto a tempestade continua. Bastien segue sem rumo rua após rua, tentando fugir dos mortos. Vislumbro fachadas arqueadas e torres abobadadas e habitações mais humildes com telhados de colmo. A rebeldia de estar nesta cidade proibida causa outro arrepio de euforia em mim. Nem me importo com quão furiosa isso deixaria minha mãe. Abraço Bastien com mais força.

Ele guia o cavalo para outro beco e desacelera o garanhão para um trote antes de deslizar furtivamente em outra esquina. Os pináculos frágeis da capela de onde começamos se erguem acima do aglomerado de telhados à nossa frente. Bastien rapidamente desmonta do cavalo, e então me puxa para baixo com ele.

— A partir daqui vamos a pé — diz. — Em silêncio. — Ele arranca a capa ensopada, envolve meus ombros com ela e levanta o capuz. — Faça o possível para ficar fora de vista.

Encaro seus olhos azuis como o mar e as gotas de chuva se acumulando em seus cílios. Talvez seja minha cabeça machucada, mas meus joelhos estão um pouco vacilantes.

— Aonde estamos indo?

— De volta ao meu esconderijo sob a Chapelle du Pauvre.

— As catacumbas? De novo? — Toda a minha euforia some e meu peito desaba.

— Sinto muito, Ailesse. — Ele junta as sobrancelhas. — Não sei de nenhum outro lugar onde você estará segura.

Olho para longe dele e lentamente passo a mão no pescoço do garanhão. Poderia montar neste cavalo forte e cavalgar para longe daqui, de volta ao Château Creux. Mas a horda de mortos só iria me seguir e colocar minha *famille* em perigo. As Leurress não podem tentar fazer a travessia por mais um mês, não até a próxima lua nova. Consigo passar esse tempo na escuridão?

— Não vamos desistir, está bem? — Bastien timidamente toca meu ombro. — Vou continuar procurando por Jules. Ela e Marcel estão em algum lugar trabalhando para quebrar nosso vínculo de alma. Você e eu podemos fazer a mesma coisa. Aposto que teremos ainda mais sorte. Marcel pode ser brilhante, mas tenho *você*. — Ele pisca, percebendo o que acabou de dizer. Bastien abaixa os olhos e morde o canto do lábio. — Você também tem a mim, Ailesse.

Meu batimento cardíaco se estabiliza. Uma onda de calor acalma a tensão em meu corpo. Talvez possa suportar a escuridão. Pego a mão de Bastien e a seguro com força. Ele olha para mim e sorri.

Partimos para a capela.

33
Sabine

Fico em um buraco lamacento de um metro e meio e pego outro punhado de terra encharcada. Afasto um cacho pingando da minha testa com as mãos imundas. A chuva é implacável. Deveria ter enterrado o chacal-dourado logo depois de matá-lo, mas quando o arrastei para este vale, não aguentei olhar para ele, muito menos tocar seu corpo flácido. Eu o cobri com ramos de pinheiro e fiz o possível para não chorar enquanto partia em mais uma busca em vão por Ailesse.

Isso foi ontem. Hoje à noite, o corpo do chacal começou a feder. Alguém sem um olfato agraciado pode não perceber, mas eu posso, e isso significa que outras na minha *famille* também perceberão. Elas vão rastrear o cheiro dele até aqui. Devem estar procurando por ele de novo, e fui diretamente contra a vontade da *matrone* ao matar o chacal eu mesma.

Removo o último punhado de lama. A chuva torrencial mascara o odor de decomposição por enquanto, então tenho que me apressar e terminar isso. Saio do buraco e corro até onde guardei o corpo do chacal. Puxo os galhos de pinheiro em cima dele e engulo a bile na minha garganta. O chacal está rígido agora, e uma substância leitosa está se formando sobre seus olhos.

— Perdão — sussurro, ajoelhada ao lado dele. Puxo a faca de osso de Ailesse do cinto em meu vestido de caça e começo a cortar sua perna traseira.

Fecho os olhos o máximo possível. Estou grata que a chuva forte cobre a maior parte do barulho. Os tendões estão duros e exigem que eu torça e puxe o osso. *Elara, dê-me forças.*

Por fim, o osso se quebra. Cortei toda a perna do chacal, do fêmur à pata. Tenho que enterrar o que não posso usar — e só preciso do fêmur. Vou esculpir um pingente para o meu colar. Torço o nariz e começo a golpear novamente. Gemo. Isso é tortura.

Quando termino, minhas mãos estão tremendo. Largo a faca e pressiono as palmas das mãos nos olhos. Graças aos deuses, este é meu último osso da graça.

Assim que penso nisso, meu estômago se contorce de culpa. Devo realmente reivindicar este osso para mim? Ainda posso dá-lo a Odiva para ela esculpir uma flauta nova.

O céu crepita com o trovão. Um grito estridente se eleva acima dele. A princípio, acho que é uma raposa vermelha, mas depois a chuva na beira do vale brilha em *chazoure*.

Um calafrio toma conta de mim. Eu me abaixo, rezando para que a alma passe sem me ver, mas então ele fala com uma voz retumbante, como outro trovão.

— Não se preocupe em se esconder. Sinto a Luz dentro de você.

Os pelos dos meus braços se arrepiam. Claro que é um Acorrentado. E não tenho tempo para encobrir o chacal novamente.

Olho para cima, e o Acorrentado salta para o vale. Solto o fêmur. Pego minha faca. Fico em pé bem a tempo de esfaqueá-lo no peito. Ele rosna e me empurra para baixo. Caio para trás uma vez, então salto, mas não ataco novamente. Não tenho como matá-lo. Preciso evitá-lo.

— Quer minha Luz? Vai ter que me pegar primeiro.

Corro para fora do vale, mais grata do que nunca por minha graça de falcão noturno. Minhas pernas são leves e minha velocidade é poderosa.

O homem morto corre atrás de mim e fica ao meu alcance, surpreendentemente rápido. Ele é alto e musculoso, e seu peito está envolto em cinco fileiras de correntes. A maioria dos Acorrentados que vi na ponte de terra tinha metade disso. Além de rápida, vou ter que ser esperta.

Atravesso árvores e mudo de direção com frequência, tentando despistá-lo, mas sigo em direção ao rio Mirvois, o rio proeminente de Galle do Sul.

A chuva não para. Mal consigo manter o equilíbrio na descida de uma colina gramada. O Acorrentado não tem tanta sorte. Ele escorrega e cai na grama molhada. Por um momento, isso o coloca à minha frente, então me esquivo dele por pouco enquanto sigo adiante.

Outra colina aparece. No topo está o penhasco acima do rio. Conheço este local. Cacei um veado aqui enquanto deliberava sobre meu segundo osso da graça. A corrente do rio corre solta com água branca. Se não fosse pela chuva forte, eu ouviria o som furioso dela.

Firmo os pés enquanto subo a colina lamacenta. O Acorrentado golpeia minha perna e arranha meu tornozelo. Eu o afasto. Meus músculos queimam, mesmo com minhas graças. Preciso da força do chacal.

Está quase lá, Sabine. Continue.

Ofego, alcançando o topo da colina. A borda do penhasco é mascarada por uma fileira de árvores, a chuva torrencial e a escuridão da noite. Rezo para que minhas graças sejam suficientes. Preciso da agilidade da minha salamandra-de-fogo no chão escorregadio, e do poder de saltar no ar do meu falcão noturno.

Corro para a linha de árvores e vejo um galho robusto que se projeta do penhasco por seis metros.

Diminuo minha velocidade apenas o suficiente para estar fora do alcance do Acorrentado.

Cinco metros até a linha de árvores.

Três.

Dois.

Um.

Mergulho para fora da borda do penhasco. Os braços do Acorrentado se estendem para mim. Seus dedos agarram a saia do meu vestido, mas depois escorregam do tecido molhado. Ele cai do penhasco com um grito gutural.

Voo pelo ar, puxando minhas pernas para cima para precisar a aterrissagem. Meus pés tocam o galho grosso. Estou equilibrada, mas o galho é muito curto. Vou deslizar para fora dele.

Eu me agacho e agarro o galho com os braços. Está muito molhado para eu ganhar qualquer tração. Aperto com mais força e grito com o esforço. Minhas pernas tombam. Deslizo de bruços, agarrando-me desesperadamente ao galho. Está ficando mais fino, mais frágil, conforme me aproximo do fim. Procuro um galho de árvore que se bifurca. Eu o agarro, e meu ombro sente o impacto com força quando finalmente paro de cair.

Suspiro de alívio, segurando-me na ponta curva do galho, e olho para baixo.

O Acorrentado caiu no rio. A correnteza o carrega rio abaixo em uma velocidade impressionante.

Uma respiração pesada sai de meus pulmões. *Obrigada, Elara.*

Levo um momento para recuperar minha força, então rastejo para fora do galho e piso em terra firme. Não perco tempo. Corro de volta para o vale, encharcada e tremendo, mas decidida.

Tenho de dar o osso de chacal à Odiva. Os mortos ainda não podem ser transportados, mas talvez ela possa atraí-los com a música e conduzi-los para uma caverna. Podemos selá-la com pedras grandes. As Leurress podem mantê-los lá até a próxima lua nova.

Meus pulmões estão pegando fogo quando chego ao vale. Não paro para descansar. Pego a faca de osso e esfolo a carne do fêmur do chacal. Vou apresentar um osso limpo e pronto para minha *matrone*. Isso pode ajudá-la a me perdoar por matar o animal.

Minha mão escorrega e a lâmina da faca corta minha palma.

Algo dá um guincho áspero a dois metros de mim. Respiro fundo, esperando ver outro Acorrentado. Mas ela não brilha em *chazoure*. Também não tem forma humana.

É a coruja-das-torres. Aqui, de todos os lugares. Penas encharcadas enquanto a chuva a atinge.

Meu estômago endurece. Puxo o osso para o colo com a mão ilesa.

— *Precisamos* de uma flauta de osso — digo na defensiva, presumindo que é por isso que a coruja veio. Ela me ajudou a matar o chacal, no fim das contas, e impediu Odiva de fazer o mesmo.

A coruja pula para mais perto, inclinando a cabeça para mim. Ela pisca seus lindos olhos. De alguma forma sei o que ela está tentando comunicar. Que preciso confiar nela. Que ela está bem ciente de que os mortos estão invadindo Galle do Sul. E Ailesse já tem uma flauta de osso — a verdadeira flauta. Ela a tocou no penhasco acima da ponte de terra.

Reivindique esta graça, Sabine, e use-a para salvar sua amiga.

O pensamento vem como outra voz em minha mente. Isso me cobre de calma compreensão.

Encaro a coruja. A chuva não para, mas não tremo.

— Você vai me ajudar a encontrá-la?

A coruja balança a cabeça e meu coração bate mais rápido.

Respiro fundo e abro a palma da mão. A chuva lava a maior parte do sangue do meu corte, mas ainda está sangrando em um ritmo constante. Será o suficiente.

Cerro os dentes e pressiono o osso de chacal contra meu sangue.

34
Ailesse

Sento-me ao lado do relevo do Château Creux no esconderijo de Bastien, meu dedo vagarosamente traçando as torres que não existem mais lá. Minha *famille* nem sempre viveu sob o castelo; costumávamos morar em vales isolados da floresta e em cavernas na costa, mas não me lembro desses lugares. Eu era um bebê quando o rei Godart morreu de uma morte não natural. Naquele mesmo ano, uma forte tempestade varreu a terra e atingiu o Château Creux, aumentando os rumores de que o castelo estava amaldiçoado. Mas Odiva tinha um carinho pelo lugar. Ela mudou nossa *famille* para lá quando ele foi abandonado.

Olho ao meu redor para o quarto ao lado da pedreira onde vivi nos últimos dez dias. Eu me sinto confortável aqui; tão confortável quanto posso, com todas as minhas forças se esvaindo e meu desejo de ajudar minha *famille* acabando com meus nervos.

O andaime na extremidade da pedreira range, e meus membros formigam com o calor. Bastien está de volta.

Ele desce do andaime e entra na sala com uma mochila pendurada no ombro e algo debaixo do braço. A luz da lamparina capta os ângulos de seu maxilar forte e o brilho de seu cabelo. Ele teve tempo de raspar a barba por fazer e tomar banho enquanto estava lá em cima. Um sinal de que a busca por Jules e Marcel não deu em nada. De novo.

— Teve sorte? — pergunto, ainda agarrada a vãs esperanças. Talvez meus ossos da graça e a flauta de osso estejam na bolsa de Bastien, e ele se arrumou para comemorar.

— Jules não estava no sótão da cervejaria — diz ele, e meus ombros caem. Já verificou todos os lugares onde ele e seus amigos se refugiaram e agora está vasculhando pontos aleatórios em Dovré. Está tudo começando a parecer inútil. — Não se preocupe, eu vou encontrá-la.

Estudo o sorriso forçado no rosto de Bastien e as linhas sob seus olhos cansados. Ele nunca desistirá de procurar — é tão teimoso quanto eu quando decide algo —, mas não significa que sua esperança também não esteja acabando.

— E os mortos? — questiono. — O que está acontecendo com eles?

Ele suspira e se aproxima de mim.

— Mais do mesmo. Rumores de pessoas ouvindo vozes incorpóreas. Alguns deles imploram ou pedem desculpas. Alguns ameaçam. Mas nenhum deles é tão violento quanto eram perto de você e das outras Feiticeiras de Ossos. — Ele coloca sua mochila no chão, assim como uma trouxa embrulhada em pano. — Parece que os mortos são mais astutos perto das pessoas comuns.

— Mas não menos perigosos.

Bastien acena com a cabeça, sentando-se para tirar uma de suas botas.

— Ouvi alguns homens na taverna mencionarem amigos que adoeceram. — Ele sacode a poeira e as pedras. — Mas esses amigos não têm febre ou erupções cutâneas ou quaisquer sintomas óbvios.

— Os mortos estão extraindo a Luz deles. — Minha pele se arrepia quando penso no que minha mãe me ensinou antes de eu tentar meu rito de passagem. Se os Acorrentados não forem transportados, eles buscarão a vitalidade dos vivos. E se eles roubarem Luz suficiente de uma pessoa, eles a matarão, corpo e alma. — Gostaria de estar lá fora com você, ajudando a procurar a flauta.

— Você precisa de seus ossos da graça primeiro — responde Bastien com uma voz suave. — Eu consigo evitar os mortos, mas você... — Ele esfrega a nuca.

Concordo com a cabeça, desanimada, e olho para o espaço escuro onde está a pedreira. Não é justo que eu consiga me esconder e me proteger quando pessoas inocentes não podem fazer o mesmo.

— O que você trouxe desta vez? — pergunto, lutando para suavizar o meu tom. Estou cansada de falar em círculos sobre uma situação impossível.

Ele muda para uma posição de pernas cruzadas e empurra sua mochila para mim. Eu me afasto do relevo do Château Creux, corando com o esforço que mesmo esse pequeno movimento exige, e espio dentro. Não posso deixar de sorrir enquanto retiro outra lamparina e várias velas. Olho para Bastien e descubro que ele está me observando cuidadosamente.

— Não são os Céus Noturnos — diz ele —, mas duas lamparina são melhores do que uma.

O calor flui dentro do meu peito. Ele está fazendo tudo o que pode para tornar este lugar acolhedor.

— Obrigada.

Ele me encara por um longo momento, e o calor se espalha, irradiando para a ponta dos dedos dos meus pés.

— Tem um pouco de comida aí também. — Bastien aponta para a mochila.

Comida, eu já esperava. Estou mais curiosa com o pacote embrulhado em pano.

— E isso?

Suas sobrancelhas se erguem quando ele vê para onde estou olhando.

— Ah... isso é, hum... bem... — Ele pigarreia. Coça o braço. Estala uma junta. — Realmente, quanto tempo mais você pode usar essa coisa esfarrapada... — Bastien acena com a mão, indicando meu corpo — ... antes que caia completamente? — Ele estremece. — Antes que se desfaça, quero dizer. — Bastien está corando? Não posso ter certeza à luz de nossa única lamparina acesa.

— Você me trouxe um vestido? — Minhas próprias bochechas esquentam. Ele engole e acena com a cabeça.

Nós dois ficamos em silêncio por um momento.

— Posso ver?

— Hum, claro. — Ele lentamente me passa o pacote.

Um turbilhão de borboletas dança dentro de mim enquanto desembrulho o pano e vejo o tecido do vestido dentro dele: delicado, feito de lã, e verde-samambaia. Meus dedos percorrem o tecido macio, e sorrio suavemente.

— Esta é a cor favorita de Sabine.

— Sua amiga da ponte? — pergunta Bastien. Levanto os olhos surpresos para ele. — Às vezes você chama esse nome enquanto dorme — explica.

— Chamo? — Sinto um nó na garganta. Gostaria de me lembrar desses sonhos. Não tenho uma visão de Sabine desde antes de vê-la na ponte de terra. Isso torna sua ausência ainda mais difícil. — Ela é uma das minhas irmãs Leurress — conto. — Não é minha irmã *de verdade*; cada Leurress só tem tempo suficiente para conceber uma criança antes... — *Antes que o pai morra*. Mordo o lábio e arrisco outro olhar para Bastien. Ele não parece zangado, nem resignado, nem mesmo receptivo. Talvez ele ainda esteja tentando processar o fato de que um ano depois de me conhecer ele vai morrer, esteja ou não minha faca em seu coração. — Sabine é minha melhor amiga.

— Você deve sentir falta dela — murmura ele.

A dor profunda em meu peito aumenta. Parece que faz muito tempo desde que Sabine e eu caminhamos pela floresta até Castelpont, de braços dados enquanto ela me pedia para sonhar com quem eu queria que fosse meu *amouré*. Nunca imaginei alguém como Bastien — não totalmente —, mas agora não consigo imaginar mais ninguém.

— Você deve sentir falta de Jules e Marcel — comento.

Ele olha para baixo e esfrega um arranhão na bota. Cutuco as unhas, observando-o. O quanto ele sente falta de Jules? Ela é como família, eu sei, mas será que os sentimentos dele por ela são mais profundos? Bastien estica os músculos das costas e ombros e se levanta.

— Quer tomar um banho? — Ergo as sobrancelhas. — *Sozinha*, é claro. — Ele se encolhe, e eu reprimo um sorriso. — Vou acompanhá-la até a piscina, se quiser. Você pode colocar seu vestido novo depois.

— Tudo bem.

Ele acende a segunda lamparina, e eu pego a outra. Eu me movo devagar, com cuidado para poupar minha força que se esvai. Bastien me guia pelo andaime até o chão da pedreira. Um de seus túneis leva a uma piscina de águas subterrâneas limpas. Já tomei banho aqui duas vezes, mas quando tenho que colocar meu vestido de rito de passagem esfarrapado depois, me sinto suja de novo.

— Você precisa de ajuda para voltar? — pergunta Bastien. — Posso esperar aqui fora.

Aperto o vestido verde-samambaia junto ao peito.

— Vou ficar bem.

Bastien assente. Duas vezes. Ele passa os dedos pelos cabelos e tenta fazer uma expressão indiferente, a mesma que o dominava em nossa antiga câmara nas catacumbas. Não parece tão magistral agora. Ele continua respirando fundo e evita olhar nos meus olhos.

— Vejo você em breve — diz ele finalmente e se afasta. Sufoco uma risada.

A água é morna e divina. Esfrego languidamente o cabelo e o corpo até que cada partícula de pó de calcário desapareça, depois penteio os cabelos com os dedos enquanto me sento na beira da piscina. Quando todos os emaranhados se desfazem, coloco o vestido verde-samambaia e deixo para trás meu vestido de rito de passagem arruinado. Uma calma profunda toma conta de mim enquanto ando de volta para a câmara de Bastien. Sinto-me mais leve do que tenho me sentido nos últimos dias. Minha pele não coça, finalmente consigo respirar. Eu nunca mais vou desprezar roupas limpas.

Os músculos de minhas pernas e braços tremem enquanto subo no andaime. No momento, não me importo com o esforço. As costas de Bastien estão viradas quando entro na câmara. Ele está acendendo uma vela que colocou em uma das prateleiras. Meus lábios se separam enquanto olho ao meu redor. Pelo menos mais dez velas estão acesas lá dentro e empoleiradas em vários lugares ao longo do chão e das paredes. O brilho âmbar bruxuleante contra o calcário é lindo. Eu poderia me acostumar com este lugar, se sempre parecesse assim.

— Pensei que você racionaria essas velas para as lamparinas — eu o repreendo gentilmente.

Bastien vira a cabeça parcialmente e sorri.

— Por uma noite, podemos ter mais luz.

Este é outro presente para mim, percebo, e me pego olhando suavemente para ele. O menor tremor percorre sua mão quando ele fecha a tampa de sua caixa de fósforos. Ele ainda está nervoso, o que é adorável porque é muito diferente de sua confiança habitual.

— Temos comida, se você quiser. — Bastien se vira, mas apenas o suficiente para inclinar o queixo para indicar a comida que colocou sobre um cobertor para nós. Ele não olhou diretamente para mim desde que voltei do banho.

— Obrigada. — Demoro mais um momento até sentir um respingo de água atingir meus pés. Meu cabelo pinga e forma uma poça ao meu redor. Eu me movo para a borda do fosso e me inclino para torcer meu cabelo. É então que pego Bastien finalmente olhando para mim. Congelo e prendo a respiração. Seus olhos são tímidos, quase temerosos, enquanto percorrem meu vestido e gradualmente se erguem para meu rosto. Meu peito vibra e eu me endireito, alisando as dobras da minha saia. — O vestido serve perfeitamente — digo.

Ele engole em seco.

— Percebi. — A caixa de fósforos chacoalha em sua mão quando ele a coloca na borda. Ele respira com calma e vai se sentar no cobertor. E então colhe uma pequena fruta vermelha de uma tigela de barro.

— Morangos-silvestres? — Sorrio e me sento em frente a ele.

Até agora, subsistimos com uma dieta de pão, queijo e tiras secas de carne salgada.

— Encontrei-os crescendo ao longo da estrada. Achei que talvez você gostasse.

Pego alguns da tigela e mordo um. Um gemido de prazer me escapa com a explosão de sabor depois de uma comida tão insípida.

— Essa é provavelmente a melhor coisa que já comi.

Um sorriso brinca no canto da boca de Bastien.

Mastigo e engulo mais dois morangos.

— Estive pensando nas gravuras da flauta de osso. Podem nos ajudar a romper nosso vínculo.

— Como? — Ele se senta mais ereto. Temos feito o possível para encontrar uma maneira, mas não temos os livros de Marcel ou seu brilhantismo, e nada do que compartilhei sobre minha *famille* nos aproximou da resposta.

Eu coloco uma mecha de cabelo molhado atrás da orelha.

— Bem, cada lado da flauta tem símbolos ligeiramente diferentes. Olhe. — Alcanço um pedaço de carvão em uma pequena lata contra a parede, então vou até onde Bastien está. Afasto uma ponta do cobertor de lã. No chão de calcário, traço um arco que se parece com uma lua crescente de cabeça para baixo e, em seguida, desenho um triângulo invertido em cima dele.

— Isso representa a água. — Aponto para o triângulo. — Juntos formam o símbolo da Ponte das Almas, a ponte de terra que emerge do mar. Eu disse isso a Marcel, mas ele não notou o símbolo correspondente à lua nova: um círculo sólido. Está acima dos orifícios de tom, não abaixo deles. — Desenho o círculo e afasto os símbolos. — Acho que a lua nova está gravada na flauta para mostrar em que momento a ponte da alma pode ser usada, o que faz sentido, porque é quando as Leurress fazem a travessia.

Bastien morde o lábio.

— E isso está ligado ao nosso vínculo de alma?

— Não exatamente. Mas os símbolos na parte de trás da flauta podem estar. — Esboço o símbolo da ponte das almas novamente no chão, exceto que este tem uma linha horizontal passando pelo meio do triângulo invertido. Acima, desenho um círculo que não está sombreado e coloco meu dedo nele. — Este é o símbolo da lua cheia.

Ele assente.

— Quando uma Feiticeira de Ossos pode invocar sua alma gêmea com a flauta, certo?

— Sim, mas o que é estranho é que esse triângulo segmentado significa *terra*. — Aponto para ele. — Quantas pontes você consegue imaginar que tenham terra embaixo delas e não água?

A testa de Bastien franze.

— Só Castelpont.

— Exatamente. E escolhi aquela ponte, dentre todas as pontes de Galle do Sul, para meu rito de passagem. Não sabia que tinha algum significado especial, mas deve ter se está gravada na flauta de osso.

Bastien coça a cabeça.

— Ainda não tenho certeza de como isso está conectado ao nosso vínculo de alma.

— Por quê? Castelpont é onde nosso vínculo de alma foi formado.

— Mas isso significa que a *ponte* é o que o formou? — Ele estuda minha expressão confusa. — Pense na ponte de terra, para começar. Pelo que você me contou, os mortos são atraídos para lá porque é lá que tocam o canto da sereia. Você também disse que a razão pela qual os mortos são atraídos para *você* é porque foi *você* quem tocou a música, pelo menos com a flauta de osso mais poderosa.

Concordo com a cabeça, tentando imaginar o que tudo isso tem a ver com o que estou falando.

— Você já considerou que o que realmente forjou nosso vínculo foi também a música e não a ponte? — Ele abre as mãos. — Talvez a ponte não seja essencial para a magia.

Sento-me e largo meu pedaço de carvão.

— Não sei. As pontes estão profundamente semeadas em tudo o que é ser uma Leurress. Simbolizam a conexão entre o mundo dos vivos e o mundo dos mortos, e as Barqueiras fazem parte desse vínculo. São tão importantes quanto a própria ponte para levar as almas ao Além. As pontes até representam nossos corpos durante os ritos de passagem. É por isso que uma Leurress deve enterrar seus ossos da graça nas fundações de uma ponte para que os deuses possam canalizar sua energia e combiná-la com seu *amouré*, e é por isso que seu *amouré* vem a essa mesma ponte para procurá-la.

— Mas ainda não é a ponte que cimenta o vínculo, certo? — Bastien gesticula para meus desenhos. — Você está dizendo que a flauta de osso tem esses símbolos para mostrar quando ela pode ser usada, seja para fazer a travessia das almas ou para chamar uma alma gêmea. Mas se uma Leurress pode usar *qualquer* ponte para seu rito de passagem, por que a flauta traria o símbolo de uma ponte sobre a terra? Isso significaria que não se pode usar a flauta em nenhum outro lugar, exceto Castelpont. Mas as Leurress *usam* a flauta em outras pontes; pontes sobre a água. Pelo menos a ponte em que meu pai estava era sobre a água, quando o vi... — A voz de Bastien falha, e ele disfarça tossindo.

Estico o braço para alcançá-lo, mas recuo. Quero oferecer conforto a ele, mas como poderia? Foi uma Leurress, como eu, que matou seu pai. Cerro minha mão em um punho. Pela primeira vez, estou amargamente zangada com quem quer que seja da minha *famille* que machucou tanto Bastien.

Ele esfrega os dedos nos lábios e leva mais um momento para se recompor.

— O que estou dizendo é que Castelpont pode não ser significativa para *todas* as Leurress.

— Mas poderia ser significativa para... *nós*? — Chego mais perto, meu pulso acelerando com esperança. — Talvez se você e eu voltarmos lá na próxima lua cheia, possamos romper nosso vínculo.

— Como?

Balanço a cabeça, tentando encontrar um motivo.

— Músicas diferentes fazem coisas diferentes acontecerem. A música que toquei perto da Ponte das Almas não é a mesma que toquei para atrair você para Castelpont. Talvez haja outra música que possa nos ajudar.

— Você conhece alguma música diferente?

Suspiro.

— Não.

A chama de uma vela próxima treme enquanto ficamos quietos. O pavio precisa ser aparado. No chão entre nós, os dedos de Bastien sutilmente dobram e se endireitam. Ele respira fundo e desliza a mão sobre a minha, apertando com suavidade.

— Vamos resolver isso, Ailesse.

Estremeço com o calor que passa por mim. Não deveria permitir que seu toque me afetasse tanto. Não quando nossos destinos são tão sombrios. Não posso evitar. Viro minha mão, hesitante. Nossas palmas se encontram, nossos olhos se conectam e enrolo meus dedos em torno dos dele. Meu coração bate forte, lembrando-me de respirar.

— Bastien — sussurro. Há tantas coisas que quero dizer, mas não consigo encontrar as palavras para expressar o quanto estou começando a me preocupar com ele. — Eu... não quero que você morra.

Ele não desvia o olhar de mim. Qualquer vestígio de sua timidez anterior se foi.

— Também não quero que você morra. — As velas brilham em seus olhos, e ele roça o polegar nos meus. — Há uma velha frase, da Galle Antiga, que meu pai costumava dizer sempre que tinha que sair por um tempo. Ele segurava minha mão assim e sussurrava: *"Tu ne me manque pas. Je ne te manque pas"*. Significa: "Você não está sem mim. Eu não estou sem você".

Eu sorrio suavemente, guardando essas palavras na memória.

— Gostei.

— Não vou a lugar nenhum, Ailesse. — O olhar de Bastien é sincero, terno e profundamente afetuoso. É como a Luz de Elara brilhando sobre mim. — Vamos ficar juntos, tudo bem? Ninguém vai morrer.

Concordo com a cabeça, fazendo o meu melhor para acreditar. Deito minha cabeça em seu ombro.

Ninguém vai morrer.

35
Sabine

Corro para fora do túnel das catacumbas e apago bruscamente minha tocha na grama. Com um grito furioso, jogo a tocha no chão da ravina e enfio os dedos no cabelo. Ainda não encontrei Ailesse.

Já perdi a conta de quantas vezes vim até aqui, ousando finalmente entrar nas catacumbas com a ajuda dos meus três ossos da graça. Agora estou com raiva deles. Se meus músculos doessem, eu estivesse com falta de ar ou meu cansaço parecesse insuportável, poderia sentir que estava trabalhando duro o suficiente para salvar minha melhor amiga. Em vez disso, estou ficando tão agitada e zangada que quero arranhar qualquer coisa à vista. Não sei se é um efeito da minha nova graça de chacal-dourado ou da minha própria frustração comigo mesma.

Onze dias se passaram desde a noite da travessia — vinte e seis desde o rito de passagem fracassado de Ailesse. Ela deve pensar que nem ao menos tentei ajudá-la. Não voltarei para casa até que o faça, embora esteja evitando ir para casa, de qualquer maneira. Ninguém sabe que matei o chacal.

Sacudo a lama do meu vestido de caça e ouço o mergulho da coruja-das-torres antes de ela pousar no chão da ravina. Encaro seu rosto em forma de coração e olhos adoráveis, brilhando à luz do sol da tarde. Ela inclina a cabeça, dá um guincho áspero e voa até o topo da ravina, esperando que eu a siga. Coloco uma mão no meu quadril.

— Você vai me levar até Ailesse desta vez?

Ela se afasta e eu travo minha mandíbula, correndo atrás dela. Tenho o cuidado de correr devagar, na ponta dos pés, e me manter sob a cobertura das árvores, mas os quilômetros passam sem nenhum grito dos mortos. Ultimamente, tenho visto Barqueiras tentando conduzi-los para uma prisão abandonada perto de Château Creux, mas elas precisam vigiá-los constantemente. Algumas almas escaparam inexplicavelmente das barras de ferro e, da última vez que verifiquei, apenas doze ou menos ainda estavam lá — nem perto do número que apareceu na ponte de terra.

Persigo a coruja-das-torres por mais um quilômetro até chegar aos pés de Castelpont. De novo. Um rosnado baixo ressoa em meu peito. Os últimos dias foram um círculo enlouquecedor de correr para dentro e fora das catacumbas e ir e voltar para Castelpont. E não tenho nada para mostrar.

A coruja-das-torres pisca de seu poleiro no centro do parapeito da ponte. É capaz de ela viver aqui pela frequência com que me traz a este lugar.

— Se Elara mandou você, então ela vai ter que ensiná-la a falar — retruco, embora Ailesse chamasse isso de blasfêmia.

A coruja-das-torres arranha com as garras as pedras argamassadas, enfatizando nossa localização.

— Isso não ajuda.

Ela abre as asas, voa em círculo e pousa no parapeito oposto.

Eu jogo meus braços no ar.

— Como assim? Já matei o chacal-dourado, que não é o predador mais feroz, a propósito. As melhores graças que ele me deu são mais força, maior resistência e excelente audição. Bom, mas não notável. Um lobo comum tem mais. E pensar que foi o meu último osso da graça.

A coruja guincha e pula ao longo do parapeito.

Balanço a cabeça.

— Não volte para mim de novo, a menos que você não vá desperdiçar meu tempo.

Dou uma espiada nas paredes de Dovré enquanto deixo a coruja-das-torres para trás. O brilho *chazoure* paira sobre a cidade como uma névoa misteriosa. As almas continuam a se reunir aqui. Desde a noite da travessia, não ouvi nenhum viajante na estrada mencionar ataques óbvios dos mortos, mas talvez roubar a Luz dos vivos seja um trabalho silencioso. Rezo para que seja um longo trabalho também, e que ninguém morra antes de eu encontrar Ailesse e a flauta de osso. A constante sensação de culpa dentro de mim se torna uma mordida.

Volto correndo para o vale onde enterrei o chacal-dourado e tomo ainda mais cuidado para me esconder. Até agora, ninguém da minha *famille* me rastreou até aqui, e quero continuar assim. Tenho me retirado para este lugar quando me forço a descansar e comer.

Ajoelho-me ao lado de um riacho. A água carrega o musgo e rochas, e forma uma pequena cachoeira. Eu verifico minha armadilha, e um flash prateado de escamas me cumprimenta. Meu estômago dói por causa de uma fome voraz. Desde que reivindiquei as graças do chacal, desenvolvi um desejo intenso por carne, que tento saciar comendo peixe. A velha Sabine estremeceria com isso, mas agora fico com água na boca.

Sento-me e puxo uma faca para estripar o peixe, mas não a que pretendia. Rapidamente a embainho. A faca de osso de Ailesse foi feita apenas para um propósito: matar seu *amouré*. Usei-a de modo egoísta quando matei o falcão noturno e esfaqueei o Acorrentado, mas não o farei novamente.

Saco outra faca. Assim que faço um corte na barriga do peixe, ouço:

— Olá, Sabine.

Largo o peixe. Pego minha faca. Aponto-a através do riacho. Picos de adrenalina disparam através de mim. Odiva está lá. Meus ouvidos agraciados nem a ouviram se aproximar.

— Você se cortou. — Seus olhos escuros baixam para a minha mão.

Só então me dou conta da dor pungente. Um corte vermelho na palma da minha mão está acumulando sangue.

— Vou ajudá-la a limpar a ferida — diz Odiva com uma calma que não passa confiança. Meu coração bate forte enquanto ela avança lentamente por uma parte rasa do riacho, e a bainha de seu vestido azul-safira se arrasta pelas rochas na água.

Ela se junta a mim no chão de seixos. Abaixo minha faca com dedos trêmulos. Rezo para que ela não perceba a nova adição no meu colar de ombro entre as conchas, contas e dentes de tubarão sem a graça. Mas Odiva não perde nada.

— O que é esse pingente que você está usando? — Ela simula um tom de indiferença, mas uma pontada de suspeita atravessa a sua voz.

— Meu novo osso da graça — confesso. Ela deve perceber isso.

— Parece o pingente de Ailesse — reflete ela, molhando seus lábios vermelho-sangue enquanto traça a lua crescente que esculpi no fêmur de chacal-dourado.

— Queria que combinasse com o dela. — *E esculpi em um pingente para que o osso ficasse irreconhecível.*

— Suponho que também não seja de um íbex alpino. — Odiva arqueia uma sobrancelha bem-humorada, mas seus olhos penetram em mim como os olhos dos Acorrentados.

Forço um sorriso fino. *Por que ela veio aqui? Por que não está me repreendendo por fugir?*

— Não, não viajei até as montanhas do norte nos últimos dias.

— Claro que não. — Ela pega minha mão e a mergulha na água. Seu toque é gentil, mas suas unhas afiadas arranham meu pulso. — Em vez disso, você está vagando pelas catacumbas.

Meus olhos voam para encontrar os dela. Suor frio escorre pela minha pele.

— Seu vestido está coberto de lodo — responde ela à minha pergunta não formulada.

Meus músculos ficam tensos com o desejo de correr, mas não adianta negar onde estive.

— Precisei ir. Não suporto pensar em Ailesse lá embaixo. Olhei por tantos túneis e passei por tantos ossos... ossos humanos. — Engulo em seco e balanço a cabeça. — Talvez ela não esteja lá embaixo. Bastien poderia tê-la levado para Dovré ou embarcado em um navio com ela e deixado Galle.

Odiva segura minha mão debaixo d'água. Sangue redemoinha de minha ferida.

— Três ossos da graça não a tornam invencível, Sabine. Você precisa ser cuidadosa.

Minhas defesas se inflamam. Ela ouviu uma palavra que eu disse? Ailesse é com quem ela deveria se preocupar.

— Você provou ser uma boa caçadora nas últimas semanas. As outras Leurress devem levar isso em conta. O chacal-dourado ainda está fugindo de nós.

— Ninguém o encontrou? — Minha voz falha, mas tento o meu melhor para parecer surpresa.

— Nem mesmo sua sombra. — Os olhos de Odiva se desviam para a cachoeira borbulhante. — Tinha tanta certeza de que Tyrus estava pronto para que eu o recebesse de volta.

De volta? Abro a boca para perguntar o que ela quer dizer, mas então seus olhos voltam a focar e examinam os meus. Ela pode ver através de mim o meu coração enganoso? Ela pode sentir o cheiro da carcaça do chacal onde eu o enterrei neste mesmo vale?

— Espero que o encontremos antes da lua nova. Já lhe disse o que os Acorrentados farão se ficarem soltos por muito tempo.

Tremo sob seu olhar pesado. A lua cheia é daqui a três dias, o que significa que a lua nova será a pouco mais de duas semanas. Tenho todo esse tempo para decidir se devo ignorar os avisos da coruja-das-torres e desenterrar o chacal para pegar outro fêmur. Odiva ainda teria tempo de esculpir uma nova flauta.

Ela puxa uma bolsa de caça pequena do ombro e remove uma tira de pano enrolada, um item que qualquer boa caçadora carrega em caso de ferimentos.

— Vim atrás de você aqui com um propósito solene, Sabine.

A apreensão gira dentro de mim.

— Sério?

Ela pega minha mão novamente, mergulha-a mais uma vez na água e começa a envolvê-la.

— Trata-se de Ailesse.

Todos os meus nervos estão atentos.

— Você a encontrou?

Os olhos de Odiva se enchem de tristeza, tarde demais para eu acreditar.

— Você precisa se preparar. Sei o quanto se importa com Ailesse. *Mas e você?*

Ela suspira e olha para baixo.

— Minha filha está morta. Tenho certeza disso desta vez.

Minha mão fica tensa, mas ela não a solta.

— Tyrus me deu um sinal.

O deus que não quer te dizer onde está o chacal dele?

— Confio nele. O vínculo entre mãe e filha carrega uma graça própria. Eu me examinei profundamente e meu apego a Ailesse se foi.

Havia um, para começar?

Odiva termina de enfaixar minha mão.

— Lamento ter que ser eu a lhe dizer. Posso ver quão chocante é essa notícia.

— Sim. — Minha voz é um sussurro. Ailesse não está morta. Sei disso como da primeira vez que Odiva contou essa mentira. Se eu pareço chocada, é porque sua crueldade não tem fim. Por que está tão determinada a abandonar sua filha e a flauta de osso?

— Sofri mais do que você imagina por Ailesse. Sofri por cada Leurress de nossa *famille*. Mas não devemos cair no desespero. Os deuses esperam que cumpramos nosso dever, não importa nossas dificuldades. É por isso que eles intervieram.

Do que ela está falando? A transpiração escorre pela minha nuca enquanto Odiva aperta sutilmente minha mão.

Ela inspira profundamente pelas narinas e ergue o queixo.

— Tyrus também me deu outro sinal. Ele escolheu *você* para ser minha herdeira.

Encaro-a, incrédula.

— O quê? — Arranco minha mão da dela e me afasto para trás.
— Não. *Ailesse* é sua herdeira. Ela está *viva*, Matrone. Você não pode realmente acreditar...

— Você tem que parar de viver em negação. Precisa abraçar seu destino.

— Meu destino? — Uma risada sem humor me escapa. — Nunca quis ser uma Barqueira. Nem queria isso aqui. — Puxo meus ossos da graça.

— Você é extremamente modesta, Sabine. Consigo ver o que você pode se tornar. — Sua voz se enche de urgência. — Você também precisa ver. Assim que você completar seu rito de passagem...

— *Não.* — Eu me levanto e cubro meus ouvidos. Ela não pode dizer coisas assim para mim. Não é apenas uma traição a Ailesse; é absurdo. — Herdeiras são sempre filhas.

— A menos que não haja nenhuma filha. — Ela se levanta rapidamente.

Tropeço para trás.

— Ninguém da nossa *famille* vai me aceitar.

— Vou dizer a elas o que disse a você: Tyrus me mandou um sinal.

— Então ele está enganado! — Luto para respirar. — Não sou qualificada. Todas as Leurress são mais talentosas. Todo mundo tem melhores graças. — Estava certa: Odiva *queria* que Ailesse falhasse em seu rito de passagem. Ela sabia que seria imprudente e esperava que ela morresse sem ter que matá-la diretamente. Só não entendo por quê. Por que ela quer justo *a mim* no lugar de Ailesse?

— Você tem o osso de um lobo-preto, Sabine. Isso não é nada de que se envergonhar. E quando você se tornar *matrone*, poderá reivindicar mais dois ossos da graça.

Meu coração bate fora do meu peito. Não consigo ouvir isso. Tenho que ficar longe dela. Mas ela está bloqueando meu caminho para fora do vale. Eu me viro e corro para o outro caminho. Meus pés mergulham no riacho. Ela pega meu braço quando estou no meio do caminho. Puxo de volta.

— Solte!

— Não seja imprudente. — Odiva se estica mais, cheia de confiança. — Esta é uma grande honra. Por que você é tão resistente?

— Porque não posso ser Ailesse! — grito. Lágrimas de raiva queimam meu rosto. — Porque você tem uma filha que não ama!

— Você está errada. — Seu tom aumenta, tão furioso e emotivo quanto o meu. — Eu amo Ailesse.

— Então por que está fazendo isso?

— Já disse. — Sua voz falha. — Tyrus diz que deve ser assim.

— Tyrus pode apodrecer no fosso mais escuro de seu Inferno.

— Sabine. — Odiva me puxa, mas mantenho a cabeça virada. — Olhe para mim. — Ela agarra meu queixo, mas aperto meus olhos fechados como uma criança teimosa. — Você não acredita que eu também amo você?

— Você não deveria. Você deveria amar mais a Ailesse.

— Sabine... — A luta desaparece de sua voz. — Você também é minha filha.

Meu choque é tão profundo que todo o ar deixa meus pulmões. Abro os olhos e encaro os dela. Estão brilhando com lágrimas.

— Você é minha filha — diz novamente, um sussurro sagrado desta vez. Ela levanta a mão para meu rosto e o toca. — Há tanto tempo queria dizer isso. — Suas sobrancelhas se erguem. — Prometi a mim mesma que nunca o faria.

O riacho corre sobre meus pés e espirra em meus tornozelos. Não sinto o frio.

— Do que você está falando? — A voz mal passa pela minha garganta.

— Seu pai... ele não era meu *amouré*. Ele também não era o pai de Ailesse.

Cada palavra que ela fala cai como um martelo.

— Mas... — Balanço minha cabeça. — Ailesse e eu somos muito próximas em idade. — Tenho que me concentrar nos fatos, na lógica. Vão provar que Odiva está errada. — Você não pode ser mãe de nós duas.

— Você mal tem dezesseis anos. Ailesse tem quase dezoito. Houve tempo.

A tontura toma conta da minha cabeça. O que ela está falando é um escândalo. Sacrilégio. Não quero fazer parte disso.

— Você traiu seu *amouré*! — exclamo. Os deuses deram a ela um par perfeito para passar a eternidade, e ela desrespeitou isso. — Você pelo menos o amou?

— Eu amei *seu* pai, Sabine. — Odiva parece mais jovem, reduzida de governante estimada da nossa *famille* a uma menina com sonhos diferentes.

Minhas pernas ameaçam ceder embaixo de mim. Eu me desvencilho de seu abraço amolecido e me sento na beira do riacho.

Ela se aproxima e se ajoelha diante de mim. A saia de seu vestido fica mais larga na água.

— Você se parece tanto com ele. A mesma tez morena. Os mesmos lindos olhos com aquele anel de ouro em suas íris. — Odiva estende a mão para tocar meu rosto novamente e eu me encolho.

— Eu *tenho* uma mãe — digo. — *Ela* é minha mãe. — O que estou dizendo não faz sentido, mas o que Odiva diz também não.

Ela suspira pesadamente.

— Ciana não era sua mãe, mas era *muito* devota e ambiciosa. Disse a ela que os deuses me abençoaram com dois *amourés*, e que meu presente era tão sagrado que o resto de nossa *famille* não poderia saber. Disse que os deuses confiavam em Ciana para manter meu segredo e, em troca, prometi que eles dariam a ela maior glória no Paraíso. Ela prontamente concordou com o meu plano. Após seu rito de passagem, ela deixou o Château Creux para viver com seu próprio *amouré*. Também saí para esconder minha gravidez e disse à nossa *famille* que estava embarcando em uma grande caçada. Enquanto estava fora, dei à luz a você e a entreguei a Ciana para trazer de volta como filha *dela*.

Minha cabeça cai em minhas mãos trêmulas. As palavras de Odiva rasgam-me o coração. Lamento mais do que nunca a perda da mãe que me amou, que cuidou de mim, mesmo que não compartilhasse meu sangue. Mesmo que eu também me sinta traída por ela.

— Há dois anos, depois que Ciana morreu na travessia, me senti mais responsável por você — explica Odiva. — E quanto mais você amadurecia, mais me lembrava de seu pai. Senti uma conexão ainda mais profunda com ele por meio de você, e percebi mais do que nunca o quanto sinto falta dele desesperadamente. — Ela puxa seu colar de caveira de corvo e acaricia carinhosamente o rubi. — Ele era um grande homem, Sabine.

— O que aconteceu com... ele? — Não consigo dizer "meu pai". Se eu disser... se eu pensar... talvez aceite o que Odiva está me dizendo. Isso é tudo mentira, é o aviso da coruja-das-torres.

Sua expressão escurece.

— Nunca toquei o canto da sereia para seu pai. Ele nunca foi destinado a ser meu sacrifício. Mas os deuses tiraram a vida dele, ainda assim... logo depois que fiquei grávida de você. Eles me puniram por amá-lo, envolvendo-o em correntes. — Seus olhos escurecem para um preto mais profundo. — Quando seu espírito me encontrou na ponte de terra, tentei fazer sua travessia para Elara, mas as ondas quebraram e os ventos vieram, e ele caiu pelo Portão de Tyrus.

Suas lágrimas transbordam. Está tudo errado. Um homem inocente não deveria ter pagado o preço pelo pecado de Odiva. Eu também não deveria pagar. Não quero ser filha deles.

Mas sou.

O pensamento é uma lasca sob a minha pele. Não consigo retirá-lo, porque começo a encontrar provas. Odiva pode ter me rastreado até aqui porque ela também compartilha um vínculo de mãe e filha comigo.

Ela se aproxima.

— Você não vê que é especial? Os deuses permitem que *você* viva.

Meus músculos ficam moles. Estou tão cansada. Não pensei que fosse possível com minha graça de chacal.

— Não podem querer que eu seja sua herdeira. — Minha respiração engata em um soluço.

— Eles querem, Sabine. *Eu* quero.

Olho para a mulher ajoelhada diante de mim. Seu vestido está encharcado. Todo o seu orgulho se foi. Mesmo seus majestosos ossos da graça não conseguem tirar o foco do infortúnio reprimido escrito em seu rosto.

— Preciso de você — diz. — Percebi que Tyrus não vai me levar ao chacal-dourado se eu não tiver uma herdeira.

Por que sinto tanta pressão para dizer "sim"? O chacal-dourado já está morto. Se Tyrus realmente deu a Odiva um sinal sobre mim, é porque sou a única pessoa que sabe onde está o chacal.

— Como é que isso vai funcionar? — pergunto. — Você vai dizer à nossa *famille* que é minha mãe? Vão achar tão ridículo quanto eu achei.

— Não posso fazer isso. Você deve entender, Sabine. A tarefa das Barqueiras exige muita fé. Eu destruiria essa fé se elas soubessem o que fiz.

— Então você está me pedindo para manter isso em segredo também?

— Estou. Você precisa manter segredo. As Leurress não questionarão minha escolha. Como poderão, se eu disser a elas que Tyrus está honrando Ailesse ao escolher sua amiga mais querida para governar depois de mim?

Ailesse.

O calor rasteja de volta para meus membros e segue seu caminho em direção ao meu coração. Todas as Leurress chamam umas às outras de irmãs, mas agora Ailesse é realmente minha irmã. Essa é a única verdade que posso abraçar sem vacilar. É a única parte dessa revelação que parece certa.

Odiva segura minhas duas mãos. Seu aperto firme faz minha palma cortada latejar mais forte.

— A pura verdade é que você é, por todos os direitos, minha próxima sucessora, Sabine, sangue do meu sangue. Você deve aceitar seu destino.

Estou tremendo da cabeça aos pés. Como pode pedir isso de mim? Ailesse está viva. Odiva deve sentir isso tão bem quanto eu. Ela está renegando sua primogênita ao fazer isso. Não pode ser apenas porque ela amava mais o meu pai. Ela ainda está escondendo algo. Eu preciso descobrir o que é.

— Muito bem. — Posso retirar minha palavra assim que resgatar Ailesse e devolvê-la à nossa *famille*. Então o jogo vai acabar. A herdeira adequada estará em casa. — Aceito.

Odiva sorri e pressiona seus lábios frios na minha bochecha.

— Agora volte logo para casa. Você obteve todos os seus ossos da graça. Não há mais nada para você aqui fora.

Dou a ela um aceno rígido, e ela se levanta e sai do vale.

Alguns momentos depois que ela se foi, um bater silencioso de asas captura a borda da minha visão. A coruja-das-torres desce no chão a alguns metros de distância, e meus olhos se arregalam.

Ela está empoleirada no local onde enterrei o chacal-dourado. Corro.

— Afaste-se! — assobio e olho por cima do ombro.

Por sorte, Odiva não voltou.

A coruja-das-torres bica o chão e olha para mim. Meu estômago fica tenso.

— Não vou desenterrar o chacal.

Ela solta o mais silencioso guincho rouco. Ela também está ciente da audição agraciada da *matrone*.

Isto é ridículo. A única razão para desenterrar o chacal seria...

— Espere, então agora você quer que eu pegue um osso para uma flauta nova?

Ela balança a cabeça.

Franzo a testa para seus olhos angulares. Por que a coruja-das--torres mudou de ideia?

Porque agora você é a herdeira da matrone, *Sabine. E os herdeiros podem abrir os Portões do Além.*

Todos os meus nervos pegam fogo.

— Você quer que eu faça uma flauta para mim?

A coruja pula para mais perto e pega meu cabelo com o bico. Estou tão assustada por ela estar me tocando, por estar pedindo isso de mim, que todos os meus músculos se transformam em gelo. Até meu coração para. Não tenho certeza de quantas revelações a mais posso suportar hoje.

No momento em que o sangue bombeia em meus membros novamente, eu me aproximo da coruja.

— Como posso...?

Ela se lança no ar. Suas asas batem em meu rosto. Arquejo.

— Espere!

Ela voa para longe do vale, e meus olhos atordoados baixam de volta para a terra sobre o corpo do chacal.

Elara, espero que saiba o que está fazendo.

Respiro profundamente.

E começo a cavar.

36
Bastien

Entro na perfumaria em La Chaste Dame e minha cabeça começa a doer. Muitas fragrâncias brigam por espaço no ar. Como Birdine aguenta isso?

Espio o topo de sua cabeça atrás de um dos balcões. O sol da tarde entra por uma janela e reflete as partículas de poeira acima de seu cabelo ruivo crespo. Ela cantarola uma canção de amor familiar enquanto se ajoelha perto de uma prateleira e organiza uma fileira de garrafas escuras.

Chego mais perto e apoio os braços cruzados no balcão.

— Como vão os negócios?

Birdine dá um gritinho e se vira. Sua mão voa para o peito e ela exala com força.

— *Merde*, Bastien. Você quase fez meu coração parar. — Ela se levanta e alisa o avental. — Negócios são negócios. E, não, não vi Marcel. — Ela estreita os olhos verdes. — Então pare de me importunar.

Ainda não terminei.

— Isso é tinta? — Aceno para uma mancha em sua mão esquerda.

Ela rapidamente a enfia atrás das costas.

— Não. Acabei de derramar um pouco de óleo de almíscar em mim.

— E esse calo no seu dedo médio?

Ela lança um olhar para a outra mão.

— O que tem?

— É novo. Curioso, Marcel tem um igualzinho.

As bochechas de Birdine ficam vermelhas.

— Tenho o direito de praticar o trabalho de escriba por conta própria, muito obrigada. Não tem nenhum significado obscuro.

Olho para ela com dureza.

— Desista do jogo, Birdie. — Deliberadamente uso o apelido que Marcel lhe deu. — Você sabe onde ele está. Marcel não teria passado tanto tempo sem descobrir uma maneira de vê-la.

Ela ergue o queixo. Uma lufada de água de rosas me atinge bem no rosto.

— O que você vai fazer, me torturar pela verdade? Não vou delatar Marcel.

Bato o pé, tentando descobrir como dissuadi-la. Segui Birdine três vezes depois de fechar a perfumaria, e tudo o que ela faz é correr para casa, um quarto que aluga em cima de uma taverna próxima. Marcel nunca está lá.

— Olhe, eu sei que quer protegê-lo, mas você está colocando Marcel em mais perigo por não me dizer onde ele está. Você está colocando toda Dovré em perigo. — Eu me inclino mais perto do balcão. — Já ouviu um sussurro arrepiante quando estava voltando para casa à noite? Isso alguma vez faz você pensar que está enlouquecendo?

Birdine se encolhe e morde o lábio inferior.

— Que tal seus clientes ou seus amigos na taverna? Notou algum deles ficando doente com uma estranha fraqueza que não consegue explicar?

Ela cruza os braços.

— Marcel diz que há miasmas no ar.

— Marcel está mentindo para que você possa dormir à noite.

Ela reprime um arrepio.

Suspiro. Não quero assustar Birdine. Só preciso da ajuda dela.

— Você pode pelo menos dar um recado a ele? Diga que as pessoas vão morrer se ele e Jules não trouxerem de volta o que roubaram. — Ailesse pode morrer também, se ela tiver que ficar no subsolo por mais tempo. Não posso permitir que isso aconteça.

— O que eles roubaram? — pergunta ela.

— Vou deixar Marcel explicar essa parte. Diga que ele e Jules podem me encontrar perto do lugar para onde corremos quando nos metemos nessa confusão. — Não posso explicar a localização, já que um dos mortos pode estar ouvindo, mas Marcel deve saber que me refiro à nossa antiga câmara nas catacumbas. Se Ailesse estiver forte o suficiente, eu a levarei lá esta noite.

Afasto-me do balcão e ajusto a mochila no ombro.

— Você fará isso por mim? — Ignoro minhas dúvidas sobre Jules. Tenho que confiar que ela não fará mal a Ailesse quando estivermos todos juntos novamente. Ela não vai machucá-la enquanto o vínculo da alma durar. Jules e Marcel claramente não encontraram ainda uma maneira de quebrá-lo, ou já teriam saído do esconderijo. — Você estaria fazendo um favor a Marcel. A toda Dovré, também.

Birdine olha para baixo e esfrega o calo no dedo. Ela me dá um aceno lento.

— Você também me fará um favor quando vir Jules novamente?

— Diga.

Ela enfia um cacho atrás da orelha.

— Peça a ela para me dar uma chance com o irmão dela. — As sobrancelhas de Birdine se erguem timidamente antes que ela as abaixe em uma linha firme. — Não sou como qualquer garota volúvel do distrito de bordéis de Dovré. *Amo* Marcel. Faria qualquer coisa por ele.

A seriedade em sua voz me faz parar. Birdine tem apenas dezesseis anos, mas ela conhece seu coração. Mais do que isso, ela está disposta a lutar por sua chance de ser feliz.

Não consigo deixar de pensar em Ailesse. Odeio ficar longe dela quando estou procurando meus amigos todos os dias, e uma vez que estou de volta, preciso de toda a minha energia para resistir a tocá-la — e a tudo o mais que eu gostaria de fazer quando me vejo olhando para os lábios dela. Eu me contenho porque... não sei por quê. Parece egoísta, eu acho. Nossos destinos estão contra nós. Há também uma parte de mim que se pergunta o que meu pai pensaria.

Mas talvez... apenas talvez, meu pai quisesse que eu fosse feliz. Pelo menos enquanto eu puder ser.

— Marcel tem sorte de ter uma garota como você — digo a Birdine.

— Prometo dizer a Jules.

Seu rosto se ilumina.

— Obrigada, Bastien.

Dou a ela um aceno de despedida e vou embora. Caminho em um ritmo rápido para o distrito dos castelos. Vou vasculhar os porões, galpões e estábulos de lá mais uma vez em busca de meus amigos, caso Birdine não tenha a chance de falar com Marcel hoje. Então voltarei correndo para Ailesse. Esta noite é a lua cheia. Ficar presa no escuro será horrível para ela, talvez até fatal.

Vou encontrar uma maneira de ajudá-la, recuperando ou não seus ossos.

37
Sabine

A coruja-das-torres me encara do parapeito de pedra de Castelpont, mas me recuso a pisar na ponte. Agora entendo o que não entendi quando a coruja me pediu para desenterrar o chacal-dourado. E esta noite será possível.

O sol está se pondo e a lua cheia acima de mim fica mais nítida e brilhante. Tenho meus três ossos da graça prontos. Tenho até a faca ritual de Ailesse e uma nova flauta de osso. Passei a maior parte dos últimos três dias cavando e esculpindo os orifícios. Deixei o instrumento simples, sem enfeites como na flauta original. Deve ser o suficiente, desde que a flauta seja feita de um osso verdadeiro de chacal-dourado.

Tudo se encaixou para o meu rito de passagem.

Tudo menos minha coragem.

— Não posso — digo à coruja-das-torres. Não posso matar um ser humano, mesmo que os Acorrentados estejam furiosos em Dovré. Mesmo que as Leurress precisem de todas as Barqueiras que conseguirem, e as graças selvagens do chacal estejam diminuindo minhas objeções a derramar sangue.

A coruja arrasta suas garras pelas pedras e guincha.

— Por que eu? — pergunto, embora algumas das respostas sejam óbvias. Como herdeira da *matrone*, como sangue de seu sangue, posso abrir os Portões para o Submundo e o Paraíso. Mas para abrir os Portões, preciso estar na ponte de terra. E para estar na ponte de terra e sobreviver aos mortos *e* à atração do Além, tenho que ser uma Barqueira comprometida. Tenho que completar meu rito de passagem.

A coruja não se move enquanto os pensamentos me atravessam. É como se ela pudesse ler minha mente e estivesse esperando sua vez de falar. Ela fica mais alta no parapeito e abre as asas. Uma imagem translúcida e tingida de prata brilha diante de mim. Meu pulso acelera.

Ailesse.

Ela está deitada de lado em calcário extraído, o que significa que está no subsolo. Isso é tudo que consigo deduzir de seus arredores. Ailesse está limpa e usando um vestido verde novo, mas sua expressão tensa diz que está sofrendo muito.

Meu coração vem parar na garganta.

— Ailesse.

Ela não ergue os olhos nem pisca. Não entendo. A última vez que tive uma visão dela, ela me viu, mas agora seu olhar está fixo no chão. Talvez esteja muito privada de Luz para me sentir. Nunca a vi tão terrivelmente fraca antes.

Ailesse segura um pedaço de giz na mão trêmula e desenha um círculo sombreado.

— Lua nova... — murmura, rouca. — Flauta de osso... ponte sobre a água... ponte de terra... noite de travessia. — Ela desenha outro círculo, mas não o sombreia. — Lua cheia... ponte sobre a terra... Castelpont... rito de passagem...

Abro a boca lentamente. Ailesse não tem como saber que eu consideraria meu próprio rito de passagem esta noite. A menos que a coruja também tenha se comunicado com ela.

— Noite de travessia? — sussurra ela, e traça o segundo círculo novamente. Ela deixa cair o giz e cuidadosamente rola, deitando-se de costas. Linhas estreitas se formam entre suas sobrancelhas enquanto ela olha para o teto que não consigo ver.

Então sua imagem começa a ondular e desaparecer.

Minha respiração falha.

— Não, espere! — Não tive uma chance justa de chamar a atenção dela. Nem mesmo assegurei a ela que estou fazendo tudo o que posso para salvá-la. — Ailesse!

Ela pisca e some. A coruja-das-torres fecha as asas.

Tropeço para trás e coloco meus dedos sobre meu nariz e boca.

A coruja pia para mim, mas balanço a cabeça. Ailesse sabe que não estou pronta para fazer o que é preciso para me tornar uma Barqueira. Ela não me pediria para completar meu rito de passagem. Ela saberia que eu nunca faria isso a menos que não tivesse outra escolha.

Meu corpo treme com uma raiva gutural. Viro-me para a coruja.

— Eu sei o que você está tentando me dizer, mas não vou ouvir. Ailesse não vai morrer! Posso ser a filha de Odiva, mas não posso ser realmente sua herdeira, a menos que minha irmã esteja morta. — Lágrimas furiosas ardem em meus olhos e mancham minha visão. Todas essas semanas não podem ter levado à morte de Ailesse e à minha ascensão. Nunca concordei em fazer parte disso.

A coruja pula do parapeito e grita para mim.

— Não! — grito eu. Não vou jogar este jogo. Não vou completar meu rito de passagem ou fazer a travessia de almas ou mesmo abrir os Portões do Além. Vou me concentrar em salvar Ailesse antes que seja tarde demais. Tem que haver outra maneira de salvar Dovré dos Acorrentados.

E de repente eu sei qual é.

Vou dar a Odiva a flauta de osso; aquela que passei os últimos três dias esculpindo.

Corro para longe de Castelpont. Corro a toda velocidade para o Château Creux.

Não me importo com o que a coruja-das-torres ou mesmo Ailesse quer que eu faça.

Não vou desistir da minha irmã.

38

Bastien

Desço silenciosamente do andaime e entro na sala ao lado da pedreira, tomando cuidado para não acordar Ailesse. Ela precisa dormir. Cada dia ela precisa dormir mais.

Está deitada de lado, de costas para mim. Coloco a mochila no chão e me aproximo dela. Meu corpo estremece com o calor. O cabelo ruivo de Ailesse está em redemoinhos como chamas escuras e água brilhante. É assim que meu pai o teria descrito. Ele a estudaria de todos os ângulos antes de tentar capturá-la com seu cinzel e martelo. Ele economizaria seu dinheiro para poder esculpi-la em mármore, em vez de calcário.

— Seu pai esculpiu este aqui para você, não foi? — pergunta Ailesse com a respiração fraca.

Endureço. Porque ela está acordada. E está pensando em meu pai também. A mão dela está no meu bem mais precioso. Vejo no chão por cima da linha curva de sua cintura. Minha escultura de golfinho. Não tenho certeza de como me sinto sobre ela tocá-lo. É a única escultura que meu pai nunca tentou vender. Foi o presente dele para mim. Muitas vezes ele me levava à costa para ver golfinhos, meus animais favoritos. Nós os víamos pular da água aos pares.

— O que te faz pensar isso?

— Porque é o melhor. — Seus dedos finos deslizam ao longo da cauda do golfinho. — Essa é a prova do quanto ele te amava.

Mudo meu peso de uma perna para a outra. Não sei como responder. Aprendi a viver com a dor de perder meu pai, mas nunca compartilhei o sofrimento. Em vez disso, Jules e eu compartilhamos a raiva.

Jules. Suspiro. Ela e Marcel não estavam em nenhum lugar no distrito dos castelos. Espero que Birdine tenha mais sorte em encontrá-los esta noite.

Coloco a lamparina e a sacola no chão. Está cheia de comida e suprimentos. Ailesse nunca pergunta se eu roubo o que trago para ela. Será que ela entende o conceito de dinheiro? Como é precisar dele e nunca ter?

Não importa. Se tivesse mil francos, eu os daria por qualquer coisa que a fizesse sorrir.

— Como está se sentindo? — Eu me aproximo, desejando poder ver seu rosto.

Exceto por seus dedos traçando as costas do golfinho, ela se mantém perfeitamente imóvel.

— Você sabia que uma vez eu cacei um tubarão-tigre? Matei-a com uma faca, e nem sequer tinha força agraciada, não até ela me dar.

— Não tenho dificuldade em acreditar que derrubou um tubarão.

Ela se vira e finalmente encontra meu olhar. Meu pulso acelera. Sua pele está pálida e seus olhos castanhos estão cansados, mas ela ainda é de tirar o fôlego. Ailesse não sabe, mas todos os dias quando estou fora, só penso nela.

— Sei que você é forte, Ailesse.

— Não o suficiente. — Ela murcha. Olha para as lamparinas e velas ao redor da sala. São velas finas, que não fumegam nem crepitam. Não as racionei como disse que faria. Continuo trazendo mais. — Não há luz suficiente — confessa.

Não aguento mais vê-la sofrendo. Tenho que tirá-la daqui.

— Você está bem o suficiente para andar? — Ofereço minha mão. Conheço um lugar que pode ser seguro. Ainda não arrisquei levá-la lá, mas agora estou desesperado. — Quero mostrar algo.

Depois de um momento tenso e estressante, ela estende a mão e a coloca na minha. O calor de sua pele instantaneamente me acalma. Coloco-a de pé, e seu cheiro de flor e terra enche meus pulmões, melhor do que qualquer perfume.

Ajudo-a a descer do andaime até o chão da pedreira, depois a conduzo a um túnel pelo qual ela nunca passou antes. Minha lamparina ilumina sem intensidade o caminho à frente — um túnel de mineração, livre de qualquer crânio ou osso. Não quero que nada a perturbe.

Passamos por cima de escombros e nos abaixamos em lugares onde vigas de madeira sustentam o teto de calcário rachado. Deslizamos por espaços estreitos e rastejamos sobre pilhas de tijolos. Toda vez que nossas mãos se separam, meus dedos querem tocá-la novamente. Assim que possível, pego sua mão mais uma vez, e ela entrelaça seus dedos com força nos meus.

— Havia uma grande casa em Dovré — digo quando nos aproximamos de nosso destino. — O barão que morava ali transformou o pátio em um aviário e o cobriu com uma cúpula de vitrais. A casa está abandonada agora; metade dela desabou em uma pedreira. A cúpula também caiu, mas o vidro não se quebrou. Era tão forte que a maioria das vidraças permaneceu intacta.

Saímos do túnel e Ailesse arqueja. Coloco a lamparina no chão. Não precisamos mais. Solto a mão dela para lhe dar um momento a sós. Ela caminha sob o amplo feixe de luar e inclina a cabeça para trás. Videiras pendem de seções quebradas da cúpula acima de nós, e a hera rasteja ao redor dela. Apesar disso, a luz encontra seu caminho. Um brilho prateado brilha em um eixo salpicado de poeira.

Os olhos de Ailesse se fecham. Ela respira profundamente. Sorrio, observando-a sorrir. Parece ela mesma de novo

— A lua está cheia — sussurra ela. — Gostaria que você pudesse sentir.

— Descreva para mim.

Ela mantém os olhos fechados e se aquece na luz.

— Imagine que é o dia mais quente de todos e você está morrendo de sede. Finalmente encontra uma fonte de água e toma um longo gole. Você conhece aquela sensação quando o frescor escorre pelo seu peito? É assim.

Chego mais perto. Ela me atrai sem nenhuma flauta ou música.

Se meu pai conhecesse Ailesse, gostaria dela?

— Ou imagine uma noite muito fria — continua ela —, e seus ossos estão gelados. Por fim, você encontra abrigo e se aconchega perto de um fogo crepitante. Este é o momento em que você sente aquele primeiro calor.

Meu pai pode ver Ailesse agora? Onde ele está existe uma janela olhando na minha direção?

Ele me perdoaria por querer vê-la feliz?

— Ailesse? — sussurro.

Ela abre os olhos. Meu pai me perdoaria por sentir paz e não ódio quando estou com ela?

— Você se lembra de como dançou comigo em Castelpont?

Ela dá um pequeno aceno afirmativo. Seu cabelo brilha ao luar e cai dos ombros até o meio das costas.

Meu pai me perdoaria por querer abraçá-la?

— Pode dançar comigo como naquela vez?

Ailesse respira fundo, mas não diz nada. Talvez aquela dança seja sagrada para as Leurress, e eu não deveria ter pedido a ela para...

Engulo em seco; ela está se aproximando. A luz ondula em seu rosto. Quando ela está quase me tocando, fica na ponta dos pés, estende a perna e gira em um círculo lento. Seus braços flutuam acima de sua cabeça, vento e água e terra e fogo, enquanto ela desliza ao meu redor. Sua mão vai até o rosto e ela passa as costas dos dedos em uma linha pela bochecha, pescoço, peito, cintura e quadril. Mal respiro. O olhar em seu rosto é generoso, não vaidoso. Ailesse me mostra seu cabelo em seguida, um brilho ruivo que desliza pela palma da mão.

Suas mãos pegam as minhas e ela as puxa para que descansem em sua cintura. Meus polegares roçam a parte inferior de suas costelas. Aproximando-se, ela toca meu rosto... o osso da minha mandíbula, a curva do meu nariz. Há um ritmo em seus movimentos, como se cada movimento fosse sincronizado com uma música que só ela ouve.

Seus dedos tremem enquanto se movem sobre meus lábios e traçam o comprimento do meu pescoço. Eles descem ainda mais, até o meu peito. Sua respiração estremece enquanto seus dedos se espalham sobre meu coração. Sinto que bate mais rápido. Dessa parte da dança eu não me lembro.

Seus olhos se fecham. Ela inclina a testa contra mim e vira a bochecha para que fique sobre o meu ombro. Eu a seguro com mais força, querendo mantê-la assim, mas a dança não acabou.

Ailesse pega minha mão e gira para longe de mim, lenta e graciosamente, então gira de volta até que suas costas estejam pressionadas contra meu peito. Levanta os braços e os cruza em volta da minha nuca. Levanto minhas mãos e as deslizo ao redor de sua cintura. Isso é paz. Isso é certo. Eu fui feito para estar aqui.

Ela fica em meus braços por muito mais tempo do que em Castelpont. Quando lentamente se vira, olha para mim, procurando meus olhos.

— Isso é tudo que posso fazer — sussurra ela. — Estamos chegando perto do momento em que... — *Ela pretendia me matar. Eu pretendia matá-la.*

— Então este pode ser o novo fim. — Meus dedos passam por seu cabelo.

Ailesse inspira e solta o ar.

— E se você e eu não tivéssemos nos encontrado em uma ponte? E se eu fosse uma garota normal que não usasse ossos ou visse os mortos? Você sentiria alguma coisa por mim se eu nunca o atraísse com uma música?

Minha boca se curva.

— Você sentiria alguma coisa por mim se eu não fosse sua alma gêmea?

Ela balança a cabeça, o que me preocupa por um momento, mas depois responde:

— Não consigo imaginar outra pessoa para mim além de você.

Tiro uma mecha de cabelo de seu rosto e roço meu polegar em sua bochecha.

— Você nunca precisou tocar uma música para mim, Ailesse.

Nossas cabeças se aproximam, a minha abaixando, a dela subindo.

Adrenalina bombeia em minhas veias. Quase posso provar seus lábios. Estou querendo beijá-la há dias, e esses dias se estenderam por séculos.

Ela se sobressalta e recua. Seus olhos disparam descontroladamente ao redor da sala.

— O que foi? — pergunto, um pouco atordoado.

— Há um Acorrentado aqui.

— Acorrentado?

— Uma pessoa morta... uma pessoa má.

— Você pode vê-lo sem seus ossos da graça? Pensei...

Ailesse balança a cabeça, respirando rápido.

— Eu o sinto. Assim que ele entrou, a energia da lua esmaeceu.

Meus músculos ficam tensos. Eu me amaldiçoo, percebendo meu terrível erro. Eu não deveria ter arriscado trazê-la aqui, onde os mortos podem encontrá-la.

— Temos que correr.

A voz incorpórea do Acorrentado rosna:

— Você acha que pode se esconder de nós?

Os pelos do meu braço estão arrepiados. Ele mal soa humano. E está bem ao nosso lado.

Em um piscar de olhos, Ailesse puxa a faca de meu pai do meu cinto.

— Espere! — Estendo a mão.

Ela se afasta e golpeia o ar, balançando a faca com um grito de esforço. O Acorrentado sibila. A cabeça de Ailesse vira para o lado. Ela é jogada vários metros para trás e seu corpo bate contra uma parede da pedreira. Ela cai no chão.

Grito o nome dela, correndo em sua direção. Caio de joelhos e a puxo para meus braços. Ailesse suga grandes lufadas de ar. Sua respiração foi arrancada de seus pulmões.

— Ele é muito poderoso — ofega ela. — Ele roubou Luz antes de vir para cá.

Pés batem, chegando perto de nós. Giro, cerrando a mão com raiva. Dou um soco forte e meus dedos se conectam com alguma coisa, espero que seja o rosto do bastardo.

Ele grunhe, mas não consigo senti-lo. Salto para cima e golpeio novamente. Ele se foi. Lembro-me de quão rápido ele veio até Ailesse e pego a faca que ela deixou cair. Eu ataco cegamente o ar.

Ainda não consigo encontrá-lo, mas não desisto. Continuo cortando, esfaqueando, golpeando. Nunca me senti mais assassino. Se ele a tocar novamente...

Ela cambaleia e fica em pé.

— Devolva-me a faca.

— Não.

— Bastien, treinei para ser uma Barqueira. Eu sou... — Um grito frenético corta o ar.

Não é o Acorrentado.

Ailesse e eu trocamos um rápido olhar e corremos em direção ao som. Ela assume a liderança.

A extremidade da pedreira está quase toda desmoronada, esmagada pelos tijolos da grande casa acima dela. Subimos ao redor do primeiro pedaço maciço de calcário quebrado.

Meu coração para.

Jules.

Ela agarra a garganta e paira como se estivesse pendurada em um laço invisível.

— Bastien, a faca! — grita Ailesse. — Ele a está sufocando!

Passo a faca. Ela atira.

Tem uma pontaria notável, porque a faca de repente para no ar, a um palmo do rosto de Jules.

Jules cai de joelhos e respira de modo irregular.

Pulo da pedra e corro para ela.

A faca que está alojada no ar recua. Abaixa. Vira-se e aponta para Jules.

— Não! — Corro em direção ao Acorrentado. Mas estou muito longe.

A faca faz um arco e rasga o braço de Jules. Ela joga a cabeça para trás e grita.

Vou matá-lo. Não me importo se ele já está morto. Vou matá-lo com mais força.

Agarro abaixo do cabo da faca e encontro seu pulso. Torço seu braço. Ele uiva de dor e a faca vai ao chão.

Ailesse corre para o meu lado e a pega. Ela a segura com as duas mãos, levanta os braços e enfia a lâmina para baixo. Outro uivo. Ailesse salta para a direita, antecipando um contra-ataque.

Meu punho voa e atinge o Acorrentado. Mas quando ataco de novo, erro.

O ombro de Ailesse recua. Então a perna dela. Ele a está empurrando para trás. Ela golpeia com a faca, mas não consegue encontrá-lo.

Pego uma pedra.

— Como vamos derrotá-lo?

Ailesse corta o ar e não acerta nada.

— Não podemos. — Seu outro ombro é empurrado para trás, mais forte desta vez. O Acorrentado a está levando para um canto. — Só precisamos atordoá-lo por tempo suficiente para fugir.

Eu corro em direção ao espaço vazio em que ela está lutando.

— Como vamos fazer isso?

— Não faço ideia.

Jogo a pedra. Ela atinge algo sólido e ricocheteia. A faca de Ailesse não para de se debater. Não consegui desacelerar o Acorrentado. *Merde*. Não quero que morramos aqui.

— Ailesse! — diz Jules. Ela tira algo do pescoço: a bolsa de moedas com os ossos da graça de Ailesse. — Pegue! — Ela joga.

Os olhos de Ailesse seguem a bolsa voadora. Ela pula e agarra suas cordas de couro. Larga rapidamente a faca de meu pai e a chuta no chão para mim. No momento em que eu pego a faca, a bolsa está em volta de seu pescoço. O músculo de sua mandíbula flexiona, seus ombros se endireitam e seu olhar se concentra apenas à esquerda.

Ela vê o Acorrentado.

Com uma grande explosão de velocidade, ela se vira e avança direto para o canto da pedreira em que o Acorrentado a estava empurrando. Pula e salta de uma parede de canto para a próxima. Ziguezagueia para cima, pegando apoios para as mãos e pés. Quando atinge o teto alto, ela empurra a parede e se atira para o outro lado. Seu corpo se vira para encarar a presa. Em direção ao espaço onde o Acorrentado deve estar.

Dá um soco cruel com todo o seu ímpeto. O Acorrentado deve ter sido arremessado para trás devido ao golpe.

Ailesse cai de pé e dispara para um alvo vários metros à sua frente. Pula e se lança sobre algo no ar. Suas pernas o agarram como um torno. Seu cotovelo envolve o que deve ser o pescoço do Acorrentado. Aperta com tanta força que seu corpo treme.

Corro em direção a ela.

— Ele vai desmaiar?

— Não — grunhe ela. — Mas pode sentir o sofrimento.

— Bom. — Mergulho minha faca em seu peito invisível e torço a lâmina. Eu o sinto ter um espasmo e cair no chão. Ailesse cai com ele e seu aperto se quebra. Ele arranca a faca e a arremessa para longe. Ele me joga no chão. Rolo para trás alguns metros.

— Não o deixe ir! — Ailesse se atrapalha para se endireitar.

— Onde ele está? — Giro.

— Ele está... — Ailesse aponta. Franze a testa. Gira em todas as direções. Uma mecha de cabelo fica presa no canto de sua boca. Escala o pedaço de calcário para ter uma visão melhor lá de cima. Olha em volta procurando as correntes ou o que quer que ela veja.

Alguém bate na parte de trás do meu ombro. Eu me assusto e me viro, mas é apenas Jules.

— Bastien... — diz ela com uma respiração fraca.

Seu rosto está assustadoramente pálido. Sua manga, encharcada de sangue. Meu pulso dispara. Estendo a mão.

Sua cabeça se inclina, e ela cai para a frente.

Não, não, não.

39
Ailesse

Desço da lajota e corro até Bastien e Jules.
— Precisamos sair. Ficaremos em segurança assim que estivermos mais fundo nas catacumbas.

Bastien está com a cabeça de Jules em seu colo. Ele a sacode. Ela não abre os olhos, mas pelo menos está respirando.

— Bastien, por favor. — Agarro seu braço.

Ele percebe minha expressão pensativa.

— O Acorrentado ainda está aqui?

— Ele desapareceu. — Tremo. — Temos que ir antes que ele volte.

Bastien engole e acena com a cabeça.

— Certo.

Ele começa a levantar Jules. Tento ajudá-lo, mas ele desvia.

— Pode deixar — diz ele, e lidera o caminho enquanto corremos para fora da pedreira. Bastien não pega o túnel em direção ao seu esconderijo sob a Chapelle du Pauvre.

— Para onde estamos indo? — pergunto, segurando a lamparina perto dele para que possa ver na escuridão.

— Nossa antiga câmara nas catacumbas. — Ele escala alguns detritos caídos. — Aposto que é onde Marcel está.

Nossa jornada se alonga pelos túneis ramificados, e Bastien começa a ofegar.

— Posso carregar Jules — ofereço novamente. — Tenho minhas graças de volta.

— Não. — Bastien abaixa as sobrancelhas. — Por favor, Ailesse, deixe-me fazer isso. É minha culpa... — Ele balança a cabeça, e seus olhos se enchem de dor quando olha para ela.

Finalmente chegamos a nossa antiga câmara. Bastien abre a porta com um chute na parede de caveiras.

Marcel está sentado na mesa feita do carrinho virado com uma pilha de livros abertos. Ele olha para cima e seu rosto se ilumina.

— Bastien! Ailesse! — Então ele vê sua irmã e empalidece. — O que aconteceu?

— Um Acorrentado a atacou. — Bastien invade a câmara. — Cortou o braço dela e quase a sufocou até a morte.

Pego um cobertor e estendo no chão. Bastien coloca Jules sobre ele e aplica pressão no ferimento em seu braço.

Marcel olha para nós, horrorizado.

— Ele a sufocou com correntes?

— Não. Era um homem morto — diz Bastien. Ele olha para mim e rapidamente explico como os deuses marcam as almas malignas.

— Jules vai ficar bem? — pergunta Marcel.

— Sim. — O tom da voz de Bastien é tão cortante que nenhum de nós se atreveria a discordar. — Traga-me um pouco de água.

Estou imediatamente de pé. Vou na direção do balde nas prateleiras, mas Marcel está mais perto. Eu saio de seu caminho enquanto ele corre de volta para Bastien. Os dois rapazes estão pairando sobre Jules agora. Bastien espirra um pouco de água em seu rosto.

— Vamos, Jules. — Ele dá dois tapas nas bochechas dela, e eu estremeço. — Vamos! — Sua voz falha. — Você é mais forte do que isso. Você não tem permissão para morrer agora.

Meus olhos ficam cheios de lágrimas ameaçadoras enquanto ele tenta desesperadamente acordá-la. É assim que me sentiria se eu perdesse Sabine.

O peito de Jules sobe e desce mais superficialmente. Então para.

Marcel cobre a boca. Os ombros de Bastien se erguem. Ele enterra a cabeça no estômago dela. Eu me aproximo, minha garganta doendo. Quero cruzar meus braços ao redor dele.

Assim que eu estendo a mão para tocá-lo, os olhos de Jules se abrem. Ela respira de forma irregular.

Eu recuo. Bastien se coloca de pé. A cabeça de Marcel pende para a frente em alívio.

— O que estão olhando? — pergunta Jules, sua voz frágil.

Bastien desaba em gargalhadas calorosas. Ele a beija três vezes na testa.

Sorrio, embora uma pontada de dor se forme em meu peito. Seu profundo afeto me faz sentir ainda mais saudades de Sabine. Eu coloco uma mão no ombro de Bastien.

— Vou encontrar algo para enfaixar o braço dela.

Ele lança um sorriso agradecido.

Ando até a parede de prateleiras e examino os suprimentos. Um rolo de tecido limpo está enfiado atrás de um pequeno pote de ervas amassadas.

— Sinto muito por ter deixado você — murmura Jules para Bastien.

Sinto o cheiro das ervas. Mil-folhas. Boa para feridas.

— *Tu ne me manque pas. Je ne te manque pas.*

Congelo.

Meu coração bate devagar quando me viro.

Ele está segurando a mão de Jules da mesma forma que segurou a minha quando falou essas mesmas palavras para mim. As palavras que seu pai lhe dizia. Achei que fossem sagradas, um dom que Bastien só compartilhara comigo.

Ele leva os nós dos dedos de Jules aos lábios e os beija.

— Nunca deixarei você, Jules.

Uma onda de fraqueza treme através de meus joelhos. Tenho que me sentar.

Tropeço para um canto da sala. Então percebo que é o canto com a lajota de calcário em que fui mantida presa. Meu peito aperta e eu me movo para me sentar à mesa. Coloco o tecido e a erva no chão e respiro fundo.

Bastien e Jules estão tendo uma conversa profunda. Ele ri de algo que ela diz e tira o cabelo dela do rosto. Uma dor oca passa através de mim.

Você está se enganando, Ailesse. Ele nunca poderia te amar tanto quanto a ama.

Deveria estar acostumada a me sentir a segunda melhor; minha mãe sempre favoreceu Sabine.

Marcel se aproxima e se senta na minha frente com um sorriso preguiçoso no rosto.

— Dá para acreditar que estamos todos juntos de novo? — pergunta ele, como se eu fosse uma parte de sua família, e os três nunca tivessem me sequestrado. — Pena que Jules e eu ainda não encontramos uma maneira de quebrar o vínculo de alma, mas tivemos uma verdadeira aventura todos esses dias sem vocês.

— Ah, é? — Folheio distraidamente um de seus livros, tentando manter meus olhos longe de Bastien. Agora Jules está rindo com ele.

— Encontramos todos os tipos de esconderijos novos e interessantes em Dovré. Bastien quase nos encontrou uma vez, então Jules e eu decidimos voltar para cá. Estivemos nesta câmara durante toda a semana passada.

— Inteligente — respondo. Bastien me disse que verificou aqui uma vez, e quando não encontrou seus pertences, ele nunca mais voltou.

Marcel acena com a cabeça, seu entusiasmo indiferente de sempre.

— Temos tudo estocado com comida e pólvora novamente. Eu mesmo tenho feito algumas das corridas.

Dou uma olhada em cerca de uma dúzia de pequenos barris de pólvora empilhados contra a parede.

— Ansioso para jogar minha mãe em um buraco de novo?

Ou a mim?

Ele dá um riso abafado.

— Algo assim.

Forço um sorriso e passo a ele o tecido enrolado e a erva mil-folhas.

— Você poderia dar isso para Bastien?

— Claro. — Ele se levanta e vai até o amigo. Bastien cobre Jules com outro cobertor, tomando cuidado extra para dobrá-lo firmemente ao redor dela.

Meus olhos ardem. Eu olho de volta para o livro de Marcel. Um canto de uma folha de pergaminho se projeta por baixo dela. Meu olhar pousa em um pequeno rabisco rotulado como "ponte".

Franzo a testa, empurrando o livro de lado para que eu possa ver toda a folha de pergaminho. Está coberto por um labirinto de mais rabiscos.

— O que é isto? — pergunto a Marcel quando ele volta.

Ele se senta novamente.

— Ah, atualizei meu mapa das catacumbas.

— Tem uma ponte aqui?

Ele assente.

— Se lembra daquele túnel que eu explodi? A ponte está próxima, abaixo das minas. Acontece que há uma vasta rede de cavernas lá embaixo. — Ele se inclina para trás e entrelaça as mãos atrás da cabeça. — Descobri um fosso que leva à ponte. Foi um pouco complicado de navegar, especialmente no caminho de volta. Achei que um caminho diferente seria mais fácil, mas o alçapão no topo era impossível de abrir, mesmo com minha faca.

Minha testa franze enquanto tento acompanhá-lo.

— *Merde*! — diz Bastien. Ele se levanta e segura a bainha vazia em seu cinto.

Levo um momento para entender o que o está chateando. Arquejo.

— A faca de seu pai. — Nós a deixamos para trás na pedreira. O Acorrentado a jogou longe pouco antes de Jules cair inconsciente. — Voltarei para pegá-la, Bastien.

Ele solta um suspiro tenso e passa as mãos pelo cabelo.

— Não, você não pode ser exposta sob a cúpula novamente.

— Tenho minha graça de falcão. — Eu me levanto da mesa. — Serei rápida.

— E se você for atacada?

— Tenho minha graça de tubarão-tigre.

— Não vai funcionar se uma horda vier atrás de você.

Marcel balança a mão.

— Eu irei.

O olhar que Bastien dá a ele diz que é a pior ideia de todas.

— *Eu* vou — diz com firmeza.

Meu estômago dá um nó.

— Mas e se o Acorrentado voltar para lá?

— Vou ficar bem. Até esta noite, os mortos me deixaram em paz. É por você que eles são atraídos, Ailesse — diz ele, e então olha para Jules. — Você vai ficar bem enquanto eu estiver fora?

Ela revira os olhos para ele e sorri. Mas assim que Bastien se vira, uma pequena convulsão a percorre.

— Marcel e eu cuidaremos dela. — Atravesso para onde ela está, agora encostada na parede. Ela olha para a bolsa de moedas em volta do meu pescoço, e seus olhos se estreitam e ficam frios.

Bastien dá um breve aceno de cabeça e pega sua lamparina, então ele morde o lábio e se vira para mim.

— Vamos conversar em breve, tudo bem? — Seus dedos cobrem os meus, e ruborizo com o calor. Seus olhos estão com um tom de desculpa, talvez até arrependidos. Sei a conversa que ele pretende ter quando voltar. Vai explicar seus sentimentos sobre Jules.

Dou um sorriso. Não quero que pense que estou chateada. Ele e eu não daríamos certo mesmo.

— Tudo bem — sussurro.

Bastien procura meus olhos, e os abaixo para que não revelem nada.

— Vou tentar ser o mais rápido que puder — promete.

Sua mão se afasta da minha, e meus dedos se curvam. Ele se abaixa sob a porta.

E então desaparece.

Uma dor feroz surge no fundo da minha garganta.

Jules me lança um olhar de desprezo.

— É cruel tentá-lo quando tudo que você quer fazer é matá-lo. — Seu corpo convulsiona com outro tremor. — Vi vocês dois na pedreira. Estavam prestes a se beijar.

Eu a encaro, surpresa com sua súbita mudança de humor e expressão dura como pedra. Tento olhar para além disso, para a Jules que Bastien sempre conheceu. Tento enxergar ainda mais profundamente a garota que ela poderia ter sido se seu pai tivesse sobrevivido.

— Não importa o quanto me odeie, Jules, você precisa acreditar que nunca vou matar Bastien. Dou minha palavra. — Gostaria de poder salvá-lo de seu destino, mas estamos nos iludindo. Não há como quebrar nosso vínculo de alma. Sabia disso desde o início.

Ela zomba.

— O que você diz não vale nada.

Puxo o ar, tentando ficar calma. Sei o que preciso fazer agora, e é o melhor a fazer.

— E se eu prometer deixar suas vidas para sempre? Você acreditaria em mim então?

Parte da malícia deixa o rosto de Jules.

— Você deixaria Bastien? Por quê?

Porque é você quem está destinada a ele.

— Você não deixaria a pessoa que a manteve cativa?

Ela estremece novamente. Seu corpo está em estado de choque, e eu só a estou perturbando ainda mais.

Olho para Marcel.

— Posso falar com você por um momento lá fora?

Suas sobrancelhas se erguem.

— Tudo bem.

Ele me segue para fora, e eu me afasto da parede de caveiras.

— Você sempre foi gentil comigo — digo, mantendo minha voz baixa. — É por isso que espero que você ajude. Tenho meus ossos da graça agora, mas ainda preciso da flauta de osso.

Uma risada trêmula escapa dele.

— Você vai ter que pedir a Jules. Se eu der a você sem que ela saiba, ela vai me matar durante o sono.

— Mas *você* não está com raiva por ela quase ter sido assassinada? É assim que você pode se vingar do Acorrentado que a machucou.

— Te dando a flauta?

— Os mortos não podem ser mortos; eles só podem ser transportados. — Inclino-me para mais perto. — Você deve saber onde Jules a está escondendo.

Seu sorriso estremece enquanto ele esfrega o lóbulo da orelha.

— Podemos falar sobre isso quando Bastien voltar? Acho que ele não me perdoou por deixar você roubar minha faca.

— Bastien ficará feliz por eu ter a flauta. — Lágrimas se formam assim que eu digo o nome dele. Pisco para impedi-las de cair. — Talvez eu consiga quebrar nosso vínculo de alma se tocar uma música diferente nela.

Marcel enrijece.

— Acha que seria assim tão simples?

— Espero que sim. — Não gasto mais fôlego explicando minha teoria ou o fato de que não conheço nenhuma música que quebre laços de alma. — Por favor, Marcel. Esta noite é lua cheia, e a meia-noite está a pouco mais de três horas de distância. É quando precisarei começar a travessia. Não tenho mais tempo a perder.

— Lua cheia? — repete ele com uma carranca. — Você disse que as Leurress fazem a travessia na lua *nova*.

— Sim, mas a flauta de osso tem ambos os símbolos: a lua nova *e* a lua cheia. No começo, pensei que a lua cheia estava lá apenas para mostrar quando uma Leurress poderia realizar seu rito de passagem, mas o dia todo eu pensei... e se a lua cheia na flauta significar mais do que isso? E se os mortos também puderem ser transportados na lua cheia?

Marcel tamborila os dedos nos lábios.

— As marés mais baixas ocorrem durante as luas novas e também nas luas cheias — admite ele.

— Preciso tentar — digo. — A flauta de osso está finalmente ao meu alcance outra vez. — Eu cerro minha mandíbula e forço meus nervos, grata por ter uma tarefa monumental para me distrair esta noite. Só rezo para que minha mãe esteja disposta a tentar fazer uma travessia comigo. No mínimo, ela ficará aliviada por ter a flauta de osso de volta.

— Você terá tempo suficiente para encontrar as outras Barqueiras e chegar à ponte de terra à meia-noite? — pergunta Marcel.

— Talvez, se eu correr rápido o suficiente. — Isso significará sair dessas catacumbas e chegar primeiro ao Château Creux. Meus ossos da graça devem ajudar. — É por isso que eu preciso que você se apresse. — Toco seu braço. — Por favor, Marcel. Você sabe o que realmente está acontecendo com os doentes em Dovré?

— Os mortos os estão perturbando.

— É mais do que isso. Os mortos estão ficando mais fortes ao roubar a Luz deles, a vitalidade que alimenta suas almas. Pessoas inocentes morrerão se não agirmos rapidamente.

Suas sobrancelhas se juntam.

— Você acha que Jules está doente por isso? Ela já foi ferida gravemente antes, mas agora está começando a agir de forma estranha.

— É possível. — Embora eu realmente não saiba como um Acorrentado consegue roubar Luz. — Se aquele homem morto voltar, há uma chance muito grande de ele matá-la. E quando o fizer, também matará a alma dela.

Marcel arregala os olhos. Agora ele entende.

— Preciso da flauta.

Ele engole em seco.

— Certo. Serei rápido.

Marcel sacode as mãos nervosas e caminha de volta para a câmara, assumindo sua indiferença habitual. Eu o observo e me afasto da porta aberta para ficar fora da vista de Jules.

Ele faz o seu caminho até a parede de prateleiras.

— O que você está fazendo aí? — rosna Jules.

— Pegando um pouco de comida, a menos que eu precise da sua permissão. — Marcel pega um saco de tecido grosso. De costas para a irmã, ele o vasculha enquanto passa pelas prateleiras. Ele para de repente, tomado por um acesso de tosse. Encosta o ombro na parede e seus dedos rastejam em direção a um tijolo saliente de calcário. Deve ser um pouco oco em cima, porque quando ele enfia a mão lá dentro, ele joga algo fino e branco em seu saco. Endireita-se e bate o punho no peito. — Está com fome? — Ele tira um pedaço de pão do saco.

— Não estou com fome o suficiente para comer essa pedra cheia de mofo. — A voz de Jules treme como se ela estivesse tendo outra convulsão, embora faça calor e ela esteja enrolada em cobertores.

— Justo. — Marcel joga o pão de volta no saco e sai da câmara com ele.

Corremos vários metros para longe da porta. Ele retira a flauta de osso e meu sangue acelera. Estendo a mão para pegá-la, mas ele a puxa para perto do peito.

— Você tem que prometer nunca mais vai voltar para buscar Bastien — sussurra Marcel. — Ele é o melhor amigo de Jules, e também o meu. Não queremos que se machuque. — *Ou morra*, ele poderia acrescentar, pelo olhar grave em seus olhos.

— Prometo — respondo. Então meu estômago dá um nó. — Você pode dizer a ele que eu sei que ele ama Jules e que eu... — Minha voz falha — ... desejo o melhor para ele?

Marcel olha para mim sem expressão.

— Como é?

— Você os viu hoje à noite.

— Bem, sim... quer dizer, Bastien sempre gostou de Jules, mas você é a *alma gêmea* dele.

Meu queixo treme.

— Isso não significa que ele nunca teve um apego mais forte, para começar.

— Mas...

— Bastien estará mais seguro com Jules, Marcel. Você sabe disso. Prometa-me que vai continuar trabalhando para quebrar o vínculo da alma.

Seus ombros caem.

— É claro. — Ele dá um aperto carinhoso no meu braço. — Também desejo o melhor para você, Ailesse. — Com um suspiro pesado, ele olha para a flauta. Eu sei que ele sentirá falta de seus mistérios. — Ah. — Sua expressão se ilumina. — Acabou que me esqueci de contar. Sabe a ponte que mencionei, aquela nas cavernas sob as minas?

Assinto, curiosa.

Ele vira a flauta de osso e aponta para o símbolo de uma ponte sobre a terra.

— Este símbolo está gravado nela.

40
Sabine

A lua cheia brilha no pátio sob o Château Creux. Dez ou mais mulheres ainda estão acordadas e conversando nos cantos da caverna aberta. Elas sussurram sobre os Acorrentados estarem roubando Luz e ficando mais fortes. Debatem sobre o que pode ser feito antes da próxima lua nova.

Maurille sorri quando passo por ela.

— Boa noite, Sabine.

Outras mulheres também me notam. Voltei para casa duas vezes para agradar Odiva depois de ela ter falado comigo no vale. A maioria das Leurress inclina a cabeça, reconhecendo-me como a herdeira da *matrone*. Algumas franzem a testa e cruzam os braços. Isla, rival de Ailesse desde a infância, lança-me um olhar capaz de congelar todo o mar Nivous.

Dou a ela um olhar frio. *Você acha que quero isso?* É o que quero dizer. Se Isla está com ciúmes, deveria ter se esforçado mais para ser gentil. Fui escolhida porque sou a melhor amiga da Ailesse, o elo mais próximo dela. Pelo menos foi o que Odiva disse a todas.

Corro para o túnel que leva às ruínas da torre oeste do castelo. O quarto de Odiva é o único cômodo que há nela. Subo correndo a escada sinuosa, tiro a flauta de osso do bolso e ensaio o que vou dizer.

Sinto muito, Matrone. Achei que você ficaria feliz por eu ter feito a flauta. Queria que fosse um presente especial para você. Você é minha mãe.

Espero que minhas palavras acalmem sua raiva. Deveria ter sido Odiva a matar o chacal-dourado, e menti diretamente para ela sobre meu mais novo osso da graça. Ela vai descobrir em breve que nunca veio de um lobo-preto.

Meus passos diminuem quando me aproximo do quarto dela no topo da torre em ruínas. Os murmúrios erguem-se no ar e ressoam lá de dentro, como se Odiva rezasse. Não deveria perturbá-la. Estou sendo ousada por vir ao quarto dela. Mal conheço minha mãe. Ela se distancia de nossa *famille* e não se envolve em nossas tarefas diárias. Só fala conosco por necessidade. Sinceramente, não tenho certeza do quanto quero conhecê-la. Toda a minha vida é uma mentira, graças às escolhas que ela fez. Apesar disso, não posso deixar de rastejar para mais perto da porta. Como é Odiva quando está sozinha? Talvez a versão desprotegida de si mesma seja uma que eu possa aprender a amar.

A porta não está totalmente fechada. Posso ver um espaço de trinta centímetros ao redor do centro da sala, e um pouco mais à esquerda e à direita se eu mudar minha posição.

A *matrone* está ajoelhada no meio do cômodo. Parece tão pequena e vulnerável; removeu todos os seus ossos da graça.

Eles estão dispostos em torno dela em um círculo: o pingente em forma de garra de um urso albino, bem como o pingente em forma de garra de um bufo-real; a faixa de dentes de uma arraia chicote; as vértebras de uma víbora-áspide; e o crânio de um morcego-arborícola-gigante. Foi sincera sobre seu crânio de corvo não ser um osso da graça, porque não está para fora com os outros; ainda está pendurado em seu pescoço.

Os olhos de Odiva estão fechados, os braços estendidos e as palmas das mãos voltadas para baixo, a estranha maneira como a vi rezar na noite do rito de passagem fracassado de Ailesse.

Estudo seus cabelos pretos lisos e sedosos, sua pele branca como giz e lábios vermelhos vívidos. Não me pareço nada com ela. Como pode ser minha mãe?

Mas então, com minha visão aguçada, dou uma olhada mais de perto. A inclinação entre o pescoço e os ombros tem a mesma curva que a minha. Seus olhos são pretos, não castanhos, mas a forma é semelhante. Acima de tudo, suas mãos macias são minhas mãos, seus dedos longos são meus dedos. Até a maneira como seu dedo mínimo se afasta dos outros é um espelho do meu.

Ela abre os olhos. Eu me assusto e me afasto da porta. Assim que meu coração para de bater forte, eu ando na ponta dos pés e olho para dentro novamente. Há uma tigela dentro do círculo agora. E uma faca de osso. Isso não é uma oração. É um ritual. E as armas de osso são usadas apenas para sacrifícios.

O que Odiva quer sacrificar?

Ela pega a faca e eu estremeço, observando-a cortar uma linha na palma da mão. Não deveria me encolher. Esta é uma parte padrão dos rituais de sacrifício. Também tive que me cortar com os ossos dos animais que matei. Se Ailesse tivesse completado seu rito de passagem, teria cortado a própria palma com sua faca de osso, molhada com o sangue de Bastien.

Odiva enfia a mão na tigela. Ela não retira um osso de animal ou qualquer sangue; em vez disso, ela puxa uma mecha de cabelo ruivo, amarrada com um barbante branco. Cubro a boca para segurar um arquejo. Ailesse é a única Leurress em nossa *famille* com cabelo dessa cor.

Odiva pinga seu sangue no cabelo de Ailesse.

Uma onda de pavor doentia enche meu estômago. O que ela está fazendo? Poderia ser uma cerimônia para homenagear a vida de minha irmã — talvez Odiva se arrependa de não a ter salvado —, mas isso não faz o menor sentido. Os ossos da graça de Odiva estão colocados ao seu redor, assim como os de Ailesse foram colocados nas fundações de Castelpont para que a ponte pudesse representar seu corpo.

Começo a suar frio. O que temo não pode estar acontecendo.

Minha mãe não pode ser capaz de matar a própria filha.

Minhas pernas tremem. Perdi toda a sensação em meus braços. Não consigo levantar a mão para abrir a porta. Mas preciso. Tenho que consertar isso. Mas não posso.

— Este é o meu cabelo, Tyrus. Este é o sangue que compartilho com minha mãe.

Recuo ligeiramente. Não é assim que uma oração sacrificial começa. Não é assim que *qualquer* uma das orações começa.

— Ouça minha voz, Tyrus, o canto de sereia da minha alma. Sou Ailesse, filha de Odiva.

Meu batimento cardíaco diminui. Odiva não está tentando matar Ailesse. Ela está tentando *representá-la* perante o deus do Submundo. Não importa que ela não tenha aumentado o timbre da voz para soar como Ailesse. O sangue e o cabelo devem ser suficientes para apaziguar Tyrus.

— Revogo meu direito de primogenitura, minha reivindicação como herdeira de minha mãe.

Meus olhos se arregalam.

— Minha palavra é minha garantia. Que assim seja. — Ela solta um suspiro pesado e sua postura murcha. Lágrimas escorrem por seu rosto e ela passa os dedos pela mecha de cabelo de Ailesse. — Pronto, Tyrus. O ritual está feito. — Ela coloca o cabelo de volta na tigela e aperta a mão ensanguentada contra o peito. — Que isso o satisfaça. Estou falando agora como sua serva Odiva. Aceite meus muitos sacrifícios nestes últimos dois anos. Que eles possam me redimir pelos dois anos que compartilhei com meu amor.

O calor queima meu rosto. Odeio ser filha de sua traição aos deuses.

Ela abre os olhos, mas mantém a cabeça baixa.

— Dei a você a Luz de milhares de almas Libertadas, Tyrus, em vez de fazer a travessia para Elara.

Uma onda de tontura me atinge. *O que foi que ela disse?*

— Agora peço que honre sua parte em nosso acordo. — Ela engole em seco. — Liberte meu amor do Submundo. Deixe-o ouvir meu canto de sereia e se tornar meu verdadeiro *amouré*.

Pisco, tentando espalhar os pontos pretos na minha visão. Estou realmente entendendo? Minha mãe realmente fez milhares de almas sofrerem injustamente — por toda a eternidade — para ressuscitar meu pai e unir suas vidas?

Ela acaricia o cabelo de Ailesse novamente com dedos trêmulos.

— Quanto à filha do homem que você e Elara escolheram para mim, fiz praticamente tudo, menos eliminá-la. — Sua respiração estremece. — Imploro a você, Tyrus... por favor, altere o requisito que você primeiro me deu. Não me faça matar minha filha primogênita.

Meus ouvidos começam a zumbir. Bile escalda minha garganta. Justo quando pensei que Ailesse poderia estar a salvo de nossa mãe — justamente quando tive um mínimo de alívio, sabendo que, embora ela tivesse perdido seu direito de primogenitura, não havia perdido o poder de suas graças —, finalmente entendo a profundidade do que Odiva fez, por que cometeu crimes tão terríveis contra os Libertados.

Ela deu a Tyrus tudo o que pôde, se isso significasse que Ailesse poderia viver — tudo, exceto suspender sua barganha. E esse é o pior crime de todos. Porque acredito que ela mataria minha irmã no final, se fosse a única maneira de trazer meu pai de volta.

— Dê-me um sinal para que eu possa poupar a vida de Ailesse. — Odiva abre os braços e coloca as mãos em concha para baixo em direção ao Submundo mais uma vez. — Me conceda seu chacal-dourado.

Mas eu já matei o chacal-dourado.

O que significa que Odiva nunca receberá o sinal de que precisa. Ficará desesperada e recorrerá à tarefa final necessária para apaziguar Tyrus: o que ele pediu a ela quando ela fez o acordo pela primeira vez.

Matar Ailesse.

Eu tropeço para longe da porta. Não consigo respirar. A tontura toma conta de mim novamente. Apoio minha mão contra a parede de pedra para não cair. Não deveria ter vindo aqui. Não estou aprendendo a amar minha mãe; estou começando a odiá-la. Nunca vou dar a ela a flauta de osso. Se ela a usar para trazer meu pai de volta dos mortos, pode ser que Tyrus reivindique a vida de Ailesse, de qualquer maneira. A coruja-das-torres me mostrou que minha amiga já está perto de morrer do jeito que está.

A coruja-das-torres.

Meu estômago fica tenso. Se ela me levar a Castelpont de novo, eu vou... eu vou...

A resposta dispara dentro de mim como um raio.

Cerro as mãos. Meus músculos se contraem em prontidão. Vou me passar por Ailesse.

Odiva me mostrou como; embora eu tenha um ritual diferente em mente.

Inspiro e cerro os dentes, assim como Ailesse faria. Deixo minha mãe com suas súplicas vãs e desço as escadas sinuosas até chegar às cavernas. Corro pelos túneis ramificados até o quarto que Ailesse e eu costumávamos dividir. Sua escova de cabelo de tartaruga repousa sobre uma mesinha com seus pertences. Restam apenas alguns fios ruivos nas cerdas. Odiva deve ter levado o resto.

Enfio a escova em minha mochila de caça, junto com minha flauta de osso simples. A faca ritual de Ailesse já está embainhada no meu cinto. Visto uma capa, coloco o capuz e parto para Castelpont.

Finalmente sei como salvar a vida da minha irmã.

41
Bastien

Corro de volta pelas catacumbas o mais rápido que posso. A faca de meu pai empurra meu quadril, segura em sua bainha outra vez, mas ainda estou com os nervos em frangalhos. Odeio estar separado dos meus amigos, especialmente depois que Jules foi atacada sob a cúpula da pedreira. E odeio ficar longe de Ailesse, principalmente depois que quase a beijei.

Não deveria me apaixonar por ela, mas me apaixonei. Com força. Profundamente. Não sei como vou explicar isso para Jules.

Quando chego à parede de caveiras, um grito gutural me faz parar. É Marcel. Que nunca grita.

Irrompo na sala com minha faca em punho.

— O Acorrentado, onde ele está?

Jules pressiona as costas contra a parede. Marcel segura um pote de barro defensivamente.

— O que está acontecendo? Onde está Ailesse?

Marcel arremessa o pote em Jules. Ela se abaixa e o pote se estilhaça acima de sua cabeça.

— O que você está fazendo? — exclamo.

— Ele está nela! — Marcel aponta e pega outro prato nas prateleiras.

— Quem está nela?

— O homem morto! Ele assumiu o controle do corpo dela.

Meus olhos piscam para Jules. Ela olha para o irmão com puro ódio. Ela está segurando uma faca em cada mão: a dela e de Marcel.

— Jules, espere!

Ela se lança para ele. Marcel joga o prato. Ele acerta nela desta vez, mas apenas no ombro. Eu corro enquanto ela parte para cima dele. Eu a puxo para trás bem a tempo. Ela deixa cair uma das facas e grita, mas é gutural e anormalmente baixo. Eu agarrei seu braço ferido sem querer.

— Não a solte! — exclama Marcel, mas eu o faço por instinto.

— Estou machucando-a! — Minha mão está molhada com o sangue dela.

— *Temos* que machucá-la para detê-la. Apenas tente não a matar.

Tentar não matar?

Jules ameaça pegar a faca que deixou cair. Eu a chuto para longe e me arrasto para trás, sem saber como lutar contra ela.

— Quando isso aconteceu? — pergunto a Marcel.

— Na pedreira, eu acho. — Ele tateia as prateleiras superiores em busca de outra arma improvisada, mas estão vazias. — Ela está agindo de forma estranha desde que voltou. A princípio, pequenos sinais: convulsões, irritabilidade. Culpei o ferimento, mas quando ficamos sozinhos, ela piorou, como se estivesse lutando para reprimir algo. Ela ficou mais fraca e ele ficou mais forte e... — A voz de Marcel falha. — E se ela não estiver mais dentro de si mesma? E se ele matou a alma dela?

Meu estômago se contrai.

— Ela ainda está aí. Tem que estar. — Ando em um semicírculo ao redor de Jules, preparando-me para o próximo ataque.

Ela rosna.

— Sua Jules está fraca e delirante. Ela ainda está lutando contra mim, mas suas tentativas são patéticas.

Cerro os dentes. Preciso tirar o Acorrentado dela. Agora.

— Vamos ver quão forte ela realmente é, se você se atreve a testá-la.

Jules também começa a andar. Sua postura não lhe pertence, com os ombros encolhidos e a cabeça projetada para a frente no pescoço.

— Que tipo de teste?

— Jules é a melhor lutadora com facas que conheço, mas ela não gostaria que você me matasse. — Lanço um olhar furtivo para Marcel.

Ele está se aproximando dela por trás. — Jogue essa faca em mim e, se errar o alvo, saberei que você ainda é o mais fraco.

Jules estreita os olhos.

— E se eu for mais forte?

Dou de ombros.

— Então eu morro. — No canto da minha visão, o olhar de Marcel se alarga. Espero que ele esteja entendendo.

A boca de Jules se curva em um sorriso malicioso.

— Gosto deste jogo.

— Bom. — Deslizo discretamente minha faca na manga, planto meus pés e abro os braços. — Estou pronto.

Ela cospe no chão. Levanta a faca. Dobra os joelhos e mira.

Meu coração bate de forma irregular.

Ela puxa o braço para trás.

Minha mão desliza para a bainha.

Ela arremessa com força e eu balanço minha faca com velocidade treinada. Sua lâmina atinge a minha. Metal bate contra metal quando eu derrubo sua faca.

— Você é mais forte — admito. — Mas o arremesso de Jules é mais mortal. Eu nunca poderia ter bloqueado.

Ela rosna e salta em mim. Marcel pula nas costas dela e passa o braço em volta de seu pescoço. Ela se debate. Ele luta para se segurar.

Eu corro para ajudá-lo. Jules se sacode e se debate com nós dois sobre ela, como se tivesse chutado um ninho de vespas.

— Aperte mais forte! — grito. Marcel treme com o esforço.

Jules nos empurra contra a parede mais próxima. Uma explosão de dor atinge minhas costas. A maior parte do ar deixa meus pulmões. Consigo resmungar:

— Não solte!

Ela se vira para nos empurrar contra a outra parede. Mas assim que se aproxima, ela cambaleia até parar e de repente fica mole. Marcel solta seu aperto de uma vez. Pego Jules para que ela não caia no chão. Juntos, nós gentilmente a abaixamos de costas.

Seus olhos estão fechados e seu rosto está manchado de vermelho. Marcel estremece.

— Por favor, me diga que não acabei de matar minha irmã.

— Ela está respirando — respondo. — Você tem alguma corda? — Ele encontra uma para mim e arrasto Jules para a lajota de calcário. Nós a amarramos e prendemos a ponta da corda sob a grande pedra, como fizemos com Ailesse quando... — *Ailesse*. — Meu pulso acelera. — Onde ela está? Outro Acorrentado a atacou?

— Não. — Marcel estala três dedos e dá um passo para trás de mim. — Mas ela pode ter aproveitado a oportunidade para sair enquanto você estava fora.

Não consigo me mover por um momento. Sou uma criança de novo, abandonado no carrinho do meu pai.

— Ela... — Tento engolir, mas minha garganta está muito seca. — Ela realmente pensou que eu a manteria cativa outra vez? Achei que tínhamos aprendido a confiar um no outro.

Marcel solta o ar com força e me move a vários metros de distância de Jules.

— Olha — diz ele em voz baixa, embora ela ainda esteja inconsciente —, eu não sou um especialista em romance... bem, *estou* loucamente apaixonado por Birdie, mas não consigo identificar a lógica disso; mas Ailesse exibiu alguns sintomas clássicos de amor não correspondido: olhos chorosos, suspiros cheios de angústia, declarações dramáticas de despedida.

Amor não correspondido? Não tenho certeza se estou entendendo.

— O que ela disse?

— Que ela deseja o melhor para você, que sabe que você tem uma ligação mais forte com Jules e, basicamente, que ela não quer ficar entre vocês dois. — Ele acena com a mão no ar como se tudo isso fosse óbvio.

— O quê? — exclamo. — Você não disse a ela que *não* estou apaixonado por Jules?

Ele pisca.

— Bem, não exatamente. *Ressaltei* que você sempre se importou com ela.

Arrasto minhas mãos sobre meu rosto.

— Tenho certeza de que Ailesse interpretou tudo errado.

Marcel me dá um sorriso triste.

— Talvez eu também não seja especialista em garotas.

Uma risada infeliz me escapa. Se Marcel não fosse como um irmão, eu o estrangularia.

— Espere. — Ele congela. — Isso significa que você está apaixonado por Ailesse? Tipo, *amor* mesmo, não apenas "ela é irresistivelmente atraente porque é minha alma gêmea"?

Eu o encaro e mudo de um pé para o outro. Minha boca esqueceu como formar palavras.

— Eu... ela é... — Engulo em seco e me afasto. Minhas mãos envolvem minha nuca. Ailesse é incrível. Ela é feroz e apaixonada e nunca desiste de um desafio. Não há ninguém como ela. É impossível descrever como ela me faz sentir. — Nem sei como encontrá-la, Marcel.

— Acho que eu sei.

Imediatamente me viro.

— Ela pediu a flauta de osso — explica. — Veja, esta noite é lua cheia: marés baixas e tal. Ailesse estava decidida a tentar fazer a travessia. Os mortos estão ficando fora de controle, ela disse, e se um deles atacar Jules novamente, ela pode morrer.

Dou outra olhada em Jules. Ela está se contorcendo e fazendo caretas durante o sono. O Acorrentado ainda está dentro dela, alimentando-se de sua luz. Quanto tempo até que toda a sua Luz se vá? Rapidamente pego minha mochila.

— Então Ailesse foi para a ponte de terra? — *O que ela está pensando? Os mortos vão fervilhar em torno dela assim que ela estiver lá fora.*

— Não, para a ponte sob as minas.

Eu paro. E viro. E encaro.

— Existe uma ponte sob as minas?

Ele sorri e se balança nos calcanhares.

— Recentemente descoberta por seu amigo aqui e mapeada com precisão.

— E por que ela iria lá para fazer a travessia?

— Bem, um símbolo na ponte corresponde a um na flauta de osso. Estreito os olhos.

— A ponte sobre a terra? — pergunto, lembrando-me do símbolo que Ailesse esboçou para mim. — É uma Ponte de Alma como a ponte de terra, certo?

— Ela acha que sim. É uma possibilidade fascinante.

Lentamente caminho em direção a Marcel, e seu sorriso vacila.

— Então você deu a flauta de osso para Ailesse, sabendo que ela iria lá sozinha? — O sangue pulsa em meu crânio. — Você se lembra da cena na ponte de terra, Marcel? Se todas aquelas Barqueiras não conseguiram controlar os mortos, como você acha que Ailesse conseguirá?

Ele engole.

— Pode não funcionar — diz ele com otimismo.

Cada músculo do meu corpo se contrai. Cada nervo se estende e se desgasta. Ailesse não tentaria algo tão imprudente, a menos que tivesse perdido a esperança de quebrar nosso vínculo de alma.

Pego minha mochila, esvazio e corro para a parede onde Jules e Marcel estocaram pólvora. Enfio dois barris pequenos dentro dela. Isso não será suficiente. Pego a mochila de Jules e enfio mais dois lá também.

Marcel fica inquieto, me observando.

— Você planeja explodir alguma coisa?

— Com quantas pessoas mortas *você* gostaria de lutar ao mesmo tempo? — pergunto.

Ele franze a testa e olha para a irmã.

— Nenhuma.

Pego minha lamparina e coloco a mochila nos ombros.

— Mantenha sua lamparina longe da pólvora — adverte ele.

Assinto.

— Você vai ficar bem aqui com Jules?

— A menos que ela aprenda a cuspir fogo, o que é altamente improvável.

— Tudo bem. — Ando até ele e abro minha mão. — Vamos ver aquele mapa que você fez.

— Mapa? — recua Marcel. — Ah, isso... bem... eu dei para Ailesse. Fecho os olhos com força.

— *Marcel*.

— Pensei nisso como um presente de despedida — diz ele timidamente.

Eu corro as mãos pelo meu cabelo e respiro fundo. Não há tempo para discutir.

— Diga-me como chegar àquela ponte.

42
Sabine

A coruja-das-torres está esperando por mim quando chego a Castelpont, suas asas iridescentes à luz da lua cheia. Ela não interfere quando removo meus três ossos da graça do colar de ombro de Ailesse e os enterro sob as fundações da ponte. É um sinal de que o que estou fazendo é certo. Ailesse faria a mesma coisa se tivesse suas graças de volta.

No centro da ponte, fecho o colar de volta e me ajoelho, espalhando minha saia. Não pensei em colocar um vestido branco, mas não vejo por que isso deveria importar. Tiro a escova de cabelo de Ailesse de minha mochila de caça e removo as últimas mechas. Em seguida, retiro a faca de osso da minha bainha. Com uma respiração profunda, eu corto a palma da minha mão com a lâmina. Eu acolho a dor. Já se passaram vinte e nove dias desde que minha amiga foi sequestrada, e agora finalmente estou fazendo algo que vai ajudá-la de fato.

Eu pingo meu sangue sobre seus fios ruivos.

— Este é o meu cabelo, Tyrus. Este é o sangue que compartilho com minha irmã. — Faço uma pausa, perguntando-me por que Odiva não rezou para Elara também. Olho para a coruja-das-torres. Ela está muito quieta no parapeito de pedra, a cabeça levemente inclinada para baixo, seus olhos astutos fixos em mim. — Ouça minha voz, Tyrus, o canto de sereia da minha alma — continuo, decidindo que devo orar apenas para Tyrus. Não posso arriscar comprometer o ritual. — Sou Ailesse, irmã de Sabine. Esta noite, termino meu rito de passagem. — Mas este não é meu rito de passagem; é o fim do de Ailesse.

Esta noite, atrairei Bastien, em vez de minha alma gêmea, e o matarei para salvar minha irmã.

Envolvo minha mão ensanguentada com um pano da minha mochila de caça e empurro meus pertences para as sombras da ponte. Exceto pela faca de osso. Que eu embainho sob meu manto. Eu removo a nova flauta, esperando que o instrumento simples que esculpi seja suficiente para tocar um verdadeiro canto de sereia. Eu já conheço a música. Ailesse e eu praticamos juntas em flautas de madeira antes da última lua cheia. Ela nunca terá a chance de terminar este ritual sozinha, mas pelo menos será uma Barqueira. Esse sempre foi o sonho dela, e não o que foi necessário para alcançá-lo.

Eu levo a flauta para minha boca e simulo o padrão da melodia sobre os orifícios do tom antes de emprestar minha respiração.

A canção de amor e perda chora acima da brisa da noite. Bastien deverá sentir sua chamada imediatamente. Vamos lutar um contra um, espero que desta vez sem a interferência dos amigos.

A coruja-das-torres observa enquanto eu continuo tocando. Ela poderia muito bem ser esculpida em mármore. Ela não pia ou guincha ou mesmo bate suas asas. Quinze minutos se passam e Bastien ainda não apareceu.

Não se preocupe, Sabine. Vai funcionar. Ele só veio tão rápido da última vez porque já estava esperando por nós. Hoje à noite ele tem que sair de onde quer que esteja escondido com Ailesse, e quem sabe quão longe eles estão?

Meu peito se contrai enquanto toco sem parar, não por falta de ar, mas por minha ansiedade crescente. Pelo menos mais meia hora se passa. Estou aqui há muito tempo. Continuo olhando para trás, para o Beau Palais, além das muralhas de Dovré. Alguém já deve ter me visto pelas janelas do castelo de pedra branca.

A música soa mais rápido agora. Minhas mãos ficam molhadas de suor. Meus dedos escorregam dos orifícios de tom mais de uma vez. Se o canto da sereia precisa ser tocado perfeitamente, Bastien nunca virá esta noite.

Bem quando estou prestes a desistir e jogar a flauta no leito seco do rio, minha graça de chacal capta o som de botas se arrastando na estrada. Meu coração bate forte. Os passos vêm da estrada que sai de Dovré. É lá que Bastien mantém Ailesse cativa?

Continuo dedilhando a melodia, na esperança de que ele surja ao redor da muralha curva da cidade. Agora que ele está perto, minhas entranhas se agitam. E se eu estiver errada e esse ritual só funcionar para mães, não para irmãs? Se Tyrus não me permitir agir no lugar de Ailesse, então, quando eu matar Bastien, estarei matando minha melhor amiga também.

Olho para a coruja-das-torres. *Você me avisaria se isso pudesse matar Ailesse, não avisaria?*

Como se ela tivesse ouvido meus pensamentos, ela decola da ponte, circula uma vez acima e voa para um local discreto na extremidade da ponte. Eu realmente gostaria que Elara ensinasse seu pássaro a falar.

Os passos ficam mais altos. Uma silhueta contorna o muro, a vinte metros de distância. Ele também está usando um manto. Seu capuz cai sobre os olhos. Tudo o que posso ver, mesmo com minha visão noturna e de longo alcance, são as vagas sombras de sua boca e queixo.

Ele se aproxima gradualmente. Assim que ele põe os pés na ponte, coloco minha flauta no bolso, solto um suspiro trêmulo e retiro a faca de osso de Ailesse. Eu a mantenho escondida debaixo do meu manto. Não vou dançar com Bastien; Ailesse já realizou a *danse de l'amant*. Eu vou acabar com isso depressa. O chacal em mim vibra com o pensamento. Não suprimo sua sede de sangue desta vez. Esta noite vou precisar dela.

Bastien está a dez metros de distância agora. Aliso as dobras do meu manto e mantenho o capuz puxado.

Sua mandíbula está bem barbeada. Seu manto é bom e suas botas estão engraxadas. Isso é um novo disfarce? Respiro seu perfume com minhas graças de salamandra e chacal. Ele não está usando a mesma fragrância apimentada de antes. Agora ele está com um cheiro suave de menta.

Ele para a cinco metros de distância e inclina a cabeça. Eu coloco minha faca mais perto do meu corpo. Ele pode ver a forma do punho?

Seu capuz flutua um pouco para trás e as pupilas de seus olhos brilham. Ele avança timidamente. Meu pulso martela a cada passo. Minha consciência começa a lutar contra o desejo assassino do chacal. Bastien não é um animal, e chorei por todas aquelas mortes. Como vou sobreviver matando um humano?

Olho por cima do ombro para ter certeza de que a coruja-das--torres não me abandonou. Ela permanece empoleirada no poste mais distante da ponte.

Acalme-se, Sabine. Isso é o que Elara quer que você faça. É isso que Ailesse precisa que você faça.

Os passos de Bastien se aproximam. Não consigo olhar para ele. Posso esfaquear seu coração sem encontrar seus olhos?

Ele para a um metro e meio de distância.

— É você?

Sinto o sangue escorrer do meu rosto. Sua voz é feita de seda e falta um toque de amargura.

Este não é Bastien.

Meu olhar voa até ele. Seu capuz está caído para trás e ele colocou a capa atrás dos ombros. Ele parece ter a mesma idade de Bastien, mas seu cabelo não é escuro e despenteado como o dele; é louro-avermelhado com cachos grandes. Seus olhos *são* azuis, mas de um tom duro de azul, e estão arregalados de admiração, não de raiva.

Estou sem fôlego.

Atraí meu próprio *amouré*, não o de Ailesse.

Este é o meu rito de passagem.

Eu dou dois passos para trás e aperto meu estômago. Este é o garoto que os deuses escolheram para mim, e eu já o matei, apenas por tocar uma música.

Decidi sacrificar Bastien esta noite, mas agora, por minha causa, outro garoto morrerá. O ritual já está em andamento.

— Você não vai me deixar ver seu rosto? — pergunta. Seu tom é gentil, mas com um leve desespero. Ele está preso profundamente na teia do meu feitiço.

Flexiono meu aperto em minha faca escondida e puxo meu capuz para trás com a outra mão. Alguns cachos pretos brotam em torno das minhas bochechas. As sobrancelhas de meu *amouré* se juntam. Sua boca se abre, mas nenhuma palavra se forma. Minhas bochechas coram. Ailesse me disse que sou bonita, mas talvez só seja aos olhos dela.

Eu deveria começar a dança, percebo. Devo mostrar porque sou perfeita para ele e ele é perfeito para mim. Mas tudo que eu quero fazer é me enterrar no chão.

Lanço um olhar mordaz para a coruja-das-torres. Tudo o que ela me orientou a fazer nas últimas semanas foi um truque para me transformar em uma Barqueira e, depois disso, na nova *matrone* da minha *famille*?

— Me perdoe. — O garoto passa os dedos nervosos pelos cabelos. — Pensei ter ouvido uma música familiar.

Franzo a testa.

— Esta não é a primeira vez que você a ouve?

Ele levanta um ombro.

— Pensei que... que você seria ela.

— E quem é ela?

Seu olhar pesado se dirige para o outro lado da ponte.

— Não sei. Nunca soube seu nome.

Meu pulso acelera.

— Mas você a viu?

— Era apenas um espectro de branco do Beau Palais.

Beau Palais? Eu rapidamente avalio suas roupas. Ele está de uniforme, com medalhas pregadas no peito. Deve ser um soldado condecorado.

— Saí do castelo assim que a vi — confessa —, mas quando cheguei, ela já tinha ido embora. Eu tive um vislumbre de seu cabelo ruivo enquanto ela corria para a floresta com os amigos.

Eu o encaro, minha descrença crua e mordaz. Meu ritual esta noite funcionou. Trouxe-me o *amouré* de Ailesse. Mas ele não é Bastien.

— Não eram amigos dela — digo friamente.

Seus olhos se arregalam e ele se aproxima.

— Você a conhece?

— Ailesse é minha melhor amiga — respondo, trazendo a faca das minhas costas para o meu lado. Agarro-o com força sob o manto. *E agora posso salvá-la.*

Atuando como Ailesse, atraí este garoto para cá. E como Ailesse, vou matá-lo aqui.

— Ailesse — repete ele, sagradamente. — Tenho que encontrá-la. Agora. — Ele agarra meu braço e eu enrijeço. Nunca fui tocada por um garoto. — Mal dormi no mês que passou — diz. — As pessoas em Dovré estão doentes e desesperadas. Estão começando a brigar entre si. No entanto, devo confessar, o que mais me preocupa é isso... — Ele balança a cabeça e coloca a mão sobre o coração. — Não sei explicar, mas é por isso que caminho à noite pelas muralhas de Beau Palais para vigiar esta ponte. Espero tolamente que ela volte. — O garoto ri de forma autodepreciativa. — Não entendo por que me sinto atraído por ela. Você deve me achar ridículo.

— Não, conheço o poder desse sentimento... é impossível ignorá-lo. — Nenhum *amouré* jamais resistiu.

Ele me estuda por um momento, e sua boca se curva em um sorriso caloroso e agradecido. Uma covinha até se forma em sua bochecha direita, o que não é justo. Não posso negar que ele é lindo. Mais do que isso, ele também é gentil e sincero. É errado sentir inveja de Ailesse depois de tudo que ela sofreu?

— Estava começando a temer que tivesse perdido a cabeça — diz ele. — Obrigado pela compreensão.

— É claro. — Meu aperto afrouxa na minha faca. Matá-lo não libertará Ailesse do cativeiro.

Seus dentes pegam o canto do lábio.

— Você acha que...? Você estaria disposta a me apresentar sua amiga? Apenas baixo os olhos.

— Gostaria de poder ajudar. — *Gostaria mesmo?* — Mas não sei onde ela está. Aquelas pessoas com quem você a viu fugir... eles a sequestraram. Não a vejo desde a noite em que você a viu — minto. — Também estive procurando por ela.

O sorriso do *amouré* de Ailesse desaparece. Sua covinha também, e seus olhos azuis como pedra ficam firmes.

— Ela foi sequestrada? — pergunta ele. Assinto. Ele se afasta de mim, os dedos em forma de torre na ponta do nariz. — Eu deveria saber. Eu deveria ter feito alguma coisa! — Minhas sobrancelhas se levantam com sua explosão surpreendente de emoção. Todos os *amourés* são tão apaixonados? Ele apoia as mãos no parapeito de pedra, com a cabeça baixa. — Se eu tivesse chegado mais cedo naquela noite, poderia tê-la salvado.

Eu me movo para ficar ao lado dele, estranhamente querendo confortá-lo. Pelo menos uma outra pessoa está tão preocupada com Ailesse quanto eu.

— Se alguém tem culpa, sou eu — murmuro. — Eu estava lá naquela noite, e também não consegui salvá-la. O ataque... foi planejado com maestria.

Seus olhos refletem minha aflição.

— O que podemos fazer? Onde você procurou por ela?

— Ela estava nas catacumbas no início. Talvez ela ainda esteja, não sei. Esses túneis são um labirinto. Levaria séculos para percorrer todas as passagens.

Seus dedos tamborilam nas pedras e seu anel de joias brilha ao luar.

— E se eu te ajudar a resgatá-la? Tenho um extenso mapa das catacumbas.

A coruja-das-torres guincha, e eu me viro. Ela salta do poste e se lança direto para nós. Eu suspiro e abro meus braços protetoramente na frente do *amouré* de Ailesse. A coruja se aproxima, então de repente vira para a direita e voa ao nosso redor. Ela guincha novamente e retorna ao seu posto.

Eu fico boquiaberta com ela, atordoada com o que quer que tenha acontecido. O *amouré* de Ailesse dá uma risada divertida.

— Que criatura estranha.

Forço um sorriso. A coruja-das-torres está me alertando para não caçar Ailesse com esse garoto? Ou ela está me encorajando?

Os olhos dele caem para a minha mão e ele reprime um sorriso.

— Acho que estamos seguros agora. — Ele pisca.

Percebo que estou segurando minha faca de osso bem à vista.

— Oh. — Coro e embainho-a. — Desculpe. Esta ponte me deixa inquieta.

Ele ainda está olhando para a faca; ele pode perceber o cabo saliente.

— Nunca me deparei com nada parecido. — Suas sobrancelhas se enrugam. — Ou seu colar, por falar nisso.

— É uma relíquia. — A mentira vem rapidamente à minha língua, e espero que satisfaça sua curiosidade. Não quero falar sobre a faca, porque agora entendo o que a coruja-das-torres quer que eu faça: levar esse garoto até Ailesse e oferecê-lo a ela, junto com sua faca de osso. Este é o sacrifício *dela*, não meu. Isso significa que a escolha é dela.

Olho para o garoto diante de mim. Ele se apaixonou por uma garota apenas por um vislumbre de seu vestido e uma bela canção, e agora tudo o que ele quer fazer é conhecê-la. Eu odeio ter que saber alguma coisa sobre ele. Sua morte será muito mais difícil de suportar. Mas eu tenho que suportar. A coruja-das-torres me conduziu até este momento, passo a passo. Ela me deu tudo que preciso para encontrar Ailesse e salvá-la. Não posso voltar atrás agora...

— Como é que você tem um mapa das catacumbas? — pergunto.

O *amouré* de Ailesse sorri novamente, mas agora é um sorriso misterioso.

— Você não sabe quem eu sou, sabe?

Olho para seu uniforme mais uma vez e balanço a cabeça. Não consigo adivinhar sua patente.

Ele se inclina para perto e me diz.

Arregalo os olhos.

43
Ailesse

Eu corro pelas minas abaixo das catacumbas. Não consigo encontrar o fosso que desce ao nível da ponte. Marcel pode ser brilhante, mas suas habilidades artísticas estão em falta. Seus rabiscos já me levaram a três caminhos errados, e perdi muito tempo voltando.

Um túnel ramificado aparece na borda da minha lâmpada, e eu rapidamente verifico o mapa de Marcel. Não faço ideia de onde estou. Eu olho para trás por onde vim, depois através do novo túnel. Eu odeio parar. Toda vez que paro, meus olhos ardem e ouço a voz de Bastien. *Pode dançar comigo como naquela vez?* Sinto sua mão segurando meu rosto enquanto ele sussurra: *você nunca precisou tocar uma música para mim, Ailesse.*

Ignoro a dor oca no meu peito. Corro pelo novo túnel e enterro qualquer pensamento perdido sobre Bastien. Em vez disso, concentro-me na ponte sobre a terra. Será que as Leurress faziam a travessia aqui antigamente? Por que pararam? Porque os túneis evoluíram para uma vala comum profanada?

Mantenho meus olhos abertos para a escotilha de que Marcel falou. Se eu não conseguir encontrar a entrada principal que ele marcou no mapa, talvez consiga encontrar a outra entrada para a Ponte das Almas. Mas a escotilha não está no mapa, e não vejo nenhum sinal dela.

O túnel se vira em uma curva. Passo correndo por dois túneis ramificados fechados com tábuas. Estou circulando o mesmo abismo em que fui lançada quando minha mãe tentou me resgatar? A Ponte das Almas está lá embaixo?

Ganho velocidade. Meia-noite está menos de uma hora de distância. Agora é tarde demais para correr para casa e buscar minha mãe. Não importa. Ela vai me elogiar por ter descoberto este lugar. Vou provar que as Leurress também podem fazer a travessia na lua cheia.

Ouço a voz de Sabine agora. *Pense, Ailesse. Você não pode transportar os mortos sozinha.* Seu tom preocupado é familiar. Ela o usou quando perguntou: *você realmente precisa caçar um tubarão-tigre?* e *Tem certeza de que é uma boa ideia fazer seu rito de passagem em Castelpont?* Meu músculo da mandíbula endurece, e afasto sua voz como eu afastei a de Bastien. Sabine esquece que sempre consigo o que quero, não importa quão difícil seja. Exceto quebrar meu vínculo de alma com Bastien.

Eu disparo em outra curva e deslizo até uma parada repentina. Minha lamparina a óleo pisca, quase se apagando. Avanço vários metros e meu pulso dispara. Uma polia e um eixo estão construídos sobre um buraco no chão próximo ao beco sem saída do túnel. Verifico o desenho desajeitado de Marcel no mapa. É aqui — a entrada para as cavernas abaixo.

Abro um sorriso triunfante. *Obrigada, Elara.*

Corro para a beira do buraco. É realmente um poço circular com cerca de um metro e meio de largura. Em cima dele, enrolada no eixo, há uma corda. Retiro um balde de sua extremidade em forma de gancho, coloco minha lamparina a óleo de lado e giro a polia, estendendo toda a corda para dentro do poço.

Pego minha lamparina e rezo para não a deixar cair enquanto desço. Minha visão de tubarão-tigre não consegue penetrar no denso negrume das minas; preciso de pelo menos uma pequena fonte de luz para trabalhar.

Passo pela borda do poço. Agulhas de ansiedade picam minha pele. Então elas aumentam e esmurram minha espinha. Isso não é nervosismo. É o meu sexto sentido. Alguém está vindo.

Giro ao redor. Ao mesmo tempo, a borda do eixo desmorona.

Deslizo para dentro do poço e grito. A corda está escorregando por entre meus dedos.

Seguro firme e bato contra a parede do poço. Minha lamparina de barro se estilhaça. Tudo fica preto.

Alguém grita, mas o som é abafado. Uma alma Acorrentada? Estou suspensa pela corda, meu pulso martelando em meus ouvidos.

Iluminação fraca brilha acima de mim. Eu vejo a abertura circular do poço. Estou a um metro do topo. A luz aumenta. Não é *chazoure*; é dourada.

— Ailesse! — Alguém se abaixa. Prendo a respiração. *Bastien*.

Agarro a mão dele. Ele me puxa para a borda. Eu me levanto e me jogo sobre ele. Choque percorre meu corpo. Seus braços me envolvem e ele me segura com a mesma intensidade. Não consigo parar de tremer. Agarro sua camisa e pressiono meu nariz na curva de seu pescoço e ombro. Nunca pensei que o veria novamente. Ele beija o topo da minha cabeça mais e mais. Meu pulso vibra em meus membros e desce até as palmas das mãos e solas dos pés. Eu fecho meus olhos e deixo seu cheiro quente e almiscarado encher meus pulmões.

Bastien acaricia meu cabelo.

— Por que você foi embora? — Sua voz revela um pouco de mágoa.

Meus cílios batem em seu pescoço enquanto me lembro do que me chateou.

— Você gosta de Jules. Mais do que eu imaginava.

— Ela é minha melhor amiga, Ailesse. Claro que gosto dela. Mas isso não significa...

— Você disse a ela a frase de seu pai, Bastien. — Eu me afasto dele. — "Você não está sem mim. Eu não estou sem você". — Minha garganta se fecha. — Pensei que isso significava que você tinha alguém em seu coração... e eu acho, eu esperava, que essa garota fosse eu.

Seus olhos se enchem de profunda ternura.

— Sinto muito. — Ele alisa uma mecha de cabelo na minha testa. — Essa frase, é algo que eu digo para a família. Jules e Marcel são minha família. Mas você... — Bastien engole e pega meu rosto em suas mãos. — A frase significa algo diferente quando digo para você.

Meu coração bate mais rápido.

— Sério?

Seus olhos azul-escuros refletem o ouro de sua lanterna bruxuleante.

— Você é a garota por quem estou apaixonado, Ailesse.

Uma onda de calor lava minha pele. De repente, estou sem peso, sem fôlego.

— Você pode repetir isso? — Inclino minha cabeça para mais perto. — Não tenho certeza se ouvi direito.

Ele sorri.

— Estou apaixonado por você, Ailesse.

— Um pouco mais alto.

— ESTOU APAI...

Trago a boca dele até a minha. Eu o beijo com toda a força de minhas graças. Ele ri contra meus lábios e me gira de volta para a parede, beijando-me com igual paixão. Eu o puxo ainda mais para perto. Eu queria isso desde que ele lutou ao meu lado na ponte de terra e encheu nosso quarto com velas e me trouxe para o luar sob a cúpula.

Ele tropeça um passo para trás enquanto eu me afasto da parede e o beijo com mais urgência. Bastien me levanta para que nossos rostos fiquem na mesma altura. Meus dedos roçam o chão enquanto ele me beija mais fundo, mais forte. Eu quero mais. Minhas costas arqueiam. Eu teço e puxo meus dedos por seu cabelo. O calor floresce da minha barriga e se espalha pelo meu peito e membros. Ele está tão quente e corado quanto eu.

Nós nos afastamos e respiramos fundo, nossas cabeças inclinadas juntas.

— Bastien... — digo, esperando que meu pulso desacelere e minha respiração se estabilize. Jogo minha cabeça para trás para que eu possa vê-lo. — Olhe para mim. — Ele lentamente abre os olhos como se estivesse acordando de um feitiço. Passo meus polegares em suas maçãs do rosto. — Eu te amo, Bastien. — Eu preciso que ele saiba que eu sinto o mesmo. — Eu te amo — digo novamente, em um sussurro reverente.

Ele ainda me tem levantada em seus braços.

— Ailesse — sussurra ele com o sorriso mais suave. Bastien não diz mais nada. Não é necessário. Ele gentilmente me abaixa no chão, e nossos lábios se tocam novamente, ternos, pacientes e amorosos. Esta é uma nova dança entre nós, que não leva à morte, mas se agarra à frágil esperança da vida.

Sua boca flutua ao longo da minha mandíbula e trilha um caminho suave até minha clavícula. Quando seus lábios sobem novamente, eles roçam um ponto sensível em meu pescoço. Eu rio baixinho e viro minha cabeça para me controlar. Então meus olhos pousam em dois pacotes encostados na parede. Eles estão cheios, esticando as costuras. Sorrio ao vê-los, embora esteja confusa.

— O que é tudo aquilo?

Ele olha além de mim.

— É... uma precaução contra os mortos. Acontece que não sou o melhor em lutar contra pessoas invisíveis. — Ele estremece e sua expressão escurece. — Foi muito mais fácil lutar contra Jules.

— Jules? — Meu coração despenca. — O que aconteceu?

Bastien esfrega a testa como se estivesse zangado consigo mesmo por ter esquecido.

— O Acorrentado não saiu da pedreira. Ele entrou no corpo de Jules.

Endureço. Não sabia que uma alma Acorrentada podia fazer isso. Eu olho para o poço de mineração e mordo meu lábio. Não sei até onde vai, mas a Ponte das Almas deve estar no fundo.

— Acho que posso fazer algo para ajudar. Quando eu tocar o canto da sereia, isso deve atraí-lo para fora dela.

Suas sobrancelhas se juntam.

— É o único jeito?

— Não vejo outro. Se o Acorrentado ficar preso dentro de Jules, roubará toda a Luz dela. Ele não pode ser derrotado até que seja transportado para o Submundo. — Aperto a mão de Bastien. — Tenho que tentar.

Sua boca define uma linha firme.

— Então vou te ajudar.

— Não! — Arregalo os olhos. — Você não pode nem ver os mortos.

— Já trabalhamos com essa dificuldade antes.

— Não posso deixar... — Meu estômago revira. — E se você morrer por minha causa?

Ele dá de ombros.

— Não seria a primeira vez que enfrentaria essa preocupação.

— Estou falando sério, Bastien. Isso não é uma boa ideia.

— Ailesse. — Ele me pega pelos ombros e me beija suavemente. — Não vou deixar você. Você vale o risco, está me ouvindo? Você sempre vai valer o risco.

Expiro lentamente e me dobro contra ele.

— Além disso — sussurra ele, pressionando os lábios contra meu pescoço —, tenho quatro barris de pólvora.

44
Sabine

Ando pelas pedras de Castelpont e torço minhas mãos. Já desenterrei meus ossos da graça e os amarrei de volta no meu colar de ombro. O *amouré* de Ailesse deve voltar a qualquer momento. Estou esperando o momento certo para levá-lo cativo. Preciso do mapa dele primeiro.

Esfrego meu pingente de chacal-dourado enquanto observo os céus e as árvores próximas. A coruja-das-torres se foi. Isso é significativo? Se é, não sei por quê.

Sinto um cheiro suave de menta e ouço passos distantes. Eu me viro para o caminho que leva a Dovré, e Cas aparece na curva. *Cas*. Foi assim que ele me pediu para chamá-lo. Seu nome completo é Casimir, e combina perfeitamente com ele. Ainda não consigo acreditar que o *amouré* da Ailesse seja alguém tão importante. Na verdade, consigo, sim. Ele é o tipo de pessoa que sempre imaginei para ela.

— Olá de novo. — Cas sorri calorosamente e se junta a mim na ponte.

— Olá — respondo, tentando esmagar o repentino frio na barriga. Não posso pensar nele com carinho quando estou prestes a entregá-lo à morte.

— Estou pronto. — Ele bate no punho de uma bela espada em seu cinto. Uma adaga também está no coldre de sua coxa.

— E o mapa?

— Ah, sim. — Cas tira do bolso uma folha de pergaminho dobrada, passa-a para mim e ergue uma lanterna para que possamos estudá-la juntos.

Desdobro o mapa e examino os elaborados desenhos em pequena escala dos dois lados. O primeiro lado mostra uma visão em corte de todos os níveis das catacumbas e minas. O segundo lado é uma visão panorâmica dos quatro níveis principais, cada um esboçado em retângulos separados e empilhados em uma coluna. Tudo está rotulado na língua da Galle Antiga, que não consigo ler. Levo alguns momentos para identificar os caminhos que já percorri no primeiro e segundo níveis. Eu não sabia que existiam outros mais profundos.

— Alguns lugares parecem ser câmaras ou pedreiras maiores — diz Cas. — Devemos procurar nelas primeiro.

Não consigo parar de olhar para o quarto nível. Ao contrário dos túneis angulares acima, as passagens aqui são sinuosas, e as câmaras neste nível parecem mais manchas de tinta do que pedreiras estruturadas. Talvez o quarto nível seja uma teia de cavernas. Aponto para uma linha mais grossa acima de uma caverna tão profunda que não sei onde termina.

— O que você acha que é isso? — Na visão em corte do mapa, os lados da caverna saem da borda inferior do pergaminho. Viro o mapa para ter uma visão panorâmica. Aqui, a linha grossa é uma faixa escura que vai de uma extremidade à outra da caverna.

— Uma escada? — sugere Cas.

— Não, as escadas são assim. — Coloco meu dedo em um retângulo cheio de linhas para os passos. Examino as bordas levemente onduladas da faixa escura. — Poderia ser uma ponte natural.

Cas se inclina para mais perto, olhando para o mapa.

— Exceto que leva a um beco sem saída.

— Verdade — respondo, então noto pequenas marcas abaixo da faixa. Sem minha visão de falcão noturno, eu não seria capaz de ver suas linhas ultrafinas e detalhes minúsculos. Eles são símbolos de uma ponte, terra e lua cheia. Símbolos das Leurress. Viro o mapa e encontro as mesmas marcas perto da ponte, então *tem* que ser uma. — De onde veio esse mapa?

— Não sei de onde veio, mas há um baú na biblioteca do Beau Palais cheio de mapas. Nós os usamos para traçar estratégias para pequenas guerras que irrompem em Galle do Sul. Mais ou menos um ano atrás, encontrei este escondido dentro de um dos mapas mais antigos. — Cas coça o pescoço. — Então você reconhece algo que nos ajudará?

Mordo o lábio. Esta noite é lua cheia, assim como o símbolo desenhado ao lado da ponte. Isso não significa necessariamente que é onde Ailesse estará; Bastien não saberia nada sobre esse lugar, e nem ela; mas tenho um forte pressentimento, que não posso ignorar. É a mesma sensação que tive quando Odiva me disse duas vezes que Ailesse estava morta, e de alguma forma eu sabia que ela estava mentindo. Agora o sentimento diz que preciso ir para lá.

— Sim — respondo.

Assim que pronuncio a palavra, a coruja-das-torres emerge da floresta e passa voando por mim. Começo a sorrir, ela está confirmando que estou certa, mas então segue em uma direção diferente da entrada das catacumbas na ravina. Existe uma maneira melhor de entrar?

— Mostre-me — diz Cas.

Meu dedo se move para indicar a ponte, mas nunca pousa no pergaminho. Sou distraída por um barulho distante de botas — muitas delas. Agarro o braço de Cas.

— As pessoas estão vindo.

Sua testa franze.

— Como você sabe?

Balanço a cabeça, confusa e nervosa. Toda a minha vida fui proibida de deixar pessoas fora da minha *famille* me verem.

— Temos que nos esconder.

— Não, espere! Olhe. — Cas observa o caminho para Dovré, e nove homens uniformizados aparecem. — São soldados da minha tropa — explica ele. — Está tudo bem, Sabine. Eles podem ser confiáveis.

Eu dou uma olhada em cada um deles. Os homens têm lamparinas, como Cas, e várias armas entre elas. Isso me deixa ainda mais desconfiada.

— Por que vieram?

— Para resgatar Ailesse. — Ele franze a testa, com confusão. — São três sequestradores, talvez mais. Posso até ser um excelente espadachim, mas não sou muito confiante. Vamos precisar de toda a ajuda possível.

— Não, eles não podem vir conosco. — Minha voz é mais abrasiva do que eu pretendia. — Nunca concordei com isso. — A última coisa de que preciso é que uma plateia de homens empunhando espadas testemunhe seu amigo ser massacrado por Ailesse. Ou pior, impeça-a.

Cas cruza os braços.

— Você quer salvar Ailesse ou não?

— Claro que sim, mas temos que ser espertos. Uma enxurrada de soldados arruinará nossa chance de atacar de surpresa.

— A surpresa não pode nos ajudar se estivermos em desvantagem numérica.

Cerro os punhos.

— Se fizermos tanto barulho a ponto de eles saberem que estamos chegando, Ailesse estará morta quando a encontrarmos.

Cas se encolhe quando digo *morta*. Seus soldados se aproximam da ponte. Ele suspira e passa a mão pelo cabelo.

— Onde ela está sendo mantida, Sabine? — Ele olha para o mapa. — É aquele lugar que você pensou que era uma ponte?

Pressiono os lábios e ligeiramente desvio os olhos.

— Não... a última vez que a vi, ela estava perto do nível logo abaixo das catacumbas. Você viu quantos túneis existem lá embaixo? Você teria que procurar por dias antes de encontrá-la, e então ela poderia ter ido embora.

Ele pensa por um momento.

— O que você está tentando dizer?

— Vou com você. — Empurro os ombros para trás. — E não direi para onde estamos indo até chegarmos. E nem vou levar você lá se formos com eles. — Inclino meu queixo para seus soldados.

Cas muda de posição.

— Certamente podemos chegar a um acordo. Afinal, temos o mesmo objetivo.

Não quero, mas ele é tão teimoso quanto eu. Podemos passar horas que não temos discutindo sobre isso, ou podemos encontrar um meio-termo em nossas exigências. Mesmo com todas as minhas graças, não posso incapacitar nove homens antes de levá-lo cativo.

Olho o mapa outra vez e vejo uma escada em zigue-zague perto da ponte. Ela passa por todos os níveis do túnel até chegar a uma entrada marcada do lado de fora. Parece que fica a pouco mais de cinco quilômetros daqui.

— Peça a seus homens para nos dar uma vantagem assim que chegarmos às catacumbas. A entrada para onde vamos não fica longe do nosso destino final — acrescento, sem apontar no mapa. — Isso nos dará uma janela de tempo para ver se realmente precisamos de ajuda extra.

Ele franze a testa.

— Ou nos dará a oportunidade de sermos superados em número e mortos.

Dou de ombros e fico mais ereta.

— Esse é um risco que estou disposta a correr para proteger Ailesse. E *você*?

Cas esfrega o lado do rosto, deliberando.

Os soldados nos alcançam na ponte em arco e eu me contorço, desconfortável por estar perto de tantos homens quando só vivi entre mulheres.

Um jovem de cabelo curto dá um passo à frente, como se quisesse falar com Cas, mas então seu olhar cai sobre mim e suas sobrancelhas se erguem.

Cas ri, cutucando o ombro de seu companheiro.

— Sim, Briand, ela é bonita. Você pode fechar a boca agora.

Briand pisca e se recompõe.

— Estamos, hum, prontos assim que você estiver. — Ele inclina a cabeça, mas seus olhos se voltam timidamente para mim.

Cas respira fundo.

— Muito bem. Concordo com seu plano, Sabine. — Seu lindo sorriso derrete todas as minhas frustrações com ele. — Vamos resgatar Ailesse.

45
Bastien

Fico no túnel e giro a polia acima do poço até que a corda se estenda no eixo. Estou baixando Ailesse até o nível da ponte primeiro, para poupar sua força para a travessia.

Está escuro como breu ao meu redor. Minha lamparina está presa na ponta da corda. Não demorou muito para que sua luz desaparecesse completamente.

Espero alguns momentos e dou um puxão na corda. Ainda está tensa com o peso de Ailesse. Por que ela não soltou? Não chamo o nome dela. Ela não conseguiria me ouvir.

Eu me remexo. Estou prestes a acionar a polia novamente para levantá-la de volta, quando a tensão na corda diminui. Ela largou.

Ou caiu.

Meu coração bate forte. Não há como saber até que eu esteja lá embaixo.

Não perco tempo agarrando a corda e me balançando no poço. Desço o mais rápido possível. A corda é áspera. Depois de quinze metros, bolhas começam a se formar nas palmas das minhas mãos. Depois de vinte metros, meus músculos estão pegando fogo. Inspiro, controlando-me, e continuo. Vinte metros, vinte e cinco, trinta... A corda chega ao fim. Seguro com força e olho para baixo.

— Ailesse? — grito. O suor escorre pela minha testa. — Ailesse!

— Bastien!

Alívio me inunda. Sua voz é abafada pelo ar denso, mas ela não pode estar muito longe. Percebo um anel de luz fraca abaixo: o fundo do poço.

— Pule quando chegar ao final da corda! — diz ela.

Desço um pouco mais até ficar pendurado pelo gancho. Solto sem pensar duas vezes. Confio nela.

A queda não é longa; não preciso rolar para diminuir o impacto da aterrissagem. Um momento depois de meus pés tocarem o chão, a mão de Ailesse se entrelaça na minha. Eu a beijo antes de dar uma olhada ao nosso redor.

— Você vê a ponte? — pergunto. Não estamos mais fechados pelas paredes do túnel; este espaço é mais amplo. Ela levanta a lamparina. Alguns metros à frente, a borda do solo cai em um vazio escuro.

— Acho que sim. — Ela me leva cerca de vinte metros ao redor da borda curva do fosso. Círculos sólidos representando a lua cheia estão gravados no chão ao longo do caminho. Ailesse aponta para o símbolo da ponte sobre a terra ao pé de um caminho de pedra que se estende pelo vazio. A Ponte das Almas. — Não sei dizer aonde isso leva ou até onde vai dentro da escuridão.

Estou prestes a sugerir que atravessemos juntos quando vejo uma tocha apagada em um candelabro atrás de nós. Volto para ela e esfrego o topo de suas fibras enroladas. Estão revestidas com algo pegajoso como piche, mas a resina tem um cheiro estranhamente doce. Seja o que for, manteve-se estável por sabe-se lá quantos anos, décadas ou mesmo séculos.

Ailesse tira a vela de sua lamparina e a entrega para mim. Acendo a tocha. A chama é forte e queima sem fumaça.

— Olha, tem mais. — Ela aponta para duas arandelas próximas ao longo da parede. À medida que acendemos as tochas dentro delas, notamos outras e continuamos caminhando ao redor do fosso circular, acendendo todas até que a saliência termine, mais ou menos na metade do caminho. Pelo menos podemos ver o que há do outro lado agora: uma parede de pedra natural e curva.

Deve ter cerca de trinta metros de altura, onde se mistura com o teto da caverna. A parede está cheia de aberturas de túneis fechadas com tábuas. Cada uma marca diferentes níveis das catacumbas e minas acima de nós — lugares que devem ter sido esculpidos antes que as pessoas percebessem que cairiam nesta caverna. Mas o mais estranho é que nenhum túnel foi escavado no fosso em *nosso* nível.

— Não entendo. — Examino o fosso de trinta metros de largura e a ponte natural que o atravessa. — A ponte leva a um beco sem saída. — Não há saliência larga para ficar ali, como temos deste lado. — E os Portões do Além que você disse que precisa abrir?

Ailesse olha com reverência para o final da ponte.

— Eles não vão aparecer até que eu toque o canto da sereia.

Aceno como se isso fizesse todo o sentido. Acho que vai fazer, quando eu os vir.

Estudo a ponte com mais atenção. Tem um metro e meio de largura — muito mais estreita do que a ponte de terra que vi durante a lua nova. Também tem um metro e meio de espessura. Abaixo da ponte há apenas ar. Parece que o vento, ou a água, esculpiram o resto da pedra. Exceto que não há vento ou água aqui embaixo, e a rocha é calcário durável, não arenito. A ideia de Ailesse em pé sobre uma ponte tão fina e de aparência frágil faz meu pulso disparar de medo.

— Você acha que já é meia-noite? — pergunto a ela.

— Quase.

— Você está pronta?

— Sim — responde ela sem o menor tremor. — Mas você precisa ficar na borda. Algum Acorrentado pode pegá-lo desprevenido e jogá-lo no fosso.

Odeio o fato de não poder ver esses monstros.

— Tenha cuidado com essa pólvora também, ou você pode destruir a ponte.

Concordo com a cabeça, removendo a contragosto as duas mochilas dos meus ombros. Coloco-as a cinco metros de distância, contra a parede oposta à nossa saliência. Esperava que explodir a pólvora pudesse ajudar a controlar o número de Acorrentados na ponte. Acenderia cada barril, um de cada vez, sempre que Ailesse gritasse que um Acorrentado estava por perto. Mas esta saliência não está longe o suficiente da ponte para ser segura. Se eu causasse uma explosão, a ponte cairia.

— O que acontece se alguns dos mortos forem jogados no fosso? Ela franze a testa.

— Não tenho certeza, mas eles sobreviveriam à queda. Subiriam de volta, não importa quão longe caíssem.

Isso é reconfortante.

Caminhamos de volta até o pé da ponte, então paramos e olhamos um para o outro. O rosto de Ailesse está machucado e arranhado por causa de nossa luta com o Acorrentado. Seus olhos castanhos se tornaram âmbar à luz das tochas, e seus lábios estão em um tom mais escuro de rosa por me beijar. Ela nunca pareceu mais bonita.

Seguro a parte de trás de sua cabeça e puxo sua boca para a minha. Dou um beijo mais demorado do que deveria. Sei que estamos com pouco tempo, mas estou relutante em deixá-la ir. Um sentimento sinistro cresce dentro de mim, como se esta pudesse ser a última chance que tenho de abraçá-la.

Finalmente nos separamos.

— Tenha cuidado — sussurro, acariciando seu rosto. Lágrimas queimam em meus olhos. Mal consigo segurá-las.

Ela me dá um sorriso encorajador.

— Você também. — E então está fora dos meus braços, e o calor de seu corpo se vai. Sinto que metade de mim acabou de ir embora.

Ailesse pisa na ponte, atravessa-a até chegar ao meio e tira a flauta de osso do bolso do vestido. Fecha os olhos por um momento, depois endireita os ombros e leva a flauta à boca.

Olha para mim uma última vez, pisca, e começa a tocar.

É uma música diferente daquela que me atraiu até ela, embora esta seja igualmente assustadora.

Minhas mãos se contraem e se flexionam enquanto olho ao nosso redor, esperando por algum sinal dos mortos que se aproximam.

— Talvez você possa gritar "Acorrentado" ou "Libertado" quando cada alma vier, então saberei — sugiro.

Seus olhos se erguem para mim e ela acena com a cabeça sem errar a música. A música sobe em uma nota alta, depois diminui ao terminar a melodia. Ailesse guarda a flauta no bolso e olha para o final da ponte.

— Só isso? — pergunto. — Você não tem que continuar tocando até eles chegarem?

Ela balança a cabeça.

— Não é como um rito de passagem. Essa música tem mais poder, e os mortos a sentem com mais intensidade. Onde quer que estejam, já estão vindo.

Mordo o lábio e olho para a parede maciça.

— E os Portões? — Talvez um túnel secreto esteja prestes a se abrir na pedra ou a parede desapareça. Mas nenhum dos dois acontece.

Antes que Ailesse possa me responder, o vento sopra do fosso e eu me assusto, dando um pulo para trás. Partículas de poeira se acumulam no ar. Elas se juntam e formam uma porta em arco no final da ponte.

Ailesse ri e me dá um largo sorriso. Luto para retribuí-lo. A poeira da porta é preta, não branca como calcário, e não consigo explicar de onde veio o vento ou como a poeira continua a pairar e rodopiar em um véu transparente. Tudo neste lugar contradiz a lógica. Duvido que até mesmo Marcel pudesse entender isso.

— Que Portão é esse? — pergunto.

— É visível, então deve ser o Portão de Tyrus para o Submundo — responde Ailesse com entusiasmo. — O da ponte de terra deveria ser feito de água.

Junto as sobrancelhas. Ainda estou preso na palavra "visível".

— Então o outro é invisível?

— Quase. — Ela fica na ponta dos pés e aponta para a direita do Portão de poeira. — Você vê aquele brilho prateado no ar?

Eu me concentro e uma leve névoa aparece, como uma mancha em uma vidraça.

— Um pouco.

— É o Portão de Elara, e o brilho giratório acima dele é a escada em espiral para o Paraíso. — Ela sorri ainda mais. — *Paraíso*, Bastien — diz ela novamente, como se talvez eu não a tivesse ouvido.

— Caramba. — Essa é a minha melhor resposta no momento. Minha mente não consegue entender nada disso.

Meus olhos viajam para o alto teto de pedra enquanto me esforço para enxergar a forma da escada, mas então avisto algo misterioso que *posso* ver: uma faixa de argila seca que atravessa o centro do teto. É idêntica à forma e ao tamanho da Ponte das Almas logo abaixo, mas a argila se desfez em alguns pontos e revela fileiras apertadas de tábuas de madeira e raízes penduradas nos espaços entre elas.

Franzo a testa. As plantas não crescem nas minas ou nas catacumbas. O que significa que logo acima desta caverna está o mundo exterior — terra, céu, ar fresco. Alguém remendou uma abertura natural no teto.

Ailesse agarra a bolsa de ossos da graça em volta do pescoço e balança a cabeça.

— Não acredito que estou aqui... que estou realmente vendo esses Portões com meus próprios olhos. Eles são ainda mais maravilhosos do que os que imaginei na ponte de terra.

Não sei o que fazer. Não os chamaria de maravilhosos. Meu pai teve que passar por um Portão como um desses.

Ela endurece e se sobressalta.

— Você ouviu isso?

Pego minha faca.

— Onde eles estão?

— Não, não os mortos. — Ela sorri. — Outro canto de sereia. Está vindo de dentro dos Portões.

Eu me inclino um pouco mais perto do fosso.

— Não consigo ouvir nada.

Ela pisca lentamente, o olhar perdido enquanto ouve uma música que não chega aos meus ouvidos.

— A melodia mais profunda vem do Submundo, mas o acompanhamento se eleva do Paraíso. Cada parte é tão diferente, mas elas se complementam de um jeito perfeito: uma sombria e outra esperançosa.

Eu a observo enquanto ela se levanta, apática como se estivesse sonhando acordada. Limpo a garganta.

— Tenho certeza de que tudo isso é incrível, mas você precisa se preparar. Uma alma Acorrentada pode voar aqui a qualquer momento.

— Almas não voam — responde ela, distraidamente. — Isso é um mito.

— Ainda assim, você...

Seus olhos passam por mim, e ela fica instantaneamente alerta.

— Acorrentado! — grita ela. — À sua esquerda!

Minha faca gira, mas não acerto nada.

— Ele está na ponte agora. — Ela firma os pés. — Fique atrás!

Ela começa a lutar contra o Acorrentado com uma série rápida e variada de chutes. Luto contra um instinto feroz de correr para o lado dela. Ailesse desvia de golpes que não consigo ver. Ela se abaixa e dá cambalhotas ao longo da lateral da ponte. Começo a relaxar, observando como é focada e habilidosa.

Droga, ela é linda quando luta.

— Seu tempo aqui acabou — diz ela ao Acorrentado. Ailesse gira e dá um soco na superfície de um corpo tangível. Enquanto continua a atacar, empurra a alma para o final da ponte. Ela dá um chute final, este mais forte que o resto, e a poeira preta se espalha e volta a ser uma porta em arco.

Ela se vira para mim, com as sobrancelhas levantadas em choque.

— Consegui.

Sorrio.

— Muito bem.

Ela esfrega o braço.

— Seria mais fácil com um cajado. É assim que as Leurress são treinadas para fazer a travessia.

— Você está indo muito bem sem um — digo. Então percebo que ela está ofegante, com gotas de suor na testa. Não se cansava com tanta facilidade quando lutou contra o Acorrentado na pedreira. Mas, novamente, o luar e a luz das estrelas brilhavam sobre ela através da cúpula do aviário.

— Estão vindo mais! — Seus olhos percorrem a caverna. — Todos eles são Acorrentados. Um do duto de ventilação. Dois do túnel.

Túnel? Eu me viro e examino rapidamente a parede atrás da saliência em que estou. De fato, um túnel sai de uma área sombria próxima à abertura do poço de mineração. Corro até lá, com a faca erguida, mas um golpe certeiro em meu estômago me derruba antes que consiga chegar.

— Bastien! — grita Ailesse. Voo para trás e derrapo vários metros na saliência.

— Estou bem. — Tusso e fico em pé. Mas *ela* é quem não está. Pela maneira como Ailesse gira para a frente e para trás — chutando, golpeando, socando —, ela já está lutando contra pelo menos mais dois Acorrentados.

Corro para a ponte. Mal cheguei nela quando esbarro em alguma coisa.

— O que você está fazendo aqui? — rosna a voz de um homem. — Esta luta não é sua.

Imediatamente planto meus pés. Com a mesma rapidez, golpeio para a frente com a faca. Minha lâmina encontra resistência, e bato com força. O homem sibila, recuando. Continuo golpeando. Desvio, invisto, me abaixo e giro. Uso cada habilidade que pratiquei ao longo dos anos, cada formação variada, e o empurro para trás. Parece estar funcionando. Estou na metade da ponte, e Ailesse já está perto dos Portões.

Ela está lutando apenas contra um Acorrentado agora. O outro ela já deve ter transportado para o Submundo. Balanço a faca outra vez, mas o ar diante de mim está vazio. Corro um pouco, mas ainda não consigo descobrir para onde meu oponente foi.

Ailesse geme com o esforço. Está girando para a frente e para trás, lutando na frente e atrás de si mesma. *Merde*. O homem que me deixou a está atacando. Corro, mas ela grita:

— Afaste-se, Bastien!

Paro a alguns metros de distância, mas não consigo voltar.

— Por favor. Eu posso lidar com esses dois. — Ela está lutando para respirar. Seu rosto está corado. — Saia da ponte!

Meu sangue pulsa mais rápido. Ailesse não pode lutar assim por muito mais tempo. Precisa canalizar mais energia. Olho para minhas mochilas.

— Volto já! Vou explodir o teto!

Ela salta sobre algo invisível e lança um rápido olhar para o teto. Arregala os olhos.

— Rápido! — Ailesse lança um cotovelo para trás.

Corro para longe, minha faca balançando sem rumo no caso de algum Acorrentado atacar. Preciso acender os barris de pólvora antes que mais cheguem a Ailesse. Pego minhas duas mochilas e minha lamparina e corro para o túnel.

Alguns dos Acorrentados vieram por aqui, então deve levar para fora. De qualquer forma, não consigo pular alto o suficiente para pegar a corda do duto novamente.

Tijolos de calcário revestem o túnel e levam a uma escada. Minhas pernas queimam enquanto subo cada lance em zigue-zague até o topo. Deve haver o dobro de degraus aqui do que nos três andares de La Chaste Dame.

A escada termina e vejo uma escotilha. Os Acorrentados já a abriram. Olho para cima, para um céu claro cheio de estrelas e a lua perfeitamente redonda e brilhante. Deixo escapar um grande suspiro de alívio.

— Obrigado — digo para ninguém em particular.

Escalo para fora, em um prado cercado por uma floresta densa. Estou parado no meio de um círculo de pedras que mal se erguem acima da grama selvagem. Algumas têm desenhos com fases da lua.

Meu pulso acelera enquanto vasculho rapidamente a grama e procuro pelas tábuas de madeira que vi na caverna. Está demorando muito. Ailesse provavelmente está lutando com mais Acorrentados.

Por fim, encontro algumas tábuas com argila seca espremida entre elas. Há mais por perto. Logo consigo traçar a longa borda da faixa remendada que combina com a Ponte das Almas abaixo.

Deixo minhas mochilas no chão e removo os barris de pólvora. Coloco três deles igualmente separados ao longo da faixa. Abro o quarto barril e espalho um rastro de pólvora, unindo os barris, e dali até a beira do prado, a vários metros de distância.

Agacho e puxo minha vela da lamparina. Minha mão trêmula faz a chama tremer. Isso pode ser desastroso. A explosão pode esmagar Ailesse ou quebrar a ponte. Mas tenho que arriscar. Ela não vai desistir agora. Precisa de uma chance de lutar para terminar a travessia.

Respiro fundo, fico na ponta dos pés e abaixo minha vela até o rastro de pólvora.

Uma chama brilhante se acende. Serpenteia rapidamente em direção ao barril mais próximo.

Corro para a floresta e envio uma oração aos deuses de Ailesse.

46
Ailesse

Meus músculos queimam enquanto luto com o último dos três Acorrentados perto da poeira preta rodopiante. O homem aperta meus ombros de modo implacável. Bato na parte de trás de seus cotovelos para atordoá-lo, e seu domínio sobre mim enfraquece. Rapidamente coloco meu pé em torno de seu tornozelo e tento puxar suas pernas. Ele não se mexe. Minha cabeça lateja.

Ele agarra meus ombros novamente. Viro-me antes que possa me imobilizar e o empurro para trás. O Acorrentado perde o equilíbrio, mas não cai. Cerro os dentes e o empurro de novo. Finalmente ele cai dentro do Portão.

Apoio as mãos nos joelhos e luto para recuperar o fôlego.

Um brilho *chazoure* explode do buraco do poço de mineração. Meu estômago fica tenso. Eu me endireito, cerrando meus punhos. A alma cai no chão. *Não, não, não.* Ele não. Não ainda.

Ele olha para mim.

— Achei que encontraria você aqui.

É o homem de nariz quebrado, braços fortes e correntes cruzadas no peito.

Aquele com quem lutei na pedreira. Aquele que invadiu o corpo de Jules.

Engulo em seco. Estou sem forças. E ele é muito cruel e poderoso. Quanta Luz ele roubou de Jules?

Suas narinas se dilatam, mas sua testa se contrai quando ele olha além de mim para o Portão de poeira. Sua atração o trouxe aqui.

— Você não pode me fazer ir para o Inferno. Não pertenço àquele lugar.

Levanto o queixo e endireito os ombros. Não vou deixá-lo ver minha fraqueza.

— Prove. Tire suas correntes.

Ele geme. Sabe muito bem que são irremovíveis.

— Vou te matar primeiro.

O homem se lança na ponte.

Tenciono o corpo para pular sobre ele com minha graça de falcão. Estou bem em frente ao Portão de Tyrus. Se for rápida o suficiente, posso rolar para o lado e ele vai passar.

Em questão de segundos, ele está sobre mim. Mas ele está indo em direção ao Portão de Elara. Eu mergulho para bloqueá-lo, mas mesmo com meu reflexo agraciado, sou muito lenta. O Acorrentado pega minha perna. A parada repentina o desequilibra. Ele vai cair e me puxar com ele pelo Portão. Eu chuto e me debato. A adrenalina me atinge, mas ainda não tenho forças para dominá-lo. Ele não solta. Ele se firma e me coloca de pé. Suas mãos carnudas têm um aperto de torno em meus braços.

— Você é quem não merece o Paraíso. — Sua respiração é rançosa. Saliva *chazoure* voa de sua boca. — Gostaria de conhecer seu *próprio* Inferno? Olhe para baixo. — Não olho. Sei o que vou ver: uma queda tortuosa no nada. Ele sorri com desprezo. — Vou mandar você para lá.

Ele se move para me jogar da ponte. Luto para firmar meu pé com minha graça de íbex, mas ele é muito forte. Eu me atrapalho para desembainhar minha faca. Pouco antes de o Acorrentado me jogar, eu o esfaqueio no estômago. Ele ruge de dor e me solta. Caio três metros para trás na ponte, quase caindo da borda. Meu sexto sentido emite sem intensidade um aviso, e luto para ficar de pé. O Acorrentado já está correndo para mim, seu rosto feroz.

— Adeus, Feiticeira de Ossos.

Vou morrer.

Um estrondo ensurdecedor corta o ar. A força me deixa de joelhos.

BUM. BUM.

O meio do teto se estilhaça. Uma tempestade de terra e lascas de madeira cai sobre mim. Eu cubro minha cabeça com as mãos. Pedaços de detritos arranham meus braços e costas.

A ponte estremece abaixo de mim. Fissuras surgem ao longo do calcário. Rastejo freneticamente para a frente, tentando alcançar a segurança da borda.

O Acorrentado não caiu da ponte. Ele protege os olhos da poeira e dos escombros que caem e se levanta. Uma fissura profunda serpenteia em sua direção, mas, de repente congela quando a ponte para de tremer. Tudo se silencia, exceto meus ouvidos que estão zumbindo. O Acorrentado investe contra mim outra vez. Eu me arrasto para trás. Minha mente ainda está em choque. Não sei o que fazer.

A poeira da explosão desaparece. Nesse instante, uma onda fria de energia me invade. Irradia do topo da minha cabeça até a ponta dos meus dedos e a sola dos meus pés. Meus pulmões se expandem. Meu batimento cardíaco se estabiliza. Meu sangue corre com força e Luz. O céu se abriu. O poder da lua e das estrelas atinge meus ossos e dá vida às minhas graças.

Fico de pé e corro para o Acorrentado.

Meu punho se conecta com sua mandíbula quando colidimos. Sua cabeça vira para o lado. Suas mãos tateiam para me estrangular, mas enfio meu joelho em seu estômago e o forço a recuar. Ele é o tubarão-tigre na laguna. Ele é a ponte na frente do Beau Palais. Aceito o desafio.

Para cada golpe que ele me dá, dou três. Pulo sobre ele e o golpeio por trás. Quando recebo um golpe, tropeço para trás mais do que preciso. É uma manobra. Estou atraindo-o cada vez mais para perto do Portão do Submundo.

Ele está tão furioso que nem percebe. Jogo com essa raiva. Rio quando me esquivo dele. Cutuco em vez de socá-lo. Ele está fervendo de raiva quando estou a um metro do Portão. A energia pulsa nas minhas costas, mais profunda do que meu sexto sentido.

A poderosa atração do reino de Tyrus. Cerro a mandíbula e volto a me concentrar no Acorrentado.

— Ailesse! — Um grito distante vem de cima. Meu coração para. *Bastien*. Eu não posso poupar um momento para olhar para ele. O Acorrentado está se lançando contra mim.

Agarro um de seus braços. Com toda a minha força, eu o giro para trás sobre minha cabeça e o solto. O impulso o lança através do Portão. A poeira escura o suga para dentro.

Uma respiração vertiginosa de alívio sai do meu peito. Abro um sorriso exultante. O monstro se foi.

— É lindo, não é? — sussurra alguém. Eu me assusto e giro para trás. Uma jovem Libertada está na ponte. Ela usa um vestido de brocado e um diadema de joias. Ela se aproxima, as lágrimas escorrendo pelo rosto. Seus olhos estão fixos no brilho quase invisível do Portão de Elara. — Mas não quero ir — me diz ela. — Por favor, não me faça ir.

Toco seu braço *chazoure* brilhante.

— Estará com entes queridos que faleceram antes de você. Vão cantar para você e aliviar suas preocupações. Construirão um castelo feito de prata e Luz.

A jovem leva meticulosamente seu foco do Portão para mim.

— Minha mãe estará lá?

— Sua mãe era boa?

— Ela sacrificou tudo por mim.

— Então ela estará esperando para abraçá-la.

A jovem me dá um sorriso trêmulo, mas não avança.

— Ouça mais de perto essa linda canção — digo, direcionando-a para a melodia de Elara, o único canto de sereia que um Libertado pode ouvir do Além. — É para te dar paz. Confie nesse sentimento.

Mais lágrimas escorrem por seu rosto enquanto ela balança a cabeça e respira profundamente. Ela passa por mim em direção ao Portão cintilante sem precisar de nenhum outro estímulo.

— Ailesse, pode me ouvir? — grita Bastien, mas o som desaparece em meus ouvidos. É eclipsado pelo aumento crescente do outro canto da sereia: o canto de Tyrus. Apenas as Leurress podem ouvir as duas partes da música.

A melodia sombria e distinta de Tyrus pulsa do Portão de poeira e engole o acompanhamento do Portão de Elara. A música tem quase uma voz masculina. Sinto-o murmurar: *atravesse para mim, Ailesse. Veja minhas maravilhas. Nada no seu mundo se compara ao meu.*

O vestido da Libertada se arrasta atrás dela enquanto atravessa a soleira do Portão de Elara. Seu corpo *chazoure* se transforma em prata, e então não passa de um brilho translúcido girando escada acima para o Paraíso. É de tirar o fôlego. Mas meus olhos voltam para a poeira preta agitada. Não consigo ver nada além dela, nem mesmo a parede de pedra.

Disseram-me que um rio mordaz atravessa o reino de Tyrus. Ferve a carne dos pecadores e fica vermelho com o sangue deles. O rio seca quando atinge as Areias Perpétuas, onde aqueles que mataram em vida sem a sanção dos deuses nunca poderão saciar sua sede. Além do deserto, os quebradores de juramentos e covardes são arrastados por suas correntes para a Fornalha da Justiça, onde queimam para sempre em um fogo eterno. Diz-se que as cinzas e a fumaça formam a grande capa que Tyrus usa sobre os ombros.

A melodia sombria fica mais alta e acelera ao ritmo do meu batimento cardíaco. *Meu reino é tão bonito quanto o de Elara*, sussurra a voz masculina. *Você poderia resistir ao meu rio. Construiria uma barcaça de ouro para você. Eu a banharia com água no meu deserto. As chamas da minha fornalha não queimariam sua pele; elas a banhariam no calor divino.*

Meu estômago estremece. Tyrus realmente me manteria segura? Ele me protegeu quando o teto se estilhaçou. Não fui destruída. Também não caí da ponte. Meus pés deslizam para a frente e me aproximam da poeira brilhante. Mas e se ele estiver mentindo? Estendo a mão. Um desejo inabalável me impele a descobrir.

— Ailesse! Ailesse! — As palavras são absurdas. Eles não cantam a língua dos deuses. Eu também não, mas posso aprender.

Meus cílios batem lentamente enquanto olho além da poeira para a escuridão além. Uma brisa quente sopra de dentro de mim e agita as pontas do meu cabelo.

Dou mais um passo, atraída pelo chamado sombrio de Tyrus.

47
Bastien

— Ailesse! — grito de novo. Meu coração bate fora do meu peito. Eu a encaro da grande fenda que abri. Ela está a mais de trinta metros abaixo de mim e perigosamente perto da porta de poeira que gira. Mais alguns passos e estará do outro lado. — Volte, por favor! — Ela não olha para mim. Será que pode me ouvir? A música em sua cabeça deve ter ficado muito alta.

Uma brisa estranha ondula seu cabelo e vestido. Ela dá mais um passo em direção à entrada do Submundo. O que acontecerá se atravessar? Vai morrer?

Não consigo respirar. Não sei o que fazer. Não há tempo suficiente para eu descer correndo todas as escadas e salvá-la.

— Ailesse, pense! Se entrar lá, nunca mais poderá voltar. — Se nenhum dos Acorrentados pode voltar, isso deve ser verdade para ela também. — Você nunca mais verá sua *famille*, sua mãe, ou sua amiga Sabine. — Minha voz falha. — Você nunca mais vai me ver.

Ela congela. Não consigo distinguir sua expressão, mas sua cabeça se vira, como se ela estivesse tentando se reorientar. Finalmente, seu rosto se levanta para mim. Caio de joelhos e me inclino sobre a fenda.

— Fique comigo. Não olhe para o Portão outra vez. Afaste-se dele e se desligue da música. É para os mortos. Você não é um deles.

Ailesse fica imóvel por um longo momento. Então sua mão cobre a boca. Ela rapidamente se afasta do Portão.

A tensão nos meus músculos diminui.

— Fique aí! — Pulo para correr até a escotilha. Mas uma vez que estou de pé, vejo uma mulher correndo em minha direção.

Sua velocidade não é natural. *Um dos mortos*, eu penso. Mas não posso ver os mortos. Avisto sua coroa de ossos. *Odiva*. Meus dedos tremem no cabo da faca de meu pai. Não é tarde demais para vingá-lo.

Mas Ailesse me perdoaria?

— O que está acontecendo? — Odiva olha para a terra destruída.

— Está vindo uma luz *chazoure* de todos os lugares.

— *Chazoure?* — repito.

— Segui os mortos, seu garoto insolente — retruca ela. — Ailesse... onde ela está? — Antes que eu possa responder, Odiva me empurra para o lado e olha para a fenda destruída. — Uma segunda Ponte das Almas — arqueja ela.

Olho com ela e respiro fundo. Ailesse está girando e chutando o ar. *Merde*. Outro Acorrentado.

Não consigo pensar em vingança agora. Disparo para a escotilha.

Quando estou a três metros de distância, colido com uma força invisível. O rugir de um homem me joga de lado. Dou um grunhido quando bato no chão. Seus passos correm em direção à fenda.

Os olhos escuros de Odiva se dirigem para mim. Um sorriso astuto se espalha em seu rosto.

Que jogo ela está jogando? Eu me levanto e saco minha faca.

— Você não vai ajudar? — Corro atrás da alma, cortando cegamente o ar. — Ele vai pular pela fenda.

— *Eles* vão pular, você quer dizer.

— Ailesse não consegue transportar três Acorrentados de uma vez!

— Qualquer Barqueira que valha seus ossos consegue.

Continuo atacando sem atingir nada, correndo em direção a ela ao longo da borda da fenda. Estou prestes a passar correndo quando sua mão aparece e agarra meu pulso. Ela me puxa para perto. A faca em minha mão treme enquanto tento me afastar. Seu aperto é muito forte.

— Você pode parar de se contorcer, Bastien — diz ela, friamente.

— Todos os Acorrentados estão com *ela* agora.

Eu olho para baixo pela fenda. Ailesse se move duas vezes mais rápido que antes. A saia de seu vestido verde se abre enquanto gira, soca e chuta. Nada quebra sua concentração, nem mesmo a atração do Submundo.

Odiva me arrasta para um pouco mais perto. Sua respiração aquece meu rosto.

— Você ama minha filha?

Minha mandíbula trava. Tenho certeza dos meus sentimentos por Ailesse, mas não sei como Odiva vai reagir.

— Sim.

— E ela o ama?

Eu engulo.

— Sim. Não quer mais me matar.

O canto do lábio de Odiva se curva.

— Ela não terá escolha no final.

Ailesse *tem* escolha. Eu também. Escolhi a *ela*. Juntos, encontraremos uma maneira de sobreviver à maldição de nosso vínculo de alma. Encho o peito de ar.

— Deixe-me ir. Nos dê este ano.

Odiva não responde. Olha para a fenda novamente, e suas sobrancelhas pretas se arqueiam.

— Ela os transportou.

Olho para ver por mim mesmo.

Ailesse está parada no meio da ponte, de costas para o Portão de poeira.

Solto um suspiro, mas meu alívio veio cedo demais. Ailesse olha por cima do ombro. E gira. Encara o Portão.

Não, não, não.

— Ailesse! — grito. — Não ouça a música!

A boca de Odiva se abre em estado de choque.

— Não, Tyrus — diz ela, baixinho. — Assim não.

Ailesse começa a deslizar em direção ao Portão. Luto desesperadamente contra Odiva.

— Ailesse, olhe para mim! Por favor! Lembre-se do que eu disse: você não pertence aos mortos.

— Ela não vai dar ouvidos a você — diz Odiva. — O chamado do Submundo é muito poderoso. Se ela tivesse completado seu rito de passagem, teria aprendido a resistir ao que deseja.

Minha garganta se fecha. Não consigo respirar. Tenho que ficar longe de Odiva. Ainda posso ter uma chance de chegar a Ailesse a tempo. Eu mesmo a puxarei de volta do Portão.

— Deixe-me ir, Feiticeira de Ossos — zombo. — Nós dois sabemos que você não vai me matar.

Odiva me dá um sorriso sutil.

— Você esquece que tenho as graças de cinco criaturas mortais. Sou engenhosa e talentosa. — Meu pulso acelera quando seus olhos baixam para a faca do meu pai, então se voltam para mim. — A questão é: quanto devo valorizar sua vida?

48
Ailesse

O turbilhão preto me segura em um abraço apertado. Cada centímetro da minha pele formiga com o calor. É mais maravilhoso do que qualquer coisa que já senti na vida, até mesmo estar nos braços de Bastien.

Estou a seis metros do Portão de poeira. Tremo enquanto deslizo mais um metro e meio para mais perto. Preciso parar. Não devo ir para o Submundo. Isso significaria a minha morte.

Outra onda de calor estremece dentro de mim. Fecho os olhos. Nunca quero que este sentimento acabe. A atração do Submundo me ergue na ponta dos pés e me faz dar um passo à frente. Quando olho de novo, estou a três metros de distância. Tão perto...

Muito perto.

Cerro os dentes. Aperto o chão com os pés. O canto da sereia de Tyrus pulsa em todos os meus músculos e ossos.

— Não sou tão fraca quanto você pensa — digo.

Uma batida de tambor se junta à música e soa cada vez mais rápido. Meu pulso dança com ela. Todas as minhas terminações nervosas formigam. A música ressoa, corre. Quero a música mais alta, ensurdecedora.

Meu peito se inclina para a frente. Tropeço para sete passos mais perto do Portão.

Estou a um metro de distância agora.

— Não! — Mantenho todos os meus músculos rígidos. — Não quero morrer.

A atração se transforma em uma correnteza feroz a que nenhum osso da graça pode me dar força para resistir.

Você já fez o suficiente, Ailesse, Tyrus canta sem palavras, mas minha alma entende. *Venha para onde seu talento será honrado, onde apreciarei sua Luz.*

Ailesse, preciso de você! O som de outra voz me assusta. É linda e rica. De alguma forma eu sei disso.

Eu olho para o Portão prateado e transparente de Elara — logo à direita do Portão de Tyrus —, mas quando a voz chama novamente, não vem de dentro de seu reino.

Você sempre quis ser uma Barqueira. Não me desaponte!

Está vindo de trás de mim. Começo a olhar quando Tyrus pergunta: *fazer a travessia é o que você realmente desejou durante toda a sua vida? Ou você apenas desejava subir a Ponte das Almas para se aproximar do meu reino? Agora pode tocá-lo por si mesma. Você pode morar aqui, Ailesse.*

Vire-se!

Relaxe e venha comigo.

Lágrimas de exaustão borram minha visão. Estou dividida entre ficar e ir. A força do poder de Tyrus canaliza-se para cada espaço do meu corpo. Ele me quer com mais intensidade. Ele pode ficar comigo.

Minha cabeça se inclina para trás em sinal de rendição.

Relaxo.

Algo agarra meu braço. Não posso me mover. A poeira preta quase me envolveu, mas estou parada. Meu sangue queima. Vou matar quem estiver...

Estou girando. Estou olhando para grandes olhos *chazoure*. Uma garota sem correntes.

— O garoto diz que você não pertence a esse lugar. — A voz dela é diferente das outras na minha cabeça. — E a bela dama diz que não pode lutar contra todos os Acorrentados sem você.

Franzo a testa. Apenas algumas de suas palavras fazem sentido. Olho para além dela.

No meio da Ponte das Almas, alguém em um vestido azul-meia-noite e usando majestosos ossos da graça rodopia e chicoteia, lutando contra quatro Acorrentados ao mesmo tempo. Arquejo:

— Mãe!

Ela não pode olhar para mim com todos os mortos ao seu redor e mais vindo, mas a linha tensa de seus ombros diminui.

— Pegue esse, Ailesse! — grita. Ela bate com a palma da mão no homem à sua frente. Ele é jogado direto para mim. A mira de minha mãe é exata.

Um instinto feroz toma conta de mim. O canto da sereia de Tyrus quebra. A garota Libertada me solta e passa pelo Portão de Elara. Corro em direção ao homem morto.

Chuto suas pernas antes que pouse no chão. Ele cai de joelhos. Levanto-o e o empurro de volta para o Portão com golpes implacáveis. Até arranco seus olhos. Ele não tem chance de revidar. *Minha mãe está aqui.* Sorrio, mesmo quando o homem morto me amaldiçoa.

Ela veio ajudar. Não permitiu que eu morresse. Ela se preocupa comigo.

O calor irradia pelo meu peito. Toda a minha vida sonhei em fazer a travessia ao lado dela, trabalhando juntas em perfeita harmonia. Esse momento chegou. Parte de mim quer que o mundo pare para que eu possa absorvê-lo. Mas a parte mais forte — a parte de mim que é realmente filha da minha mãe — não vai parar para ser sentimental. Luto contra os mortos com mais força do que nunca.

Agarro o homem pelas costas de sua túnica *chazoure*. Estou perto do vórtice de poeira preta agora. Tenho que ser rápida. O Acorrentado se debate como um gato selvagem, mas meu aperto é tão forte quanto as mandíbulas do meu tubarão-tigre. Não o solto até lançá-lo pelo Portão. Ele grita quando a poeira o cobre.

Pairo por perto, olhando para a escuridão giratória. O canto da sereia de Tyrus volta e martela na minha cabeça. *Não é tarde demais, Ailesse. Venha até mim. Não vou punir você. Vou compartilhar minhas dádivas.*

Endireito o pescoço. Não vou ouvir.

Corro para o outro lado. Muitas almas enchem a borda e a ponte. Rastejam como aranhas pela fenda acima e caem do poço da mina. Rapidamente examino a caverna em busca de Bastien, mas não consigo ver nada além de raios de *chazoure*.

Três metros depois, mais dois Acorrentados me confrontam. Sorrio e os empurro para a frente. Ataco com mais vigor, mas ainda não igualo o talento de minha mãe. Ela está lutando contra cinco almas agora. Nem sequer tem um cajado. Minhas narinas dilatam.

Puxo com rapidez os dois Acorrentados de volta ao Portão. Um deles se lança contra mim. Bato em seu peito com o calcanhar. O outro avança, e eu o desvio, golpeando suas costas com meu cotovelo. Minha agilidade de íbex me mantém equilibrada na ponte estreita.

Viro-me para lutar contra o primeiro Acorrentado, mas ele me dá um soco forte na mandíbula. Tropeço para trás, desviando com dificuldade de um golpe do segundo. Cerro os punhos e ataco mais rápido, usando cada medida da minha velocidade de falcão. Assim que tenho a vantagem, pego as duas almas pelas correntes e as lanço pelo Portão.

— Mande mais! — grito para minha mãe.

Ela me joga outro Acorrentado. Uma mulher robusta que imediatamente me dá um soco na cara. Abaixo e bato em seu estômago com meu ombro. Com um giro brusco, eu a levanto. Ela rosna, debatendo-se enquanto a conduzo para trás em direção ao Portão. Eu a chuto de cima de mim e a empurro para a poeira preta.

Assim que ela atravessa, saio correndo para lutar contra outro Acorrentado que minha mãe me empurra. Continuamos assim até que nossos movimentos se tornam um ritmo fluido.

Meu peito arde de orgulho. Ela não pode duvidar da minha capacidade agora. Deve ver como serei uma *matrone* digna.

As almas que são Libertadas passam por nós e correm para o chamado do reino de Elara. Algumas são ameaçadas pelos Acorrentados, mas minha mãe e eu as ajudamos a se libertar.

Perco a conta de quantos mortos transportamos. O trabalho de Barqueira pode durar até o nascer do sol, se necessário. Durante a era da peste, quando a morte era desenfreada, minha *famille* precisava de tanto tempo quanto possível. Mas minha mãe e eu devemos estar quase terminando. O número de mortos está começando a diminuir.

Jogo outro Acorrentado pelo Portão e olho acima de mim para a fenda que Bastien abriu. Grito seu nome, mas não ouço nada de volta. Meu coração bate descompassado. Onde ele está?

Minha mãe olha na minha direção enquanto luta contra três Acorrentados. Minha visão de falcão se estreita na contração de sua testa. Um sinal de culpa? Ela encontrou Bastien antes que ele pudesse voltar para mim? Luto para respirar.

— Bastien! — grito de novo.

— Estou aqui!

Meu coração salta. Sua voz soa gutural e exausta. Ele está de pé na borda logo após o fim da ponte. Luta cegamente contra um Acorrentado com a faca de seu pai enquanto outro rasteja de cabeça para baixo na parede da caverna, pronto para pular sobre ele.

— Cuidado! — Corro para intervir, mas minha mãe joga mais dois Acorrentados em mim. Faço uma careta e luto com eles de volta para o Portão o mais rápido possível. — Acima de você, Bastien! — aviso, embora não consiga mais vê-lo.

Minha pressa me deixa desleixada e, quando lanço um dos Acorrentados, o segundo agarra meu vestido. Sou arrastada perigosamente para perto do redemoinho de poeira preta. Cerro os dentes e me liberto bem a tempo. O Acorrentado cai pelo Portão. Caio para trás na ponte com a força da nossa separação.

Muito bem, Ailesse, o reino de Tyrus canta para mim. *Agora venha e receba sua recompensa.*

Recompensa? Meus membros formigam e fico de pé.

— Afaste-se do Portão, Ailesse! — grita minha mãe. — Você está muito perto!

Vagamente, ouço os rosnados de vários Acorrentados ao seu redor. Ela está muito envolvida na luta para vir atrás de mim.

Meu peito balança em direção ao Portão, mas meus pés me prendem ao chão.

— Eu... não posso ir — murmuro na brisa quente que se aproxima de mim. — Bastien... — Franzo a testa e balanço a cabeça. *O que tem*

Bastien? Não consigo me lembrar o que parecia tão urgente um momento atrás.

O canto de sereia de Tyrus arrepia meu corpo, uma onda de euforia que promete mais. *Onde estou é um lugar melhor. Aqui tem maior poder. Você pode fazer qualquer coisa em meu reino.*

— Ailesse! — A voz de uma mulher. Minha mãe de novo. O que ela quer agora? — Ele está mentindo. Volte para mim! — Suas palavras são insignificantes. Desaparecem quando o canto de sereia soa mais alto.

— Quero voar — digo a Tyrus, minha imaginação correndo solta. — Quero respirar debaixo d'água.

Vou dar-lhe isso e muito mais.

— Quero... — Minhas pernas tremem. — Quero amor. — O amor tem duas faces. Um garoto de olhos azuis. Uma garota de cabelos escuros. Mas não consigo lembrar seus nomes.

— Faça alguma coisa, Bastien! — grita minha mãe.

Meus pensamentos travam. *Bastien?* Quase sei o que isso significa. Isso não impede que meus pés deslizem para a frente. A poeira escura ondula como dedos acenando. Qual seria a sensação de ter aquela escuridão brilhante ao meu redor? Levanto e estico minha mão.

— Ailesse, não! — Uma nova voz. Masculina. Uma que desperta calor em meu sangue.

A percussão está mais forte, mas não consigo esquecer aquela voz. Não vem do Portão. Meu sexto sentido percorre minha espinha e se espalha pelos meus ombros.

— Afaste-se do Portão, Ailesse, ou matarei Bastien! — ameaça minha mãe.

Bastien. Ele é o garoto que eu amo. Esse é o nome dele.

O canto da sereia se estilhaça. A poeira escura se lança sobre mim como as mandíbulas de um chacal. Pulo para trás e desvio da mordida. O sangue corre para a minha cabeça enquanto giro. Dois Libertados correm em minha direção. Pulo para o lado e eles correm pelo Portão translúcido de Elara. Olho para o outro lado.

Três Acorrentados caem da ponte em raios de *chazoure*. Minha mãe desfere um poderoso chute circular e atinge a última alma que resta. Ele grita e cai da ponte com os outros.

Fico boquiaberta. Aqueles foram os últimos mortos, e ela nem os transportou. Está perto de Bastien, com a mão em suas costas. Ele está rígido de um jeito estranho, e não está mais segurando a faca de seu pai. Meu coração para. Minha mãe está usando a faca contra ele.

— O que você está fazendo? — Corro em direção a eles.

— Pare aí mesmo — diz ela, calmamente. Paro na hora, a três metros de distância, temendo o que ela fará se eu me aproximar mais.

A transpiração escorre pelo cabelo de Bastien. Seus olhos estão febris. Ele tem lutado contra os Acorrentados tanto quanto nós, mas isso tem cobrado um preço maior dele. Como minha mãe pode recompensá-lo assim?

— Deixe-o ir! Ele estava nos ajudando. Por que você...?

— Os Portões não ficarão abertos por muito mais tempo. Os dois anos estão no fim, e Tyrus ainda não o devolveu para... — Sua boca se fecha, e ela puxa o ar com força. — Esta é minha última chance, Ailesse.

Meu batimento cardíaco acelera. Ela não está fazendo nenhum sentido. O que tudo isso tem a ver com Bastien?

— Última chance para quê?

— Para me redimir. — Seus olhos escuros brilham. — Entendo agora. Este é o último requisito de Tyrus, meu último ato de reconciliação. Preciso ajudá-la a terminar.

Paro de respirar. Olho para o rosto pálido de Bastien.

— Terminar o quê?

Seu olhar autoritário me perfura.

— Seu rito de passagem.

49
Sabine

Cas e eu corremos para mais fundo na parte oeste da floresta. Os soldados fazem o possível para nos acompanhar. Há uma hora, ouvimos uma explosão na mesma direção para onde seguimos. Cas disse que era pólvora roubada. Temos nos movido o mais rápido possível desde então.

Sons fracos de discussão chegam até mim no ar da noite. Mesmo com minha graça de chacal, estão muito distantes para que eu entenda com clareza. Não consigo dizer quem são ou o que estão dizendo. E se um deles for Ailesse? Agarro o braço de Cas.

— Aqui é onde os soldados param.

Ele examina o terreno ao nosso redor. Casimir não escuta o que ouço.

— Chegamos à entrada?

Olho para o mapa. A entrada acima da Ponte das Almas fica em uma clareira, e ainda estamos no meio das árvores. Mas devemos estar perto.

— Só falta mais um pouco. Devemos estar a menos de quatrocentos metros de distância, se este mapa estiver em escala. A caverna deve estar logo abaixo da entrada. — Não menciono os longos lances de escada no meio.

— Então os soldados virão até chegarmos lá — diz Cas.

— Não. — Levanto o queixo. — Os soldados estarão perto o suficiente daqui.

Ele se mexe, as pernas inquietas.

A brisa sopra através do meu vestido de caça enquanto olhamos um para o outro. Não pisco.

— Muito bem. — Ele suspira e faz sinal para que Briand se junte a nós. Cas examina o céu que podemos ver além das copas da floresta acima e coloca a mão no ombro de seu companheiro. — Você vê aquele pinheiro, o mais alto? — Ele aponta. — Se Sabine e eu não tivermos retornado quando a lua tocar o topo daquela árvore, siga nosso rastro e traga os soldados.

A lua e o pinheiro alto já estão quase se tocando. Franzo a testa para Cas.

— Isso não dá a Ailesse tempo suficiente para... — *matar você* — ser resgatada.

— É muito tempo se ela estiver tão perto quanto você diz. Isso é tudo que posso arriscar sem reforços.

Fecho brevemente os olhos, odiando esse plano cada vez mais. Mas não posso perder essa chance. Ailesse enfim está ao meu alcance.

— Certo. Siga-me.

Cas e eu deixamos os outros e avançamos pela floresta. Ele segue atrás, embora seja ele quem está carregando a lamparina. Não importa. Meu osso de falcão noturno me dá visão no escuro para compensar.

Nosso entorno clareia, e as árvores ao nosso redor se afinam para revelar um prado iluminado pela lua. Enxofre queimado atinge meu nariz antes que eu perceba ondas de fumaça subindo do chão.

A testa de Cas franze.

— Foi aqui que a pólvora explodiu.

— Explodiu o quê? — Não consigo ver o que há no meio da clareira, a grama selvagem ao redor esconde, mas brasas alaranjadas brilham ali.

Ele balança a cabeça.

— É isso que precisamos descobrir.

Pego a mão dele e corremos para a clareira antes que ele me faça parar.

— Olhe. — Cas aponta para uma escotilha aberta com dobradiças enferrujadas. Uma escada leva para baixo. — Esta deve ser a entrada.

Meu pulso dispara.

— Temos que nos apressar.

— Espere, Sabine. — Ele aperta minha mão. — Pode ser uma armadilha.

É uma armadilha. Sinto a garganta apertar. *Para você, Cas.* Rapidamente desvio o olhar. Ele não merece morrer.

Meus olhos pousam em uma luz laranja nebulosa cortando a campina. O que eu pensei serem brasas ardentes é, na verdade, a luz bruxuleante do fogo... de tochas? Está vindo de uma abertura irregular na terra.

Solto a mão de Cas e me aproximo. A abertura é funda. Precisaria ficar ao lado da borda para ver até onde vai. A ponte deve estar abaixo.

— Não, eu não vou fazer isso!

Ailesse.

Congelo ao som de sua voz desesperada.

— Deixe-o ir, mãe! — grita ela.

Odiva está com ela?

— Não vou matar Bastien!

Minha respiração sai de mim.

— O que foi? — Cas vem para o meu lado. Ele não pode ouvir Ailesse como eu.

Balanço a cabeça. Estou doente de horror.

— Ele não é o garoto certo.

— Perdão?

Corro para a escotilha aberta.

— Espere! — grita Cas, correndo atrás de mim. — Precisamos ter cautela!

— Não há tempo!

Minha mãe está tentando fazer minha irmã matar seu *amouré*. Mas não é Bastien.

50
Ailesse

A sobrancelha de minha mãe arqueia por causa do meu desafio.
— É lua cheia, Ailesse, e aqui estamos na Ponte das Almas. Verdade, você poderia matar Bastien em qualquer lugar, mas aqui é mais adequado, não acha? Pode fazer o que pretendia quando o viu pela primeira vez.

— Mãe, eu não posso... — Meu peito aperta. Estou desesperada para afastar Bastien dela. — Não o *conhecia* então. Não o *amava*.

— O amor nem sempre importa — retruca ela, mas sua expressão pisca de dor.

Aperto os dentes.

— *Quando* o amor importa para você?

— Você acha que não a amo?

— Eu sei que não me ama. Entendo o que é o amor agora. — Encontro os olhos de Bastien. Eles transbordam de preocupação: por mim, não por ele, porque ele é assim.

O olhar de minha mãe se dilui.

— Amei profundamente, criança. Eu me sacrifiquei muito por isso. Por que você pensa...? — Sua voz falha. Ela engole para se recompor. — Nunca quis que você sofresse como sofri. Dei o meu melhor para protegê-la.

Proteger? Ela me abandonou. Seu coração é como uma geleira. Lutei em vão toda a minha vida para descongelá-lo.

— Se você me amasse de verdade, não me pediria para matar meu *amouré*.

— Você nunca deveria ter tido um *amouré*. É isso que estou tentando corrigir.

Balanço a cabeça em descrença. Ela acha que não mereço amor?

— Deixe Bastien ir, mãe. Honre minha escolha. Você já teve a sua quando conheceu meu pai.

Ela se irrita.

— Seu pai nunca foi o homem que eu amei.

Suas palavras são cacos de gelo em meu peito.

— O *quê?* — Todos os meus membros ficam rígidos quando um brilho vermelho em seu pescoço chama minha atenção. Um rubi alojado no bico de um crânio de pássaro. Já vi esse colar uma vez. A memória rasga minha mente.

Dois anos atrás... minha mãe no chão de seu quarto ao lado de um baú dourado... uma carta aberta em seu colo, e o colar pressionado contra seus lábios. Eu nunca a tinha visto chorar antes, e isso me assustou.

Agora, enquanto a encaro, meu peito arfa de raiva, mesmo quando meu coração parece que está encolhendo. Ela mantém Bastien em um raio de luar na ponte. Eu não a quero perto dele ou de mim.

— Você traiu meu pai?

Ela abaixa as sobrancelhas e puxa Bastien para mais perto. Ele sibila quando a faca morde sua pele.

— Mate-o, Ailesse — exige ela. — Você não pode deixar o amor que sente por ele destruir você também.

Meus olhos queimam.

— Você realmente me pediria isso depois do que fez?

— O que meu passado tem a ver com o que é exigido de você?

— Tem tudo a ver! Você quebrou as regras do que consideramos mais sagrado e agora espera que eu as cumpra. Você espera que eu me sacrifique por elas, que mate a pessoa que amo, quando você nem ao menos amou seu próprio *amouré.* — A repulsa corre dentro de mim. — Seu rito de passagem não significou nada. Você quebrou seu juramento aos deuses.

Suas narinas dilatam.

— Paguei o preço por isso e muito mais. — Ela olha para o Portão de Tyrus novamente, e sua voz assume um tom desesperado. — Você não entende? Devo revogar o que nunca deveria ter acontecido. Se nunca tivesse conhecido seu pai, você não teria se tornado minha herdeira... ou mesmo tentado se tornar uma Barqueira.

— Se você nunca tivesse conhecido meu pai, eu não teria nascido.

— Mas estou tentando salvar você, Ailesse! Tentei tanto, por tanto tempo, salvar você.

— Não sei do que você está falando, mas não finja que isso é sobre mim.

Ela estreita os olhos.

— Não tenho tempo para isso. *Mate-o!* — Ela sacode Bastien, e seus músculos da mandíbula ficam tensos.

Meu corpo fica quente e depois frio. Os tambores do canto da sereia de Tyrus batem mais alto. Tremo enquanto luto para abafá-los. Olho para a arma do pai de Bastien.

— Essa nem é uma faca ritual.

— Não. — Minha mãe tira outra faca de uma bainha escondida em seu vestido. — Mas essa é.

Arquejo. Por um momento terrível, temo que ela mesma vá esfaquear Bastien. Então me lembro de que ela não pode. Ela não o faria; isso me mataria. Ainda assim, meu pulso não para de acelerar.

Ela levanta o queixo bem alto.

— Mostre sua força, Ailesse. Você se preparou toda a sua vida para se tornar uma Barqueira. Você sempre soube que esse seria o preço. — Ela estende a faca de osso para mim enquanto mantém a faca do pai de Bastien contra as costas dele. Uma gota de suor escorre por sua têmpora. — Fiz minhas escolhas e sofri as consequências. Você ainda tem uma chance de ter paz. Confie em mim, criança. Vai partir menos o seu coração matá-lo agora do que esperar mais.

Uma pressão terrível pesa sobre mim. Minhas pernas tremem mais quando olho nos belos olhos de Bastien. Amá-lo levará à minha morte. Sempre soube disso. Assim como ele sabia que me amar faria o mesmo com ele. Ele me dá um leve aceno de cabeça, me pedindo para me salvar.

Mas como posso fazer isso?

A melodia do canto da sereia ressoa mais suave agora, mais gentil. Ouço sua voz secreta. *Você tem outra escolha, Ailesse. Pode vir até mim primeiro. Bastien irá segui-la. Ele morrerá quando você morrer, e vocês dois poderão ficar juntos em meu reino.*

Fecho os olhos com força. Isso não silencia a música.

Vocês dois poderiam ser tão felizes.

Meu peito é um tambor de pólvora. Meus nervos são fios de fogo. Tenho que acabar com isso.

Cerro a mandíbula. Imagino-me no mar Nivous. Estou me virando na água para matar o tubarão-tigre, mesmo depois que Sabine me pediu para desistir.

Avanço e pego a faca de osso da mão de minha mãe. Paro de tremer. Seus olhos brilham de orgulho. Queria a aprovação dela desde que me conheço por gente. Minha garganta arde, mas engulo as lágrimas.

— Não vou fazer isso. — Minhas palavras são de ferro. Minha mãe não pode quebrá-las. Seu sorriso desaparece quando me aproximo de Bastien e pego sua mão. — Vamos fazer o que você disse — digo a ele. — Vamos encontrar uma maneira de quebrar nosso vínculo de alma. E se não pudermos, então estou preparada para morrer com você.

Suas sobrancelhas tremem, mas seus olhos são um reflexo seguro dos meus. Ele balança a cabeça e aperta minha mão.

Dirijo-me à minha mãe.

— Você não tem poder sobre nós. *Nunca* poderá me obrigar a matá-lo. — Viro-me para jogar a faca de osso por sobre a borda da ponte.

Ela não está abalada.

— Sim, eu posso.

Em um piscar de olhos, ela agarra meu pulso e aperta minha mão no punho da faca.

— O que você está fazendo? — Luto contra ela. — Pare!

Com força agraciada, ela dirige a faca para o peito de Bastien.

51

Bastien

Meu coração bate em meus ouvidos. Agarro o pulso de Ailesse. Uso todos os meus músculos para parar a faca de osso. Sua ponta afiada treme bem sobre meu coração. *Merde, merde, merde.*

Luto para puxá-la de volta. Minha cabeça lateja, os músculos queimam. Não consigo mexê-la. Odiva é muito poderosa.

Meus olhos encontram os de Ailesse. Ela já está olhando para mim. Seu rosto está vermelho. Ela treme de esforço.

Minha garganta aperta. Não quero que me veja morrer. Um grito frenético estremece o ar.

— Pare!

Alguém está na borda. Odiva, Ailesse e eu viramos a cabeça. Uma garota de cabelos escuros. A testemunha de Castelpont.

Um garoto da minha idade sai correndo do túnel atrás dela. Ele para bruscamente assim que nos vê, olhos arregalados.

— Sabine — suspira Ailesse, sem liberar qualquer tensão na faca em sua mão.

Sabine dá a ela um sorriso, então olha para Odiva.

— Você pegou o garoto errado.

Minha mente congela. Eu a encaro sem expressão.

O garoto me examina.

— Esse não é o sequestrador de Ailesse? — pergunta ele.

Sabine não responde. Ela o puxa para perto, saca outra faca de osso e a leva ao pescoço dele. Sua lamparina cai no chão. Ele luta para se libertar, mas seu esforço é tão inútil quanto o meu.

— O que você está fazendo? — questiona ele.

— Diga mais uma palavra e mato você. — A voz dela é fria e firme.

— Garoto errado? — Ailesse repete as palavras de Sabine. — Do que você está falando?

Sabine empurra o garoto um passo à frente.

— Este é seu *amouré*, Ailesse.

— Mas você foi minha testemunha em Castelpont — responde Ailesse. — Você *viu* Bastien entrar na ponte.

— Isso não significa necessariamente que ele é seu *amouré* — diz Odiva. Ela não está mais tentando enfiar a faca em meu peito, mas a mantém ali, resistindo enquanto Ailesse e eu lutamos para afastá-la. — Qualquer homem poderia ter pisado na ponte.

Ailesse olha para a mãe e para Sabine como se ambas tivessem enlouquecido.

— Mas... Bastien veio quando toquei a flauta de osso.

— Ele queria matar você — diz Sabine.

— Ele foi *atraído* por mim. Vi em seus olhos.

Sabine balança a cabeça.

— Qualquer homem ficaria perdidamente apaixonado por você, Ailesse.

Meu coração bate mais rápido. Avalio o rapaz que Sabine segura. Bonito. Claramente rico. Mas a alma gêmea de Ailesse? Isso é impossível.

Ou talvez não...

Meu olhar se desvia para o cabelo ruivo de Ailesse, despenteado e selvagem por causa da luta. Ela é de tirar o fôlego.

— É verdade — sussurro.

Seus olhos se enchem de mágoa.

— Por que você está concordando com elas? Aquele homem não é meu *amouré*. Você é. Não me importo com o que elas dizem.

— Não é isso que queremos? — pergunto. Gostaria que pudéssemos ter essa conversa em particular, sem uma faca em nossas mãos. — Se não somos almas gêmeas, então a morte não paira sobre nós. Podemos ficar juntos em paz.

Ailesse fica quieta, analisando meus olhos.

— Mas *você* é o único destinado a mim. Nunca vou amar mais ninguém. Por que os deuses...? — Ela lança um olhar mordaz por cima do ombro para o único Portão visível.

— Os deuses não têm nada a ver conosco. — Tudo o que quero é abraçá-la, beijá-la e convencê-la de que estou certo. — Não temos que jogar o jogo deles. — Ela está ouvindo? Não se virou para me encarar.

— Como você pode afirmar que esse garoto é o *amouré* de Ailesse? — pergunta Odiva a Sabine. Ela já está olhando para ele com mais aprovação do que eu.

Sabine não responde. Ela encara a mim e Ailesse em descrença.

— Sabine — diz Odiva incisivamente.

Ela pisca duas vezes. Limpa a garganta.

— Cas... ouviu a música de Ailesse durante a última lua cheia. Teve um vislumbre dela quando ela foi sequestrada, e está procurando por ela desde então. Encontrei-o em Castelpont esta noite.

A boca de Cas abre como se ele quisesse dizer alguma coisa, mas não diz, não com a faca de Sabine em sua garganta. Olho com mais atenção para ele. É vagamente familiar. Não importa. Eu o odeio. Não importa que ele não tenha feito nada de errado.

Odiva estuda Sabine. Então, de repente, solta a faca. Ailesse e eu tropeçamos para trás e caímos na ponte. Resmungo. Meu corpo não aguenta outra surra esta noite. Estendo a mão para ajudá-la a se levantar, mas ela a afasta bruscamente. Seus olhos estão fixos no Portão. Ela se levanta sozinha.

Merde. De novo não.

— Ailesse, espere! — Eu me levanto enquanto ela se aproxima do Portão. — Estamos livres agora. Você não pode ouvir...!

Uma forte explosão de dor me atinge nas costas. Um grito estrangulado sai de mim.

Ailesse finalmente gira. Seus olhos brilham em choque.

— Bastien!

Minhas pernas cedem. Meu corpo bate na ponte.

Ailesse está ao meu lado no instante seguinte. Ela cai de joelhos e apalpa minhas costas com as mãos trêmulas.

— Não, não, não... Bastien... — Vagamente, vejo seu lindo rosto. Lágrimas escorrem em sua face. Ela afasta as mãos. Estão cobertas de sangue. Meu sangue. Ela soluça mais forte. — Não vá, Bastien. Fique comigo.

Meu estômago se contorce com uma náusea. Eu me contorço e sufoco. Não consigo pensar em nada além da dor ardente.

Ailesse passa os braços ao meu redor. Grito quando algo é arrancado de minhas costas. Minha visão balança. O punho. A lâmina torta.

A faca de meu pai. Odiva me apunhalou com ela.

52
Ailesse

Largo a faca e ela bate na ponte. Fico boquiaberta quando Bastien sangra mais rápido ainda. Não deveria ter puxado a lâmina. Eu me inclino sobre ele e beijo sua testa de novo e de novo. Aliso seu cabelo, esquecendo minhas mãos ensanguentadas. Lágrimas inundam minha visão.

— Você vai ficar bem — prometo. Ele não parece bem. A pele está tão pálida quanto o calcário abaixo dele. Tremores percorrem seu corpo.

Ele luta para falar.

— Ailesse... — Ele começa a virar os olhos.

— Bastien! — Seguro seu rosto. — Fique comigo! Por favor!

Seus músculos ficam moles. Seus olhos se fecham.

— Não, não, não. — Isso não pode estar acontecendo. Beijo seus lábios. Ele não me beija de volta. Minha cabeça cai em seu peito, e o agarro com mais força. Não consigo respirar. Os soluços não me deixam. — Como você pôde? — grito com minha mãe.

Ela se aproxima, olhando para Bastien com falsa pena.

— Desta vez eu sabia que você não morreria se eu o matasse.

Estou tão horrorizada que não consigo falar.

— Sabine, traga o verdadeiro *amouré* de Ailesse. — Minha mãe está de pé. — Ailesse tem um rito de passagem para completar.

Sabine fica boquiaberta. Não se move. Encaro minha mãe. Como ela pode sugerir uma coisa dessas agora? Bastien está morto. Em breve verei sua alma e terei que dizer meu último adeus, por causa dela.

Um fogo selvagem de raiva acende em minhas veias. Pego a faca e fico de pé. Corro em direção a ela, meu pulso latejando em meus ouvidos.

Minha mãe levanta a mão.

— Ailesse, pense...

— Eu te odeio. — Balanço a faca. Ela salta sobre mim. — Nada justifica o que você fez!

Ela desvia do meu próximo ataque.

— Um dia você vai entender. Foi melhor partir seu coração.

Sua crueldade é revoltante.

— Porque meu coração não significa nada para você? — Corto de novo. Ela desvia.

— Não seja irracional. Já disse, eu amo...

— Não é amor se você nunca demonstra. — Eu me atiro nela. Ela atinge meu antebraço. Minha mão recua com a força, mas continuo segurando minha faca. Ataco-a novamente.

— Pare! — Ela chuta minhas pernas. Caio no chão e deslizo até a beirada da ponte. Mal me seguro para não cair.

— Fiz o que tinha que ser feito. — Minha mãe afasta um fio de cabelo solto do rosto. — Você não deveria ser a pessoa a sentir o poder da minha raiva.

Zombo.

— Estava tão chateada que eu não era boa o suficiente para você?

— Não, Ailesse. — Seu tom fica impaciente. — Estava com raiva dos deuses. Você era um lembrete constante do que eles roubaram de mim.

Lágrimas escaldam minhas bochechas. É por isso que ela tem sido indiferente a mim por toda a minha vida? Por ter amado outro homem em vez de meu pai? Estou de pé antes que eu perceba, mais rápida que minha mãe pela primeira vez na vida. Quando sacudo minha faca novamente, consigo corta uma linha profunda em seu braço.

Ela respira de forma áspera e dá um tapa no meu rosto, em reflexo. Com força.

Estrelas estouram diante dos meus olhos. Eu me inclino, cambaleando.

— Parem com isso! Vocês duas! — grita Sabine. Atordoada, viro-me para ela. Ainda está na borda e segurando Cas com uma faca. — Ailesse, ela é nossa mãe.

Pisco para ela. *O que ela disse?* A tontura toma conta da minha cabeça. Meus ouvidos estão pregando peças em mim.

— Não! — avisa Sabine. Uma dor aguda açoita minha nuca.

Uma fraqueza aguda me domina. Cambaleio. Minha mão voa para meu pescoço.

A bolsa com meus ossos da graça se foi.

— Sinto muito. — Minha mãe enrola o cordão da bolsa em sua mão, então rouba minha faca enquanto fico boquiaberta, em estado de choque... a faca do pai de Bastien. — Não conheço outra maneira de acalmá-la. Você não é você mesma agora.

Eu me atiro para pegar minhas armas de volta, mas meus joelhos se dobram. Caio no chão. Meus músculos tremem com a tensão de toda a minha luta esta noite.

Minha mãe deixa cair a faca e a chuta para trás. Gira em direção ao corpo sem vida de Bastien e ao sangue que se acumula embaixo dele. Minha garganta se aperta mais, e seguro outro soluço. Preciso transportá-lo para o Paraíso. Sua alma vai subir a qualquer momento.

— Você deve entender, Ailesse. — Odiva ajoelha-se diante de mim. — Eu estava presa por um pacto que fiz com Tyrus. Dei meu melhor para protegê-la, mas ele exigiu sacrifícios terríveis de mim.

Meus olhos lacrimejam.

— E eu sou um deles?

Ela pressiona os lábios.

— Sou? — Meu coração bate com dificuldade. — Tyrus pediu para você me matar?

Seu queixo treme.

— Sim.

— Ah, Ailesse... — A voz de Sabine reflete meu coração partido.

Fecho meus olhos com força, contra uma dor profundamente enraizada. Meus medos mais sombrios sibilam em minha mente:

Você nunca foi o suficiente para sua mãe. Ela não precisa de você.

Cerro os dentes. *Não*. Eu me recuso a ouvir essa voz por mais tempo. Não serei um recipiente para veneno. Abro os olhos e encaro de volta o olhar miserável de minha mãe. A hipocrisia dela é impressionante. Ela me fez sofrer porque os deuses roubaram seu amor, mas fez a mesma coisa matando Bastien. Não vou deixar que tire mais nada de mim.

Com grande esforço, eu me levanto. Firmo minhas pernas trêmulas. Tenho força própria. Vou usá-la sem tentar impressionar minha mãe. Sem me apoiar nas graças que ganhei para fazê-la acreditar em mim.

Uma coruja-das-torres voa pela fenda no teto e circula ao meu redor. Suas asas abertas brilham à luz da lua cheia.

Ouço Sabine arquejar. A pele pálida de minha mãe fica cinzenta.

A confiança se aprofunda dentro de mim, até os ossos. Não vejo a coruja desde que ela me mostrou uma visão de Sabine antes da última noite de travessia. É um sinal de esperança.

Empurro os ombros para trás. *Vou vingar você, Bastien.*

Vou vingar a mim também.

Uma onda repentina de adrenalina me arrepia. Fecho as mãos. Caminho devagar em direção a minha mãe.

— Levante se você se atreve a lutar comigo.

Ela franze a testa.

— Não seja louca. — Odiva se levanta e ficamos frente a frente. — Você não tem chance de me derrotar. Não se machuque tentando.

Lá vai ela de novo, duvidando de mim, tentando me fazer sentir inferior. Está despreparada quando a empurro com uma força surpreendente.

Ela tropeça para trás e olha para a bolsa em sua mão com meus ossos da graça. Ela arregala os olhos.

— Como você está fazendo isso?

Sinceramente, não sei. Talvez seja a coruja-das-torres. Talvez seja a Luz de Elara, da lua cheia, pulsando mais forte do que nunca dentro de mim. Talvez sejam anos de raiva reprimida e mágoa.

— Bastien foi seu sacrifício também — questiono —, ou apenas uma morte desnecessária? — Bato em sua clavícula. Seu colar de garras de urso apunhala sua pele. Ela é jogada para trás mais um metro, ainda cega pelo choque.

— Você também já quis matar Bastien — responde.

— Porque você me ensinou que não havia outro jeito.

Desta vez, minha mãe está pronta quando ataco. Sua perna gira em um chute cruel. Agarro sua panturrilha antes que me atinja e torço com força. Ela vira e seu abdômen bate na ponte.

A coruja-das-torres grita acima de mim. Parece aprovação. Mesmo Sabine não grita para eu parar.

Estou sobre minha mãe. Ela se arrasta, segurando a perna.

— Matar-me não trará Bastien de volta — diz ela. — Você nunca saberá quanta tenacidade isso requer.

— Não vou matar você — digo a ela, minha voz forte e segura. — Vou pegar cada osso da graça que você usa e lançar no abismo. Você nunca mais terá poder para machucar ninguém.

Ela engole quando alcanço sua coroa de crânio e vértebras.

— Espere! Isso não é necessário, Ailesse. — Ela se levanta rapidamente, mantendo o peso na perna boa. Olha para trás. A poeira preta está diminuindo. Seus olhos se enchem de pânico. — Ele não veio — murmura ela. — Tyrus ainda precisa de um sacrifício.

Endureço meu olhar, desafiando-a a tentar me enviar através do Portão.

Ela se engasga, de repente olhando para além de mim.

— Solte Sabine agora!

Meu coração bate forte. Giro de volta. Mas Cas não está ameaçando Sabine. Ela ainda o segura com firmeza e parece tão confusa quanto eu.

Um puxão forte no bolso do meu vestido me tira o equilíbrio. Eu me viro e minha mãe agarra meus ombros.

— Não!

Ela me arremessa vários metros para trás, mas para longe do Portão, não para perto dele. Minhas costas batem na ponte. Minha omoplata lateja quando levanto a cabeça e me preparo para outro ataque. Mas minha mãe não se mexe.

A flauta de osso está em suas mãos.

— Sinto muito, Ailesse. — Seus olhos escuros brilham de remorso, mas seu rosto é duro como gelo. Ela deixa cair a bolsa com meus ossos da graça e sai correndo, apesar do tornozelo machucado. Passa por Bastien e corre em direção às últimas partículas rodopiantes do Portão de Tyrus.

Prendo a respiração.

— Mãe, não! — Eu me levanto e corro atrás dela, meu sangue em chamas.

O Portão está se fechando, mas o canto da sereia aumenta. Endureço cada músculo e ergo uma parede contra a atração do Submundo. Meu coração dói quando salto sobre o corpo prostrado de Bastien, mas sigo em frente, minha velocidade queimando mais rápido do que nunca. Minha mãe está rapidamente ao alcance.

Meu braço se estende para ela.

— Por favor, não faça isso! — Não deveria me importar se ela me deixar, se ela se sacrificar por alguém que ama mais do que a mim. Mas me importo. Elara me ajude; eu me importo.

Não consigo agarrá-la a tempo. Odiva empurra o chão em um tremendo salto. Seu cabelo é um rio de escuridão quando ela voa. Pelo ar. Pela poeira. Pelo Portão.

A poeira explode como se ela tivesse quebrado um vidro. Não se transforma em uma porta em arco. Ela cai no abismo em uma onda de preto brilhante.

Caio de joelhos.

— Mãe!

53
Sabine

Encaro a parede onde a poeira preta rodopiou até um momento atrás. O brilho do Portão de Elara também desapareceu. Minha faca treme contra o pescoço de Casimir. Não posso soltá-lo, nem mesmo para enxugar minhas lágrimas. *Mãe*. Como posso sentir um peso tão terrível? Durante toda a minha vida, Odiva manteve um forte apego a mim. Nunca entendi o motivo — não até três dias atrás. Não houve tempo suficiente para passar a odiá-la... ou encontrar um lugar mais profundo em meu coração para ela. E agora ela se foi, seu último sacrifício em vão.

Ailesse se afasta lentamente da parede. Uma de suas mãos agarra um punhado de cabelo em seu couro cabeludo; a outra está pendurada sem vida ao seu lado. Nossos olhos se encontram. Vejo seu queixo balançar. Anseio por correr pela ponte e deixá-la chorar em meu ombro.

— Deixe-me ir até ela — implora Cas, apesar de todas as coisas inexplicáveis que ele viu esta noite. — Deixe-me confortá-la.

Antes que eu possa ameaçá-lo para ficar quieto, Ailesse suspira e seus olhos se fecham.

— Ah, Sabine... por que você o trouxe aqui? — Nenhuma raiva transparece em sua voz calma, apenas uma fadiga avassaladora. — Por favor, apenas leve-o embora.

Franzo a testa. Ela quer que eu saia?

— Mas...

Ela olha para Bastien e cai no chão, soluçando de dor.

— Minha mãe o matou quando descobriu que ele não era meu...
— Ela enterra a cabeça nas mãos, recusando-se a dizer *amouré*.

Será que ela pensa que a morte de Bastien é minha culpa? Meu peito queima com uma pontada de traição.

— Você não tem ideia do quanto eu lutei para... — Fecho a boca e paro por um momento para controlar minha frustração. — Tudo o que eu queria era salvar você, Ailesse. Estou tentando te salvar desde a noite em que você foi capturada. Não sabia que você tinha mudado de ideia.

Ela levanta o olhar para mim. Seus olhos estão vermelhos.

— Claro que não. Sinto muito. Isso não é sua culpa, Sabine. — Mas é, mesmo que eu nunca tenha desejado machucá-la. — Sei que você estava tentando me salvar. De alguma forma eu... vi você. — Ailesse franze as sobrancelhas. — Foi como um sonho. Você me deu esperança quando precisei. — Sua boca treme em um sorriso. É pequeno e passageiro, mas genuinamente grato. Alivia o aperto no meu peito.

Cas respira fundo como se fosse dizer alguma coisa, mas pressiono minha lâmina contra seu pescoço.

Não sei mais o que fazer com ele. Se eu o deixar ir, Ailesse ainda terá que rastreá-lo mais tarde.

— Sei que este é um momento difícil para você — digo timidamente —, mas precisamos cuidar de Cas... Casimir — corrijo-me. Não quero que ela pense que tenho intimidade com ele. — Esta é a sua faca ritual — acrescento.

A pulsação na garganta de Cas salta, vibrando ao longo da lâmina de osso. Ele luta com o cabo para arrancá-lo, mas não consegue superar minha força.

Ailesse não está mais ouvindo. Olha para o colar no meu ombro — o colar dela. O pingente de chacal-dourado de repente fica pesado.

— Você completou seu rito de passagem? — pergunta ela. A decepção está estampada em seu rosto. Está com ciúmes? Nunca teve ciúmes de mim. — Você realmente matou seu *amouré*?

— Não! — O pensamento é revoltante, embora eu tenha chegado perto de matar o dela. Agora eu gostaria de ter tido.

Ela morde o lábio trêmulo.

— Então você nunca conheceu a pessoa que deveria amar. Mesmo que ele não tenha sido escolhido para você. — Ela enxuga mais lágrimas. — Eu queria... — Sua voz falha. — Queria que você pudesse entender minha perda. Preciso de você, Sabine. Não sei como posso suportar isso sozinha.

Minha visão fica borrada, enquanto as lágrimas dela caem mais depressa.

— Você não está sozinha — digo gentilmente, e torço o braço de Cas atrás de suas costas. — Eu entendo. Precisei dar tudo de mim para acreditar que você não estava morta quando Odiva me disse que estava.

Linhas surgem entre as sobrancelhas de Ailesse.

— O quê?

Todas as emoções que se agitaram dentro de mim no último mês voltam com força total. Luto para contê-las, embora sempre tenha sido Ailesse quem me consolou.

Ela balança a cabeça.

— Ah, Sabine... sinto muito por ela ter machucado você desse jeito. — Ela não menciona o quanto minhas palavras devem estar machucando ela também.

— Meu amor por você pode não ser o amor do qual está falando — digo —, mas não significa que seja menos poderoso. — Respiro fundo. — Somos irmãs, Ailesse.

Ela recua. Estuda-me gravemente.

— Do que você está falando?

Levanto um ombro e tento sorrir.

— Bem, nós temos pais diferentes.

Uma pequena risada escapa dela.

— Isso não é possível — diz, mas vejo sua dor cortar mais fundo quando a verdade se estabelece. Eu me xingo em silêncio. Por que pensei que essa notícia poderia ser reconfortante?

Um som abafado vem do centro da ponte. Um barulho de dor.

Ailesse fica tensa em descrença. Então seu olhar se enche de esperança.

— Bastien!

Ela se lança e corre para ele sem prestar atenção ao pisar. Pequenas fissuras estalam embaixo dela.

Os olhos dele se abrem ao ouvir seu nome. Bastien vira a cabeça para conseguir vê-la.

O calcário geme. As fissuras se alongam, se ampliam. Meu coração vem parar na minha garganta.

— Ailesse, cuidado!

Ela olha para baixo. Um estrondo profundo de trovão ressoa. Mas não há relâmpagos.

A lateral da ponte se rompe: uma lasca de trinta centímetros de largura ao longo dela.

Ailesse cai.

— Não! — grito.

Solto Casimir e corro o mais rápido que posso. Bastien rasteja até Ailesse, murmurando seu nome.

Ela se segura em um apoio áspero na lateral da ponte. Largo a faca ritual e pego a bolsa com seus ossos da graça. Não paro de correr. A estranha energia que Ailesse tinha quando lutou contra nossa mãe se foi.

Ela arrasta a parte superior do corpo pela borda da ponte e se apoia nos cotovelos. Ailesse treme, pendurada pelos braços cruzados. Sua mandíbula está definida. Os olhos estão cravados nos de Bastien.

Crack!

Um pedaço de calcário de meio metro se separa da ponte. Bate na perna de Ailesse, e ela grita. Seus braços raspam e deslizam para fora da borda. Por algum milagre, suas mãos encontram apoio. Ela se agarra pelos dedos.

O sangue corre para a minha cabeça.

— Não solte!

Alguém arranca a bolsa de Ailesse de minhas mãos. Viro-me e encaro Cas. Sua espada está desembainhada e perigosamente perto do meu peito.

— Você vai roubar isso como a mãe dela fez?

— Devolva! Os ossos a fortalecem!

— Ossos?

Não há tempo para explicar.

— Por favor, ela precisa deles!

Ailesse solta um terrível grito de esforço. Cas e eu nos viramos. Seu vestido está rasgado na perna esquerda. Trilhas de sangue escorrem de seu joelho machucado. Ela choraminga e se levanta, pendurada pelos cotovelos mais uma vez.

— Ailesse... — A voz de Bastien é rouca, mas ouço. O que ele diz é abafado por um grito de guerra que se aproxima.

Os nove soldados de Cas invadem o túnel, com as espadas erguidas. Um homem tem um arco armado e aponta para Bastien.

— Não atire! — digo. — Cas, diga a eles para irem embora! Ailesse precisa da minha ajuda!

Seu rosto endurece.

— Prendam Sabine! — grita ele para seus homens.

Ele passa por mim. Corro atrás dele. Bastien está mais próximo de Ailesse e rasteja meticulosamente em direção a ela.

Botas batem e se aproximam do pé da ponte.

— Parem! — grito para os soldados. — A ponte é muito fraca. — Mais rachaduras aparecem na parte do meio. — Vocês vão quebrá-la! — Corro em direção a eles para afastá-los.

— Estou chegando! — grita Cas para Ailesse.

Os soldados não param. Corro direto para suas espadas pontiagudas. Antes que me perfurem, eu me lanço no ar e pulo sobre eles com minha graça de falcão noturno. Seus olhos se arregalam em choque.

Pouso, viro e logo procuro por Ailesse, que se arrastou para cima da ponte. Ela rasteja em direção a Bastien. Sua perna ensanguentada deixa um rastro atrás dela.

Os soldados avançam contra mim. Corro vários metros pela saliência curva para conduzi-los para o mais longe possível da ponte. Permito que o homem mais rápido me alcance. Rapidamente me viro e pulo sobre ele. Extraio força e crueldade do chacal-dourado e soco as costas do homem onde estão seus rins. Ele grunhe bruscamente. Sua espada cai. Mergulho para pegá-la, mas outro soldado a chuta para longe.

Eu me arrasto para trás e olho para Ailesse outra vez. Ela nunca alcançou Bastien. Está lutando contra Cas enquanto ele a ergue em seus braços.

Fico em pé quando mais soldados se aproximam.

— Bastien! — Uma garota com cabelo louro-palha aparece de uma abertura ao lado do túnel. Arquejo. É a mesma garota com quem lutei em Castelpont.

O rosto de Bastien está incrivelmente pálido quando ele olha para ela. Outra pessoa sai pela abertura. O outro amigo de Bastien. Sua lamparina se apaga quando ele cai no chão.

Um soldado corpulento corre em minha direção. Pego uma tocha da parede da borda. Balanço-a contra a parte plana de sua espada, que voa para longe de sua mão.

Os amigos de Bastien estão na ponte e correm em sua direção.

Dois soldados se separam e me atacam pela esquerda e direita. Minha tocha balança enquanto giro, chuto e os afasto.

Os amigos de Bastien o puxam para seus braços. Os braços dele pendem frouxamente. Ele se esforça para olhar para Ailesse. Ela murmura em desespero o nome dele. Seus punhos param de esmurrar Cas. Suas pálpebras tremulam devagar. A perna dela ainda não parou de pingar sangue. Sua cabeça cai no ombro dele e ela desmaia.

Minha tocha é derrubada de minhas mãos. Um par de mãos ásperas me envolve. Eu me debato como um animal. Mais quatro mãos agarram meus membros e os forçam a parar.

Jules e Marcel correm para fora da ponte e carregam Bastien para o túnel.

Luto para me libertar, mas mesmo minha força agraciada não pode superar cinco homens.

O sangue do joelho quebrado de Ailesse encharca a manga de Cas. Ele alisa o cabelo dela, sai da ponte e olha para mim com olhos frios.

Meus lábios estão arreganhados. Os dentes à mostra. Meu coração bate descontrolado. O chacal em mim quer matá-lo.

— Tire o colar dela também — comanda Cas ao seu oficial.

Briand estende a mão para mim. Luto em vão enquanto ele abre meu colar de ombro. Todos os meus músculos se transformam em água.

Meus ossos da graça se foram.

Os outros soldados me soltam. Briand me levanta, carregando-me enquanto segue Cas e a tropa pelo túnel e pelos longos lances de escada.

Ainda estou atordoada pela fraqueza quando saímos da escotilha. Briand me põe de pé, mas luto. Ele está prestes a me pegar outra vez quando um flash de penas cruza minha visão.

A coruja-das-torres voa na nossa frente e solta um som estridente. Suspiro, exasperada. *O que mais você quer de mim? Dei o meu melhor para salvar Ailesse.*

Ela se vira e voa em direção ao meu rosto. Briand saca uma adaga.

— Não! — digo.

A coruja bate as asas para trás e se esquiva de seu golpe. Ela grita mais uma vez, então voa para longe.

Minha mente clareia em um lampejo repentino. Entendo o que ela estava tentando me dizer: não dei o meu melhor. E não preciso dos meus ossos da graça para fazer isso. Meu corpo está apenas em estado de choque por perdê-los tão repentinamente. Mesmo sem eles no pescoço, sei o que é ser ágil como uma salamandra, rápida como um falcão noturno e forte como um chacal.

Uma onda de esperança me inunda. Inspiro profunda e lentamente.

Vou encontrar uma maneira de escapar. Vou recuperar meus ossos da graça e irei atrás de Ailesse.

Vou salvá-la.

E desta vez não vou falhar.

54
Ailesse

Uma pontada de tristeza me desperta. Meus olhos se abrem para uma luz radiante, mas fecho-os novamente. Cruzo os braços sobre a dor profunda em meu estômago. Não vejo o sol há trinta dias — desde o dia do meu rito de passagem —, e agora não quero mais. Minha mãe se foi. Bastien se foi. Não sei se ele sobreviveu ou não.

Cerro as mãos. Não posso mais ficar aqui deitada. Preciso encontrá-lo.

Jogo o cobertor para trás e me sento. Um choque de dor dispara em mim. Respiro fundo e levanto a saia da camisola que estou usando. Meu joelho foi envolto em uma bandagem de linho. *Merde*. Esqueci-me da minha perna ferida. Espero que ainda possa suportar meu peso.

Pressiono meus lábios e lentamente deslizo ambas as pernas para fora do colchão. Procuro algo em que me apoiar e dou uma longa olhada ao meu redor.

Estou em um quarto incrivelmente ornamentado. Nem mesmo o quarto mobiliado de minha mãe no Château Creux pode ser comparado com esse. A lareira é uma obra-prima de pedra esculpida, os móveis são escuros e lustrados, e tapeçarias escarlates cobrem as paredes de pedra.

Me arrasto na cama em direção à cabeceira e me levanto, apoiando-me na minha perna boa. Agarro as costas de uma cadeira próxima e pulo, sibilando quando sinto o choque no joelho. A partir daí, apoio as mãos em uma mesa. Saltito lentamente para o final da mesa, então paro, olhando para uma janela alta a três metros de distância. Entre a mesa e a janela há apenas um espaço vazio.

Inspiro profundamente e me preparo para a dor inevitável. Dou meu primeiro passo com a perna quebrada.

Cem facas perfuram meu joelho. Grito e desmorono.

A porta se abre. Casimir. Minhas narinas dilatam. Olho para longe dele e seguro outro grito de dor terrível.

Ele me pega e me leva de volta para a cama.

— Sugiro não pular daquela janela. Há uma queda de trinta metros até o rio. — Ele me deita, e estremeço quando gentilmente cutuca meu joelho. — Por favor, seja cuidadosa. Ainda não colocamos o osso no lugar.

Casimir puxa um banquinho e se senta bem ao meu lado. Luto para conseguir respirar enquanto a dor vai diminuindo gradualmente.

— O que é este lugar? — pergunto, olhando para o dossel de veludo acima de mim. — Não é o quarto de um soldado.

— Estamos em Beau Palais.

Ergo as sobrancelhas.

— Você mora aqui?

Ele balança a cabeça como se estivesse envergonhado.

— Eu sou, hum, o *dauphin*.

O príncipe? A princípio não acredito nele, mas então meus olhos se desviam para as roupas finas que ele está vestindo, assim como para um anel de pedras preciosas em seu dedo.

— Por que você estava de uniforme ontem à noite?

Ele dá de ombros.

— O sucessor do trono deve aprender a arte da guerra.

Estou sem palavras. O herdeiro do reino de Galle do Sul é meu *amouré*? O que os deuses estão pensando?

— Você está confortável? — O rosto de Cas ruboriza. — Pedi às minhas criadas para colocarem essa camisola em você.

Não me importo com minhas roupas.

— Onde está Sabine? — Anseio por vê-la novamente, mas meu peito dói. Ela não é a Leurress que minha mãe preferia a mim; é a filha que minha mãe amava mais do que eu. Não é culpa de Sabine, mas ainda pesa em meu coração.

Casimir coça seu cabelo, de um louro-avermelhado claro.

— Qual é a última coisa que você se lembra dela?

Eu me concentro, mas essas memórias são nebulosas.

— Estava lutando contra seus soldados.

Ele balança a cabeça e mexe com os dedos.

— Ela escapou.

Expiro com alívio. É algo para ser grata.

Sua expressão fica suave enquanto ele olha para mim.

— Não conseguia tirar os olhos de você naquela ponte — confessa.

— Sua luta foi incrível. — As pontas dos seus dedos roçam o canto do lábio. — Seu poder está conectado aos ossos naquela bolsa que você usava, não é? — Quando eu franzo a testa, ele explica: — Você ficou fraca depois que sua mãe a arrancou.

— Como você sabe o que estava dentro da bolsa?

— Ah... eu estava guardando para você.

— *Estava?*

Ele olha sem rumo ao redor da sala.

— Receio que a perdi na viagem de volta a Beau Palais.

Estudo seus olhos azuis como pedra, desconfiando de tudo o que diz. Ele pigarreia.

— Você pode me contar sobre aquela tempestade de areia que sua mãe atravessou? Nunca acreditei em magia, mas que outra explicação existe?

Dou de ombros.

— Também não entendo.

Agora Casimir é quem me contempla.

— Não sou seu inimigo, Ailesse.

Ele realmente acredita que podemos ser amigos depois da noite passada?

— Não posso ficar aqui.

— Sua perna precisa ser curada.

Se ao menos eu possuísse a graça de salamandra de Sabine.

— Não. Posso. Ficar.

O músculo de sua mandíbula se flexiona.

— Por causa de Bastien Colbert? — Ele suprime um riso zombeteiro. — Ele é um ladrão procurado.

— Não me importo.

A testa de Casimir franze com a frieza em minha voz. Ele abre a boca para dizer alguma coisa, então balança a cabeça e olha para as próprias mãos.

— Você sabia que meu pai está morrendo? — murmura ele e esfrega seu anel precioso. — Deve partir em um mês, dois no máximo. — Ele levanta os olhos para mim. Estão cheios de uma pesada tristeza. — Sou seu único herdeiro. Não tenho certeza se estou pronto para ser rei.

Eu me mexo com uma pontada desconfortável de compaixão.

— Você me dá uma chance, Ailesse? — pergunta. — A mesma chance que você deu ao garoto que te sequestrou.

Meu estômago fica oco.

— Deixe Bastien fora disso. — Casimir só me quer porque não consegue esquecer o canto da sereia que ouviu há um mês. Deveria ter perdido sua atração depois que meus ossos da graça foram desenterrados sob Castelpont. Ainda assim... ele é meu *amouré*. Os deuses *querem* que eu lhe dê uma chance.

Os deuses não têm nada a ver conosco. As palavras de Bastien voltam para mim. *Não temos que jogar o jogo deles.*

Mas eu já fui sugada para um jogo. Perdi minha primeira batalha de força com Tyrus. Teria atravessado seu Portão se minha mãe não tivesse enfiado a faca nas costas de Bastien.

Um nó se forma em minha garganta. Eu me esforço para engolir a dor. A imagem de Bastien deitado na ponte e sangrando ainda está gravada em minha mente. Jules e Marcel encontraram uma maneira de fechar sua ferida? Rezo para que os deuses poupem a vida dele; então me detenho. Não posso mais rezar por Bastien. Não tentarei Tyrus e Elara a fazê-lo sofrer como o homem que minha mãe amava.

Ele acabou no Submundo, e não vou deixar os deuses prenderem Bastien em correntes.

— Você ficará? — Casimir gentilmente pega minha mão. Estou tomada pela culpa, então não a retiro. Ele não percebe que nunca poderei lhe dar um herdeiro. Eu me recuso até mesmo a tentar. Não vou me permitir chegar perto dele. Ele está destinado a morrer em onze meses, mas vou matá-lo antes, antes que nosso vínculo de alma me mate.

Percebo meus pensamentos insensíveis. Se o matar, seria como se eu tivesse matado o pai de Bastien. Como posso fazer isso quando Bastien e eu nos agarramos à esperança de que poderíamos romper nosso vínculo de alma, o vínculo que realmente compartilho com Casimir?

Flexiono os músculos ao longo do meu queixo. Não vou desistir até descobrir. Minha perna vai cicatrizar, e quando isso acontecer, deixarei este lugar.

Você não está sem mim, Bastien. Eu não estou sem você.

Respiro fundo, preenchendo meus pulmões. Tenho que acreditar que ele está vivo. Vou encontrar uma maneira de ficarmos juntos novamente — não no subterrâneo, mas em algum lugar onde possamos caminhar sob o luar e a luz das estrelas, sem mais mortos nos perseguindo, sem mais maldição pairando sobre nós.

Casimir passa o polegar nas costas da minha mão, esperando minha resposta.

Levanto os olhos e sussurro:

— Sim.

55
Bastien

Assobio, enterrando minha cabeça em um travesseiro enquanto Birdine espeta sua agulha em minhas costas novamente.

— Eu preciso de mais quantos pontos?

— Mais dois — responde ela, com naturalidade. — Três, se você continuar se contorcendo. Não sou costureira, sabe. Minha mão não é das mais firmes.

Jules bufa e anda de um lado para outro perto da cama. Estamos no quarto que Birdine aluga em cima de uma taverna no bairro dos bordéis. As catacumbas não são mais seguras.

— Você deveria ter me deixado costurar você, Bastien.

Cerro os dentes enquanto Birdine dá um nó no fio de categute.

— Acho que não queria ter outra febre alta. — Minha voz está rouca de fraqueza. — Ou uma cicatriz igual à da minha coxa.

— O que, você não gosta de lábios de peixe franzidos? — Jules sorri.

— Hilário.

O sol da manhã bate em meus olhos, vindo de uma pequena janela. Aperto os olhos e me mexo meticulosamente no colchão encaroçado. Quero voltar para a escuridão. Apunhalaria a Odiva antes que ela pusesse os pés na Ponte das Almas. Mataria aquele bastardo que levou Ailesse.

A princípio não o reconheci, não de uniforme de soldado, mas logo descobri sua identidade. Casimir Trencavel. Reprimo uma risada amarga. O *amouré* de Ailesse é o maldito herdeiro do trono.

Três batidas soam na porta. Então uma. Então duas.

O código de Marcel.

Birdine tem um sobressalto e puxa meus pontos.

— Cuidado — gemo. Ela suga uma respiração afiada.

— Desculpe, Bastien.

Jules revira os olhos e caminha até a porta. Ela a destranca e Marcel entra com uma mochila pendurada no ombro. Ele inclina a cabeça para Birdine, e suas bochechas rosadas ficam ainda mais rosadas.

— Alguém com fome? — pergunta ele, alegremente.

Jules nega com a cabeça.

— Você alguma vez fica de mau humor?

Ele franze os lábios, pensando de um jeito sério.

Ela suspira.

— Deixa para lá.

Marcel coloca sua mochila em uma mesinha e começa a tirar a comida: dois pães de centeio, uma fatia de queijo duro e quatro peras.

— Não, eu não roubei isso, se alguém está perguntando. Birdie usou seu dinheiro suado para fornecer esta refeição para nós.

Birdine sorri e enfia uma mecha de cabelo ruivo atrás da orelha.

— Aproveitem enquanto podem. Não consigo alimentar quatro bocas por muito tempo.

Jules se aproxima e dá a ela um olhar aguçado.

— Vá. — Ela aponta o polegar para Marcel. Jules está tolerando Birdine, já que ela está nos ajudando agora. — Pegue algo para comer. Posso terminar aqui.

Merde. Enterro a cabeça no travesseiro outra vez.

Birdine e Jules trocam de lugar, e me preparo para uma facada. Tudo o que sinto é uma picada de abelha. Viro a cabeça e levanto minhas sobrancelhas para Jules.

— O quê? — Ela passa a agulha. — Posso ser delicada quando quero.

Deve haver uma primeira vez para tudo.

— Então... quão ruim está?

Ela respira fundo.

— Bem, você nunca mais vai andar, e Marcel diz que a perda de sangue que você sofreu vai danificar permanentemente o seu cérebro. — O canto de sua boca se curva. — Mas você vai viver.

— Ainda bem que posso mexer os dedos dos pés agora, ou poderia acreditar em você.

Ela dá um nó no fio de categute.

— Você vai ficar bem. Só precisa ser paciente enquanto cicatriza. Não vai acontecer da noite para o dia.

Meu peito afunda no colchão.

— Até eu ser capaz de lutar de novo, Ailesse pode já... — Minha voz rouca falha, e eu esmago meus lábios para fazê-los parar de tremer. — Ela está em pior estado do que eu, sabe. Não tem como ela sair do Beau Palais. — Há rumores de que o rei morrerá em breve. E se Casimir pensa que pode fazer de Ailesse sua rainha... Pego um punhado de lençóis e aperto com força.

Jules corta o categute com uma tesoura e coloca a mão no meu ombro.

— Acredite ou não, também quero resgatar Ailesse. Devo isso a ela.

Olho para minha amiga. Os olhos de Jules estão fundos e sua pele ainda mais pálida que a minha.

— Quanto tempo você acha que aquele Acorrentado ficou dentro de você? — pergunto timidamente. Ailesse disse que o Acorrentado pode devorar a alma de uma pessoa, roubar sua Luz. — Talvez possamos descobrir quanto...

O rosto de Jules endurece. Ela joga o cabelo trançado para trás do ombro.

— Você está todo costurado agora, Bastien. Deveria descansar.

— Mas...

Ela cruza os braços.

— Não quero falar disso.

Suspiro e assinto.

— Certo. — Jules provavelmente não tem como responder à minha maior pergunta: se alguém pode recuperar a Luz que perdeu.

Três batidas soam na porta.

Todos na sala congelam.

Mais uma batida. Então duas.

O código de Marcel. De novo.

Jules saca uma faca. Birdine chega mais perto de Marcel. Marcel faz o possível para parecer corajoso. Sento rápido, e minhas costas torcem de dor.

— Quem está aí? — chama Jules, aproximando-se em silêncio da porta. Ninguém responde.

Ela se vira para Marcel.

— Você foi seguido?

— Eu saberia se fosse seguido?

— Bem, *eu* saberia se fosse seguida.

Minha cabeça gira. *Não desmaie*, Bastien. Ainda estou tonto com a perda de sangue.

Toc, toc, toc.

Toc.

Toc, toc.

Jules me lança um olhar questionador. Cerro as mãos.

Ela aperta mais a faca. Lentamente destranca a fechadura.

A porta abre.

— *Merde!* — Ela pula para trás quando uma figura encapuzada chuta a porta.

Antes que alguém possa reagir, uma mão sai da capa.

Pega a faca de Jules. Arremessa-a pela sala.

A lâmina afunda na parede bem atrás de mim. A adrenalina dispara em meus membros.

— Não quero brigar com nenhum de vocês — diz a visitante com uma voz nitidamente feminina. Uma que reconheço.

— Que pena. — Jules avança para ela.

— Não, não! — digo, embora a visitante se esquive facilmente de seu ataque. — Ela é amiga. É amiga de Ailesse — esclareço. Jules franze a testa.

A visitante dá três passos suaves para dentro da sala e puxa para trás o capuz. Cachos pretos emolduram seu rosto. Grandes olhos castanhos me encaram.

— Olá, Bastien.

Cumprimento com a cabeça, lutando para ficar ereto. Minhas costas estão pegando fogo.

— Sabine.

Ela levanta o queixo.

— Vim para dizer que o príncipe Casimir sequestrou Ailesse.

— Vi com meus próprios olhos. — Meus músculos da mandíbula ficam tensos.

A mão de Sabine vai até seu colar de ossos da graça. Ela inspira profundamente pelas narinas.

— Vim pedir sua ajuda.

Agradecimentos

Sonhar com essa história e transformá-la em um livro foi uma aventura maravilhosa e desafiadora. Estou em dívida e grata àqueles que ajudaram a fazer isso acontecer:

Meu agente, Josh Adams, que viu uma centelha de grandeza em meu longo e incoerente telefonema sobre folclore francês, amantes infelizes, magia dos ossos e Barqueiras dos mortos.

Minha editora, Maria Barbo, que acreditou em Ailesse, Sabine e Bastien desde o início. Você trouxe as angústias, os demônios e os desejos deles com sua assinatura mágica. Confio em você implicitamente.

Stephanie Guerdan, a brilhante assistente de Maria, que literalmente nos mantém na mesma página, adiciona contribuições editoriais maravilhosas e executa uma infinidade de tarefas nos bastidores.

Minha editora, Katherine Tegen, e sua fantástica equipe da KT Books/HarperCollins. Obrigada por me dar um lar e continuar me apoiando.

A incrível equipe de design: diretores de arte Joel Tippie e Amy Ryan; e Charlie Bowater, que ilustrou a arte da sobrecapa, de tirar o fôlego. Estou absolutamente encantada com o trabalho que todos vocês fizeram.

Meu marido, Jason Purdie, por respeitar minha criatividade e cultivar um ambiente doméstico onde ela possa correr livremente, e por continuar a me inspirar com seu talento teatral.

Minhas crianças: Isabelle, pelo entusiasmo com esta história; Aidan, por me fazer rir durante prazos apertados; e Ivy, por fazer perguntas difíceis sobre a vida que me mantiveram com os pés no chão.

Minhas amigas francesas, Sylvie, Karine e Agnés, que me ajudaram a me sentir vista quando me senti perdida e sozinha na adolescência,

Minhas parceiras de crítica e melhores amigas, Sara B. Larson, Emily R. King e Ilima Todd, por tornarem meu ataque de tubarão mais assustador, minha construção de mundo mais clara e meus personagens mais verossímeis.

Bree Despain, por compartilhar conhecimento em primeira mão e detalhes sensoriais de suas viagens pelas catacumbas de Paris. Um dia irei explorar com você!

Minha tradutora de francês, Oksana Anthian, por ajustar minhas palavras inventadas em francês até que soassem realistas e foneticamente precisas.

Minha mãe, Buffie, por me garantir que o trabalho seria feito e por me proporcionar um lugar tranquilo em sua casa sempre que eu precisasse fugir para que isso acontecesse.

Meu pai escritor, Larry, que já fez a travessia para o Além. Sinto seu amor, ajuda e inspiração todos os dias, pai.

Meus amigos escritores, Jodi Meadows, Erin Summerill, Lindsey Leavitt Brown, Robin Hall e Emily Prusso, por suas conversas estimulantes, brainstorming e risadas.

As melhores amigas da minha vida: Jenny Porcaro Cole (ensino médio), Colby Gorton Fletcher (abandono mútuo da escola de beleza… não pergunte), Mandy Barth Kuhn (faculdade), Amanda Davis (anos de recém-casadas), Robin Hall (ex-vizinha) e Sara B. Larson (vida de escritora). Como este livro é basicamente sobre melhores amigos que fariam qualquer coisa uns pelos outros, tive que dar um alô a todos vocês.

Meus nove irmãos, Gavon, Matthew, Lindsay, Holly, Nate, Rebecca, Collin, Emily e McKay. Com nossas personalidades notavelmente diferentes, é incrível que todos nos amamos e nos damos bem. Obrigada por me ensinarem o que é uma verdadeira *famille*.

E a Deus, minha rocha firme e divindade perfeita. Os deuses deste livro devem aprender uma lição com o Senhor. Obrigada por me mostrar como amar, graça por graça.

Primeira edição (julho/2023)
Papel de miolo Ivory Slim 65g
Tipografias Goudy Old Style
Gráfica LIS